U0636058

中國古典文學基本叢書

李太白全集

第五册

〔唐〕李白　著
〔清〕王琦　注

中華書局

李太白全集卷之二十九

錢塘王琦琢崖輯注
王縉端臣王思謙藴山較

銘碑祭文共九首

化城寺大鐘銘并序

化城寺，詳見二十卷注。

噫！天以震雷鼓群動，佛以鴻鐘驚（《唐文粹》作「警」）大夢〔一〕。而能發揮沉潛，開覺茫蠢，則鐘之取象，其義博哉！夫揚音大千〔二〕，所以清真心，警俗慮；協響廣樂〔三〕，所以達元氣，彰天聲；銘勳皇宫〔四〕，所以旌豐功，昭茂德。莫不配美金鼎，增輝寶坊〔五〕，仍事作制，豈徒然也。

〔一〕揚雄《羽獵賦》：撞鴻鐘。

〔二〕大千世界，見二十三卷注。

〔三〕廣樂，見一卷注。

〔四〕張衡《東京賦》：銘勳彝器，歷世彌光。薛綜注：銘，勒也。勳，功也。勒銘於宗廟之器，鐘鼎萬世，彌益光明。

〔五〕寶坊，見二十八卷注。

粵有唐宣城郡當塗縣化城寺大鐘者，量函千盈（《唐文粹》作「量函千鈞，聲盈萬壑」八字），蓋邑宰李公之所創也。公名有則，系玄元之英蕤〔一〕，茂列聖之天枝〔二〕，生於公族，貴而秀出，少蘊才略，壯而有成（《唐文粹》作「聞」）。西逾流沙〔三〕，立功絶域〔四〕。帝疇乎厥庸〔五〕，始學古從政〔六〕。歷宰潔白，聲聞於天。天書褒榮，輝之簡牘，稽首三復，子孫其傳。天寶之初，鳴琴此邦〔七〕，不言而治（《唐文粹》作「理」）。日計之無近功，歲計之有大利〔八〕。物不知化，潛臻小康〔九〕；神明其道，越不可尚。

〔一〕唐追號老子爲玄元皇帝。嵇康《琴賦》：飛英蕤於昊蒼。李善注：蕤，草木花貌。呂延濟注：英蕤，花也。

〔二〕王僧孺《禮佛唱導發願文》：天枝峻密，帝葉英芬。

〔三〕《漢書·地理志》：張掖郡居延縣，居延澤在東北，古文以爲流沙。顔師古曰：流沙，在燉煌西。《韻會》：流沙，地名，在居延海南甘州張掖縣。

〔四〕《漢書·陳湯傳》：討絶域不羈之君，係萬里難制之虜。

〔五〕《宣帝紀》：復其後世，疇其爵邑。張晏曰：疇者，等也。《廣韻》：庸，功也。

〔六〕《書·周官》：學古入官，議事以制，政乃不迷。

〔七〕鳴琴，邑令事，見二十卷注。

〔八〕《莊子》：日計之而不足，歲計之而有餘。

〔九〕《詩·小雅》：汔可小康。鄭箋曰：康，安也。

方入於禪關，覩天宫崢嶸〔一〕，聞鐘聲瑣屑〔二〕，乃謂諸龍象曰〔三〕：「盍不建大法鼓〔四〕，樹之層臺，使群聾六時有所歸仰〔五〕，不亦美乎？」於是發一言以先覺，舉百里而咸（繆本作「感」）應。秋毫不挫〔六〕，人多子來〔七〕。銅崇朝而山積〔八〕，工不日而雲會。

〔一〕崢嶸，高峻貌。

〔二〕瑣屑，細小貌。

〔三〕龍象，謂高僧。見十二卷注。

〔四〕大法鼓，謂鐘，見二十一卷注。

〔五〕西域記時，極短者謂刹那也。百二十刹那爲一呾刹那，六十呾刹那爲一臘縛，三十臘縛爲一牟呼栗多，五牟呼栗多爲一時，六時合成一日一夜。是中國以一晝夜分作十二時者，西國只分爲六時也。

〔六〕《莊子》：北宫奢爲衛靈公賦斂以爲鐘，爲壇乎國門之外，三月而成上下之懸。王子慶忌見而問焉，曰：「子何術之設？」奢曰：「一之間無敢設也。奢聞之，既雕既琢，復歸於朴。侗乎其無識，儻乎其怠疑。萃乎芒乎，其送往而迎來，來者勿禁，往者勿止，從其彊梁，隨其曲傅，因其自窮，故朝夕賦斂，而毫毛不挫，而況有大途者乎？」

〔七〕《詩·大雅》：庶民子來。趙岐曰：衆民自來趣之，若子來爲父使之也。

〔八〕《詩·國風》：崇朝其雨。毛傳曰：崇，終也。從旦至食時爲終朝。《南史》：鄧元起之在蜀也，崇於聚斂，財貨山積。

乃採鳧氏撰鳴（《唐文粹》作「鴻」）鐘〔一〕，火天地之爐，扇陰陽之炭〔二〕。回禄奮怒〔三〕，飛廉震驚〔四〕。金精轉涾（音達）以融熠（音逸）〔五〕，銅液星熒（繆本作「縈」）而熣燦。光噴日道〔六〕，氣歊（音囂。郭本作「敲」。《唐文粹》作「蔽」）天維〔七〕。紅雲點於太清，紫烟矗（音觸）於遥海〔八〕。

烜赫宇宙，功侔鬼神〔九〕。瑩而察之，吁駭人也〔一〇〕。

〔一〕《周禮》：鳧氏爲鐘。《韻會》：撰，造也。

〔二〕賈誼《鵩賦》：天地爲爐，造化爲工，陰陽爲炭，萬物爲銅。

〔三〕《國語》：回禄信於聆隧。韋昭解：回禄，火神。

〔四〕《博雅》：風師謂之飛廉。

〔五〕《説文》：湝，涫溢也。今河朔方言，謂沸溢爲湝。《韻會》：熠，《説文》：盛光也。又，閃鑠貌。

〔六〕《隋書》：日循黄道東行，一日一夜行一度，三百六十五日有奇而周天。《六經天文編》：日所行之路謂之黄道，與赤道相交，半出赤道外，半入赤道内。

〔七〕《説文》：歊，氣出貌。宋玉《大言賦》：壯士憤兮絶天維。

〔八〕《韻會》：矗，長直貌。《增韻》：聳上貌。

〔九〕《莊子》：梓慶削木爲鐻，鐻成，見者驚猶鬼神。

〔一〇〕《魯靈光殿賦》：吁！可畏乎，其駭人也。

爾其龍質炳發，虎形躨跜。縻金索以上絙（居恒切，音近耕），懸寶樓而迭擊〔一一〕。傍振萬壑，高聞九天。聲動山以隱隱（《唐文粹》作「殷殷」），響奔雷而闐闐〔一二〕。赦湯鑊（音穫）於幽途，息劍輪於苦海〔三〕。景福肸（義乙切，欣入聲）蠁（音響）〔四〕，被於人天。非李公好謀而成，弘濟群有（《唐文粹》作「物」），孰能興（郭本作「與」）於此乎！

〔一〕梁簡文帝《玄圃園講頌》：預入寶樓，竊窺妙簡。

〔二〕宋玉《九辯》：屬雷師之闐闐兮。《廣雅》：闐闐，聲也。

〔三〕《法苑珠林》：阿鼻地獄有十八劍輪地獄，十八湯鑊地獄。《翻譯名義集》：若打鐘時，一切惡道諸苦並得停止。《法苑珠林》：濟生靈於苦海，救愚迷於火宅。

〔四〕左思《蜀都賦》：景福肸蠁而興作。呂向注：肸蠁，濕生蟲，蚊類是也。其群望之，如氣之布寫也。言大福之興，有如此蟲群飛而多也。

丞尉等並衣冠之龜龍〔一〕，人數之標準。大雅君子，同僚盡心〔二〕，聞善賈勇〔三〕，贊成厥美。

〔一〕蔡邕《郭有道碑文》：猶百川之歸巨海，鱗介之宗龜龍也。李善注：曾子曰：介蟲之精曰龜，鱗蟲之精曰龍。

〔二〕《左傳》：同官爲寮，吾嘗同寮，敢不盡心乎！

〔三〕《左傳》：欲勇者賈予餘勇。

寺主昇朝〔一〕，閑心古容，英骨秀氣，灑落毫素〔二〕，謙柔笑言。海受水而皆納，鏡無形而不燭。直道妙用，乃如是言（繆本作「然」）。常虛懷忘情，潔己利物，是人行空寂，不動見如來〔三〕。

〔一〕《翻譯名義集》：《僧史略》云：詳寺主起乎東漢白馬寺也，寺既爰處，人必主之，於時雖無寺主之名，而有知事之者。東晉以來，此職方盛，故梁武造光宅寺，名法雲爲寺主，創立僧制。

〔二〕鮑照詩：陵令無人事，毫墨時灑落。

〔三〕《南史》：姚察將終，曾無痛惱，但西向坐，正念云：「一切空寂。」

有若上座靈隱，都維那則舒〔一〕，名僧日暉、蘊虛，常因調護。賢哉六開士〔二〕，普聞八萬法〔三〕。深入禪惠〔四〕，精修律儀（郭本作「義」）。

〔一〕《唐六典》：每寺上座一人，寺主一人，都維那一人，共綱紀衆事。《翻譯名義集》：《五分律》：佛言，上更無人名上座。道宣敕爲西明寺上座，列寺主、維那之上。《毗尼母》云：從無夏至九夏是下座，自十夏至十九夏是中座，自二十夏至四十夏是上座。《毗婆娑論》云：有三上座：一，生年上座，即尊長者，具舊戒名真生故。二，世俗上座，即知法、富貴、大財、大位、大族、大力、大眷屬，雖年二十，皆應和合，推爲上座。三，法性上座，即阿羅漢。維那，南山云：《聲論》翻爲次第，謂知僧事之次第。《寄歸傳》云：華梵兼舉也。「維」是綱維，華言也，「那」是梵語，删去「羯磨陀」三字也。《僧史略》云：梵語「羯磨陀那」譯爲事知，亦云悦衆，謂知其事，悦其衆也。

〔二〕開士，高僧也。見二十一卷注。

〔三〕《報恩經》：八萬法者，如樹根、莖、枝、葉，名爲一樹。佛爲衆生始終説法，名爲一藏，如是八萬。又云：佛一坐説法，名爲一藏，如是八萬。又云：十六字爲半偈，三十二字爲一偈，如是八萬。又云：長短偈，四十二字爲一偈，如是八萬。又云：如半月説戒爲一藏，如是八萬。又云：佛自説六萬六千偈爲一藏，如是八萬。又云：佛説塵勞有八萬，法藏亦八萬，名八萬法藏。

〔四〕禪惠，即禪慧。王屮《頭陀寺碑文》：惟此名區，禪慧攸託。李善注：禪慧，禪定智慧，即六度之二行也。

將博我以文章，求我以述作。功德大海〔一〕，酌而難名。遂與六曹豪吏、〔二〕姑熟賢老，乃緇乃黄〔三〕，梟趨梵庭〔四〕，請揚宰君之鴻美。白昔忝侍從，備於辭臣，恭承德音，敢闕清風之頌〔五〕。

〔一〕《法苑珠林》：衆生功德海，無能測量者。

〔二〕《通典》：州府佐吏，有司功、司倉、司户、司兵、司法、司士等六參軍。在府爲曹，在州爲司，府曰倉曹、功曹，州曰司功、司倉。

〔三〕緇，謂僧人緇服者。黄，謂道士黄冠者。

〔四〕《埤雅》：鵰，鶚醜，善立。梟，鷙醜，善趨。又云：鵠善步，梟善趨，鷹善立。梟趨，謂群趨如梟、鷙也。江淹詩：誓尋青蓮果，永入梵庭期。

〔五〕《詩・大雅》：吉甫作誦，穆如清風。

其辭曰：

雄雄鴻鐘砰（音烹）隱天〔一〕，雷鼓霆擊警大千。含（郭本作「合」）號烜爀聲無邊，摧慴（音疊）魑魅招靈仙〔二〕。傍極六道極（《唐文粹》作「下」）九泉〔三〕，劍輪輟苦期息肩〔四〕，湯鑊猛火停熾燃。愷悌賢宰人父母〔五〕，興功利物信可久，德方（《唐文粹》作「芳」）金鐘永不朽。

〔一〕《漢書・禮樂志》：休嘉砰隱溢五方。顔師古注：砰隱，盛意。又《列子》：砰然聞之如雷。

〔二〕《廣韻》：慴，懾也。杜預《左傳注》：魑魅，山林異氣所生，爲人害者。又云：魑，山神，獸形。魅，怪物。

〔三〕釋家以天、人、阿修羅、地獄、餓鬼、畜生六種衆生，謂之六道。九泉，見九卷注。

〔四〕息肩，見一卷注。

〔五〕《詩·大雅》：豈弟君子，民之父母。《苕溪漁隱叢話》：司空圖云：嘗觀杜子美《祭太尉房公文》、李太白佛寺碑贊，宏拔清厲，乃其歌詩也。

天門山銘

《江南通志》：博望山，在太平府西南三十里。梁山，在和州南六十里。兩山石狀巉巖，東西相向，横夾大江，對峙如門。俗呼梁山曰西梁山，呼博望山曰東梁山，總謂之天門山。春秋時楚獲吴艅艎於此，實大江要害之地，自六代建都金陵，皆於此屯兵扞禦，兩岸山頂各有一城，宋將王元謨所築。

梁山博望，關扃楚濱，夾據洪流，實爲吴津。兩坐錯落，如鯨張鱗。惟海有若〔一〕，唯川有神。牛渚怪物，目圍車輪〔二〕。光射島嶼，氣凌星辰。卷沙揚濤，溺馬殺人。國泰呈瑞，時訛返珍。開則九江納錫〔三〕，閉則五岳飛塵〔四〕。天險之地，無德（繆本作「安」）匪親。

〔一〕《初學記》：海神曰海若。

〔二〕牛渚磯，在太平州當塗縣西北三十里大江之濱，與天門山相去不及百里。《晉書》：牛渚磯水深不可測，世云其下多怪物，温嶠燬犀角而照之，須臾，看水族覆火，奇形異狀，或乘車馬著赤衣者。其夜夢神謂曰：「與君幽明道别，何意相照也？」

〔三〕《禹貢》：九江納錫大龜。孔穎達《正義》：龜不常用，故錫命乃納之。蔡氏《集傳》：大龜尺有二寸，所謂國之守龜，非可常得，故不爲常貢。若偶得之，則使之納錫於上。謂之納錫者，下與上之詞，重其事也。

〔四〕陸機《漢高帝功臣頌》：波振四海，塵飛五岳。波振、塵飛，以喻亂也。

溧陽瀨水貞義女碑銘并序

《六朝事跡》：《大唐貞義女碑》，李白文，在溧陽縣潁陽江北。周必大《泛舟游山録》：去溧陽縣四十里有貞義女廟，女姓史，黄山人。李太白作記，題云：《瀨水上古貞義女碑銘并序》，前翰林院内供奉學士隴西李白述。《景定建康志》：溧水，一名瀨水，在溧陽縣西北四十里，東流爲潁陽江，江上有渚，曰瀨渚，伍子胥乞食投金處，故又曰投金瀨。《吴越春秋》：子胥奔吴，疾於中道，乞食溧陽，適會女子擊綿於瀨水之上，筥中有飯，子胥謂曰：「夫人，可得一餐乎？」女子曰：「妾獨與母居，三十未嫁，飯不可得。」子胥曰：「夫人賑窮途少飯，亦何嫌哉？」女子知非恒人，遂許之。發其簞筥，飯其盎漿，長跪而與之。子胥再餐而止。女子曰：

「君有遠逝之行，何不飽而餐之？」子胥已餐而去，謂女子曰：「掩夫人之壺漿，無令其露。」女子嘆曰：「嗟乎！妾獨與母居三十年，自守貞明，不願從適，何宜饋飯而與丈夫，越虧禮儀，妾不忍也。子行矣。」子胥行，反顧女子，已自投於瀨水矣。嗚乎！貞明執操，其丈夫女哉！

皇唐葉有六聖，再造八極〔一〕，鏡照萬方〔二〕，幽明咸熙〔三〕，天秩有禮〔四〕。自太（《唐文粹》無「太」字）古及今，君君臣臣，烈士貞女，采其（《唐文粹》下多「史傳」二字）名節尤彰，可激清頹俗者，皆掃地而祠之〔五〕。蘭蒸椒漿〔六〕，歲祀罔缺。而茲邑貞義女，光靈翳然，埋冥（《唐文粹》作「名」）古遠，琬（音宛）琰（以冉切，鹽上聲）不刻〔七〕，豈前修博達者爲邦之意乎〔八〕？

〔一〕六聖，高祖、太宗、高宗、中宗、睿宗、玄宗也。再造八極，謂玄宗平韋氏之難而天下復定也。

〔二〕《楚辭·九思》：三光朗兮鏡萬方。

〔三〕《書·堯典》：庶績咸熙。孔安國傳：咸，皆也，熙，廣也。

〔四〕《皐陶謨》：天秩有禮，自我五禮，有庸哉。《正義》云：天次序爵命，使有禮法，謂使賤事貴、卑承尊，是天道使之然也。人君當順天意，用我公、侯、伯、子、男五等之禮，以故人君爲政，當奉用我公、侯、伯、子、男五等之禮接之，使五者皆有常哉。

〔五〕《唐會要》：天寶七載五月十五日詔：上古之君，存諸氏號，雖事先書契，而道著皇王，緬懷厥功，寧王咸秩。其三皇以前帝王，宜於京城内共置一廟，仍與三皇五帝廟相近，以時致祭。天皇氏、地皇氏、人皇氏、有巢氏、燧人氏，其祭料及樂，請准三皇五帝廟，以春秋二時享祭。歷代帝王肇跡之處，未有祠宇者，所由郡置一廟享祭，仍取當時將相德業可稱者二人配享。令郡縣長官春秋二時擇日，粢盛、蔬饌、時果、酒脯，潔誠置祭。其忠臣、義士、孝婦、烈女，史籍所載德行彌高者，所在宜置祠宇，量事致祭。殷相傅説等忠臣十六人，吴太伯等義士八人，周太王妃太姜等孝婦七人，周宣王齊姜等烈女十四人，並令郡縣長官春秋二時擇日准前致祭。《禮記》：至敬不壇，掃地而祭。

〔六〕《楚辭》：蕙肴蒸兮蘭藉，奠桂酒兮椒漿。王逸注：蕙肴，以蕙草蒸肉也。椒漿，以椒置漿中也。

〔七〕司馬相如《上林賦》：鼂采琬琰。顔師古曰：琬琰，美玉也。琬琰不刻，謂未刊立碑石。

〔八〕《楚辭》：蹇吾法夫前修兮。吕向注：前修，謂前代修習道德之人。《後漢書·劉愷傳》：景化前修，有伯夷之節。章懷太子注：前修，前賢也。《漢書》：陳湯少好書，博達善屬文。

貞義女者，溧陽黄山里史氏之女也，以家溧陽，史闕書之。歲三十，弗移天於人（《唐文粹》作「不移其志」）〔一〕，清英潔白，事母純孝。手柔荑（音題）而不龜（音麕）〔二〕，身擊漂以自業。

〔一〕移天，謂嫁也。見六卷《去婦詞》注。

〔二〕《詩・國風》：手如柔荑。毛傳曰：如荑之新生也。《莊子》：宋人有善爲不龜手之藥者，世以洴澼絖爲事。陸德明《音釋》：龜手，司馬云：文拆如龜文也。又云：如龜攣縮也。李云：洴澼絖者，擊漂於水上。

當楚平王時，平（《文粹》缺「平」字）王虐忠助讒，苛虐厥政。芟於尚，斬於奢〔一〕，血流於朝，赤族伍氏〔二〕。怨毒於人，何其深哉！

〔一〕《史記》：伍子胥者，楚人也，名員。員父曰伍奢，兄曰伍尚。楚平王有太子名曰建，使伍奢爲太傅，費無忌爲少傅。無忌不忠於太子，日夜言太子短於王曰：「自太子居城父，將兵，外交諸侯，且欲入爲亂。」平王乃召伍奢考問之，伍奢知無忌讒太子，因曰：「王奈何以讒賊小臣疏骨肉之親乎？」無忌曰：「王今不制，其事成矣。王且見禽。」於是平王怒，囚伍奢。無忌曰：「伍奢有二子，皆賢，不誅，且爲楚憂。可以其父質而召之。」王使人召二子，曰：「來，吾生汝父。不來，今殺奢也。」伍尚欲往，員曰：「楚之召我兄弟，非欲以生我父也，恐有脱者，後生患，故以父爲質，詐召二子。二子去則父子俱死，不如奔他國，借力以雪父之恥。俱滅無爲也。」伍尚曰：「我知往終不能全父命，然恨父召我以求生而不往，後不能雪恥，終爲天下笑耳。」謂員：「可去，汝能報殺父之仇，我將歸死。」尚既就執，使者捕伍胥，伍胥貫弓執矢嚮使者，使者不敢進，伍員遂亡。伍尚至楚，楚并殺奢與尚也。

〔二〕揚雄《解嘲》：不知一跌將赤吾之族也。顔師古注：見誅殺者必流血，故云赤族。李善注：赤，謂誅滅也。《海録碎事》：古人謂空盡無物曰赤，如赤地千里，《南史》稱其家赤貧是也。赤族，言盡殺無類也。《漢書注》以爲流血丹其族，大謬。

子胥始東奔勾吴〔一〕，月涉星遁。或七日不火〔二〕，傷弓於飛。逼迫於昭關〔三〕，匍匐於瀨渚。捨車而徒〔四〕，告窮此女。目色以臆，授之壺漿，全人自沉，形與口滅。卓絶千古，聲凌浮雲。激節必報之讎，雪誠無疑之地。難乎哉！

〔一〕《漢書》：太伯初奔荆蠻，荆蠻歸之，號曰勾吴。顔師古注：勾，音鉤，夷俗語之發聲也。亦猶越爲「於越」也。

〔二〕《莊子》：孔子窮於陳、蔡之間，七日不火食。

〔三〕《史記》：伍胥奔吴，到昭關，昭關欲執之，伍胥獨身步走，幾不得脱。《索隱》云：昭關，其關在西江，乃吴、楚之境。《江南通志》：昭關，在和州含山縣小峴西，伍子胥自楚奔吴過此。

〔四〕《周易·賁卦》：賁其趾，舍車而徒。

借如曹娥潛波，理貫於孝道〔一〕；聶姊殞肆，概動於天倫〔二〕。魯姑棄子，以卻三軍之衆〔三〕；漂母進飯，没受千金之恩〔四〕。方之於此，彼或易耳。

〔一〕《會稽典録》：孝女曹娥者，上虞人。父盱能撫節按歌，婆娑樂神。漢安二年，迎伍君神，泝濤而上，爲水所掩，不得其尸。娥年十四，號慕思盱，乃投瓜於江，祝其父尸曰：「父在，此瓜當沉。」旬有七日，瓜偶沉，遂自投於江而死。縣令度尚悲憐其意，爲之改葬，命其弟子邯鄲子禮爲之作碑。

〔二〕《史記》：聶政刺殺俠累，因自皮面決眼，自屠出腸，遂以死。韓取聶政屍暴於市，購問莫知誰子。於是韓購縣之，有能言殺相俠累者，予千金。久之莫知也。政姐榮聞人有刺殺韓相者，賊不得，國不知其名姓，暴其尸而縣之千金，乃於邑曰：「其是吾弟歟？」立起，如韓，之市，而死者果政也。伏屍哭極哀，曰：「是軹深井里所謂聶政者也。」市行者諸衆人皆曰：「此人暴虐吾國相，王縣購其姓名千金，夫人不聞歟？何敢來識之也？」榮應之曰：「聞之。然政以妾尚在之故，重自刑以絶從，妾其奈何畏没身之誅，終滅賢弟之名。」乃大呼天者三，卒於邑悲哀而死政之旁。晉、楚、齊、衛聞之，皆曰：「非獨政能也，乃其姊亦烈女也。」

〔三〕《列女傳》：魯義姑姐者，魯野之婦人也。齊攻魯至郊，望見一婦人，抱一兒攜一兒而行。軍且及之，棄其所抱，抱其所攜而走山。兒隨而啼，婦人遂行，不顧。齊將乃追之，問所抱者誰也，所棄者誰也。對曰：「所抱者妾兄之子也，所棄者妾之子也。見軍之至，力不能兩護，故棄妾之子。」齊將曰：「子之於母，其親愛也，痛甚於心，今釋之，而反抱兄之子，何也？」婦人曰：「己之子，私愛也。兄之子，公義也。夫背公義而向私愛，亡兄子而存妾子，幸而得全，則魯君不吾畜，大夫不吾養，庶民國人不吾與也。夫如是，則脅肩無所容，而累足無所履也。子雖痛乎，獨謂義何！故忍棄子而行義，不能無義而視魯國。」於是齊將按兵而止，使人言於齊君曰：「魯未可伐也。乃至於境，山澤之婦人耳，猶知持節行義，不以私害公，而況於朝臣士大夫乎？請還。」齊君許之。魯君聞之，賜婦人束帛百端，號曰義姑姐。

〔四〕漂母事，見六卷注。

卒使伍君開張闔閭〔一〕，傾蕩鄢、郢〔二〕。吴師鞭屍於楚國，申胥泣血於秦庭〔三〕。我亡爾存，亦各壯志。張英風於古今〔四〕，雪大憤於天地。微此女之力〔五〕，雖云爲之士，焉能咆哮烜爀（《唐文粹》作「雖云爲忠孝之士，亦焉能咆哮烜爀」），施於後世也（《文苑華英》作「耶」）。

〔一〕開張闔閭，謂開大吴君之霸業。

〔二〕鄢，楚之别都，唐時爲襄州之宜城縣。郢，楚之正都，唐時爲荆州之江陵縣。二地相去約二百五十餘里。

〔三〕《史記》：伍員與申包胥爲交，員之亡也，謂包胥曰：「我必覆楚。」包胥曰：「我必存之。」及吴兵入郢，伍子胥求昭王不得，乃掘楚平王墓，出其尸，鞭之三百然後已。於是申包胥走秦告急，求救於秦，秦不許，包胥立於秦庭晝夜哭，七日七夜不絶其聲。秦哀公憐之，曰：「楚雖無道，有臣若是，可無存乎？」乃遣車五百乘，救楚擊吴。

〔四〕《北山移文》：張英風於海甸。

〔五〕《韻會》：微，非也。

望其溺所，愴然低迴而不能去。每風號吴天，月苦荆水〔一〕，響像如在，精魂可悲。惜其投金有泉〔二〕，而刻石無主，哀哉！

〔一〕荆水，荆溪也。《溧陽縣志》：溧水在縣西北，一名瀨水，上承丹陽湖，東流爲宜興縣之荆溪，下注於太湖，舊名永陽江，又曰中江。

〔二〕《吴越春秋》：子胥既破楚，過溧陽瀨水之上，乃長嘆息曰：「吾嘗饑於此，乞食於一女子，女子飼我，遂投水而亡。將欲報以百金，而不知其家。」乃投金水中而去。有頃，一老嫗行哭而來，人問曰：「何哭之悲？」嫗曰：「吾有女子，守志三十不嫁，往年擊綿於此，遇一窮途君子，而輒飯之，恐事泄，自投於瀨水。今聞伍君來，不得其償，自傷虚死，是故悲耳。」人曰：「子胥欲報百金，不知其家，投金水中而去矣。」老嫗遂取金而歸。《一統志》：投金瀨，在溧陽縣西北四十里。

邑宰滎（音螢）陽鄭公名晏〔一〕，家康成之學〔二〕，世子産之才〔三〕。琴清心閑，百里大化。有若主簿扶風竇嘉賓、縣尉廣平宋陟、丹陽李濟、南郡（諸集本皆作「朝」，今從《文苑英華》、《唐文粹》本作「郡」）陳然、清河張昭〔四〕，皆有卿才霸略〔五〕，同事相協〔六〕，緬（音免）紀英淑，勒銘道周〔七〕，雖陵頹海竭，文或不死。

〔一〕按：唐時滎陽郡，即鄭州，屬河南道。扶風郡，即岐州，屬關内道。廣平郡，即洺州，屬河北道。丹陽郡，即潤州，屬江南東道。南郡，即荆州，屬山南東道。清河郡，即貝州，屬河北道。皆諸人之族望，故冠於姓名之上，而實非産於其地者也。猶之太白生於蜀而自稱隴西李白，退之生於南陽而自稱昌黎韓愈耳。

〔二〕《後漢書》：鄭玄，字康成，北海高密人。通《京氏易》、《公羊春秋》、《三統曆》、《九章算術》、《周官》、《禮記》、《左氏春秋》、《韓詩》、《古文尚書》。

〔三〕《史記》：子産者，鄭成公少子也，爲人仁，愛人，事君忠厚。孔子嘗過鄭，與子産如兄弟云。及聞子産死，孔子爲泣，曰：「古之遺愛也。」

〔四〕唐時，上縣置尉二人，而此之列名者四人，豈一時之制稍有增益與？

〔五〕《左傳》：晉卿不如楚，其大夫則賢，皆卿才也。《華陽國志》：陳登曰：「雄姿傑出，有霸王之略，吾敬劉玄德。」駱賓王詩：霸略今何在，王宫尚巋然。

〔六〕《書・洪範》：相協厥居。孔穎達《正義》：相，助也。協，和也。

〔七〕《廣韻》：緬，遠也。勒，刻也。《詩・國風》：有杕之杜，生於道周。毛傳曰：周，曲也。

其辭曰：

粲粲貞女〔一〕，孤生寒門。上無所天〔二〕，下報母恩。春風三十，花落無言。乃如之人，激漂清源。碧流素手，縈彼潺湲〔三〕。求思不可〔四〕，秉節而存。伍胥東奔，乞食於此。女分壺漿，滅口而死〔五〕。聲動列國，義形壯士。入郢鞭屍，還吴雪恥。投金瀨沚，報德稱美。明明千秋，如月在水。

〔一〕粲粲，美潔貌。

〔二〕上無所天，言無父無夫也。詳六卷注。

〔三〕《廣韻》：潺湲，水流貌。

〔四〕《詩・國風》：漢有游女，不可求思。

〔五〕《史記》：李園陰養死士，欲殺春申君以滅口。

天長節使「使」字疑誤鄂州刺史韋公德政碑并序

《唐書·地理志》，鄂州江夏郡隸江南西道。胡三省《通鑑注》：鄂州，春秋夏汭之地。《江夏記》云：一名夏口，一名魯口。吴始築郡城。晉末始立郢州。隋平陳，改爲鄂州，因鄂渚爲名。

太虛既張〔一〕，惟天之長。所以白帝真人，當高秋八月五日，降西方之金精，採天長爲名，將傳之無窮，紀聖誕之節也〔二〕。

〔一〕孫綽《游天台山賦》：太虛遼廓而無閡。李善注：太虛，天也。

〔二〕《玉海》：《實録》：玄宗以垂拱元年八月五日生於東都。開元十七年八月癸亥，宴百僚於花萼樓下，左相乾曜、右相説上表曰：「少昊著流虹之感，商湯本玄鳥之命。陛下二氣合神，九龍浴聖，月惟仲秋，日在端五，長星不見之夜，祥光照室之朝，請以爲千秋節。著之甲令，布之天下，咸令宴樂。」群臣以是日獻甘露醇酎，上萬歲壽酒。王公戚里進金鏡綬帶，士庶以結絲承露囊相遺問，村社作壽酒宴樂，名爲賽白帝，報田神。天寶七載八月己亥，改爲天長節。

我高祖創業，太宗成之，三后繼統〔一〕，王猷如一〔二〕。大盜間起〔三〕，開元中興，力倍造化，功包天地。不然，何能遏犧、農之頹波，返淳朴於太古。雖軒后至道，由聞蚩尤之師〔四〕；今網漏吞舟〔五〕，而胡夷起於轂下〔六〕。

〔一〕三后，謂高宗、中宗、睿宗。

〔二〕張協《七命》：王猷四塞，函夏謐靜。李善注：毛詩曰：王猶允塞。猶，與猷同。張銑注：猷，道也。

〔三〕大盜，指韋、武諸賊臣，以其謀危宗社，故曰大盜。

〔四〕《史記·五帝紀》：蚩尤作亂，不用帝命。於是黄帝乃徵師諸侯，與蚩尤戰於涿鹿之野，遂擒殺蚩尤。

〔五〕《酷吏傳》：漏網於吞舟之魚。

〔六〕司馬相如《諫獵書》：是胡、越起於轂下，而羌、夷接軫也。李善《文選注》：胡廣《漢官解故注》曰：轂下，喻在輦轂之下，京城之中也。

光天文武孝感皇帝〔一〕，越在明兩，總戎扶風〔二〕。正帝車於北斗〔三〕，拯横流於鯨口〔四〕；迴日轡於西山〔五〕，拂蒙塵於帝顔〔六〕。呼吸而收兩京，烜爀而安六合。歷列辟而罕匹〔七〕，顧將來而無儔。太陽重輪，合耀並出。宇宙翕變，草木增榮。一麾而靜妖氛〔八〕，成功不處；五讓而傳劍璽〔九〕，德冠樂推。

〔一〕《舊唐書》：至德三載正月戊寅，上皇御宣政殿，册皇帝尊號曰「光天文武大聖孝感皇帝」。上以徽號中有「大聖」二字，上表固讓，不允。乾元二年春正月己巳朔，上御含元殿，受尊號曰「乾元大聖光天文武孝感皇帝」。

〔二〕越與粤通，發語聲。明兩，見二十二卷注。總戎扶風，見十一卷注。

〔三〕《甘氏星經》：北斗星謂之七政，天之諸侯，亦謂帝車。第一名天樞，第二名璇，第三名璣，第四名權，第五名衡，第六名闓陽，第七名瑶光。

〔四〕横流，見十一卷注。沈佺期詩：魂魄游鬼門，骸骨遺鯨口。

〔五〕庾信歌：迴日轡，動天關。

〔六〕《左傳》：天子蒙塵於外，敢不奔問官守。

〔七〕班固《典引》：德臣列辟，功君百王。章懷太子注：列辟，謂古之帝王也。

〔八〕任昉《宣德皇后令》：白羽一麾，黄鳥底定。李善注：《鬻子》曰：武王率兵車以伐紂，紂虎旅百萬，陳於商郊，起自黄鳥，至於赤斧，三軍之士，靡不失色。武王乃命太公把白旄以麾之，紂軍反走。

〔九〕《漢書》：袁盎曰：「陛下至代邸，西鄉讓天子者三，南鄉讓天子者再。夫許由一讓，陛下五以天下讓，過許由四矣。」傳劍璽，見十一卷注。肅宗克定兩京，迎上皇還京，請歸東宮，及涕泣受傳國璽，詳見十一卷注。

於戲！昔堯及舜、禹，皆無聖子〔一〕，審曆數去己〔二〕，終大寶假人〔三〕，飾讓以成千載之美，未若以文明鴻業〔四〕，授之元良〔五〕，與天同休，相統億祀。則我唐至公而無私，越三聖而殊軌〔六〕。騰萬人之喜氣，爛八極之祥雲〔七〕。上皇思汾陽而高蹈〔八〕，解負重於吾君〔九〕。能事斯畢，與人更始〔一〇〕。

〔一〕堯、舜無聖子，文乃兼禹言之，誤也。

〔二〕《書·大禹謨》：天之曆數在汝躬。蔡氏《集傳》：曆數者，帝王相繼之次第，猶歲時節氣之先後。

〔三〕《周易》：聖人之大寶曰「位」。

〔四〕鴻業，大業也。《後漢書》：皇帝幼沖，承統鴻業。

〔五〕《禮記》：一有元良，萬國以貞，世子之謂也。

〔六〕《漢書·曹褒傳》：三五步驟，優劣殊軌。

〔七〕《尚書大傳》：卿雲爛兮，糺漫漫兮。

〔八〕《莊子》：堯治天下之民，平海内之政，往見四子藐姑射之山，汾水之陽，窅然喪其天下焉。

〔九〕《淮南子》：堯舉天下而傳之於舜，若解重負。然非直辭讓，誠無以爲也。

〔一〇〕《漢書》：夫赦令者，將與天下更始。《後漢書》：蕩滌宿惡，與人更始。

乃展祀郊廟〔一〕，望秩山川〔二〕。方掩骼（音格）於河、洛〔三〕，弔人於幽、燕。但誅元凶〔四〕，不問小罪。噫大塊之氣〔五〕，歌炎漢之風〔六〕。雲滂洋，雨汪濊（音穢）〔七〕。澡渥澤〔八〕，除瑕纇（音類）。削平國步〔九〕，改號乾元。至矣哉！其雄圖景命〔一〇〕，有如此者。

〔一〕《韻會》：展，誠也。

〔二〕《書·舜典》：望秩於山川。孔氏傳：諸侯境内，名山大川，如其秩次望祭之，謂五岳牲禮視三公，四瀆視諸侯，其餘視伯子男。蔡氏《集傳》：望而祭之，故曰望。秩者，其牲幣祝號之次第。

〔三〕《吕氏春秋》：掩骼霾髊。高誘注：白骨曰骼。

〔四〕《宋書》：志梟元凶，少雪仇恥。

〔五〕《莊子》：大塊噫氣，其名爲風。

〔六〕漢高祖《大風歌》，見二十卷注。

〔七〕司馬相如《難蜀父老文》：威武紛紜，湛恩汪濊。顔師古注：汪濊，深廣也。

〔八〕王僧孺《謝除吏部郎啟》：自遇休明，多逢渥澤。

〔九〕《詩・大雅》：國步斯頻。《集傳》曰：步，猶運也。

〔一〇〕江淹《恨賦》：雄圖既溢，武力未畢。《詩・大雅》：君子萬年，景命有僕。

我邦伯韋公，大彭之洪胤〔一〕，扶陽（郭本作「楊」）之貴族。雄略邁古〔二〕，高文變風。運當一賢〔三〕，才堪三事〔四〕。歷職剖劇，能聲旁流。振（繆本作「衣」）繡而白筆横冠〔五〕，分符而彤襜入境〔六〕。曩者永王以天人授鉞，東巡無名〔七〕。利劍承喉以脅從，壯心堅守而不動。房陵之俗〔八〕，安於太山〔九〕；休奕列郡，去若始至。帝召岐下〔一〇〕，深嘉直誠。

〔一〕邦伯，謂刺史。見六卷注。《唐書》：韋氏出自風姓，顓頊孫大彭爲夏諸侯，少康之世封其别孫元哲於豕韋，其地滑州韋城是也。豕韋、大彭迭爲商伯，周赧王時始失國，徙居彭城，以國爲氏。韋伯遐二十四世孫孟爲漢楚王傅，去位徙居魯國鄒縣。孟四世孫賢，漢丞相，扶陽節侯，又徙京兆杜陵。《晉書・樂志》：載德奕世，垂慶洪胤。

〔二〕《後漢書》：荀彧聞曹操有雄略。

〔三〕甄鸞《笑道論》：《文始傳》云：五百年一賢，千年一聖。

〔四〕三事，三公也。見十九卷注。

〔五〕繡衣、白筆，御史事，見十一卷注。

〔六〕分符，彤襜，刺史事。分符，謂郡守得分虎符、竹使符，詳五卷注。彤襜，見十四卷注。

〔七〕天人，見五卷注。薛道衡《高祖文皇帝頌》：授鉞天人，豁然清蕩。永王東巡事，詳後三十卷注。《藝文類聚》：摯虞《新禮儀》曰：漢、魏故事，遣將出征，符節郎授鉞於朝堂。新禮，遣將御臨軒，尚書授節鉞，古兵書跪而推轂之義也。《唐六典》：凡大將出征，皆告廟授斧鉞。

〔八〕《唐書·地理志》，山南東道有房州房陵郡。

〔九〕《漢書》：易於反掌，安於泰山。

〔一〇〕岐下，岐山之下，唐時爲岐州扶風郡，肅宗時改稱鳳翔郡，未復京師以前，駐蹕其地者凡八月。

移鎮夏口〔一〕，救時艱也。慎厥職，康乃人。減兵歸農，除害息暴。大水滅郭，洪霖注川〔二〕。人見憂於魚鼈〔三〕，岸不辨於牛馬〔四〕。公乃抗辭正色，言於城隍曰：〔五〕「若三（繆本作「一」）日雨不歇，吾當伐喬木〔六〕，焚清祠。」精心感動，其應如響。無何，中（郭本作「巾」）使銜命，偏（繆本作「常」）祈名山〔七〕，廣徵牲牢，驟欲致祭。公又盱（音吁）衡而稱曰：〔八〕「今主上明聖，懷於百靈〔九〕，此淫昏之鬼〔一〇〕，不載祀典，若煩國禮，是荒巫風。」〔一一〕其秉心達識，皆此類也。物不知化，如登春臺〔一二〕。

〔一〕杜氏《通典》：鄂州，吴時常爲重鎮，歷代亦爲兵衝。其地亦曰夏口，亦曰魯口。

〔二〕曹毗《霖雨詩》：洪霖彌旬日，翳翳四區昏。

〔三〕劉勰《新論》：禹爲匹夫，未有功名，堯深知之，使治水焉。使百川東注於海，西被於流沙，生人免爲魚鼈之患。

〔四〕《莊子》：秋水時至，百川灌河，涇流之大，兩涘渚涯之間，不辨牛馬。

〔五〕按：城隍之祀，莫詳所自。蕪湖城隍，相傳建於吴赤烏二年，則其來久矣。《南史》：梁邵陵王綸祭城隍神。《北史》：慕容儼鎮郢城，城中先有神祠一所，號城隍神。唐李陽冰《縉雲縣城隍神記》：城隍神，祀典無之，惟吴越有爾。風俗，水旱疾疫必禱焉。《太平廣記》：吴俗畏鬼，每州縣必有城隍神。陸游云：唐以來郡縣皆祭城隍，今世尤謹，守令謁見，儀在他神祠上，社稷雖尊，特以令式從事，至祈禳報賽，獨城隍而已。

〔六〕《詩·國風》：南有喬木。毛傳曰：喬，上竦也。

〔七〕《唐書》：肅宗嘗不豫，太卜建言，祟在山川。王嶼遣女巫乘傳，分禱天下名山大川，巫皆盛服，中人護領。此文所云「中使銜命，徧祈名山」，即其事也。

〔八〕《漢書》：盱衡厲色。孟康注：眉上曰衡。盱衡，舉目揚眉也。左思《魏都賦》：有睟其容，乃盱衡而誥。劉淵林注：盱衡，舉眉大視也。

〔九〕班固《東都賦》：禮神祇，懷百靈。

〔一〇〕《左傳》：又用諸淫昏之鬼。

〔一一〕《書·伊訓》：敢有恒舞於宫，酣歌於室，時謂巫風。

〔一二〕《老子》：衆人熙熙，如享太牢，如登春臺。河上公注：春，陰陽交通，萬物感動，登臺觀之，意志淫淫然也。

有若江夏縣令薛公〔一〕，揖四豪之風〔二〕，當百里之寄。幹蠱有立〔三〕，含章可貞〔四〕。遵之典禮，恤疲於和樂，政其成也，臻於小康〔五〕。

〔一〕江夏縣，鄂州附郭之縣。

〔二〕四豪，見十二卷注。

〔三〕《易·蠱卦》：初六，幹父之蠱。

〔四〕《坤卦》：六三，含章可貞。孔穎達《正義》云：六三，處下卦之極，既居陰極，能自降退，不爲事始。惟内含章美之道，待命乃行，可以得正。故曰「含章可貞」。

〔五〕《詩·大雅》：迄可小康。

中京重覩於漢儀〔一〕，列郡還聞於舜樂。選鄂之勝〔二〕，帳於東門。乃登豳歌，擊土鼓〔三〕，祀蓐收〔四〕，迎田祖〔五〕。招摇回而大火乃落〔六〕，閶闔啟而涼風始歸〔七〕。笙竽和籥之音，象星辰而迭奏〔八〕；吴、楚、巴、渝（音于）之曲，各土風而備陳〔九〕。禮容有穆，簪笏列序〔一〇〕。羅衣蛾眉，立乎玳筵之上〔一一〕；班劍虎士〔一二〕，森乎翠幕之前〔一三〕。千變百戲，分曹賈（音古）勇〔一四〕。藺（當作「蘭」）子跳劍〔一五〕，迭躍流星之輝；都盧尋橦（音牀）〔一六〕，倒挂浮雲之影。百川繞郡，落天鏡於江城；四山入牖，照霜空之海色。獻觴醉於晚景，舞袖紛於廣庭。

〔一〕《唐書·地理志》，上都初曰京城，天寶元年曰西京，至德二載曰中京，上元二年復曰西京。

〔二〕選鄂之勝，選擇鄂城名勝之區也。

〔三〕《周禮·籥章》：掌土鼓豳籥，凡國祈年於田祖，龡《豳雅》，擊土鼓，以樂田畯。鄭康成注：杜子春云：土鼓，以瓦爲匡，以革爲兩面，可擊也。田祖，始耕田者，謂神農也。《豳雅》，《七月》也。《七月》有「于耜」、「舉趾」、「饁彼南畝」之事，是以亦歌其類。謂之「雅」者，以其言男女之正。

〔四〕蓐收，司秋令之神。見二卷注。

〔五〕《詩·小雅》：琴瑟擊鼓，以御田祖。毛傳曰：田祖，先嗇也。《正義》曰：《郊特牲》注云：先嗇若神農。《春官·籥章》注云：田祖，始耕田者，謂神農是也。以祖者始也，始教造田謂之田祖。先爲稼穡，謂之先嗇。神其農業，謂之神農。名殊而實同也。

〔六〕鄭康成《禮記注》：招摇星，在北斗杓端主指者。《正義》曰：招摇，北斗七星也。北斗居四方宿之中，以斗末從十二月建而指之，則四方宿不差。大火，心星也。見五卷注。

〔七〕閶闔，西極之門。見十九卷注。《禮・月令》：孟秋之月，涼風至。

〔八〕《荀子》：鼓似天，鐘似地，磬似水，竽簫笙籥似星辰日月，鼗柷拊鞷椌楬似萬物。《隋書》：匏之屬，一曰笙，一曰竽，並女媧之所作也。笙列管十九于匏内，施簧而吹之。竽大三十六管。《風俗通》：大笙謂之巢，小笙謂之和。郭璞《爾雅注》：籥，如笛，三孔而短小。《廣雅》云七孔。

〔九〕《漢書・樂志》：巴、俞鼓員三十六人。顔師古注：巴，巴人也。俞，俞人也。當高祖初爲漢王，得巴、俞人，並趫捷善鬬，與之定三秦，滅楚，因存其武樂。巴、俞之樂，因此始也。巴即今之巴州，俞即今之渝州，各其本地。《晉書》：漢高祖自蜀漢將定三秦，閬中范因率賨人以從帝爲前鋒，及定秦中，封因爲閬中侯，復賨人七姓。其俗喜舞，高祖樂其猛鋭，數觀其舞，後使樂人習之。閬中有渝水，因其所居，故名曰巴渝舞。舞曲有《矛渝本歌曲》、《弩渝本歌曲》、《安臺本歌曲》、《行辭本歌曲》，總四篇。

〔一〇〕王融《三月三日曲水詩序》：晬容有穆，賓儀式序。

〔一一〕劉楨《瓜賦》：布象牙之席，薰玳瑁之筵。

〔一二〕班劍，按《文選注》李善曰：《晉公卿禮秩》曰：諸公及開府，位從公者，給虎賁二十人，持班劍焉。《漢官儀》曰：班劍者，以虎皮飾之。李周翰曰：班劍，木劍無刃，假作劍形，畫之以文，故曰「班」也。《文獻通考》：班劍，本漢朝服帶劍，晉易以木，謂之象劍，取裝飾斑斕之義，此一説也。又

《文選注》：劉良曰：班劍，謂執劍而從行者也。呂向曰：班，列也。言使勇士行列持劍以爲儀仗也。胡三省《通鑑注》：班劍，持劍爲班，立在車前也。又曰：班，列也。持劍成列，夾道而行也。以班爲行列之義，又一説也。未知孰是。虎士，見八卷注。

〔一三〕潘岳《籍田賦》：翠幕黕以雲布。

〔一四〕分曹，分爲二曹以較優劣。賈勇，爭先炫燿其技，與《左傳》賈勇之義微異。

〔一五〕《列子》：宋有蘭子者，以技干宋元，宋元召而使見其伎。以雙枝長倍其身，屬其脛，並趨並馳，弄七劍迭而躍之，五劍常在空中。元君大驚，立賜金帛。《音釋》所謂蘭子以技妄游者也。《舊唐書》：梁有長蹻伎、擲倒伎、跳劍伎、吞劍伎，今並存。

〔一六〕張衡《西京賦》：都盧尋橦。《漢書》：武帝享四夷之客，作巴俞都盧。詳見一卷《大獵賦》注。《初學記》：尋橦，今之緣竿。《文獻通考》：緣橦之技衆矣，漢武帝時謂之都盧。都盧，國名，其人體輕而善緣也。

鶴髮之叟〔一〕，雁序而進曰：〔二〕「恭聞天子無戲言〔三〕，恐轉公以大用。老父不畏死，願留公以上聞。悦坐棠而飡風〔四〕，庶刻石以賓（繆本作「實」）美。

〔一〕庾信《竹杖賦》：鶴髮雞皮，蓬頭歷齒。

〔二〕雁序，猶雁行。雁之飛也，若有行列，先後之序，不相紊亂。

〔三〕《史記》：史佚曰：「天子無戲言，言則史書之，禮成之，樂歌之。」

〔四〕《風俗通》：召公當農桑之時，重爲所煩勞，不舍鄉亭，止於棠樹之下，聽訟決獄，百姓各得其所，壽百九十餘乃卒。後人思其德美，愛其樹而不敢伐，《詩・甘棠》之所作也。《隋書・王貞傳》：坐棠聽訟事，絶詠歌。

白觀樂入楚〔一〕，聞韶在齊〔二〕，採諸行謡，遂作頌曰：

〔一〕《左傳》：吴公子札來聘，請觀於周樂。

〔二〕《説苑》：孔子至齊郭門之外，遇一嬰兒，挈一壺相與俱行，其視精，其心正，其行端。孔子謂御曰：「趣驅之，韶樂方作。」孔子至彼，聞韶，三月不知肉味。鄂州，本楚國之地，故曰「入楚」。因入楚而觀樂，親見其美，猶之在齊而「聞韶」。二句乃流水對法，或疑「入楚」爲誤者，非也。

爽朗太白〔一〕，雄光下射。崢嶸金天，華岳旁連〔二〕。降精騰氣，赫矣昭然。誕聖五日，垂休萬年。孽胡挻（音羶）災〔三〕，大人有作。雷霆發揚，欃（初銜切，插平聲）槍（音撐）乃落〔四〕。九服交泰〔五〕，五雲縈薄〔六〕。掃雪屯蒙，洗清寥廓〔七〕。軒后訪道，來登峨嵋（郭本作「娥眉」）〔八〕。上皇西去，異代同時。六龍轉駕〔九〕，兩曜迴規。重遭唐主，更覩漢儀〔一〇〕。肅肅韋公，大邦之翰〔一一〕。秀骨岳立〔一二〕，英謀電斷〔一三〕。宣風樹聲〔一四〕，遠威逆亂。不長不極〔一五〕，樂奏爭觀。丸劍揮霍〔一六〕，魚龍屈盤〔一七〕。東迴舞袖，西笑長安〔一八〕。頌聲載路〔一九〕，豐碑是刊〔二〇〕。

〔一〕《史記正義》：《天官占》云：太白者，西方金之精，白帝之子，上公、大將軍之象也。徑一百里。太白，即金星也，附日而行，或行在日之先，或行在日之後，雖無定所，而總之日行一度。其光芒所射，五星之中，惟太白最爲明朗。

〔二〕金天，見三卷注。華岳，見七卷注。

〔三〕《韻會》：《説文》、《方言》：楚部謂取物而逆曰挻，一曰揉也。《增韻》：引也。

〔四〕《爾雅》：彗星爲欃槍。

〔五〕《周禮》：乃辨九服之邦國，方千里曰王畿，其外方五百里曰侯服，又其外方五百里曰甸服，又其外方五百里曰男服，又其外方五百里曰采服，又其外方五百里曰衛服，又其外方五百里曰蠻服，又其外方五百里曰夷服，又其外方五百里曰鎮服，又其外方五百里曰藩服。《周易》：天地交泰。

〔六〕五雲，見七卷注。

〔七〕屯蒙，見十一卷注。寥廓，見一卷注。

〔八〕《抱朴子》：昔黄帝到峨嵋山，見天真皇人於玉堂，請問真一之道，皇人曰：「子既君四海，復欲求長生，不亦貪乎？」

〔九〕六龍，見八卷注。

〔一〇〕復見漢官威儀，見十一卷注。

〔一一〕《詩·大雅》：大邦維屏，大宗維翰。又曰：維申及甫，維周之翰。毛傳曰：翰，幹也。鄭箋曰：爲周楨幹之臣。

〔一二〕陸機詩：吴實龍飛，劉亦岳立。

〔一三〕《周書》：英謀電發，神斾風馳。孫楚《白起贊》：神機電斷，氣濟師然。

〔一四〕《宋書》：樹聲列藩，宣風鉉德。

〔一五〕《禮記》：敖不可長，樂不可極。

〔一六〕張衡《西京賦》：跳丸劍之揮霍。薛綜注：揮霍，謂丸劍之形也。張銑注：跳，弄也。丸，鈴也。揮霍，鈴劍上下貌。

〔一七〕《漢書》：作巴俞都盧、海中碭極、曼衍魚龍、角抵之戲。顔師古注：魚龍者，爲舍利之獸，先戲於庭極。畢，乃入殿前激水，化成比目魚，跳躍潄水，作霧障日。畢，化爲黄龍八丈，出水敖戲於庭，炫耀日光。《西京賦》云「海鱗變而成龍」，即爲此色也。

〔一八〕西笑長安，見十二卷注。

〔一九〕《詩·大雅》：厥聲載路。《集傳》曰：載，滿也。

〔二〇〕徐陵《孝義寺碑》：謹勒豐碑，陳其舞詠。

比干碑

《唐文粹》載李翰所作《殷太師比干碑》，即此篇也。雖文句之間略有不同，然異者只八十餘字而已。按《唐書·李翰傳》：翰擢進士第，調衞尉。天寶末，房琯、韋陟俱薦爲史官，宰相不肯擬。與此文所云「天寶十祀，余尉於衞」，極爲脗合。疑是太白代翰起草，而翰竄改數字以上石者歟？或謂翰亦以文鳴，似無倩人代筆之理，不知一行作吏，簿書鞅掌之不遑，代言視草，勢所不免。如李衞公《一品集序》，鄭亞所作，亦命李義山起草，而自加更定者也。又何疑於翰焉？第其文質實疏達，與集中諸作，另成一格，恐實出自翰手。後之編輯者，或誤以李翰爲李翰林，遂爾採入集中耶？巨眼者必能辨之。

太宗文皇帝既一海内，明君臣之義。貞觀十九年征島夷（《唐文粹》作「東征島夷」）〔一〕，師次殷墟〔二〕，乃詔贈少師（《文粹》作「乃下詔追贈殷少師」）比干爲太師，謚曰忠烈公〔三〕。遣大臣持節弔祭（《文粹》作「贈」），申命郡縣封墓、葺祠、置守冢（《文粹》多「五家」二字），以少牢時享〔四〕，著於甲令〔五〕，刻於金石。故比干之忠益彰，臣子得述其志（《文粹》作「得以述其志也」）。

〔一〕島夷，其地在東海之濱，故曰島夷。

〔二〕《左傳》：命以《康誥》而封於殷墟。杜預注：殷虚，朝歌也。

〔三〕《册府元龜》：貞觀十九年二月庚戌，輿駕發洛陽，丁巳詔曰：「昔望諸列國之相，漢主尚求其後；夷吾霸者之臣，魏君猶禮其墓。況正直之道，邁青松而孤絶；忠勇之操，掩白玉而振彩者哉。殷故少師比干，貞一表德，鄰幾成性，以明允之量，屬無妄之辰。玉馬遽馳，愍其邦之殄瘁；寶衣將燎，惜其君之覆亡。其義不回，懷忠蹈節。讜言纔發，輕百齡之命；淫刑既逞，碎七尺之軀。雖復周王封墓，莫救焚如之禍；孔聖稱仁，寧追剖心之痛。朕自趙、魏，問罪遼碣，途經麥秀之墟，緬懷桑梓之地。駐蹕而瞻荒隴，願以爲臣；撫躬而想幽泉，思聞其諫。豈可使慎終之義，久闕於往册；易名之典，無聞於後代。宜錫寵命，以展宿心。可追贈太師，謚曰忠烈。所司崇其墓而葺其祠，州縣春秋二時祀以少牢，給隨近五户，以供灑掃。」帝自爲文以祭之。

〔四〕鄭康成《儀禮注》：禮將祭祀，必先擇牲，繫於牢而芻之，羊豕曰少牢。

〔五〕《漢書·吴芮傳》：著於甲令而稱忠也。顔師古注：甲者，令篇之次也。又《叙傳》：至於甲令，民用寧康。

昔商王受毒痡（音鋪）於四海（《文粹》下多一「德」字）〔一〕，悖於三正〔二〕，肆厥淫虐，下罔敢諍（《文粹》作「諫」）。於是微子去之，箕子囚之，而公獨死之〔三〕。

〔一〕《書·泰誓》：今商王受弗敬上天，降災下民。又云：作威殺戮，毒痡四海。孔安國傳：痡，病也。

〔二〕《史記》：今殷王紂乃用其婦人之言，自絶於天，毀壞其三正。裴駰注：馬融曰：動逆天地人也。

〔三〕《史記》：紂愈淫亂不止，微子數諫不聽，乃與太師、少師謀，遂去。比干曰：「爲人臣者，不得不以死爭。」乃强諫紂，紂怒曰：「吾聞聖人心有七竅。」剖比干，觀其心。箕子懼，乃佯狂爲奴。紂又囚之。

非夫捐生之難，處死之難（《文粹》作「非捐生之難，處死之難；非處死之難，得死之難」）。故不可死而死（《文粹》下多一「之」字），是輕其生，非孝也。可死（《文粹》作「得其死」）而不死，是重其死，非忠也。王曰（《文粹》作「之」）叔父〔一〕，親其（《文粹》作「莫」）至焉；國之元臣，位莫崇焉。親（《文粹》作「崇高」二字）不可以觀其危，昵（《文粹》作「親昵」二字）不可以忘其祖。則我臣（《文粹》作「成湯」二字）之業，將墜於泉；商王之命，將絶於天〔二〕。整扶其顛，遂諫而死。剖心非痡，亡殷爲痡（《文粹》作「殷亡是痡」）。公之忠烈（《文粹》下多一「也」字），其若是焉（《文粹》作

「乎」)。

〔一〕《楚辭章句》:比干,紂之諸父也。

〔二〕《書·泰誓》:自絶於天,結怨於民。

故能獨立危邦,横抗興運。周武以三分之業〔一〕,有諸侯之師。實(《文粹》作「資」)其十亂之謀〔二〕,總其一心之衆(《文粹》少二「其」字)〔三〕。當公之存也,乃(《文粹》作「則」)戢彼西土〔四〕;及公之喪也,乃觀乎(《文粹》作「於」)孟津〔五〕。公存而殷存,公喪而殷喪。興亡兩(郭本作「而」,《文粹》作「所」)繫,豈不重與!

〔一〕《史記》:文王伐崇、密須、犬夷,大作豐邑。天下三分,其二歸周。

〔二〕十亂,見二十六卷注。

〔三〕《書·泰誓》:受有臣億萬,惟億萬心;予有臣三千,惟一心。孔安國傳:三千一心,言同欲也。

〔四〕又《泰誓》:西土有衆,咸聽朕言。孔安國傳:武王在西,故稱西土。

〔五〕《史記》:武王渡河,諸侯不期而會盟津者八百。諸侯皆曰:「紂可伐矣。」武王曰:「女未知天命,未可也。」乃還師歸。居二年,聞紂昏亂暴虐滋甚,殺王子比干,囚箕子。於是武王徧告諸侯曰:「殷有重罪,不可以不畢伐。」遂率戎車三百乘,虎賁三千人,甲士四萬五千人,以東伐紂。

十一年十二月戊午，師畢渡盟津。孔安國《尚書傳》：武王三年服畢，觀兵孟津，以卜諸侯伐紂之心。

且聖人立教，懲惡勸善而已矣。人倫大統，父子君臣而已矣。少師存則垂（《文粹》作「正」）其統，殁則垂其教。奮乎千古之上，行乎百王之末。俾夫淫者懼，佞者慚，義（《文粹》作「睿」）者思，忠者勸。其爲戒（《文粹》作「式」）也，不亦大哉！而（《文粹》缺「而」字）夫子稱殷有三仁，是（《文粹》缺「是」字）豈無微旨。嘗敢頤（《文粹》作「論」）之曰：存其身，存其宗，亦仁矣；存其名（一作「身」），存其祀，亦仁矣；亡其身，圖其國，亦仁矣（《文粹》作「存其身，存其祀，亦仁也；亡其身，存其國，亦仁也」。缺中間九字）。若進死者，退生者，狂狷之士將奔走之（《文粹》作「焉」）；褒生者，貶死者，宴安之人將寘（與置同）力焉。故同歸諸仁，各順其志，殊塗而一揆，異行而齊致。俾後（《文粹》多「之」字）人優柔而自得焉〔一〕，蓋《春秋》微婉之義〔二〕。

〔一〕杜預《春秋左傳序》：將令學者，原始要終，尋其枝葉，究其所窮。優而柔之，使自得之；饜而飫之，使自趨之。

〔二〕《左傳》：《春秋》之稱微而顯，婉而辨。杜預注：文微而義著，辭婉而旨別。

必將建皇極〔一〕，立彝倫〔二〕，闢在三之門（《文粹》作「彌在三之規」）〔三〕，垂不二之訓〔四〕，以明知於世（《文粹》作「以昭於世」）。則夫人臣者，既移孝於親，而致之於君。焉有聞親失而不諍（《文粹》下多一「覩」字），親危而不救，從容安地而自得，甚哉不然矣（《文粹》作「從容安地而稱得理，是不然矣」）！

〔一〕《書·洪範》：建用皇極。孔安國傳：皇，大也。極，中也。凡立事，當用大中之道。《正義》云：施政教，治下民，當使大得其中，無有邪僻也。

〔二〕又曰：彝倫攸敘。《集傳》曰：彝，常；倫，理也。所謂「秉彝人倫」也。

〔三〕《國語》：民生於三，事之如一。父生之，師教之，君食之。非父不生，非食不長，非教不知，生之族也，故一事之。韋昭曰：三，君、父、師也。如一，服勤至死也。《抱朴子》：民生在三，奉之如一。

〔四〕《史記》：王蠋曰：忠臣不事二君，貞女不更二夫。

夫孝於其親，人之親皆欲其子；忠於其主，人之主皆欲其臣（《文粹》作「孝於其親者，人之親皆願其爲子；忠於其君者，人之君皆欲其爲臣」）。故歷代帝王，皆欲精顯（《文粹》作「莫不欲旌顯」）。周武下車而封其墓〔一〕，魏武（《文粹》作「氏」。琦按：當作「文」）南遷而創其祠〔二〕。我太宗有天下，禋百神（《文粹》多一「而」字）〔三〕，盛其禮。追贈太師，謚曰忠烈。申命郡縣，封墳（《文粹》作「墓」）葺祠，置守冢五家，以少牢時享。著於甲令，刻於金石。於戲！哀傷列辟〔四〕，主君封德（《文粹》作「主食舊封」）。正與神明，秩視郡王（《文粹》作「德爲神明，秩視群望」）。身滅而榮（《文粹》作「名」）益大，世絶而祀愈長。然後知忠烈之道，激天感人（《文粹》作「感激天人」）深矣。

〔一〕《禮記》：武王克殷反商，下車封王子比干之墓。鄭康成注：積土爲封，封比干墓，崇賢也。《史記》：命閎夭封比干之墓。《正義》曰：封，謂益其土及畫疆界。《括地志》云：比干墓在衛州汲縣北十里二百五十步。《水經注》：牧野有殷大夫比干冢，前有石銘題隸云：「殷大夫比干之墓。」所記惟此，今已中折，不知誰所誌也。太和中，高祖孝文皇帝南巡，親幸其墳而加弔焉，刊石樹碑，列於墓隧。《墨莊漫録》：比干墓，在衛州西山，去城數十里，有漢、唐以來碑刻甚多，墓周圍數里，生異木，樛結不可入。

〔二〕《河南通志》：殷太師廟，在衛輝府城北十五里，祀殷太師比干，魏文帝建。唐貞觀中修葺。《北史》：魏孝文遷洛，路由朝歌，見殷比干墓，愴然悼懷，爲文以弔之。據二書所云，乃魏文帝也。文言「魏武」，恐誤。

〔三〕韋氏《國語解》：潔祀曰禋。

〔四〕列辟，見前篇注。

天寶十祀，余尉於衛，拜首（《文粹》作「手」）祠堂，魄感精動。而廟在鄴邑〔一〕，官非式閭〔二〕。斲（《文粹》作「刊」）石銘表，以誌丕烈。

〔一〕翰官於衛縣，而比干廟在汲縣，故曰鄴邑。

〔二〕《周書》：式商容閭。孔穎達《正義》：式者，車上之横木。男子立乘，有所敬則俯而憑式，遂以式爲敬名。《説文》云：閭，族居里門也。武王過其閭而式之。言此内有賢人，式之禮賢也。

銘（《文粹》作「詞」）曰：

糜軀非仁〔一〕，蹈難非智。死於其死，然後爲義。忠無二軀（《文粹》作「體」），烈有餘氣。正直聰明，至今猛（《文粹》作「猶」）視。咨爾來代，爲臣不易。

〔一〕盧諶《贈劉琨詩序》：意氣之間，糜軀不悔。李善注：《説文》曰：靡，爛也。「靡」與「糜」古字通。東方朔《七諫》：子胥諫而靡軀兮。

武昌宰韓君去思頌碑并序

《新唐書·韓愈傳》：七世祖茂，有功於後魏，封安定王。父仲卿，爲武昌令，有美政。既去，縣人刻石頌德，終秘書郎。則韓君乃昌黎公之父也。

仲尼，大聖也，宰中都而四方取則〔一〕；子賤，大賢也，宰單父（音善甫），人到於今而思之〔二〕。乃知德之休明，不在位之高下，其或繼之者，得非韓君乎！

〔一〕《史記》：孔子爲中都宰，一年，四方皆則之。

〔二〕《家語》：孔子弟子有宓子賤者，仕於魯，爲單父宰，得行其政，於是單父治焉。躬敦厚，明親親，尚篤敬，施至仁，加懇誠，致忠信，百姓化之。

君名仲卿，南陽人也〔一〕。昔延陵知晉國之政，必分於韓〔二〕。獻子雖不能遏屠岸之誅，存孤嗣趙（郭本作「起」）〔三〕，太史公稱天下陰德也。其賢才羅生，列侯十世〔四〕，不亦宜哉！

〔一〕南陽郡，即鄧州也，唐時屬山南東道。

〔二〕《新唐書》：韓氏出自姬姓，晉穆侯濆少子曲沃桓叔成師生武子萬，食采韓原，生定伯，定伯生子興,子興生獻子厥,從封,遂爲韓氏。《史記·晉世家》:吴延陵季子來使,與趙文子、韓宣子、魏獻子語,曰:「晉國之政,卒歸此三家矣。」

〔三〕又《韓世家》:晉景公之三年,司寇屠岸賈將作亂,誅靈公之賊趙盾。盾已死矣,欲誅其子趙朔,韓厥止賈,賈不聽。厥告趙朔,令亡。朔曰:「子必能不絶趙祀,死不恨矣。」韓厥許之。及賈誅趙氏,厥稱疾不出。程嬰、公孫杵臼之藏趙孤趙武也,厥知之。景公十一年,晉作六卿,而韓厥在一卿之位,號爲獻子。景公十七年,疾,卜,大業之後不遂者爲祟。韓厥稱趙成季之功,今後無祀,以感景公。景公問曰:「尚有世乎?」厥於是言趙武,而復與故趙氏田邑,續趙氏祀。

〔四〕又太史公曰:韓厥之感晉景公,紹趙孤之子武,以成程嬰、公孫杵臼之義,此天下之陰德也。韓氏之功,於晉未覩其大者也。然與趙、魏終爲諸侯十餘世,宜乎哉!

琦按:全趙孤者韓獻子厥也,延陵季子所稱者韓宣子起也,今太白似作一人用,疑誤。

七代祖茂,後魏尚書令、安定王。五代祖鈞,金部尚書〔一〕。曾祖晙(音俊),銀青光禄大夫、雅州刺史。祖泰,曹州司馬。考睿素,朝散大夫、桂州都督府長史〔二〕。分茅納言,剖符佐郡〔三〕,奕葉(郭本作「業」)明德,休有烈光〔四〕。君乃長史之元子也〔五〕。

〔一〕《北史》:韓茂,字元興,安定安武人,爲武賁郎將。録前後功,拜散騎常侍、殿中尚書,進爵安定公。文成踐祚，拜尚書令，加侍中、征南大將軍，卒贈安定王。長子備，襲爵安定公。備弟均，字天德，初爲中散，賜爵范陽子，遷金部尚書。兄備卒，均襲爵安定公、征南大將軍，歷定、青、冀三州刺史，除大將軍、廣阿鎮大將，加都督三州諸軍事，復授定州刺史。《通典》：魏尚書有金部郎，其後歷代多有之。北齊金部主才量尺度、内外諸庫藏文帳。按此，則「鈞」字是「均」字之誤。但均乃茂之子，非茂之孫，與七代、五代之文不合。而《唐書·宰相世系表》亦以爲茂生二子備、均。

〔二〕李翱《韓文公行狀》：曾祖泰，皇任曹州司馬。祖濬素，皇任桂州長史。父仲卿，皇任秘書郎。皇甫湜《韓文公神道碑》：曾祖叡素，爲唐桂州長史，善化行於江嶺之間。又《唐書》均生晙，晙生仁泰，仁泰生叡素。則疑文之誤也。《唐書》之誤又因此文之誤而誤歟？《唐書·百官志》：文散階從三品曰銀青光禄大夫，從五品下曰朝散大夫。雅州盧山郡屬劍南道。曹州濟陰郡屬河南道。桂州始安郡屬嶺南道。

〔三〕分茅，見十五卷注。《漢書》：龍作納言，出入帝命。應劭注：納言，如今尚書官，王之喉舌也。《北堂書鈔》：尚書，唐、虞官也。唐、虞曰納言，周官爲内史。《大唐新語》：尚書，古之納言。潘岳《馬汧督誄》：剖符專城，紆青拖墨之司。李善注：《東觀漢紀》：韋彪上議曰：「二千石皆以選出京師，剖符典千里。」張銑注：剖符，謂剖竹分符，猶今之印也。分茅，謂加王爵。納言，謂爲尚書。剖符，謂爲刺史、長史。佐郡，謂爲司馬。

〔四〕《詩・周頌》：鞗革有鶬，休有烈光。

〔五〕《魯頌》：建爾元子，俾侯於魯。毛傳曰：元，首也。

妣有吴（郭本作「吾」）錢氏，及長史即世，夫人早孀，弘聖善之規〔一〕，成名四子，文伯、孟軻二母之儔歟〔二〕？

〔一〕《詩・國風》：母氏聖善。

〔二〕《列女傳》：魯季敬姜者，魯大夫公父穆伯之妻，文伯之母也。博達知禮。穆伯先死，敬姜守養，文伯出學而還歸，敬姜側目而盼之。見其友上堂，從後階降而卻行，奉劍而正履，若事父兄。文伯自以爲成人矣。敬姜召而數之曰：「以子年之少而位之卑，所與游者，皆爲服役，子之不益，亦以明矣。」文伯乃謝罪。於是乃擇嚴師、賢友而事之，所與游處者皆黄耄倪齒也。文伯引衽攘捲而親饋之，敬姜曰：「子成人矣。」君子謂敬姜備於教化。又曰：鄒孟軻之母也，號孟母。孟子既學而歸，孟母方績，問曰：「學所至矣？」孟子曰：「自若也。」孟母以刀斷其機，孟子懼而問其故，孟母曰：「子之廢學，若吾斷斯織也。夫君子學以立名，問以廣知，是以居則安寧，動則遠害。今而廢之，是不免於廝役，而無以離於禍患也。何以異於織績而食，中道廢而不爲，寧能衣其夫子，而長不乏糧食哉！女則廢其所食，男則墮於修德，不爲竊盜，則爲虜役矣。」孟子懼，且夕勤學不息，師事子思，遂成天下之名儒。君子謂孟母知爲人母之道矣。

少卿當塗縣丞，感概重諾，死節於義。雲卿文章冠世〔一〕，拜監察御史〔二〕，朝廷呼爲子房。紳卿尉高郵〔三〕，才名振耀，幼負美譽。

〔一〕皇甫湜《韓文公神道碑》：叔父雲卿，當肅宗、代宗朝，獨爲文章冠。李翱《韓君夫人韋氏墓誌銘》：禮部郎中雲卿，好立義節，有大功於昭陵，其文章出於時，而官不甚高。韓愈《科斗書後記》：愈叔父當大曆世，文辭獨行中朝，天下之欲銘述其先功行，取信於來世者，咸歸韓氏。

〔二〕《昌黎集注》：韓雲卿，上元辛丑特進試鴻臚卿，兼御史中丞，仕終禮部侍郎。《唐書·百官志》：御史臺有監察御史十五人，正八品下。

〔三〕韓愈《虢州司户韓府君墓誌銘》：安定桓王五世孫叡素爲桂州長史，化行南方。有子四人，最季曰紳卿，文而能言。嘗爲揚州録事參軍，事故宰相崔圓。圓狎愛州民丁某，至顧省其家。後大衙會日，司録君趨以前，大言曰：「公與小民狎，至至其家，害於政。」圓驚謝曰：「録事言是，圓實過。」乃自署罰五十萬錢。由是遷涇陽令，破豪家水碾，利名田頃凡百萬。琦按：此文本頌韓公德政，而兼及其諸弟，蓋因上文「成名四子」，而叙其事以實之也。又此文序其兄弟，少長名諱皆與《昌黎集》合，乃《唐書·宰相世系表》以叡素生七子，無少卿而有晉卿、季卿、子卿、升卿，與此大異。夫以歐陽公所修之史表，而與其家傳不能無誤繆，信史蓋難言矣。唐時淮南道有高郵縣，隸揚州廣陵郡。

君自潞州銅鞮（音低）尉調補武昌令〔一〕，未下車，人懼之；既下車，人悦之。惠如春風，三月大化，姦吏束手〔二〕，豪宗側目〔三〕。有爨玉者，三江之巨横〔四〕（此下似有缺文）。白額且去，清琴高張〔五〕。兼操刀永興〔六〕，二邑同化。

〔一〕唐時河東道有銅鞮縣，隸潞州上黨郡。江南西道有武昌縣、有永興縣，俱隸鄂州江夏郡。

〔二〕《吴録》：陸稠爲廣陵太守，奸吏斂手。廣陵諺曰：「解結理煩，我國陸君。」

〔三〕《後漢書·廉范傳》：漢興，以廉氏豪宗，自苦徑徙焉。《史記》：郅都行法，不避貴戚。列侯宗室，見都側目而視，號曰「蒼鷹」。

〔四〕爨玉，蓋當時盜賊之名，爲横於江上者。

〔五〕白額，虎也。見一卷注。清琴高張，用子賤事，見二十卷注。

〔六〕操刀，用子産事，見九卷注。

時鑿齒磨牙而（當作「於」）兩京〔一〕，宋城易子而炊骨〔二〕。吴、楚轉輸〔三〕，蒼生熬然。而此邦晏如〔四〕，襁負雲集〔五〕。居未二載，户口三倍。其初銅鐵曾青〔六〕，未擇地而出，太（當作「大」）冶鼓鑄〔七〕，如天降神。既烹且爍，數盈萬億，公私其賴之。官絶請託之求，吏無絲毫之犯。

〔一〕揚雄《長楊賦》：昔有彊秦，封豕其士，窫窳其民，鑿齒之徒，相與磨牙而爭之。應劭曰：《淮南子》云：堯之時，窫窳、封豨、鑿齒皆爲民害。鑿齒，齒長五尺，食人。李奇曰：以喻秦貪婪，殘食其民也。此以喻禄山陷兩京而肆暴也。

〔二〕《史記》：楚莊王圍宋五月，城中食盡，易子而食，析骨而炊。按：春秋時宋國，在唐時爲宋州睢陽郡。當至德二載三月，賊將尹子奇圍睢陽，至五月始退去。七月復圍睢陽，張巡、許遠據城死守，至十月，救兵不至，城遂陷。先是，城中食盡，士卒食茶紙；茶紙既盡，遂食馬；馬盡，羅雀掘鼠；鼠雀又盡，括城中婦人食之，繼以男子老弱。人知必死，莫有叛者。所謂「宋城易子炊骨」正指其事。

〔三〕《漢書》：夫敖倉，天下轉輸久矣。

〔四〕曹植《求自試表》：方今天下一統，九州晏如。

〔五〕《三國志注》：《博物記》曰：襁，織縷爲之，廣八寸，長丈二，以約小兒於背上，負之而行。習鑿齒文：故能德音悦暢，襁負雲集。

〔六〕《唐書・地理志》：永興縣有銅有鐵，武昌縣有銀有銅有鐵。《太平御覽》：《本草經》曰：曾青出蜀郡名山，其山有銅者，曾青出其陽。曾青者，銅之精，能化金銀。

〔七〕《莊子》：今大冶鑄金。大冶，謂鼓鑄之所。

本道採訪大使皇甫公侁（音莘）〔一〕，聞而賢之，擢佐輶軒〔二〕，多所弘益。尚書右丞崔公禹〔三〕，稱之於朝。相國崔公渙，特奏授鄱陽令〔四〕，兼攝數縣。所謂投刃而皆虛〔五〕，爲其政而則理成〔六〕，去若始至，人多懷恩。

〔一〕本道，謂江南西道。《册府元龜》：開元中，始置節度使，其後又置諸道採訪使，皆以刺史爲之。節度使以司戎事，採訪使以聽民政。

〔二〕輶軒，使車也。見九卷注。

〔三〕《唐書・百官志》：尚書省有右丞一人，正四品下。

〔四〕唐時江南西道有鄱陽縣，隸饒州鄱陽郡。

〔五〕孫綽《天台山賦》：投刃皆虛，目無全牛。李周翰注：庖丁解牛，三年之後，所見皆非全牛，已見其骨節，但以神爲，不以目視，而投刃皆虛。

〔六〕「爲其政」句，似有缺文。

新宰王公名庭璘，巖（郭本作「嚴」）然太華，浼（音美）然洪河〔一〕。含章可貞，幹蠱有立〔二〕。接武比德〔三〕，絃歌連聲。服美前政，聞諸耆老。與邑中賢者胡思泰一十五人，及諸寮吏，式歌且舞〔四〕，願揚韓公之遺美。

〔一〕巖然太華，喻其高峻如華岳。浼然洪河，喻其廣大如黄河。《韻會》：浼浼，水流平貌。《詩》：河水浼浼。

〔二〕含章、幹蠱，已見本卷注。

〔三〕《禮記》：堂上接武。鄭康成注：武，跡也。《孔叢子》：昔者虢叔、閎夭、太顛、散宜生、南宫适五臣，同寮比德，以贊文武。

〔四〕《詩·小雅》：雖無德與女，式歌且舞。

白採謡刻石，而作頌曰：

峨峨楚山，浩浩漢水〔一〕。黄金之車，大吴天子〔二〕。武昌鼎據，實爲帝里。時鞸（與艱同）世訛，薄俗如燬〔三〕。韓君作宰，撫兹遺人。滂汪（繆本作「注」）王澤，猶鴻得春。和風潛暢，惠化如神〔四〕。刻石萬古，永思清塵。

〔一〕《通典》：鄂州自春秋以來，皆屬楚有。江、漢二水，在州西合。秦屬南郡，漢高祖置江夏郡，吴分江夏，更置武昌郡。孫權嘗都之，孫晧又徙都之，常爲重鎮。

〔二〕《三國志·孫權傳》：黄龍元年春，公卿百司皆勸權正尊號，夏四月丙申即皇帝位，大赦改年。初，興平中吴中童謡曰：「黄金車，班蘭耳，開閶門，出天子。」

〔三〕薄俗如燬，謂如火之焚壞而貧薄也。《詩·國風》：王室如燬。

〔四〕惠化，見九卷注。

虞城縣令李公去思頌碑并序

虞城縣，唐時隸河南道之宋州睢陽郡。《金石録》：唐《虞城令李公去思頌》，李白撰，王遹書，碑側題云：「元和四年二月重篆。」蓋遹不與白同時，此碑後來始建。歐陽《集古録》云遹在陽冰前者，誤也。按此，則此碑宋未南渡以前猶存。

王者立國君人，聚散六合，咸土以百里，雷其威聲〔一〕。革（繆本作「華」）其俗而風之，漁其人而涵之。其猶衆鮮洋洋，樂化在水。波而動之則憂，頳（音稱）尾之刺作焉〔二〕；徐而清之則安，頒（音焚）首之頌興焉〔三〕。苟非大賢，孰可育物，而能光昭絃歌，卓立振古〔四〕，則有虞城宰公焉。

〔一〕趙岐《孟子注》：諸侯方百里，象雷震也。《藝文類聚》：《論語讖》曰：雷震百里，聲相附近。宋均注曰：雷動百里，故因以制國也。雷聲，謂諸侯之政教，所至相附近也。

〔二〕《詩·國風》：魴魚頳尾。毛傳曰：頳，赤也。魚勞則尾赤。《正義》曰：言魴魚勞則尾赤，以興君子苦則容悴。

〔三〕《詩·小雅》：魚在在藻，有頒其首。毛傳曰：頒，大首貌。鄭箋曰：魚之依水草，猶人之依明王也。魚處於藻，既得其性則肥充，其首頒然。

〔四〕《詩·周頌》：振古如兹。毛傳曰：振，自也。

公名錫，字元勳，隴西成紀人也〔一〕。高祖揩，隋上大將軍〔二〕，綿、益、原三州刺史，封汝陽公〔三〕。曾祖騰雲，皇朝廣、茂二州都督〔四〕，廣武伯〔五〕。祖立節，起家韓王府記室參軍〔六〕，襲廣武伯。父浦，郢、海、淄、唐、陳五州刺史〔七〕，魯郡都督，廣平太守〔八〕，襲廣武伯。皆納忠王庭，名鏤鐘鼎，侯伯繼跡，故可略而言焉。

〔一〕唐時，成紀縣屬秦州天水郡，不屬渭州隴西郡，此云隴西成紀，蓋叙族望，本古郡縣而言也。

〔二〕按《隋書·百官志》，上大將軍，高祖所置，其位在柱國之下，大將軍之上，蓋散爵也，所以酬功臣者。

〔三〕隋時綿州、益州皆在蜀地，原州在秦地。汝陽，縣名，蔡州汝南郡所統。

〔四〕唐時廣州南海郡隸嶺南道，設中都督府，有都督一人，正三品。茂州通化郡隸劍南道，設下都督府，有都督一人，從三品。

〔五〕廣武，縣名，隴右道蘭州所屬，乾元二年更名金城。

〔六〕《唐書·百官志》：王府官有記室參軍事二人，掌表啟書疏。

〔七〕郢州富水郡隸山南東道。海州東海郡、淄州淄川郡，皆隸河南道。唐州淮安郡隸山南東道。陳州淮陽郡隸河南道。

〔八〕魯郡即兗州，隸河南道。設上都督府，有都督一人，從二品。廣平郡即洺州，隸河北道。

公即廣武伯之元子也。年十九，拜北海壽光尉〔一〕。心不挂細務，口不言人非。群吏罕測，望風敬憚。秩滿，轉右武衛倉曹參軍〔二〕，次任趙郡昭慶縣令〔三〕。奉詔修建初、啟運二陵〔四〕，總徒五郡，支用三萬貫。畢築雷野〔五〕，不鞭一人。功成，餘八千貫，其幹能之聲大振乎齊、趙矣。時名卿巡按，陵有黃赤氣上衝太微〔六〕，散爲慶雲數千處〔七〕，蓋精勤動天地也如此。因粉圖奏名，編入國史。

〔一〕壽光縣，唐時隸河南道之青州北海郡。

〔二〕《唐書・百官志》，左右武衛，有倉曹參軍事各二人，正八品下。

〔三〕《元和郡縣志》：河北道趙州有昭慶縣，東北至州九十里，隋爲大陸縣，武德四年改爲象城縣，天寶元年改爲昭慶縣。

〔四〕又皇十三代祖宣皇帝建初陵，高四丈，周迴八十步。皇十二代祖光皇帝啟運陵，高四丈，周迴六十步。二陵共塋，周迴一百五十六步，在縣西南二十里。《唐會要》：獻祖宣皇帝葬趙州昭慶縣界，儀鳳二年五月一日追封爲建昌陵，開元二十八年七月十八日詔改爲建初陵。懿祖光皇帝葬趙州昭慶縣，儀鳳二年五月一日追封爲延光陵，開元二十八年七月十八日詔改爲啟運陵。

〔五〕《後漢書・光武紀》：長轂雷野，高鋒彗雲。章懷太子注：雷野，言其聲盛也。

〔六〕太微垣十星，見一卷注。

〔七〕《漢書》：若烟非烟，若雲非雲，郁郁紛紛，蕭索輪囷，是爲慶雲。慶雲見，喜氣也。

天寶四載，拜虞城令，而天章寵榮，俾金玉王度〔一〕，炯（繆本作「冏」）若七曜〔二〕，昭回堂隅。於戲！敬之哉！宸威（郭本作「滅」）臨顧，作訓以理，其俗魯而木，舒而徐，急則狼（繆本作「狠」）戾，緩則鳥散〔三〕。公酌以釣（繆本作「鈞」）道，和之琴心〔四〕，於是安四人〔五〕，敷五教〔六〕。處必糲（音賴，又音厲）食〔七〕，行惟單車〔八〕。觀其約而吏儉，仰其敬而俗讓。激直士之素節，揚廉夫之清波。三月政成，鄰境（郭本作「墳」）取則。

〔一〕《左傳》：思我王度，式如玉，式如金。

〔二〕《穀梁傳疏》：七曜者，日月五星，皆照天下，故謂之七曜。

〔三〕《史記》：夫趙王之狼戾無親，大王之所明見。《漢書》：夫匈奴獸聚而鳥散，從之如博影。此言其風俗之敝，事急則狼戾無相親之意，事緩則鳥散無相顧之意。

〔四〕《説苑》：宓子賤爲單父宰，過於陽晝，陽晝曰：「吾少也賤，不知治民之術，有釣道二請以送子。」王儉《褚淵碑文》：參以酒德，間以琴心。此文借用其字，垂釣、鼓琴皆能令人心静，承上文緩急之事而言，其當静以治之也。

〔五〕四人，即四民，士、農、工、商也。

〔六〕《尚書》：汝作司徒，敬敷五教。孔安國傳：布五常之教也。

〔七〕《廣韻》：糲，粗也，米不精也。

〔八〕《北史》：裴邃之任正平也，以廉約自守，每行春省俗，單車而已。

因行春見枯骸於路隅〔一〕，惻然疚懷，出俸而葬。由是百里掩骼（音格。繆本作「骸」）〔二〕，四封歸仁〔三〕。有居喪行號城市者，習以成俗。公勗之親鄰，戹以凶事。而鰥寡惸獨，衆所賴焉。可謂變其頹風〔四〕，永錫爾類〔五〕。

〔一〕《後漢書・鄭弘傳》：太守第五倫行春，見而深奇之。章懷太子注：太守常以春行所主縣，勸人農桑，振救乏絶。見《續漢志》。

〔二〕《月令》：孟春之月，掩骼埋胔。鄭康成注：骨枯曰骼。

〔三〕《左傳》：我有四封，而詰其盜。

〔四〕《三國志注》：《晉陽秋》曰：足以鎮靜頹風，軌訓囂俗。

〔五〕《詩・大雅》：孝子不匱，永錫爾類。鄭箋曰：永，長也。孝子之行，非有竭極之時。長以與汝之族類，謂廣之以教導天下也。

先時，邑中有聚黨橫猾者，實惟二耿之族，幾百家焉。公訓爲純人，易其里曰大忠（當作「中」）正之里。北境黎丘之古鬼焉，或醉父以刃其子〔一〕，自公到職，蔑聞爲災。

〔一〕《太平寰宇記》：黎丘，在虞城縣北二十里，高二丈。《呂氏春秋》：梁北有黎丘部，有奇鬼焉，善效人之子姪、昆弟之狀。邑丈人有之市而醉歸者，黎丘之鬼效其子之狀，扶而道苦之。丈人歸，酒醒而誚其子曰：「吾爲汝父也，豈謂不慈哉。我醉，汝道苦我，何故？」其子泣而觸地，曰：「孽矣，無此事也。昔也，往責於東邑人，可問也。」其父信之，曰：「嘻！是必夫奇鬼也。我固嘗聞之矣。」明日，端復飲於市，欲遇而刺殺之。明旦，之市而醉。其真子恐其父之不能反也，遂逝迎之。丈人望見其真子，拔劍而刺之。丈人智惑於其似子者而殺其真子。按此事在戰國時，引此以頌德政，近乎戲言，豈唐時此鬼復作歟？

官宅舊井，水清而味苦，公下車嘗之，莞（音綏）爾而笑曰：「既苦且清，足以符吾志也。」遂汲用不改，變爲甘泉〔一〕。蠡（音離，又音里。繆本作「蠡」，即「蠡」字省文）丘館東有三柳焉，公往來憩之，飲水則去。行路勿剪，比於甘棠〔二〕。鄉人因樹而書頌四十有六篇。

〔一〕《河南通志》：李令泉，在虞城縣治内。縣令李錫有清操，李白撰錫去思頌載其事，後因以名。《韻會》：莞，小笑貌。

〔二〕《史記》：召公之治西方，甚得兆民和。召公巡行鄉邑，有棠樹，決獄政事其下，自侯伯至庶人，各得其所，無失職者。召公卒，而民人思召公之政，懷棠樹不敢伐，歌詠之，作《甘棠》之詩。詩曰：「蔽芾甘棠，勿剪勿伐，召伯所茇。」

惟公志氣塞乎天地，德音發乎聲容。縞（音稿）乎若寒崖之霜湛（讒上聲），乎若清川之月。彈惡雪善，速若箭飛。尤能筆工新文，口吐雅論。天下美士，多從之游。非汝陽三公三

（郭本作「二」）伯之積德，則何以生此。邑之賢老劉楚瓌（音規）等乃相謂曰：「我李公以神明之化，大賴於虞人〔一〕。虞人陶然歌詠其德，官則敬，去則思。山川鬼神猶懷之，況於人乎！」乃咨群寮〔二〕，興去思之頌。縣丞王彦暹，員外丞魏陟，主簿李詵（音辛），縣尉李向、趙濟、盧榮等，同德比義〔三〕，好謀而成，相與採其瓌蹤茂行，俾刻石篆美，庶清風令名，奮乎百世之上。

〔一〕《廣韻》：賴，利也，善也。

〔二〕揚雄《甘泉賦》：乃命群寮，歷吉日。

〔三〕《後漢書》：李膺請孔融，問曰：「高明祖父嘗與僕有恩舊乎？」融曰：「先君孔子，與君先人李老君，同德比義，而相師友。」

其詞曰：

激揚之水兮，白石有鑿〔一〕。李公之來兮，雪虞人之惡〔二〕。厥德孔昭〔三〕，折獄既清。五教大行，殷雲雷之聲。既父其父，又子其子。春之以風，化成草靡〔四〕。乃影我崗〔五〕，乃雨我田。陽無驕僭（繆本作「僭」），四載有年。人戴公之賢，猶百里之天。棄余往矣，茫如墜川。哀喪惠博，掩骼仁深。苦井變甘，兇人易心。三柳勿剪，永思清音。

〔一〕《詩·國風》：揚之水，白石鑿鑿。毛傳曰：鑿鑿，鮮明貌。鄭箋曰：激揚之水，波流湍疾，洗去垢濁，白石鑿鑿然。興者，喻桓叔盛强，除民所惡，民得以有禮義也。

〔二〕《韻會》：雪，除也，洗也。

〔三〕《詩·小雅》：我有嘉賓，德音孔昭。鄭箋曰：孔，甚也。昭，明也。

〔四〕《説苑》：吾不能以春風風人。陸賈《新語》：上之化下，猶風之靡草。潘岳《閑居賦》：訓若風行，應如草靡。

〔五〕《詩·大雅》：既景迺岡。鄭箋曰：以日景定其經界於山之脊。

爲竇氏小師祭璿音旋和尚文

《釋氏要覽》：受戒十夏以前，西天皆稱小師。《毘奈耶》云：難陀比丘呼十七衆比丘爲小師，此蓋輕呼之也，亦通沙門之謙稱也。梵言烏波遮迦，于闐國翻爲和尚，華言力生，即親教師也。謂出家者因師之力，生長法身，出功德財，養知慧命。

年月日，某謹以齋蔬之奠，敢昭告於和尚之靈。伏惟和尚，降靈自天，依化游世，角立獨出〔一〕，嶷（音逆）然生知〔二〕。鳳凰開九苞（繆本作「包」，二字通用）之翼〔三〕，豫章横萬頃之陂〔四〕。始傳燈而納照〔五〕，因落髮以從師。邁龍象以蹴踏〔六〕，爲天人之羽儀。紹釋風於西域〔七〕，迴佛日於東維〔八〕。若大塊之噫氣，鼓和風而一吹〔九〕。熱惱清灑〔一〇〕，道芽榮滋〔一一〕。走吴、楚以宗仰，將掃地而歸之。

〔一〕《後漢書·徐穉傳》：爰自江南卑薄之域，而角立傑出。章懷太子注：角立，如角之特立也。

〔二〕《詩·大雅》：克岐克嶷。毛傳曰：岐，知意也。嶷，識也。《正義》曰：岐爲有智之意，嶷爲有識之貌。

〔三〕九包，見三卷注。

〔四〕《神異經》：東方荒外，有豫章焉。此樹主九州，其高千丈，圍百尺，本上三百丈始有枝條，敷張如帳，上有玄狐黑猿。枝主一州，南北並列，面向西南。有九力士操斧伐之，以占九州吉凶。斫之復生，其州有福；創者，州伯有病；積歲不復者，其州滅亡。

〔五〕釋家師弟子以佛法遞相傳受，繼續不絶，如以燈遞相燃點，光明常在，終不熄滅，故謂之「傳燈」。

〔六〕邁者，勇往力行之意。《維摩詰經》：十方無量菩薩，或有人從乞手足、耳鼻、頭目、腦髓、血肉、皮骨、聚落、城邑、妻子、奴婢、象馬、車乘、金銀、瑠璃、硨磲、瑪瑙、珊瑚、琥珀、真珠、珂貝、衣服、飲食。如此乞者，多是住不可思議解脱菩薩以方便力而往試之，令其堅固。所以者何？

住不可思議解脱菩薩有威德力，故行逼迫，示諸衆生如是難事。凡夫下劣，無有力勢，不能如是逼迫菩薩，譬如龍象蹴蹋，非驢所堪，是名住不可思議解脱菩薩智慧方便之門。

〔七〕釋者，梵語具云釋迦，此云能仁，佛之姓也。凡出家者皆以釋爲姓。《阿含經》云「四河入海，同一鹽味。四姓出家，皆名爲釋」是也。

〔八〕梁簡文帝《大法頌》：佛日出世，同遺惑霜。《隋書・李士謙傳》：客問三教優劣，士謙曰：「佛，日也。道，月也。儒，五星也。」《韻會》：維，方隅也。

〔九〕《莊子》：大塊噫氣，其名爲風。

〔一〇〕《法苑珠林》：願我出大風，微密滿虚空。諸有熱惱處，扇之以清涼。

〔一一〕嵇康《琴賦》：樂百卉之榮滋。《韻會》：滋，益也，蕃也。榮滋，猶榮茂也。

嗚呼！來無所從，去復何適〔一〕？水還火歸〔二〕，蕭散本宅〔三〕。寶舟輟棹〔四〕，禪月掩魄〔五〕。痛一往而無蹤，愴雙林之變白〔六〕。

〔一〕謝靈運《逸民賦》：來無所從，去無所至。

〔二〕《圓覺經》：我今此身，四大和合。所謂毛、髮、齒、皮、肉、筋、骨、腦、垢、色，皆歸於地，吐涕、濃血、津液、涎沫、痰淚、精氣、大小便利，皆歸於水，暖氣歸火，動轉歸風，四大各離。今者妄身，當在何處？

〔三〕陶淵明《自祭文》：陶子將辭逆旅之館，永歸於本宅。

〔四〕《涅槃經》：如來應正徧知，乘大涅槃大乘寶船，周旋往返，濟度衆生。王僧孺《禮佛文》：鶩法輪於長路，棹寶舟於遥壑。

〔五〕《尚書正義》：魄者，形也。謂月之輪郭無光之處名魄也。朔後明生而魄死，望後明死而魄生。《律曆志》云：死魄，朔也。生魄，望也。

〔六〕《涅槃經》：佛在拘尸那城，力士生地阿利羅跋提河邊娑羅雙樹間，二月十五日臨涅槃時。爾時拘尸那城娑羅樹林，其林變白，猶如白鶴，後分曰娑羅樹林四雙八隻：西方一雙，在如來前；東方一雙，在如來後；北方一雙，在佛之首；南方一雙，在佛之足。爾時世尊娑羅林下寢卧寶牀，於其中夜入第四禪，寂然無聲，於是時頃，便槃涅槃。其娑羅林東西二雙合爲一樹，南北二雙合爲一樹，垂覆寶牀，蓋於如來，其樹即時慘然變白，猶如白鶴，枝葉華果皮幹，悉皆爆裂墮落，漸漸枯悴，摧折無餘。

某早承訓誨，偏荷恩慈。忝餐風於法侶，旋落蔭（郭本作「陰」）於禪枝〔一〕。號無輟響，泣有餘悲。手撰茗藥〔二〕，精誠嚴思。冀神道之昭格，庶明靈而饗之。

〔一〕謝靈運《廬山慧遠法師誄》：同法餐風，棲遲道門。《洛陽伽藍記》：名僧德種，負錫爲群，信徒法侶，持花成藪。庾信碑：禪枝四靜，慧窟三明。

〔二〕《廣韻》：撰，持也。

爲宋中丞祭九江文

《漢書·地理志》：《禹貢》：九江在尋陽南，皆東合爲大江。應劭曰：江自廬江尋陽分爲九。《水經注》：劉歆云：湖漢等九水入彭蠡，故言九江矣。

謹以三牲之奠，敬祭於長源公之靈〔一〕。惟神包括乾坤，平準天地。劃三峽以中斷，流九道以爭奔〔二〕。綱紀南維，朝宗東海〔三〕。牲玉有禮〔四〕，祀典無虧。

〔一〕按《舊唐書》，天寶六載，封河瀆爲靈源公，濟瀆爲清源公，江瀆爲廣源公，淮瀆爲長源公。今祭江神而曰「長源公」，蓋字之誤也。

〔二〕三峽，見八卷注。九道，見十四卷注。

〔三〕綱紀南維，爲南方衆流之綱紀也。朝宗東海，見二十二卷注。

〔四〕玉，告神時薦於座之玉器，與牲幣俱陳者。

今萬乘蒙塵〔一〕，五陵慘黷（當作「墋楚錦切，參上聲。黷」，郭本作「慘黷」，尤非）〔二〕。蒼生悉爲白骨，赤血流於紫宮。宇宙倒懸，欃搶（欃，初銜切，插平聲，搶音撐。與欃槍同）未滅〔三〕。含識結憤〔四〕，思剪元凶。

〔一〕《左傳》：天子蒙塵於外，敢不奔問官守。

〔二〕五陵，謂高祖、太宗、高宗、中宗、睿宗五帝陵寢。詳見八卷注。陸機《漢高祖功臣頌》：茫茫宇宙，上墋下黷。李善注：天以清爲常，地以靜爲本。今上墋下黷，言亂常也。墋，不清澄之貌也。黷，媟也。李周翰注：墋，垢也。黷，濁也。庾信《哀江南賦》：潰潰沸騰，茫茫墋黷。

〔三〕《爾雅》：彗星爲欃槍。

〔四〕梁武帝《孝思賦》：彼含識而異見，同有色而殊形。高允《貞婦咏》：結憤鍾心，甘就幽冥。

若思（郭本作「而況」）參列雄藩，各當重寄〔一〕。遵奉王（繆本作「天」）命，大舉天兵〔二〕。照海色於旌旗，肅軍威於原野。而洪濤渤潏，狂飇振驚〔三〕。惟神使陽侯卷波，羲和奉命〔四〕。樓船先濟〔五〕，士馬無虞。掃妖孽於幽燕，斬鯨鯢於河洛〔六〕。惟神佑我，降休於民。敬陳精誠，庶垂歆饗〔七〕。

〔一〕《北史》：宿當重寄，早預心膂。

〔二〕天兵，見三卷注。

〔三〕渤潏，水沸湧貌，見二十二卷注。狂飈，狂暴之風。

〔四〕高誘《淮南子注》：陽侯，陵陽國侯也，溺死於水，其神能爲大波，有所傷害，因謂之「陽侯之波」也。羲和，日御也，與江水無涉，恐誤。

〔五〕樓船，見四卷注。

〔六〕鯨鯢，見八卷注。

〔七〕《説文》：歆，神食氣也。

李太白全集卷之三十

錢塘王琦琢崖輯注
王濟魯川較

詩文拾遺共五十七首

雜言用投丹陽知己兼奉宣慰判官

唐時丹陽郡即潤州也，屬江南東道。肅宗至德元載十一月，以崔涣爲江南宣慰使，所謂「宣慰判官」乃涣之僚屬也。太白有《上崔相涣詩》數首，此詩乃與其僚屬者歟？

客從崑崙來，遺我雙玉璞〔一〕。云是古之得道者西王母食之餘，食之可以凌太虚。愛之頗謂絶今昔，求識江淮人猶乎比石。如今雖在卞和手，□□正憔悴，了了知之亦何益。恭聞士有調相如，始從鎬京還，復欲鎬京去。能上秦王殿，何時迴光一相盼？欲投君，保君年，幸君持取無棄捐。無棄捐，服之與君俱神仙。

〔一〕《抱朴子》：玉亦仙藥。經曰：服金者壽如金，服玉者壽如玉也。又曰：服玄真者其命不極。玄真者，玉之別名也。令人身輕飛舉，不但地仙而已。不可用已成之器，傷人無益，當得璞玉乃可用也。

此詩多有缺文訛字，與下八首蕭氏本皆不録，唯姑蘇繆氏依宋本所刊者有之。

南陵五松山別荀七

南陵、五松山，俱見十二卷注。

六即潁水荀〔一〕，何慚許郡賓。相逢太史奏，應是聚賢人〔二〕。玉隱且在石〔三〕，蘭枯還見春。俄成萬里別，立德貴清真〔四〕。

〔一〕六即，《唐詩類苑》作「軒昂」。琦按：「六」字恐是草書「君」字之訛。

〔二〕《後漢書》：陳寔，字仲弓，潁川許人也。荀淑字季和，潁川潁陰人也。《異苑》：陳仲弓從諸子姪造荀季和父子，于時德星聚，太史奏：「五百里内有賢人聚。」

〔三〕《論衡》：美玉隱在石中。

〔四〕《左傳》：太上有立德。

觀魚潭

觀魚碧潭上，木落潭水清。日暮紫鱗躍〔一〕，圓波處處生〔二〕。涼烟浮竹盡，秋月照沙明。何必滄浪去，茲焉可濯纓。

〔一〕左思《蜀都賦》：鮮以紫鱗。

〔二〕潘岳詩：游魚動圓波。劉良注：圓波，謂魚動波起而圓也。

自廣平乘醉走馬六十里至邯鄲音寒單登城樓覽古書懷

廣平，唐時郡名，即洺州也，隸河北道。邯鄲，縣名，初隸洺州，代宗永泰中改隸磁州。

醉騎白花駱（音洛。一作「馬」）〔一〕，西走邯鄲城。揚鞭動柳色，寫鞚（苦貢切，空去聲）春風生〔二〕。入郭登高樓，山川與雲平。深宮翳緑草（一作「雄都半古塚」），萬事傷人情。相如章華（當作「臺」）巔〔三〕，猛氣折秦嬴〔四〕。兩虎不可鬭，廉公終負荆〔五〕。提攜袴中兒，杵臼及程嬰〔六〕。空孤獻（一作「立孤就」）白刃，必死耀丹誠。平原三千客，談笑盡豪英。毛君能穎脱〔七〕，二國且同盟。皆爲黄泉土，使我涕縱横。磊磊（音僱）石子崗〔八〕，蕭蕭白楊聲〔九〕。諸賢（一作「賢豪」）没此地〔一〇〕，碑版有殘銘〔一一〕。太古共今時，由來互衰榮。傷哉何足道，感激仰空（一作「虚」）名。趙俗愛長劍，文儒少逢迎。閑從博徒（一作「陵」）游〔一二〕，帳飲雪朝酲（一作「中酲」）。歌酣易水動，鼓震叢臺傾〔一三〕。日落把燭歸，凌晨向燕京〔一四〕。方陳五餌策〔一五〕，一使胡塵清。

〔一〕毛萇《詩傳》：白馬黑鬣曰駱。

〔二〕吴均詩：聊爲路旁人，寫鞚長楸北。《韻會》：鞚，馬勒也。

〔三〕藺相如于章臺見秦王事，見十五卷注。

〔四〕《秦本紀》：孝王曰：「昔伯翳爲舜主畜，畜多息，故有土，賜姓嬴。今其後世亦爲朕息馬，朕其分土爲附庸。」邑之秦，使復續嬴氏祀，號曰秦嬴。

〔五〕《史記·藺相如傳》：以相如功大，拜爲上卿，位在廉頗右。廉頗曰：「我爲趙將，有攻城野戰之大功，藺相如徒以口舌爲勞，而位居我上，吾羞不忍爲之下。」宣言曰：「我見相如，必辱之。」相如聞，不肯與會，每朝時，常稱病，不欲與廉頗爭列。相如出，望見廉頗，引車避匿。舍人相與諫，相如曰：「公視廉將軍，孰與秦王？夫以秦王之威，而相如廷叱之，辱其群臣，獨畏廉將軍哉？顧强秦之不敢加兵于趙者，徒以吾兩人在也。今兩虎共鬭，其勢不俱生，吾所以爲此者，以先國家之急，而後私仇也。」廉頗聞之，肉袒負荆，至相如門謝罪，曰：「鄙賤之人，不知將軍寬之至此也。」卒爲刎頸之交。《索隱》曰：負荆者，荆，楚也，可以爲鞭。

〔六〕《趙世家》：屠岸賈攻趙氏于下宫，殺趙朔，滅其族。趙朔妻成公姊有遺腹，走公宫匿。趙朔客曰公孫杵臼，謂朔友人程嬰曰：「胡不死？」程嬰曰：「朔之婦有遺腹，幸而男，吾奉之。即女也，吾徐死耳。」居無何，而朔婦免身，生男。屠岸賈聞之，索于宫中。夫人置兒絝中，祝曰：「趙宗滅乎，若號。即不滅，若無聲。」及索兒，竟無聲。程嬰謂公孫杵臼曰：「今一索不得，後必且復索之，奈何？」二人謀取他人嬰兒負之，衣以文葆，匿山中。程嬰出，謬謂諸將曰：「誰能與我千金，吾告趙氏孤處。」許之，發師隨程嬰攻殺杵臼與孤兒。然趙氏真孤乃反在。居十五年，晉景公疾，卜之，大業之後不遂者爲祟。景公問韓厥，厥知趙孤在，乃曰：「大業之後在晉絶祀者，其趙氏乎？」具以實告。景公與韓厥謀立趙孤，召而匿之宫中。諸將入問疾，景公因韓厥之衆以脅諸將而見趙孤。趙孤名曰武，遂攻屠岸賈，滅其族。及趙武冠，爲成人，程嬰乃謂趙武曰：「昔下宫之難，我非不能死，我思立趙氏之後。今趙武既立，爲成人，復故位，我將下報趙宣孟與公孫杵臼。」遂自殺。

〔七〕毛遂脱穎，見十六卷及二十六卷注。

〔八〕《説文》：磊，衆石也。《太平寰宇記》：邯鄲縣有石子岡。《隋圖經》云：歷陵城西十里有石子岡，實山也，而高大，有冢如硯子，世謂之硯子冢，是趙簡子冢。

〔九〕《古詩》：驅車上東門，遥望北郭墓。白楊何蕭蕭，松柏夾廣路。

〔一〇〕諸賢，另指當時賢豪死葬于石子岡者，故下文以「太古」「今時」雙承言之。

〔一一〕謝靈運詩：碑版誰聞傳。

〔一二〕《史記·信陵君傳》：公子聞趙有處士毛公藏于博徒，薛公藏于賣漿家。公子欲見兩人，兩人自匿不肯見公子。公子聞所在，乃間徒步從此兩人游，甚歡。

〔一三〕易水，在燕地，去邯鄲甚遠，用之此處，恐誤。《元和郡縣志》：叢臺，在磁州邯鄲縣城内東北隅。

〔一四〕陶潛詩，提劍出燕京。

〔一五〕《漢書·賈誼傳》：及欲試屬國，施五餌三表以係單于。顏師古注：賈誼書謂賜之盛服車乘，以壞其目；賜之盛食珍味，以壞其口；賜之音樂婦人，以壞其耳；賜之高堂、邃宇、倉庫、奴婢，以壞其腹；于來降者，上以召幸之，相娱樂，親酌而手食之，以壞其心，此五餌也。

月夜金陵懷古

蒼蒼金陵月，空懸帝王州〔一〕。天文列宿在，霸（一作「鼎」）業大江流。淥水絶馳道〔二〕，青松摧古丘〔三〕。臺傾鳷鵲觀〔四〕，宮没鳳皇樓〔五〕。別殿悲清暑〔六〕，芳園罷樂游〔七〕。一聞歌玉樹，蕭瑟後庭秋（一作「千古不勝愁」）〔八〕。

〔一〕謝朓詩：江南佳麗地，金陵帝王州。

〔二〕《三輔黄圖》：馳道，天子所行道也。今之中道。《宋書》：大明五年初，立馳道，自閶闔門至于朱雀門。又自承明門至于玄武湖。《六朝事跡》：宋孝武帝作馳道，自閶闔北出承明，抵玄武湖，十餘里，爲調馬之所也。

〔三〕古丘，謂六代時陵墓。

〔四〕鳷鵲觀，六朝所建宫室，今不可考。

〔五〕《景定建康志》：案《宫苑記》：鳳凰樓，在鳳臺山上。宋元嘉中建，有鳳凰集此，爲名。

〔六〕《晉書》：太元二十一年春正月，造清暑殿。《景定建康志》：清暑殿，在臺城内，晉孝武帝建。殿前重樓複道，通華林園，爽塏奇麗，天下無比。雖暑月常有清風，故以爲名。

〔七〕《太平寰宇記》：樂游苑，在覆舟山南，北連山築臺觀，苑内起正陽、林光等殿。《六朝事跡》：樂游苑，《輿地志》云，在晉爲藥園，宋元嘉中以其地爲北苑，更造樓觀，後改爲樂游苑。宋孝武大明中造正陽、林光殿于内。侯景之亂，焚毁略盡。陳天嘉六年更加修葺，陳亡遂廢。其地在覆舟山南，去縣六里。

〔八〕《隋書》：陳禎明初，後主作新歌詞甚哀怨，令後宫美人習而歌之，其辭曰：「玉樹後庭花，花開不復久。」時人以歌讖，此其不久兆也。

金陵新亭

《方輿勝覽》：新亭，在建康府城南十五里。《江南通志》：新亭，在江寧府城西南十五里，俯近江渚，一名中興亭。

金陵風景好，豪士集新亭。舉目山河異，偏傷周顗（音以）情〔一〕。四坐楚囚悲，不憂社稷傾。王公何慷慨，千載仰雄名。

〔一〕《晉書》：過江人士，每至暇日，相邀出新亭飲宴。周顗中座而嘆曰：「風景不殊，舉目有江山之異。」皆相視流涕，惟王導愀然變色，曰：「當共戮力王室，克復神州，何至作楚囚相對泣耶！」衆收淚而謝之。

庭前晚開花

西王母桃種我家，三千陽春始一花〔一〕。結實苦遲爲人笑，攀折唧唧長咨嗟。

〔一〕《漢武内傳》：七月七日王母至，侍女以玉盤盛仙桃七顆，大如鴨卵，形圓青色，以呈王母。母以四顆與帝，三顆自食，桃味甘美，口有盈味。帝食輒收其核，王母問帝，帝曰：「欲種之。」王母曰：「此桃三千年一開花，三千年一結實，中夏地薄，種之不生。」帝乃止。

宣城長史弟昭贈余琴溪中雙舞鶴詩以見志

琴溪，在寧國府涇縣，見十九卷注。

令弟佐宣城，贈余琴溪鶴。謂言天涯雪，忽向窗前落。白玉爲毛衣，黄金不肯博〔一〕。當風振六翮，對舞臨山閣。顧我如有情，長鳴似相託。何當駕此物，與爾騰寥廓。

〔一〕《韻會》：博，貿易也。

暖酒

熱暖將來賓鐵文〔一〕，暫時不動聚白雲。撥卻白雲見青天，掇頭裏許便乘仙。

〔一〕《寶藏論》：賓鐵出波斯，堅利可切金玉。

琦按：《庭前晚開花》及此首，語尤凡俗，不類太白。

右九首見繆氏本。

戲贈杜甫

飯顆山頭（《摭言》作「飯顆山前」，一作「長樂坡前」）逢杜甫〔一〕，頭戴笠子日卓午。借問別來（《摭言》作「因何」，一作「新來」）太瘦生〔二〕，總爲從前（《摭言》作「祇爲從來」）作詩苦。

〔一〕《元和郡縣志》：長樂坡，在京兆府萬年縣東北十三里，即滻川之西岸，舊名滻阪。隋文帝惡其阪名，改曰長樂坡。《雍録》：通化門東七里有長樂坡，下臨滻水，本名滻阪。隋文帝惡其名，音與反同，故改阪爲坡。自其北可望長樂宫，故名長樂坡也。

〔二〕歐陽永叔曰：太瘦生，唐人語也。至今猶以「生」爲語助，如「作麼生」「何似生」之類是也。

右一首見唐《本事詩》。唐《本事詩》：李白才逸氣高，與陳拾遺齊名，先後合德。其論詩云：

「梁、陳已來，豔薄斯極，沈休文又尚以聲律。將復古道，非我而誰。」故陳、李二集，律詩殊少，嘗言寄興深微，五言不如四言，七言又其靡也，況使束于聲調俳優哉！故戲杜曰「飯顆山頭逢杜甫」云云，蓋譏其拘束也。此詩又見《摭言》。《唐詩紀事》云：此詩載唐舊史。

寒女吟

昔君布衣時，與妾同辛苦。一拜五官郎〔一〕，便索邯鄲女〔二〕。妾欲辭君去，君心便相許。妾讀蘼蕪書〔三〕，悲歌淚如雨。憶昔嫁君時，曾無一夜樂。不是妾無堪，君家婦難作。起來强歌舞，縱好君嫌惡。下堂辭君去，去後悔遮莫〔四〕。

〔一〕按《通典》，漢時中郎將分掌三署，郎有議郎、中郎、侍郎、郎中，凡四等，無員，多至千人。三署者，五官左右也。凡郎官皆主更直，執戟宿衛諸殿門，出充車騎。年五十以上者屬五官，五官中郎將比二千石，五官中郎比六百石，五官侍郎比四百石，五官郎中比三百石。

〔二〕鮑照詩：洛陽少年邯鄲女。

〔三〕《古詩》：上山採蘼蕪，下山逢故夫。長跪問故夫，新人復何如？新人雖言好，未若故人姝。顏色類相似，手爪不相如。新人從門入，故人從閤去。新人工織縑，故人工織素。織縑日一匹，織素五丈餘。將縑來比素，新人不如故。

〔四〕遮莫，俚語，儘教也。見六卷注。

會別離

結髮生別離，相思復相保。如何日已遠，五變庭中草。渺渺天海途，悠悠漢江島。但恐不出門，出門無遠道。道遠行既難，家貧衣復單，嚴風吹雨雪〔一〕，晨起鼻何酸。人生各有志，豈不懷所安。分明天上日，生死誓同歡。

〔一〕梁元帝《纂要》：冬風曰嚴風。

《文苑英華》、郭茂倩《樂府》俱作孟雲卿詩。詩題，《文苑》作《離別曲》，《樂府》作《生別離》。

右二首見《才調集》。

初月

玉蟾離海上，白露濕花時。雲畔風生爪，沙頭水浸眉。樂哉絃管客，愁殺戰征兒。因絶西園賞，臨風一咏詩〔一〕。

〔一〕曹子建詩：清夜游西園，飛蓋相追隨。明月澄清景，列宿正參差。

雨後望月

四郊陰靄散，開户半蟾生。萬里舒霜合，一條江練横。出時山眼白，高後海心明。爲惜如團扇〔一〕，長吟到五更。

〔一〕班婕妤《怨歌行》：裁成合歡扇，團團似明月。

對雨

卷簾聊舉目，露濕草綿綿。古岫（音袖）披雲毳（音脆）〔一〕，空庭織碎烟。水紅（《文苑英華》注云：疑作「紋」）愁不起，風線重難牵。盡日扶犂叟〔二〕，往來江樹前。

〔一〕《廣韻》：山有穴曰岫。獸毛之縟，細者爲毳，又曰：毳，細布也。

〔三〕犂，墾田器也。

曉晴

野涼疏雨歇，春色偏萋萋。魚躍青池滿，鶯吟緑樹低。野花妝面溼，山草紐斜齊。零落殘雲片，風吹挂竹溪。

望夫石

見二十四卷注。

髣髴古容儀，含愁帶曙輝。露如今日淚，苔似昔年衣。有恨同湘女〔一〕，無言類楚妃〔二〕。寂然芳靄内，猶若待（一作「帶」）夫歸。

〔一〕《楚辭章句》：堯以二女妻舜。有苗不服，舜往征之，二女從而不反，道死于沅、湘之中，因爲湘夫人。

〔二〕《左傳》：楚子滅息，以息嬀歸，生堵敖及成王焉。未言，楚子問之，對曰：「吾一婦人，而事二夫，縱勿能死，其又奚言。」

冬日歸舊山

未洗染塵纓，歸來芳草平。一條藤徑緑，萬點雪峰晴。地冷葉先盡，谷寒雲不行。嫩篁侵舍密，古樹倒江横。白犬離村吠，蒼苔上壁生。穿廚孤雉過，臨屋舊猿鳴。木落禽巢在，籬疏獸路成。拂牀蒼（一作「山」）鼠走，倒篋素魚驚〔一〕。洗硯修良策，敲松擬素貞。此時重一去，去合到三清。

〔一〕素魚，白魚也，即書篋中蠹魚。

鄒衍谷

《太平御覽》：劉向《别録》曰：《方士傳》言，鄒衍在燕，燕有谷，地美而寒，不生五穀。鄒子居之，吹律而温氣至，谷中生黍，至今名「黍谷」焉。《一統志》：黍谷山，在順天府懷柔縣東四十里，跨密雲縣界，亦名燕谷山。劉向云燕有谷，地美而寒，不生黍稷，鄒衍吹律以温其氣，故名山曰「黍谷」。衍廟基猶存。

燕谷無暖氣，窮巖閉嚴陰。鄒子一吹律，能迴天地心。

入清溪行山中

輕舟去何疾，已到雲林境。起坐魚鳥間，動揺山水影。巖中響自合（《文苑英華》注云：疑作「答」），溪裏言彌静。無事令人幽，停橈向餘景。

《文苑英華》一百六十六卷載李白《入清溪行山中》凡二首，其一即本集七卷中「清溪清我心」一首，其一乃此首也。按：崔顥集亦載此首，題云《入若耶溪》，當是顥作也。

日出東南隅行

《日出東南隅行》，即樂府之《陌上桑》也，一曰《豔歌羅敷行》。古辭曰「日出東南隅，照我秦氏樓。秦氏有好女，自名爲羅敷」云云。後人擬之，或即以首句名篇。

秦樓出佳麗，正值朝日光。陌頭能駐馬，花處復添香。

郭茂倩《樂府》載此首，以爲殷謀詩。

代佳人寄翁參樞先輩

《演繁露》：唐世舉人呼已第者爲先輩。《國史補》：互相推敬，謂之先輩。

等閑經夏復經寒，夢裏驚嗟豈暫安。南國風光當世少，西陵演浪過江難〔一〕。周旋小字挑燈讀，重疊遥山隔霧看。直是爲君飡不得，書來莫説更加飡。

〔一〕《説文》：演，長流也。

舊注云：此詩總目及李集皆不載，惟《英華》諸本有之。

送客歸吴

江村秋雨歇，酒盡一帆飛。路歷波濤去，家唯坐卧歸。島花（一作「山桃」）開灼灼〔一〕，汀柳細依依〔二〕。别後無餘事，還應掃釣磯。

〔一〕《詩・國風》：桃之夭夭，灼灼其華。毛傳曰：灼灼，花之盛也。

〔二〕《廣韻》：汀，水際平沙也。李善《文選注》：《韓詩》曰：昔我往矣，楊柳依依。薛君曰：依依，盛貌。

送友生游峽中

風靜楊柳垂，看花又别離。幾年同在此，今日各驅馳。峽裏聞猿叫，山頭見月時。殷勤一杯酒，珍重歲寒姿。

此詩亦載張籍集中。

送袁明府任長江

《唐書・地理志》，劍南道遂州遂寧郡有長江縣。

别離楊柳青，樽酒表丹誠〔一〕。古道攜琴去，深山見峽迎。暖風花繞樹，秋雨草沿城。自此長江内，無因夜犬驚〔二〕。

〔一〕《晉書》：披露丹誠，不敢不盡。

〔二〕《後漢紀》：劉寵爲會稽太守，正身率下，郡中大治，徵入爲將作大匠。山陰縣有數老父，年各八十餘，居若耶山下，去郡十里，相率共往送寵，曰：「他時吏發不去，民間或狗吠竟夕，民不得安。自明府下車以來，吏稀至民間，狗不夜吠，今聞當見棄，故自力來送。」

送史司馬赴崔相公幕詩題上一本多「賦得鶴」三字

崢嶸丞相府，清切鳳凰池〔一〕。羨爾瑶臺鶴，高棲瓊樹枝〔二〕。歸飛晴日暖，吟弄惠風吹〔三〕。正有乘軒樂〔四〕，初當學舞時。珍禽在羅網，微命苦猶絲。願託周周羽〔五〕，相銜漢水湄。

〔一〕《魏書》：對九重之清切，望八襲之崢嶸。鳳凰池，見十一卷注。

〔二〕瓊樹，見二卷注。

〔三〕王筠詩：優游清露點，微穆惠風吹。

〔四〕《左傳》：衛懿公好鶴，鶴有乘軒者。《埤雅》：鶴生二年落子毛，三年産伏，七年飛薄雲漢，後七年學舞，後七年應節。

〔五〕周周銜羽，見二卷注。既以鶴比司馬，以珍禽自喻，復以「周周銜羽」事作結，似乎凌雜，恐有錯誤。

《滄浪詩話》：《文苑英華》有《送史司馬赴崔相公幕》一首云云，此或太白之逸詩也；不然，亦是盛唐人之作。琦按：末二聯或是太白在尋陽獄中之作，所謂崔相公者即是崔渙，似亦近之。而岑參集中亦載此詩，一云無名氏詩。

戰城南

樂府漢鼓吹鐃歌，詳三卷注。

戰地何昏昏，戰士如群蟻。氣重日輪紅，血染蓬蒿紫。烏鳥銜人肉，食悶飛不起。昨日城上人，今日城下鬼。旗色如羅星，鼙聲殊未已。妾家夫與兒，俱在鼙聲裏。

《文苑英華》一百九十六卷太白「去年戰，桑乾源」之後載此一首，不録作者姓名。後人採太白遺詩，兼入此作。

胡無人行

樂府瑟調曲，見三卷注。

十萬羽林兒〔一〕，臨洮（音叨）破郅（音質）支〔二〕。殺添胡地骨，降足漢營旗。寒闊牛羊散，兵休帳幕移。空餘隴頭水，嗚咽向人悲〔三〕。

〔一〕羽林兒，見十八卷注。

〔二〕唐時隴右道有臨洮郡，即洮州也。其地東北二面並枕洮水，故名。《漢書》：使護西域騎都尉甘延壽、副校尉陳湯矯發戊己校尉屯田吏士及西域胡兵攻郅支單于，斬其首，傳詣京師。

〔三〕《隴頭歌》：隴頭流水，嗚聲幽咽。《文苑英華》一百九十六卷太白「嚴風吹霜海草凋」之後載此一首，不録作者姓名，後人採入太白遺詩。然考陳陶集中亦載此作，當是陶詩。

鞠歌行

樂府平調曲，見四卷注。

麗莫似漢宫妃〔一〕，謙莫似黄家女〔二〕。黄女持謙齒髮高，漢妃恃麗天庭去。人生容德不自保，聖人安用推天道。君不見，蔡澤嵚（音同龕）枯詭怪之形狀〔三〕，大言直取秦丞相。又不見，田千秋才智不出人〔四〕，一朝富貴如有神。二侯行事在方册，泣麟老人終困厄〔五〕。夜光抱恨良歎（一作「撲」）悲，日月逝矣吾何之？

〔一〕《世説》：漢元帝宫人既多，乃令畫工圖之，欲有呼者，輒披圖召之。其中常者，皆行貨賂。王明君姿容甚麗，志不苟求，工遂毁爲其狀。後匈奴來和，求美女于漢帝，帝以明君充行，既召見而惜之，但名字已去，不欲中改，于是遂行。

〔二〕《尹文子》：齊有黄公者，好謙卑。有二女皆國色，以其美也，常謙辭毁之以爲醜惡，醜惡之名遠布，年過而一國無聘者。衛有鰥夫，時冒娶之，果國色。然後曰：「黄公好謙，故毁其子不姝美。」于是爭禮之，亦國色也。國色，實也；醜惡，名也。此違名而得實矣。

〔三〕《史記》：蔡澤，燕人也。曷鼻、巨肩、魋顔、蹙齃、膝攣。西入秦，秦昭王與語，大説之，拜爲客卿。范睢免相，昭王新説蔡澤計畫，遂拜爲秦相。

〔四〕《漢書》：車千秋，本姓田氏。衛太子爲江充所譖敗，久之，千秋上急變訟太子寃，武帝見而悦之，立拜千秋爲大鴻臚。數月，遂代劉屈氂爲丞相，封富民侯。千秋無他材能術學，又無伐閲功勞，特以一言寤意，旬月取宰相封侯，世未嘗有也。

〔五〕《孔叢子》：叔孫氏之車子曰鉏商，樵于野而獲獸焉，衆莫之識，以爲不祥，棄之五父之衢。冉有告夫子曰：「麕身而肉角，豈天下之妖乎？」夫子曰：「今何在？吾將觀焉。」遂往，謂其御高柴曰：「若求之言，其必麟乎？」到視之，果信。言偃問曰：「飛者宗鳳，走者宗麟，爲其難致也。敢問今見其誰應之？」子曰：「天子布德，將致太平，則麟鳳龜龍先爲之祥。今宗周將滅，天下無主，孰爲來哉？」遂泣曰：「予之于人，猶麟之于獸也，麟出而死，吾道窮矣！」乃歌曰：「唐虞世兮麟鳳游，今非其時來何求？麟兮麟兮我心憂。」

《文苑英華》二百三卷太白「玉不自言如桃李」之後載此一首，失録作者姓名，後人遂編入太白遺詩。

右十七首見《文苑英華》。前十四首皆注太白姓名于下。後三首録于太白詩之後，空白其下，不書姓名。後人以爲皆太白之作也，編太白遺詩者遂并及焉。今因之，附録于此。《滄浪詩話》：《文苑英華》有太白《代寄翁參樞先輩》七言律一首，及晚唐之下者。又有五言律三首，其一《送客歸吴》，其二《送友生游峽中》，其三《送袁明府任長江》，集本皆無之，其家數正在大曆、貞元間，亦非太白之作。又有五言《雨後望月》一首，《對雨》一首，《望夫石》一首，《冬日歸舊山》一首，皆晚唐之語。又有「秦樓出佳麗」四句，亦不類太白，是皆後人假名也。

題許宣平庵壁

我吟傳舍詩，來訪真人居〔一〕。烟嶺迷高跡，雲林隔太虛。窺庭但蕭索，倚柱空躊躇。應化遼天鶴〔二〕，歸當千歲餘。

〔一〕《太平廣記》：許宣平，新安歙人也。唐睿宗景雲中，隱于城陽山南塢，結庵以居，不知其服餌，但見不食，顔色若四十許人。行如奔馬。時或負薪以賣，擔常挂一花瓠及曲竹杖，每醉騰騰拄之以歸，獨吟曰：「負薪朝出賣，沽酒日西歸。路人莫問歸何處，穿入白雲行翠微。」邇來三十餘年，或拯人懸危，或救人疾苦，城市人多訪之不見，但覽庵壁題詩曰：「隱居三十載，築室南山巔。靜夜玩明月，閑朝飲碧泉。樵人歌隴上，谷鳥戲巖前。樂矣不知老，都忘甲子年。」好事者多詠其詩。有時行長安，于驛路洛陽、同、華間傳舍，是處題之。天寶中，李白自翰林出，東游，經傳舍，覽之，吟咏嗟嘆，曰：「此仙詩也。」乃詰之于人，得宣平之實。白于是游及新安，涉溪登山，屢訪之，不得，乃題其庵壁曰云云。是冬野火燎其庵，莫知宣平踪跡。百餘年後，咸通七年，郡人許明奴家有嫗，嘗逐伴入山採樵，獨于南山中見一人坐石上，方食桃甚大，問嫗曰：「汝許明奴家人也，我明奴之祖宣平。」嫗言：「嘗聞已得仙矣。」曰：「汝歸，爲我語明奴，言我在此山中。與汝一桃食之，不可將出。山虎狼甚多，山神惜此桃。」嫗乃食桃，甚美。宣平遣嫗隨樵人歸家，言之，明奴之族甚異之，傳聞于郡人。出《續仙傳》。《太平寰宇記》：城陽山，在歙縣南，環迴孔高，爲城郭之衿帶，居郡之南，故號爲城陽山焉，即許宣平得道之所，亦爲李白所尋不遇，今山上有遺跡存。《漢書》：沛公至高陽傳舍。顏師古注：傳舍者，人所止息，前人已去，後人復來，轉相傳也。一音張戀反，謂傳置之舍也。其義兩通。《後漢書》：光武乃稱邯鄲使者，入傳舍。章懷太子注：傳舍，客館也。

〔二〕遼天鶴，見二十一卷注。

右一首見《太平廣記》。

題峰頂寺

夜宿峰頂寺，舉手捫星辰。不敢高聲語，恐驚天上人。

《侯鯖録》：曾阜爲蘄州黄梅令，縣有峰頂寺，去城百餘里，在亂山群峰間，人跡所不到。阜按田偶至其上，梁間小榜，流塵昏晦，乃李白所題詩也，其字亦豪放可愛。詩云「夜宿峰頂寺」云云。或曰王元之少《登樓詩》云：「危樓高百尺，手可摘星辰。不敢高聲語，恐驚天上人。」《漁隱叢話》：《西清詩話》

云：蘄州黄梅縣峰頂寺，在水中央，環伏萬山，人跡所罕到。曾阜爲令時，因事登其上，見梁間一粉板，塵暗粉落，拂滌視之，乃謫仙詩，云「夜宿峰頂寺」云云。世傳楊大年幼時詩，非也。《邵氏聞見後録》：舒州峰頂寺有李太白題詩「夜宿峰頂寺」云云，曾子山始見之，不出于集中，恐少作耳。《太倉稊米集》云：聞道長庚曾入夢，已應能作上樓詩。注云：唐人載李白在繈褓中，其家攜之上樓，問頗能作詩否，即應聲作絶句一首，所謂「不敢高聲語，恐驚天上神」者是也。又《竹坡詩話》：世傳楊文公方離繈褓，猶未能言，一日，家人攜以登樓，忽自語如成人，因戲問之：「今日上樓，汝能作詩乎？」即應聲曰：「危樓高百尺，手可摘星辰。不敢高聲語，怕驚天上人。」舊見《古今詩話》載此一事，後又見一石刻，乃李太白夜宿山寺所題，字畫清勁而大，且云「布衣李白」作，豈好事者竊太白之詩以神文公之事歟？仰亦太白之碑爲僞耶？

右一首見《侯鯖録》等書。

瀑布

斷巖如削瓜，嵐光破崖緑。天河從中來，白雲漲川谷。玉案赤文字，落落不可讀。攝衣凌青霄，松風吹我足。

《二老堂詩話》：司空山，在舒州太湖縣界，初經重報寺，過馬玉河，至金輪院，有僧本淨肉身塔及不受葉蓮花池，連理山茶。自塔院乃上山，至本淨坐禪巖，精巧天成，中途斷崖絶壑，旁臨萬仞，號「牛背石」。宗室善修者言石如劍脊中起，側足覆身而過，危險之甚。度此步步皆佳。上有一寺及李太白讀書堂，一峰玉立，有太白《瀑布詩》，云：「斷巖如削瓜，嵐光破崖緑。天河從中來，白雲漲川谷。玉案赤文字，落落不可讀。攝衣凌清霄，松風吹我足。」予兄子中守舒日，得此于宗室公霞，今胡仔《漁隱叢話》載蔡絛《西清詩話》不言此山，但云太白仙去，後人有見其詩，略云：「斷崖如削瓜，嵐光破崖緑。天河從中來，白雲漲川谷。玉案敕文字，世眼不可讀。攝身凌青霄，松風吹我足。」又云：「舉袖露條脱，招我飯胡麻。」真烟雲中語也。既誤以「斷巖」爲「斷崖」與第二句相重，「赤文」作「敕文」，「落落」作「世眼」，「攝衣」作「攝身」，皆淺近，與前句大相遠。當塗《太白集》本原無此詩，因子中録寄郡守，遂刻于後。然皆從蔡絛誤本，子中爭之不從，僅能改「敕」爲「赤」而已。《唐詩紀事》：近世傳白詩云：「斷崖如削瓜，嵐光破崖緑。天河從中來，白雲漲川谷。玉案赤文字，落落不可讀。攝衣凌清雲，松風拂我足。」又不同者數字。

斷句

舉袖露條脱〔一〕，招我飯胡麻〔二〕。

〔一〕《太平廣記》：條跳，似指環而大。《唐詩紀事》：文宗問宰臣：「古詩云『輕衫襯跳脱』，『跳脱』是何物？」宰臣未對，上曰：「即今之腕釧也。」《真誥》言：安妃有斲粟金跳脱，是臂飾。跳脱，即條脱也。《唐詩紀事》亦載此句，「舉袖」作「舉手」。

〔二〕《太平廣記》：劉晨、阮肇入天台採藥，有二女子邀還家，其饌有胡麻飯、山羊脯。按：胡麻，即今之芝麻也。相傳張騫自大宛得其種以歸，以其出自胡中，故曰胡麻。

野禽啼杜宇〔一〕，山蝶舞莊周〔二〕。

〔一〕杜宇，杜鵑也。見三卷注。

〔二〕《漁隱叢話》：《法藏碎金》云：予記太白有詩云：「野禽啼杜宇，山蝶舞莊周。」後又見潘佑有《感懷詩》：「幽禽喚杜宇，宿蝶夢莊周。席地一樽酒，思與元化浮。但莫孤明月，何必秉燭游。」予謂才思暗合，古今無殊，不可怪也。

右三首見《漁隱叢話》諸書。

陽春曲

沈約作《江南弄》四曲，其三曰《陽春曲》。

芣（音浮）苡（音以，一作苢）生前徑〔一〕，含桃落小園〔二〕。春心自摇蕩，百舌更多言〔三〕。

〔一〕陸璣《草木疏》：芣苡，一名馬舄，一名車前，一名當道喜。在牛馬跡中生，故曰車前、當道，今藥中「車前子」是也。幽州人謂之牛舌草，可鬻作茹，大滑，其子治婦人難産。

〔二〕《埤雅》：櫻桃，爲木多陰，其果先熟，一名含桃。許慎曰：鶯之所含食，故曰含桃也。謂之鶯桃，則亦以鶯之所含食，故謂之鶯桃也。《爾雅翼》：櫻桃，朱實，甘美。飛鳥所含，故又名含桃。《爾雅》謂之荆桃，其花在梅後，至果熟則最先。

〔三〕《本草綱目》：百舌，處處有之，居樹孔窟穴中，狀如鸜鵒而小，身略長，灰黑色，微有斑點，喙亦尖黑，行則頭俯，好食蚯蚓，立春後鳴囀不已，夏至後則無聲，十月後則藏蟄。《月令》「仲夏反舌無聲」即此。

舍利佛

舍利，見七卷注。

金繩界寶地〔一〕，珍木蔭瑶池。雲間妙音奏，天際法蠡吹〔二〕。

〔一〕《法華經》：時娑婆世界即變清淨，琉璃爲地，寶樹莊嚴，黄金爲繩，以界八道。

〔二〕又云：雨大法雨，吹大法螺。《文獻通考》：貝之爲物，其大可容數升，蠡之大者也。南蠻之國取而吹之，所以節樂也。今之梵樂用之，以和銅鈸。釋氏所謂法螺，赤土國吹螺以迎隋使是也。法蠡，即法螺也。古「螺」字一作「蠡」，通用。

摩多樓子

從戎向邊北，遠行辭密親〔一〕。借問陰山候〔二〕，還知塞上人？

〔一〕陸機詩：總轡登長路，嗚咽辭密親。

〔二〕陰山，在北邊外，見五卷注。陸機詩：往問陰山候，勁虜在燕然。劉良注：候，伺望者。

右三首見《萬首唐人絶句》。郭茂倩《樂府詩集》三首俱作無名氏。

春感

茫茫南與北，道直事難諧。榆莢（音劫）錢生樹〔一〕，楊花玉糁（桑感切，穀上聲）街。塵縈游子面，蝶弄美人釵。卻憶青山上，雲門掩竹齋。

〔一〕《春秋元命包》：三月榆莢落。

右一首見《彰明逸事》。

《彰明逸事》：太白游成都，賦《春感》詩云云。益州刺史蘇頲見而奇之。

殷十一贈栗岡硯

殷侯三玄士，贈我栗岡硯。灑染中山毫〔一〕，光映吴門練〔二〕。天寒水不凍，日用心不倦。攜此臨墨池〔三〕，還如對君面。

〔一〕王羲之《筆經》：諸郡毫，惟中山兔肥而毫長，可用練熟絹也。

〔二〕《韓詩外傳》：顔回望吴門焉，見一匹練。孔子曰：「馬也。」此用其字，而意則指吴中所出之絹素，與原事無涉。

〔三〕《九域志》：越州會稽縣有王右軍墨池。

右一首見高似孫《硯箋》。

普照寺

天台國清寺〔一〕，天下爲四絶〔二〕。今到普照游，到來復何别？枏（音楠）木白雲飛〔三〕，高僧頂殘雪。門外一條溪，幾回流歲月！

〔一〕《一統志》：國清寺，在浙江台州府天台縣北十里，隋煬帝爲智顗禪師建。

〔二〕晏殊《類要》云：齊州靈巖、荆州玉泉、潤州棲霞、台州國清，世稱四絶。《咸淳臨安志》：淨明寺，在富陽縣北五里，舊名普照。天福五年重建，治平二年改今額。寺枕高山，名曰舒壁，山坳有龍潭，澗水横流，上有橋亭。李翰林白詩「天台國清寺，天下爲四絶」云云。

〔三〕《本草拾遺》：柟木高大，葉如桑，出南方山中。

右一篇見《咸淳臨安志》。蘇東坡曰：「予舊在富陽見國清院太白詩，絶凡近。」即此篇也。《漁隱叢話》：新安水西寺，寺依山背，下瞰長溪，太白題詩斷句云：「檻外一條溪，幾回流碎月。」今集中無之。琦按：漁隱所引即此篇末二句也，蓋未覩全篇，故訛以爲題水西寺斷句耶？

釣臺

磨盡石嶺墨〔一〕，尋陽釣赤魚。靄峰尖似筆〔二〕，堪畫不堪書。

〔一〕《方輿勝覽》：釣臺在徽州黟縣南十八里，亦名尋陽臺。相傳李白嘗釣于此，有詩云「磨盡石嶺墨」云云。《太平寰宇記》：墨嶺山，在黟縣南十八里，嶺上石如墨色，嶺有穴，中有墨石軟膩，土人取爲墨，色碧甚鮮明，可以記文字。

〔二〕《方輿勝覽》：靄峰，在黟縣南十五里，孤峭如削。《九域志》、《錦繡萬花谷》、《一統志》皆引「靄峰尖似筆」之句，以爲太白詩。羅願《新安郡志》曰：太白常稱金華五百灘之勝，而思爲新安之游，又嘗自回溪十六渡至黄山湯泉之下，則吾土山川勝概，頗已寄于逸想。其贈許宣平詩，沈汾述以爲傳，當不虚也。又有《答山中人》，所謂「桃花流水杳然去，别有天地非人間」，相傳以爲入黟所作，而俗又有《石墨嶺》與《水西興唐寺》詩，語不類太白。東坡嘗疑《富陽》、《國清》、《彭澤》、《興唐》詩及《姑熟十咏》非太白所作，而王平甫疑《十咏》出于李赤。按：南唐自有一翰林學士李白，曾子固以爲《十咏》是此人所爲，然則此間《墨嶺》、《興唐》詩，豈亦此類耶？

小桃源

黟（音衣）縣小桃源〔一〕，煙霞百里間。地多靈草木，人尚古衣冠。

〔一〕《方輿勝覽》：樵貴谷，在徽州黟縣北。昔土人入山，行七日，至一穴，豁然周三十里，中有十餘家，云是秦人避入此地。按：邑圖有潛村，至今有數十家，同爲一村，或謂之小桃源，李白詩「黟縣小桃源」云云。

《錦繡萬花谷》亦載此詩，以爲太白作。琦按：此詩乃南唐許堅詩，其後尚有二韻，非太白作也。

題竇圌音纏山

樵夫與耕者，出入畫屏中。

《方輿勝覽》：竇圌山，在綿州彰明縣，李白《題竇圌山》詩：「樵夫與耕者，出入畫屏中。」又《送竇主簿》詩：「願隨子明去，煉火燒金丹。」竇子明，名圌，隱此山，故名。琦按：後二句已見集中之十二卷，所謂子明者，是陵陽子明。以爲竇圌之字，殊不可信。

右三則見《方輿勝覽》。

贈江油尉

唐時江油縣，隸劍南道之龍州應靈郡。

嵐光深院裏，傍砌水泠泠。野燕巢官舍，溪雲入□廳。日斜孤吏過，簾捲亂峰青。五色神仙尉，焚香讀道經。

右一首見楊升庵《全蜀藝文志》。

清平樂令 翰林應制

禁庭春晝，鶯羽披新繡。百草巧求花下鬬，只賭珠璣滿斗〔一〕。日晚卻理殘妝，御前閑舞《霓裳》〔二〕。誰道腰肢窈窕，折旋消得君王〔三〕。

〔一〕《説文》：璣，珠不圓也。

〔二〕《夢溪筆談》：《霓裳羽衣曲》，劉禹錫詩云：三鄉陌上望仙山，歸作《霓裳羽衣曲》。王建詩云：聽風聽水作《霓裳》。白樂天詩注云：開元中，西涼府節度使楊敬述造。鄭嵎《津陽門詩》注云：葉法善嘗引上入月宮，聞仙樂。及上歸，但記其半，遂於笛中寫之。會西涼府都督楊敬述進《婆羅門曲》，與其聲調相符，遂以月中所聞爲散序，用敬述所進爲其腔，名《霓裳羽衣曲》。諸説不同。

〔三〕《禮記》：周還中規，折還中矩。折旋，即折還也。旋、還二字，經史通用。

其二

禁幃秋夜，月探金窗罅（升庵《詞品》作「明月探窗罅」）。玉帳鴛鴦噴沉（《詞品》作「蘭」）麝〔一〕，時落銀燈香灺（才野切，斜上聲）〔二〕。女伴莫話孤眠，六宫羅綺三千。一笑皆生百媚，宸游（《詞品》作「衷」）教在誰邊？

〔一〕鴛鴦，爇香器也。

〔二〕《説文》：灺，燭燼也。

右二首見《絶妙詞選》。歐陽炯《花間集序》曰：在明皇朝，則有李太白應制《清平樂》詞四首。《絶妙詞選》曰：唐吕鵬《遏雲集》，載太白應制詞四首，以後二首無清逸氣韻，疑非太白所作，故只存其二。胡應麟《筆叢》曰：太白《清平樂》蓋五代人僞作，因李有《清平調》，故贋作此詞傳之。

清平樂三首

烟深水闊，音信無由達。惟有碧天雲外月，偏照懸懸離別。盡日感事傷懷，愁眉似鎖難開。夜夜長留半被，待君魂夢歸來。

其二

鸞衾鳳褥，夜夜常孤宿。更被銀臺紅蠟燭，學妾淚珠相續。花貌些子時光，抛人遠泛瀟湘。欹枕悔聽寒漏，聲聲滴斷愁腸。

其三

畫堂晨起，來報雪花墜。高捲簾櫳看佳瑞〔一〕，皓色遠迷庭砌。盛氣光引爐烟，素草寒生玉佩。應是天仙狂醉，亂把白雲揉碎。

〔一〕簾櫳，見十一卷注。

桂殿秋

仙女下，董雙成〔一〕，漢殿夜涼吹玉笙。曲終卻從仙官去，萬户千門惟月明。河漢女，玉鍊顔〔二〕，雲軿（音瓶）往往在人間〔三〕。九霄有路去無跡，嫋嫋香風生佩環。

〔一〕《漢武内傳》：王母來命侍女董雙成吹雲和之笙。

〔二〕《黄庭經》：卻滅百邪玉鍊顔。

〔三〕雲軿，見三卷注。

吴虎臣曰：此太白詞也，有得于石刻而無其腔，劉無言倚其聲歌之，音極清雅。《邵氏聞見後録》以此詞爲李文饒迎神、送神二曲。予游秦，尚有能宛轉度之者。或并爲一曲，謂李太白作。《許彦周詩話》亦作李衛公《步虚詞》。

連理枝

雪蓋宫樓閉，羅幕昏金翠。鬭壓闌干，香心澹薄，梅梢輕倚。噴寶猊（音倪）香燼麝烟濃，馥紅綃(音宵)翠被。

其二

淺畫雲垂帔(音轡),點滴昭陽淚。咫尺宸居,君恩斷絶,似遥千里。望水晶簾外竹枝寒,守羊車未至〔一〕。

〔一〕《晉書》:武帝多内寵。平吴之後,復納孫晧宫人數千,自此掖庭殆將萬人,而並寵者甚衆。帝莫知所適,常乘羊車,恣其所之,至便宴寢。宫人乃取竹葉插户,以鹽汁灑地而引帝車。

右六首見御定《全唐詩》。

漢東紫陽先生碑銘

嗚呼!紫陽竟夭其志以默化,不昭然白日而升九天乎?或將潛賓皇王,非世所測。□□□□□□□□□□□挺列仙明拔之英姿,明堂平白〔一〕,長耳,廣顙,揮手振骨,百關有聲，殊毛秀采，居然逸異。□□□□□□□□□而直達。何黿鶴早世，螻蛄延秋[二]？元命乎？遭命乎[三]？予長息三日[四]，懵于變化之理。

[一]《黄庭經》：明堂四達法海源。梁丘子注：眉頭一寸爲明堂。

[二]螻蛄，見五卷注。

[三]《論衡》：傳曰：説命有三，一曰正命，二曰隨命，三曰遭命。遭命者，行善得惡，非所冀望，遭逢于外，而得凶禍，故曰遭命。《禮記正義》：按《援神契》云：命有三科，有受命以保慶，有遭命以謫暴，有隨命以督行。受命，謂年壽也。遭命，謂行善而遇凶也。隨命，謂隨其善惡而報之云。陳子昂《弟孜墓誌銘》：豈其夭絶，喪兹良圖。嗚呼！其元命歟？遭命歟？

[四]東方朔《答客難》：東方先生喟然長息。

先生姓胡氏，□□□□□族也。代業黄老[一]，門清儒素[二]，皆龍脱世網，鴻冥高雲[三]。但貴天爵，何徵閥閲[四]。

[一]《史記》：膠西有蓋公，善治黄老言。張晏曰：黄帝、老子之書也。

[二]《晉書》：王隱以儒素自守，不交勢援。

[三]《法言》：鴻飛冥冥，弋人何篡焉。

〔四〕《韻會》：閥閲，《史記》：明其等曰閥，積其功曰閲。又：有功曰閥，有勞曰閲。《漢書·車千秋傳》：無伐閲功勞。師古曰：伐，積功也。閲，經歷也。今人以世家門户爲閥閲，誤矣。琦按：人臣有功于國，方得世禄。閥閲之家，猶言「世禄之家」耳。又《通鑑》：裴子野論曰：「降及季年，專限閥閲。」胡三省注：門在左曰閥，在右曰閲。則以世家門户爲閥閲，更有由也。

始八歲經仙城山，□□□□□□□□□有清都紫微之遐想〔一〕。九歲出家，十二休糧。二十游衡山，雲尋洞府，水涉冥壑。神王□□□□□□□召爲威儀〔二〕，及天下採經使。因遇諸真人，受赤丹陽精石景水母。故常吸飛根，吞日魂〔三〕，密而修之。□□□□□□所居苦竹院，置飡霞之樓，手植雙桂，棲遲其下〔四〕。

〔一〕《列子》：王實以爲清都紫微，鈞天廣樂，帝之所居。

〔二〕威儀，道家職名。如釋家「維那」之類。白玉蟾《玉隆萬壽宫道院記》：唐有左右街威儀，五代末周太祖因避諱改爲道録。是威儀即今之道録司也。

〔三〕《真誥》：日中五帝字曰：「日魂珠景，昭韜緑映，迴霞赤童，元炎飈象。」凡十六字。此是金闕聖君採服飛根之道，昔受之于太微天帝君。一名《赤丹金精石景水母玉胞之經》。梁丘子《黄庭内景經注》：《上清紫文靈書》有採飛根之法，常以日初出東向叩齒九通，畢，陰呪日魂，名日中五帝字曰：「日魂珠景，昭韜緑映，迴霞赤童，元炎飈象。」呪呼此十六字畢，瞑目握固，存想日中五色流霞來繞一身，于是日光流霞俱入口中，名曰日華飛根，玉胞水母也。

〔四〕《詩·國風》：衡門之下，可以棲遲。毛傳曰：棲遲，游息也。

聞金陵之墟道始盛於三茅〔一〕，波乎四許〔二〕。華陽□□□□□□□陶隱居傳昇元子〔三〕，昇元子傳體元，體元傳貞一先生〔四〕，貞一先生傳天師李含光，李含光合契乎紫陽〔五〕。

〔一〕《真誥》：句曲山，漢有三茅君來治其上，時父老又轉名茅君之山。三君往曾各乘一白鵠，各集山之三處，時人互有見者，是以發於歌謡。乃復因鵠集之處，分句曲山爲大茅君、中茅君、小茅君三山焉。總而言之，盡是句曲之一山耳。山生黄金，漢靈帝時詔敕郡縣採句曲之金以充武庫。逮孫權時，又遣宿衛人採金，常輸官，兵帥百家遂屯居伏龍之地，因改爲金陵之墟名也。三茅者，漢景帝中元間人，長兄名盈、次弟名固、又次弟名衷，俱得仙道。老君拜盈爲司命真君，固爲定録真君，衷爲保生真君，故號爲三茅君。

〔二〕四許者，許穆，汝南平輿人，官至護軍長史，晉太和中入茅山修道，功成仙去，爲上清真人。第三子玉斧，先於太和五年在茅山尸解，爲上清仙官。長子揆、次子虎牙，並亦得道。

〔三〕《南史》：陶弘景，丹陽秣陵人，爲諸王侍讀，除奉朝請，上表辭禄，止於句容之句曲山。恒曰此山下是第八洞宫，名金壇華陽之天，周迴一百五十里。昔漢有咸陽三茅君，得道來掌此山，故謂之茅山。乃中山立館，自號華陽陶隱居。人間書疏，即以「隱居」代名。

〔四〕《舊唐書》：王遠知，琅琊人，少聰敏，博綜群書，入茅山師事陶弘景，傳其道法。太宗登極，將加重位，固請歸山。貞觀九年，謂弟子潘師正曰：「吾見仙格，以吾少時誤損一童子吻，不得白日昇天。見署少室伯，將行在即。」翌日，沐浴加冠衣，焚香而寢，卒，年一百二十六歲。調露二年，追贈太中大夫，謚曰昇真先生。天授二年，改謚曰昇元先生。潘師正，趙州贊皇人，師事王遠知，盡以道門隱訣及符籙授之。高宗幸東都，因召見焉。永淳元年卒，時年九十八。高宗追思不已，贈太中大夫，賜謚曰體元先生。司馬承禎，字子微，河内溫人。少好學，薄於爲吏，遂爲道士，事潘師正，傳其符籙及辟穀導引服餌之術。師正特賞異之。卒時年八十九。其弟子表稱，死之日，有雙鶴繞壇，及白雲從壇中湧出，上連於天，而師容色如生。玄宗深嘆異之，贈銀青光禄大夫，號貞一先生。

〔五〕顔真卿《玄靜先生李君碑》：先生姓李，諱含光，廣陵江都人，本姓弘，以孝敬皇帝廟諱改焉。提孩則有殊異，晬日，獨取《孝經》，如捧讀焉。開元十七年，從司馬鍊師于王屋山，傳授大法《靈文金記》，一覽無遺，綜覈古今，該明奥旨。玄宗知先生遍得子微之道，乃詔先生居王屋山陽臺觀以繼之。歲餘，請歸茅山，纂修經法。頻徵，皆謝病不出。天寶四載冬，乃命中官賫璽書徵之，既至，延入禁中，每欲諮禀，必先齋沐。他日請傳道法，先生辭以足疾不任科儀者數焉。玄宗知不可强而止。先生常以茅山靈蹟翦焉將墜，真經秘録亦多散落，請歸修葺，特詔於楊許舊居紫陽觀以宅之，仍賜絹二百匹、法衣兩副、香爐一具、御製詩及序以餞之。初，隱居先生以《三洞真經》傳昇元先生，昇元付體元先生，體元付正一先生，正一付先生。自先生距於隱居，凡五葉矣，皆總襲妙門大正真法。

□□□□□於神農之里〔一〕，南抵朱陵〔二〕，北越白水〔三〕，稟訓門下者三千餘人。鄰境牧守，移風問道，忽遇先生之宴坐〔四〕，□□□□□隱机雁行而前〔五〕，爲時見重，多此類也。

〔一〕《路史》：世言神農生而九井自出。按：九井，在賴山。《荆州記》云：江夏隨縣北界，厲鄉村南重山也。井在山北，重塹周之，廣一頃一十畝，内有地云神農宅，神農生此。神農既育，九井自穿，舊説汲一井則八井皆動。《寰宇記》：在縣北百里，人不敢觸。按：今惟存一穴，大木旁蔭，人即其處爲神農社，年常祀之。亦引《荆州記》所言，厲鄉村厲山下之穴，神農所生，穴口方一步，容數人，上有神農廟，即《荆州圖》永陽縣西北二百三十里厲鄉山東石穴也。高三十丈，長二百尺，謂之神農穴。

〔二〕《名山洞天福地記》：南岳衡山，周迴七百里，名朱陵之天，在衡州衡山縣。

〔三〕白水，即白河也，一名淯水，在南陽府，詳七卷注。

〔四〕宴坐，靜坐也。見二十三卷注。

〔五〕《埤雅》：雁行，斜步側身。故《莊子》謂士成綺「雁行避影，而問老子」。

天寶初，威儀元丹丘，道門龍鳳，厚禮致屈，傳籙於嵩山。東京大唐□□宫三請固辭。偃卧未幾，而詔書下責，不得已而行。入宫一革軌儀，大變都邑。然海鳥愁臧文之享〔一〕，猿狙（子余切，音雎）裂周公之衣〔二〕，志往跡留，稱疾辭帝。尅期離闕，臨别自祭，其文曰：「神將厭予，予非厭世。」乃顧命姪道士胡齊物具平肩輿〔三〕，歸骨舊土。王公卿士送及龍門〔四〕，入葉縣，次王喬之祠。目若有睹，泊然而化，天香引道，尸輕空衣〔五〕。及本郡太守裴公以幡花郊迎，舉郭雷動。□□□□開顔如生。觀者日萬，群議駭俗。至其年十月二十三日，葬於郭東之新松山，春秋六十有二。

〔一〕海鳥，見《大鵬賦》注。

〔二〕《莊子》：今取猿狙而衣以周公之服，彼必齕齧挽裂，盡去而後慊。觀古今之異，猶猿狙之異乎周公也。

〔三〕《晉書》：王獻之嘗經吴郡，聞顧辟彊有名園，先不相識，乘平肩輿徑入。

〔四〕《文章正宗》：龍門在河南縣。地志曰：闕塞山，一名伊闕，而俗名龍門。王喬祠，在南陽府葉縣治東北，相傳即喬飛舄之所，故後人立祠於此以祀之，今謂之雙舄觀。

〔五〕《晉書》：葛洪卒時年八十一，視其顔色如生，體亦柔軟，舉尸入棺，甚輕如空衣。世以爲尸解得仙云。

先生含弘光大〔一〕，不修小節〔二〕。書不盡妙，鬱有崩雲之勢〔三〕；文非夙工，時動雕龍之作〔四〕。存也，宇宙而無光；殁也，浪化而蟬蜕〔五〕。豈□□□□□□□□乎？

〔一〕《周易》：含弘光大，品物咸亨。《正義》云：包含以厚，光著甚大也。

〔二〕《後漢書》：劉陶爲人居簡，不修小節。

〔三〕梁昭明太子《錦帶書》：叢談發流水之源，筆陣引崩雲之勢。

〔四〕《史記》：齊人頌曰：「談天衍，雕龍奭。」裴駰注：劉向《別録》曰：騶衍之所言，五德終始，天地廣大，書言天事，故曰「談天」。騶奭修衍之術，文飾之，若雕鏤龍文，故曰「雕龍」。

〔五〕左思《吴都賦》：赤須蟬蜕而附麗。劉淵林注：言此人昇仙，如蟬之脱殻也。

有鄉僧貞倩，雅仗才氣，請予爲銘。予與紫陽神交，飽飡素論，十得其九。弟子元丹丘等，咸思鸞鳳之羽儀，想珠玉之雲氣。灑掃松月，載揚仙風，篆石頌德，與兹山不朽。其詞曰：

賢哉仙士！六十而化，光光紫陽，善與時而爲龍蛇〔一〕。固亦以生死爲晝夜〔二〕，有力者挈之而趨。劫運頹落，終歸於無。惟元神不滅，湛然清都。延陵既没，仲尼嗚呼〔三〕。青青松柏，離離山隅。篆石頌德，名揚八區〔四〕。

〔一〕《莊子》：一龍一蛇，與時俱化，而無肯專爲。

〔二〕《淮南子》：以利害爲塵垢，以死生爲晝夜。

〔三〕《方輿勝覽》：延陵季子墓，在常州晉陵縣北七十里申浦之西。孔子嘗題曰：「嗚呼！有吴延陵季子之墓。」舊石湮滅，唐玄宗命殷仲容摹以傳。

〔四〕揚雄《長楊賦》：洋溢八區。李善注：八區，八方之區也。

按：宋敏求《後序》謂吕縉叔出《漢東紫陽先生碑》，而殘缺間莫能辨，不復收入本集。《太平寰宇記》：《紫陽先生塔銘》：李白譔，在廢光化縣，今不知存否。此本從《道藏》劉大彬《茅山志》中録出，雖有缺文，然與集中所稱紫陽先生、元丹丘、僧倩公、仙城山、飡霞樓等句多所取證，且其文係太白真作，銘詞玄奥可喜。宋氏棄之不收，固矣。

右一篇見劉大彬《茅山志》。

雜題

乘興踏月，西入酒家。不覺人物兩忘，身在世外。

其二

夜來月下卧醒，花影零亂，滿人衿袖，疑如濯魄於冰壺也。

《方輿勝覽》：象耳山，在眉州彭山縣，有太白書臺，有石刻太白留題「夜來月下卧醒」云云。

其三

樓虚月白，秋宇物化，於斯憑闌，身勢飛動。非把酒自忘，此興何極。

其四

吾頭懵懵，試書此不能自辨，賀生爲我讀之。

右四則見《龍江夢餘録》。唐錦《龍江夢餘録》：胡文穆記李白三帖，其一云「乘興踏月」，其二云「月下卧醒」，其三云「樓虚月白」。余亦見其一帖云：「吾頭懵懵。」雖其字跡真贋有不可必者，然詞語豪爽，趣韻自别，信非太白不能道也。

類書中多摘引太白詩句，然不能無錯繆。《海録碎事》、《錦繡萬花谷》二編，學士家以其出自宋人，尤珍尚之。其所引太白斷句甚多，亦有誤者。如「雨吟春破碎，貧飲客凋零」，「山含紅樹隨時老，天帶黄昏一例愁」，「茶褐園林新柳色，鹿胎田地落梅香」，「江邊石上誰知處，緑戰紅酣别是春」，「只有人間閑婦女，一枚煎餅補天穿」，皆是李覯詩（因覯字太伯，遂譌作太白）。「上有萬仞山，下有千丈水。蒼蒼兩崖間，闊狹各一葦」，是白樂天詩。「晚花紅豔靜，高樹緑陰初。亭午清無比，溪山畫不如」，是杜牧詩。「虯鬚顀頷羽林郎，曾入甘泉侍武皇。鵰没夜雲知御苑，馬隨仙仗識天香」，是李郢詩。而皆以爲太白詩矣。又若「霜結梅梢玉，陰凝竹幹銀」，「竹粉千腰白，桃皮半頰紅」。「心爲殺人劍，淚是報恩珠」，「綺樓何氛氲，朝日正杲杲」，「玉顔上哀囀，絶耳非世有」，「佳人微醉玉顔酡，笑倚妝樓澹小蛾」，「借問單樓與同穴，可能銀漢勝重泉」，「露暗烟濃草色新，一番流水滿溪春。可憐漁父重來訪，只見桃花不見人」，「昔日狂秦事可嗟，直驅雞犬入桃花。至今不出烟巒口，萬古潺湲一水斜」，「庭中繁樹乍含芳，紅錦重重翦作囊。還合炎蒸留爍景，題來消得好篇章」諸句，未詳爲誰氏之作，其句法皆與太白不相似，亦皆以爲太白詩矣。羅鄂州《新安郡志》謂南唐時另有一翰林學士李白，《姑熟十咏》是其所作。然則後人所傳李白諸逸詩及斷句之爲諸書所誤引而其名莫可考者，烏知非斯人之作耶？昔人論杜詩真僞，謂「人才之不同如其面焉，耳目口鼻相去亦無幾，諦視之，未有不差殊者。詩至少陵，固不可得而亂也」。斯言良是。夫學力如少陵，其詩不可得而亂；天才若青蓮，其詩固可得而亂耶！然知其不可亂，而猶彙之編之，而附之於本集之後，豈曰務博，良欲存此以爲後人辨其真贋，而知所取法焉耳。

宋魏菊莊《詩人玉屑》十四卷載歷論諸家一條，其下有旁注「李太白集」四字，厥後《漢魏詩乘》因而采之，而昧者互相引用，遂以爲真太白之文矣。今按：其前曰：「詩之興也，兆基邃古。唐歌虞詠，始載典謨；商頌周雅，方陳金石。其後研志緣情，二京彌甚；含毫瀝思，魏晉彌繁。李都尉『鴛鴦』之辭，纏綿巧妙；班婕妤『霜雪』之句，發越清迥。平子『桂林』，理在文外；伯喈『翠鳥』，意盡行間。河朔人物，王、劉爲稱首；洛陽才子，潘、左爲覺先。乃若子建之牢籠群彦，士龍之籍甚當時，並文苑之羽儀，詩人之龜鑑。」凡一百二十五字，是駱賓王《和閨情詩啟》之前數行。其後云：「駱賓王，爲詩格高旨遠，若在天上物外，神仙會集，雲行物駕，想見飄然之狀。」凡二十九字，其二十六字是裴敬所作《太白墓碑》中數語。蓋「駱賓王」之下，「爲詩格高旨遠」之上，皆有缺文，原屬兩條，抄録者不察其舛誤，而相聯屬爲一則。在菊莊原本，要未嘗繆誤至此。《漢魏詩乘》因菊莊俗本之誤而承其誤，蓋有由矣。即是推之，今所編輯《拾遺》，安知不類于是？而宋次道所裒益《全集》之詩文，又安知不亦類于是耶？後之讀者，尚有鑒于斯哉！

鄭樵《通志·藝文略》别集内載云：「李白《草堂集》二十卷，李陽冰録。又《度北門集》一卷。」於制誥類中複載云「李白度北門集一卷」。劉少彝曰：「《度北門集》，當是供奉翰林時代言之草，豈《通考》所謂《翰林集》者，故已彙入。然今本無一字存者，其爲湮佚無疑矣。」余考《舊唐書》之《經籍志》、《新唐書》之《藝文志》及《太白列傳》，皆不載此書，而他籍亦鮮有言之者。豈亦南唐之翰林學士李白所作耶？抑「李白度」者其人名，「北門集」者其書名，而後人誤讀之耶？聊志于末，以俟博學者辯之。

補遺

上清寶鼎詩

人生燭上花，光滅巧妍盡。春風遶樹頭，日與花工進。惟知雨露貪，不念零落近。昔我飛骨時，慘見當塗墳。青松靄明霞，縹緲上下村。既死明月魄，無彼玻璃魂。念此一脱灑，長嘯登崑崙。醉着鸞鳳衣，星斗俛可捫。

其二

朝披夢澤雲，笠釣青茫茫。尋絲得雙鯉，中有三元章。篆字若丹蛇，逸勢如飛翔。歸來問天姥，妙義不可量。金刀割青素，靈文爛煌煌。嚥服十二環，想見仙人房。暮跨紫鱗去，海氣侵肌涼。龍子喜變化，化作梅花妝。遺我纍纍珠，靡靡明月光。勸我穿絳縷，繫作裙間璫。揖余以辭去，談笑聞餘香。

胡仔曰：太白此詩云「暮跨紫鱗去，海氣侵肌涼」，亦奇語也。

蘇軾曰：予都下見人攜一紙文書，字則顏魯公也。墨迹如未乾，紙亦新健，其詩曰：「朝披夢澤雲，笠釣青茫茫。」此詩非太白不能道也。

以上兩首録自《御選唐宋詩醇》卷之八

其三見《東觀餘論》

我居清空表，君處紅埃中。仙人持玉尺，廢君多少才。玉尺不可盡，君才無時休。

轉録自《全唐詩》卷一八五

白微時募縣小吏入令卧内嘗驅牛經堂下令妻怒將加詰責白亟以詩謝云

素面倚欄鉤，嬌聲出外頭。若非是織女，何必問牽牛。

録自《唐詩紀事》卷十八

斷句

焰隨紅日去，煙逐暮雲飛。令一日賦山火詩，思軋不屬，太白從旁綴其下句。令詩云：「野火燒山去，人歸火不歸。」太白繼云。

緑鬢隨波散，紅顔逐浪無。因何逢伍相，應是想秋胡。白從令觀漲，有女子溺死江上，令復苦吟，太白輒應聲繼之。令詩云：「二八誰家女，漂來倚岸蘆。鳥窺眉上翠，魚弄口旁珠。」

録自《唐詩紀事》卷十八

斷句見《千載佳句》

玉階一夜留明月，金殿三春滿落花。瑞雪

轉録自《全唐詩逸》上

北斗延生經注解序

原夫太素未分，無光無象，混黄成化，有始有終，則昇清而滯穢，輔善而貶凶。置百二十曹局，列於冥府；造三十六部經，秘於瓊宫。度天人之有道，啟含識之不矇。余歎曰：莫非三界十方，天地人倫，斯所以爲道之紀也。今竊見聖世，幸逢豐年，得遇皇恩。將道德而安家邦，效勳華而育黎庶，而況天下晏然，太玄彰耀。今即啟有道之心者，扶風氏等志奉日新，慕真歲久。禱天祐而制凶魔，求師訓而傳道要。遂得遇崆峒山玄真人，明龍漢之玄文，演赤文之妙奥。教符十洞三乘，化列萬機一義，注解《北斗延生經》一卷。上則有飛神金闕，中則有保國寧家，次則有延齡益壽。普度有情之品，同登無礙之門，於是謹作斯文，用題經首。李白謹序。

録自《全唐文》卷三四九

李太白全集卷之三十一

附録一

錢塘王琦琢崖編輯
王慶霄周春較

序誌碑傳十二首

草堂集序

宣州當塗縣令李陽冰撰

李白，字太白，隴西成紀人〔一〕，涼武昭王暠（音稿）九世孫〔二〕。蟬聯珪組〔三〕，世爲顯著。中葉非罪，謫居條支〔四〕，易姓與（繆本作「爲」）名。然自窮蟬至舜〔五〕，五世爲庶，累世不大曜，亦可嘆焉。神龍之始，逃歸於蜀，復指李樹而生伯陽〔六〕。驚姜之夕〔七〕，長庚入夢，故生而名白，以太白字之。世稱太白之精，得之矣。

〔一〕唐時隴西郡，渭州也，無成紀縣，而秦州天水郡乃有成紀。此云隴西成紀人，蓋推其先世郡邑而云耳。

〔二〕《漢書·李廣傳》言廣爲隴西成紀人。在漢初，成紀本屬隴西，至武帝元鼎三年，分隴西置天水郡，于是成紀屬天水，而不屬隴西矣。唐李氏族望，推爲廣所出者，皆曰隴西成紀，蓋本此也。涼武昭王諱暠，系出李廣之後。當晉安帝之末，爲群雄所奉，推爲燉煌太守，遂啟霸圖，兵不血刃，坐據河西五郡，國號曰涼，自稱爲公，在位十八年薨，國人上謚曰涼武昭王。暠子曰歆，歆子曰重耳，重耳子曰熙，熙子曰天賜，天賜子曰虎，虎子曰昺。昺子曰淵，于是代隋而有天下，是爲唐高祖。玄宗天寶二年，追尊涼武昭王曰興聖皇帝。

〔三〕《南史·王筠傳》：爵位蟬聯，文才相繼。

〔四〕《詩·商頌》：昔在中葉。毛傳曰：葉，世也。按范傳正《墓碑》云「隋末多難，一房被竄于碎葉」，與此文所謂「中葉非罪，謫居條支」，地名不同。《新唐書》略之，但言隋末以罪徙西域。考《漢書·西域傳》，烏弋山離國去長安萬二千二百里，條支國又在其西，行百餘日，方至其國，與中國絶遠，疑非謫戍者所居。《唐書·地理志》，西域羈縻州有條支都督府，以訶達羅支國伏寶瑟顛城置，領州九，隸安西都護府，乃唐龍朔元年所置，隋時無之。恐碎葉爲是，條支乃借言作西域極遠之地説耳。

〔五〕《史記》：虞舜者名重華。重華父曰瞽叟，瞽叟父曰橋牛，橋牛父曰句望，句望父曰敬康，敬康父曰窮蟬，窮蟬父曰帝顓頊，顓頊父曰昌意，以至舜七世矣。自從窮蟬以至帝舜，皆微爲庶人。

〔六〕《藝文類聚》：老子姓李，名耳，字伯陽，楚國苦縣賴鄉人也。其母感大流星而有娠，雖受氣于天，然生于李家，猶以李爲姓。又云：母到李樹下生老子，生而能言，指李樹曰：「以此爲我姓。」

〔七〕《左傳》：鄭武公娶于申，曰武姜。生莊公，莊公寤生，驚姜氏，故名曰寤生。

不讀非聖之書〔一〕，恥爲鄭、衛之作，故其言多似天仙之辭。凡所著述，言多諷興，自三代已來，《風》、《騷》之後，馳驅屈、宋，鞭撻揚、馬，千載獨步，唯公一人。故王公趨風，列岳結軌〔二〕，群賢翕習〔三〕，如鳥歸鳳。盧黄門云：〔四〕陳拾遺横制頽波，天下質文翕然一變〔五〕。至今朝詩體，尚有梁、陳宫掖之風〔六〕，至公大變，掃地併盡。今古文集遏而不行，唯公文章，横被六合〔七〕，可謂力敵造化歟！

〔一〕《後漢書》：周燮專精《禮》《易》，不讀非聖之書。

〔二〕司馬相如《難蜀父老》文：結軌還轅，東向將報。顔師古曰：結，屈也。軌，車跡也。

〔三〕張華《鷦鷯賦》：飛不飄揚，翔不翕習。李善注：翕習，盛貌。

〔四〕《新唐書》：盧藏用，字子潛，幽州范陽人。神龍中，累擢中書舍人，歷吏部、黄門侍郎。

〔五〕陳子昂，字伯玉，梓州射洪人。文明初，舉進士，擢麟臺正字，遷右拾遺。唐興，文章承徐、庾餘風，天下祖尚，子昂始變雅正。初爲《感遇詩》三十八章。王適曰：「是必爲海内文宗。」子昂所論著，當世以爲法。盧藏用《陳氏集序》：君名子昂，字伯玉，蜀人也。崛起江漢，虚視函夏，卓立千古，横制頽波，天下翕然，質文一變。非夫岷、峨之精，巫、廬之靈，則何以生此。

〔六〕《大唐新語》：梁簡文之爲太子，好作豔詩，境内化之，浸以成俗，謂之宫體。《陳書》：後主使諸貴人及女學士與狎客共賦新詩，互相贈答，採其尤豔麗者，以爲曲辭。

〔七〕班固《西都賦》：横被六合。

天寶中，皇祖下詔〔一〕，徵就金馬，降輦步迎，如見綺、皓。以七寶牀賜食，御手調羹以飯之，謂曰：「卿是布衣，名爲朕知，非素蓄道義，何以及此。」置于金鑾殿〔二〕，出入翰林中〔三〕，問以國政，潛草詔誥，人無知者。醜正同列，害能成謗，格言不入，帝用疏之。公乃浪跡縱酒，以自昏穢。詠歌之際，屢稱東山。又與賀知章、崔宗之等自爲八仙之游，謂公謫仙人，朝列賦謫仙之歌凡數百首，多言公之不得意。天子知其不可留，乃賜金歸之。遂就從祖陳留採訪大使彦允〔四〕，請北海高天師授道籙于齊州紫極宫，將東歸蓬萊，仍羽人，駕丹丘耳〔五〕。

〔一〕皇祖，玄宗也。玄宗于代宗爲祖，是文作于代宗即位之後，故曰皇祖。

〔二〕《雍録》：金鑾殿在學士院之左。《長安志》：大明宫有金鑾殿，在環周殿西北。

〔三〕《唐會要》：翰林院，開元初置，在銀臺門内，麟德殿西廂重廊之後，蓋天下以藝能技術見召者之所處也。

〔四〕《唐書・地理志》，河南採訪使，治汴州。陳留郡即汴州，北海郡即青州，濟南郡即齊州，俱屬河南道。

〔五〕《楚辭》：仍羽人于丹丘兮，留不死之舊鄉。王逸注：《山海經》言有羽人之國，不死之民。或曰，人得道，身生羽毛也。朱子注：仍，因就也。羽人，飛仙也。丹丘，晝夜常明之處也。

陽冰試絃歌於當塗，心非所好，公遐不棄我，乘扁舟而相顧（繆本缺「乘」字，「相顧」作「相歡」）。臨當挂冠，公又疾亟，草稿萬卷，手集未修，枕上授簡，俾予爲序。論《關雎》之義〔一〕，始愧卜商〔二〕；明《春秋》之辭，終慚杜預〔三〕。自中原有事，公避地八年，當時著述，十喪其九，今所存者，皆得之他人焉。時寶應元年十一月乙酉也。

〔一〕《韓詩外傳》：子夏問曰：「《關雎》何以爲國風始也？」孔子曰：「《關雎》至矣乎！夫《關雎》之大，仰則天，俯則地，幽幽冥冥，德之所藏，紛紛沸沸，道之所行，如神龍變化，斐斐文章。大哉《關雎》之道也，萬物之所繫，群生之所懸命也。河洛出圖書，麟鳳翔乎郊，不由《關雎》之至，則

《關雎》之事將奚由至矣哉！　夫六經之策，皆歸論汲汲，蓋取之乎《關雎》，《關雎》之事大矣哉！　馮馮翊翊，自西自東，自南自北，無思不服，子其勉强之，思服之。　天地之間，生民之屬，王道之原，不外此矣。」子夏喟然嘆曰：「大哉《關雎》，乃天地之基也！」

〔二〕《家語》：卜商，衛人，字子夏。　習于《詩》，能通其義，以文學著名。

〔三〕《晉書》：杜預立功之後，從容無事，乃沉思經籍，爲《春秋左氏經傳集解》；又參考衆家譜第，謂之《釋例》；又作《盟會圖》、《春秋長曆》，備成一家之學，比老乃成。　當時論者，謂預文義質直，世人未之重，惟秘書監摯虞賞之，曰：「左丘明本爲《春秋》作傳，而《左傳》遂自孤行，《釋例》本爲《傳》設，而所發明，何但《左傳》，故亦孤行。」

李翰林集序

前進士魏顥

《摭言》：進士通稱謂之秀才，得第謂之前進士。

自盤古劃天地，天地之氣，艮於西南〔一〕。　劍門上斷，横江下絶，岷、峨之曲，別爲錦川〔二〕。　蜀之人無聞則已，聞則傑出，是生相如、君平、王褒、揚雄，降有陳子昂、李白〔三〕，皆五百年矣。

〔一〕艮，限也。

〔二〕蜀于方位居中州之西南，劍門、岷山、峨眉山、錦江，皆在其地。

〔三〕司馬相如、揚雄，皆蜀郡成都人。嚴君平、王褒，亦稱蜀人，未詳生何縣。陳子昂，梓州射洪人。俱見前注。

白本隴西，乃放形，因家于綿〔一〕。身既生蜀，則江山英秀。伏羲造書契後〔二〕，文章濫觴者《六經》〔三〕。《六經》糟粕《離騷》〔四〕，《離騷》糠粃（音彼）建安七子〔五〕。七子至白，中有蘭芳，情理宛約，詞句妍麗，白與古人爭長，三字九言，鬼出神入，瞠若乎後耳〔六〕。

〔一〕唐時綿州隸劍南道，又謂之巴西郡，古廣漢郡地，在成都東北三百五十里。

〔二〕孔安國《尚書序》：古者伏羲氏之王天下也，始畫八卦，造書契，以代結繩之政，由是文籍生焉。《音釋》云：書者文字，契者刻木而書其側，故曰書契也。一云，以書契約其事也。鄭玄云：以書書木邊，言其事，刻其木，謂之書契也。

〔三〕濫觴，謂原本也。詳見二十八卷注。

〔四〕《莊子》：桓公讀書于堂上，輪扁斲輪于堂下，釋椎鑿而上，問桓公曰：「敢問公之所讀爲何言耶？」公曰：「聖人之言也。」曰：「聖人在乎？」公曰：「已死矣。」曰：「然則君之所讀者，古人之糟魄已夫。」陸德明注：糟，李云酒滓也，司馬云爛食曰魄，一云糟爛爲魄。本又作粕，音同。許慎云：粕，已漉粗糟也。

〔五〕《典論》：今之文人，魯國孔融、廣陵陳琳、山陽王粲、北海徐幹、陳留阮瑀、汝南應瑒、東平劉楨。斯七子者，于學無所遺，于詞無所假，咸自以騁騏驥于千里，仰齊足而並馳。建安者，漢獻帝年號。七人聚于其時，故世謂之建安七子。

〔六〕《莊子》：夫子奔逸絶塵，而回瞠若乎後矣。陸德明注：瞠，敕庚反，又丑郎反。《字林》云：直視貌。一云斜視。

白久居峨眉，與丹丘因持盈法師達〔一〕，白亦因之入翰林，名動京師。《大鵬賦》時家藏一本。故賓客賀公奇白風骨，呼爲謫仙子，由是朝廷作歌數百篇。上皇豫游，召白，白時爲貴門邀飲。比至，半醉，令製出師詔，不草而成。許中書舍人，以張垍（音忌）讒逐，游海岱間〔二〕。年五十餘，尚無禄位〔三〕。禄位拘常人，横海鯤，負天鵬，豈池籠榮之！

〔一〕持盈法師，玉真公主號。公主出家爲道士，故曰法師。《金石録》：《玉真公主墓誌》，王縉撰。誌云公主法號無上真，字玄玄，天寶中更賜號曰持盈。而唐史但言字持盈耳。琦按：《舊唐書・玄宗本紀》，玉真公主先爲女道士，天寶三載讓號及實封，賜名持盈。以爲字持盈，乃《新唐書》之誤。

〔二〕《唐書・百官志》：中書省有舍人六人，正五品上，掌侍進奏參議表章，凡詔旨制敕，璽書册命，皆起草進畫；既下，則署行。張垍，丞相説之子，尚玄宗女寧親公主，以中書舍人供奉翰林。海岱間，古青、徐二州地也。

〔三〕《文獻通考》：翰林學士，唐玄宗開元二十六年置。初以中書務繁，乃選文學之士，號翰林供奉，與集賢學士分掌制誥書命，至是號供奉爲學士，别建學士院，專掌内命，以張垍、劉光謙首居之，而集賢所掌，于是罷息。自後給事中張淑、中書舍人張漸、竇華等，相繼而入焉。其後有韓雄、閻伯璵、孟匡朝、陳兼、蔣鎮、李白等皆在翰林中，但假其名，而無所職。《雍録》：開元前，北門本無學士，亦無職守，如李白輩供奉翰林，乃以其能文特許入翰林，不曰以某官供奉也。俗傳白衣入翰林者此也。又曰上數欲命白以官，爲宫中所捍而止，是白在天寶竟無官也。

顥（音浩）始名萬，次名炎。萬之日，不遠命駕江東訪白。游天台，還廣陵，見之。眸子炯然，哆（昌者切，車上聲，音與撦同）如餓虎〔一〕，或時束帶，風流醞籍〔二〕。曾受道籙於齊，有青綺冠帔一副。少任俠〔三〕，手刃數人。與友自荆徂揚，路亡權窆，迴棹方暑，亡友糜潰，白收其骨，江路而舟〔四〕。又長揖韓荆州，荆州延飲，白誤拜，韓讓之，白曰：「酒以成禮。」荆州大悦〔五〕。

〔一〕《韻會》：哆，大貌。

〔二〕《漢書》：薛廣德，爲人温雅有醖籍。服虔曰：寬博有餘也。顔師古曰：醖，言如醖釀也；籍，有所薦籍也。史炤曰：醖籍，有雅度之稱。《北史》：王昕母清河崔氏，學識有風訓，生九子，皆風流醖籍。

〔三〕《史記》：季布爲氣任俠，有名于楚。如淳曰：相與信爲任，同是非爲俠，所謂權行州里、力折公卿者也。應劭曰：任謂有堅完可任託以事也。顔師古曰：任謂任使其氣力。俠之言俠也，以權力俠輔人也。任音人禁反。俠音下頰反。

〔四〕事詳《上安州裴長史書》内。

〔五〕《世説》：鍾毓兄弟小時值父晝寢，因共偷飲藥酒。其父時覺，且託寐以觀之。毓拜而後飲，會飲而不拜。既而問毓何以拜，毓曰：「酒以成禮，不敢不拜。」又問會何以不拜，答曰：「偷本非禮，所以不拜。」太白蓋借毓語以解嘲也。

白始娶于許〔一〕，生一女、一男曰明月奴。女既嫁而卒。又合于劉，劉訣。次合于魯一婦人，生子曰頗黎。終娶於宋〔二〕。

〔一〕太白《上安州裴長史書》云：「見鄉人相如大誇雲夢之事，云楚有七澤，遂來觀焉。而許相公家見招，妻以孫女。」是其始娶乃許圉師之孫女也。

〔二〕太白《竄夜郎留別宗十六璟》詩有「君家全盛日，台鼎何陸離。斬鰲翼媧皇，三入鳳凰池」，「令姊忝齊眉」等語，是其終娶者乃宗楚客之家也。而此云宋，蓋是宗字之訛耳。若劉、若魯婦，則無所考。太白後只一子伯禽，則未知其明月奴與，其頗黎與？

間攜昭陽、金陵之妓〔一〕，迹類謝康樂，世號爲李東山。駿馬美妾，所適二千石郊迎，飲數斗，醉則奴丹砂撫青海波〔二〕。滿堂不樂，白宰酒則樂。

〔一〕太白有「小妓金陵歌楚聲，家童丹砂學鳳鳴」之句，又有《示金陵子》詩。昭陽妓，無考。

〔二〕其《東山吟》云「酣來自作青海舞」，據此撫字乃舞字之訛。

顥平生自負，人或爲狂，白相見泯合，有贈之作，謂余：「爾後必著大名于天下，無忘老夫與明月奴。」因盡出其文，命顥爲集。顥今登第，豈符言耶？解攜明年〔一〕，四海大盜，宗室有潭者，白陷焉，謫居夜郎。罪不至此，屢經昭洗，朝廷忍白久爲長沙、汨羅之儔，路遠不存，否極則泰，白宜自寬。

〔一〕陸機詩：「撫膺解攜手，永嘆結遺音。」蓋言解散其攜手之歡也。宋之問詩：「骨肉初分愛，親朋忽解攜。」張九齡詩：「義沾投分末，情及解攜初。」皆用其義。

吾觀白之交義，有濟代命，然千鈞之弩〔一〕，魏王大瓠〔二〕，用之有時。議者奈何以白有叔夜之短〔三〕，儻黃祖過禰〔四〕，晉帝罪阮〔五〕，古無其賢，所謂仲尼不假蓋于子夏〔六〕。

〔一〕《史記·穰侯傳》：以天下攻齊，如以千鈞之弩決潰癰也。

〔二〕《莊子》：惠子謂莊子曰：「魏王貽我大瓠之種，我樹之成而實五石。以盛水漿，其堅不能自舉也，剖之以爲瓢，則瓠落無所容，非不呺然大也，吾爲其無用而掊之。」莊子曰：「夫子固拙于用大矣。有五石之瓠，何不慮以爲大樽而浮乎江湖，而憂其瓠落無所容，則夫子猶有蓬之心也夫。」

〔三〕叔夜之短，謂其飲酒恃才如嵇叔夜也。

〔四〕禰衡事見二十二卷注。

〔五〕《晉書》：山濤舉阮咸典選，曰：「阮咸貞素寡欲，深識清濁，萬物不能移。若在官人之職，必絶于時。」武帝以咸耽酒浮虚，遂不用。

〔六〕《家語》：孔子將行，雨而無蓋，門人曰：「商也有之。」孔子曰：「商之爲人也，甚吝于財。吾聞與人交，推其長者，違其短者，故能久也。」嵇康《與山濤絶交書》：「仲尼不假蓋于子夏，護其短也。」

經亂離，白章句蕩盡。上元末，顥于絳偶然得之〔一〕，沉吟累年〔二〕，一字不下〔三〕。今日懷舊，援筆成序，首以贈顥作、顥酬白詩，不忘故人也；次以《大鵬賦》、古樂府諸篇，積薪而録；文有差互者，兩舉之〔四〕。白未絶筆，吾其再刊〔五〕。付男平津子掌。其他事跡，存於後序〔六〕。

〔一〕唐時河東道絳州有絳縣。

〔二〕沉吟累年，謂諷咏不倦。

〔三〕一字不下，謂不敢妄加評騭。

〔四〕積薪而録，謂隨所得而編次，不論先後，如積薪然。兩舉之，謂兩存之。

〔五〕再刊，謂後有所得，再加續補。

〔六〕其他事跡，存于後序，謂事跡之未盡者，俟有訪聞，作後序以紀之也。

琦按：是篇鉤章棘句，期期不易讀，度其闕文譌字必多。若筆體如是，太白「必著大名于天下」之語，毋乃爲不虞之褒乎！

李翰林別集序

朝散大夫行尚書職方員外郎直史館上柱國樂史述

李翰林歌詩，李陽冰纂爲《草堂集》十卷〔一〕。史又別收歌詩十卷，與《草堂集》互有得失，因校勘排爲二十卷，號曰《李翰林集》。今于三館中得李白賦序表讚書頌等〔二〕，亦排爲十卷，號曰《李翰林別集》。

〔一〕《新唐書·藝文志》：李白《草堂集》二十卷，李陽冰録。此云十卷，蓋《唐書》誤也。

〔二〕三館，昭文館、集賢院、史館也，皆寓崇文院中，名雖有三，實止一地，爲宋時藏書之府。《玉海》：按《六典》，武德四年，始置修文館。貞觀二年，建史館于禁中，專掌國史。開元五年，乾元殿東廊寫四部書。十三年，改集仙殿爲集賢殿，以修書院爲集賢殿書院，三館之名肇于此矣。其昭文館隸門下省，史館寓集賢，尚未合爲一。自梁徙汴都，舊制未備。正明中，始于今右長慶門東北小屋數十楹爲三館，湫隘庫陋，僅庇風雨。太平興國中，詔有司度左升龍門東北車府地爲三館，棟宇之制，皆上親授。三年二月畢功，盡遷西館之書分于兩廡貯焉。東廊爲昭文書庫，南廊爲集賢書庫，西廊爲史館書庫，凡六庫，分經史子集四部，正副本凡八萬卷。初，乾德中平蜀，得書萬三千卷；開寶中平吴，得書二萬餘卷；參以舊書，爲八萬卷。凡六庫書籍，皆以類相從，用雕木爲架，青綾帕幕之。簡册之府，翕然一變矣。

翰林在唐天寶中，賀秘監聞於明皇帝〔一〕，召見金鑾殿，降步輦迎，如見綺皓。草和蕃書〔二〕，思若懸河〔三〕。帝嘉之，七寶方丈，賜食于前，御手調羹。于是置之金鑾殿，出入翰林中。其諸事跡，《草堂集序》、范傳正撰《新墓碑》亦略而詳矣。史又撰《李白傳》一卷〔四〕，事又稍周。然有三事，近方得之。

〔一〕《舊唐書》：上皇謚曰至道大聖大明孝皇帝，廟號玄宗。

〔二〕和蕃書，集中不載，蓋已亡軼。

〔三〕《晉書》：郭象能清言，太尉王衍每云：「聽象語，如懸河瀉水，注而不竭。」

〔四〕史所撰《李白傳》，即《宋史·藝文志》所載樂史《李白外傳》一卷是也，今亦不傳。嘗見《合璧事類》中引《李白傳》云：「每宴飲，無不先及；每慶具，無不先沾。中廄之馬代其勞，內廚之膳給其食。」疑即樂史所撰者與？

開元中〔一〕，禁中初重木芍藥，即今牡丹也〔二〕。得四本紅、紫、淺紅、通白者，上因移植于興慶池東沉香亭前。會花方繁開，上乘照夜車〔三〕，太真妃以步輦從〔四〕，詔選梨園弟子中尤者得樂一十六色〔五〕。李龜年以歌擅一時之名，手捧檀板，押衆樂前，將欲歌之。上曰：「賞名花，對妃子，焉用舊樂辭焉！」遽命龜年持金花箋宣賜翰林供奉李白，立進《清平調》詞三章。白欣然承詔旨，由若宿酲未解，因援筆賦之。其一曰：「雲想衣裳花想容，春風拂檻露華濃。若非群玉山頭見，會向瑶臺月下逢。」其二曰：「一枝紅艷露凝香，雲雨巫山枉斷腸。借問漢宫誰得似？可憐飛燕倚新妝。」其三曰：「名花傾國兩相歡，長得君王帶笑看。解釋春風無限恨，沉香亭北倚闌干。」龜年以歌辭進，上命梨園弟子略約調撫絲竹，遂促龜年以歌之。太真妃持頗梨七寶杯〔六〕，酌西涼州蒲萄酒〔七〕，笑領歌辭，意甚厚。上因調玉笛以倚曲〔八〕，每曲遍將换，則遲其聲以媚之。太真妃飲罷，斂繡巾重拜。上自是顧李翰林尤異于諸學士。會高力士終以脱靴爲深耻，異日太真妃重吟前辭，力士曰：「始以（繆本作「爲」）妃子怨李白深入骨髓，何翻拳拳如是耶？」太真妃因驚曰：「何翰林學士能（繆本下多一「欲」字）辱人如斯？」力士曰：「以飛燕指妃子，賤之甚矣。」太真妃頗深然之。上嘗三欲命李白官，卒爲宫中所捍而止。

〔一〕太白入翰林在天寶初年，此云開元中，是叙得木芍藥之由，不指賦《清平調》之時也。

〔二〕原注：《開元天寶花木記》云：禁中呼木芍藥爲牡丹。《通志略》：牡丹，其花可愛如芍藥，宿枝如木，故得木芍藥之名。芍藥著于三代之際，風雅之所流詠也。牡丹初無名，故依芍藥以爲名，亦如木芙蓉之依芙蓉以爲名也。牡丹晚出，唐始有名。

〔三〕《太真外傳》載沉香亭賞牡丹事，「照夜車」作「照夜白」。按《明皇雜録》，上所乘馬有玉花驄、照夜白。《開元記》：照夜白，封太山回，令陳閎圖之。《畫鑑》：曹霸《人馬圖》，紅衣美髯奚官牽玉面騂，緑衣閹官牽照夜白。則車字殆白字之訛歟？

〔四〕《通鑑》：武惠妃薨，上悼念不已，後宫數千，無當意者。或言壽王妃楊氏之美，絶世無雙，上見而悦之，乃令妃自以其意乞爲女冠，號太真，更爲壽王娶左衛郎將韋昭訓女。潛納太真宫中。太真肌態豐豔，曉音律，性警穎，善承迎上意。不期歲，寵遇如惠妃，宫中號曰娘子。凡儀禮皆如皇后，天寶四載八月，册爲貴妃。

〔五〕《舊唐書》：玄宗于聽政之暇，教太常樂工子弟三百人爲絲竹之戲，音響齊發，有一聲誤，玄宗必覺而正之，號爲皇帝弟子。又云梨園弟子，以置院近于禁苑之梨園。《玉海》：梨園在光化門北。

〔六〕《韻會》：玻瓈，西國玉，此云水玉，千年冰化，亦書作頗梨。

〔七〕唐時諸州有涼州，無西涼州。考晉末涼州之地，爲群雄割據，分裂爲三。李暠都酒泉，謂之西涼；秃髮烏孤都樂都，謂之南涼；沮渠蒙遜都張掖，謂之北涼。西涼之地，在唐時則肅州酒泉郡也。又西魏于古之張掖郡置西涼州，尋改爲甘州，在唐亦爲甘州，又謂之張掖郡，則甘、肅二郡皆有西涼之名。及考白樂天詩注，有西涼節度楊敬述。以《唐書·玄宗本紀》校之，楊敬述乃涼州都督也。《集異記》：葉法善言，西涼府今夜之燈。元稹《樂府》：吾聞昔日西涼州，人烟撲地桑麻稠。疑唐時概謂涼州爲西涼耳。

〔八〕倚曲，以聲合曲也，今謂之倚聲。

此一事蓋得之唐人所著《松窗録》。

白嘗有知鑒，客并州，識汾陽王郭子儀于行伍間〔一〕，爲脱其刑責而奬重之。及翰林坐永王之事，汾陽功成，請以官爵贖翰林，上許之，因而免誅〔二〕。翰林之知人如此，汾陽之報德如彼。

〔一〕按《唐書》，子儀以上元三年封汾陽郡王，去太白貶夜郎時已四歲矣，史蓋追書其爵如此。

〔二〕《學圃蕙蘇》引樂史《李白序》曰：郭子儀初在行伍，李白客并州，于哥舒翰坐中見之，曰：「此壯士目光如火照人，不十年當擁節旄。」屢脱其刑責。翰因署爲牙門將。後子儀戡定安史之亂，歷諸道節度。及永王璘反，事干李白，子儀請以官爵贖翰林，上許之，因而免誅。與此文不同。此考《唐書》，子儀未嘗爲哥舒部下將，而太白流夜郎時，安慶緒尚在，史思明方强，何云戡定。此蓋出自諸家稗説，而此書誤以爲樂史序耳。

此一事得之裴敬所作《翰林學士李公墓碑》。

白之從弟令問，嘗目白曰：「兄心肝五臟皆錦繡耶？不然，何開口成文，揮翰霞散爾爾（蕭本只一「爾」字）！」

此一事得之太白所作《送從弟京兆參軍令問之淮南覲省序》。

傳中漏此三事，今書于序中。白有歌云：「吟詩作賦北窗裏，萬言不及一杯水。」蓋嘆乎有其時而無其位。嗚呼！以翰林之才名，遇玄宗之知見，而乃飄零如是！宋中丞薦于聖真云：〔一〕「一命不霑，四海稱屈。」得非命與？白居易贈劉禹錫詩云：「詩稱國手徒爲爾，命壓人頭不柰何。」斯言不虚矣。凡百有位，無自輕焉。撰集之次，聊存梗概而已。時在繞霤州中〔二〕，咸平元年三月三日序〔三〕。

〔一〕聖真謂肅宗。按《唐書》，肅宗謚文明武德大聖大宣孝皇帝，聖真疑是聖宣之訛。

〔二〕繞霤州，商州也。《漢書·王莽傳》：繞霤之固，南當荆楚。顔師古注：謂之繞霤者，言四面塞阸，其道屈曲，溪谷之水，回繞而霤也。其處即今之商州界七盤十二繂是也。

〔三〕咸平，宋真宗即位改元之年號。時樂史由著作郎值史館遷職，方出知商州，見《宋史》。

故翰林學士李君墓誌并序

李華

嗚呼！姑熟東南〔一〕，青山北址〔二〕，有唐高士李白之墓。嗚呼哀哉！夫仁以安物，公其懋焉；義以濟難，公其志焉；識以辯理，公其博焉；文以宣志，公其懿焉。宜其上爲王師，下爲伯友。年六十有二，不偶，賦《臨終歌》而卒。悲夫！聖以立德，賢以立言，道以恒世，言以經俗，雖曰死矣，吾不謂其亡矣也〔三〕。有子曰伯禽、天然，長能持，幼能辯，數梯公之德，必將大其名也已矣。

〔一〕姑熟，即當塗縣之舊名，詳見二十五卷注。

〔二〕青山，在太平府城東南三十里。太白初葬龍山，後乃遷葬青山。此云青山北址，謂龍山在青山之北耳。

〔三〕《左傳》：太上有立德，其次有立功，其次有立言，雖久不廢，此之謂不朽。

銘曰：

立德謂聖，立言謂賢。嗟君之道，奇（同畸，音雞）于人而侔于天〔一〕，哀哉！

〔一〕《莊子》：子貢曰：「敢問畸人。」曰：「畸人者，畸于人而侔于天。」陸德明注：司馬云：畸，不偶也；侔，等也，亦從也。

按《唐書・李華傳》，言天下士大夫家傳墓板及州縣碑頌，時時賫金帛往請。今華之文多見于《文苑英華》、《唐文粹》中，乃作太白墓誌，不特于生平行事一切不言，即郡邑、世系、表字、配偶亦略而不書，寥寥數言，何其惜墨如金乃爾。即其揄揚之辭，亦與太白泛而不切，較之元微之所作杜子美墓誌，相去天淵矣。

唐故翰林學士李君碣記

尚書膳部員外郎劉全白撰

朝議郎行當塗縣令顧游秦建

碣即碑也。《韻會》：方者謂之碑，圓者謂之碣。

君名白，廣漢人〔一〕。性倜儻，好縱横術。善賦詩，才調逸邁，往往興會屬詞，恐古人（繆本缺「人」字）之善詩者亦不逮，尤工古歌。少任俠，不事産業，名聞京師。

〔一〕太白，綿州人，而此云廣漢，蓋綿州在唐爲巴西郡，在漢屬廣漢郡，本舊時地名而言，謂之廣漢，唐時實無廣漢郡名也。

天寶初，玄宗辟翰林待詔，因爲和蕃書，并上《宣唐鴻猷》一篇〔一〕。上重之，欲以綸誥之任委之〔二〕；同列者所謗，詔令歸山。遂浪跡天下，以詩酒自適。又志尚道術，謂神仙可致，不求小官，以當世之務自負，流離轗（音坎）軻（音可）〔三〕，竟無所成名。有子名伯禽。偶游至此，遂以疾終，因葬于此。文集亦無定卷，家家（蕭本少一「家」字）有之。代宗登極，廣拔淹瘁，時君亦拜拾遺〔四〕，聞命之後，君亦逝矣。嗚呼！與其才不與其命，悲夫！

〔一〕《困學紀聞》：李白上《宣唐鴻猷》一篇，即本傳所謂召見金鑾殿奏頌一篇者也。今集中闕。

〔二〕沈約《齊安陸昭王碑文》：始以文學游梁，俄而入掌綸誥。李周翰注：綸誥，謂天子制敕之言。

〔三〕《韻會》：轗軻，車行不利，故人不得志謂之轗軻。亦作輡軻。《楚辭》：輡軻留滯。王逸曰：不遇也。

〔四〕《唐書·百官志》：門下省有左拾遺六人，中書省有右拾遺六人，皆從八品上，掌供奉諷諫，大事廷議，小則上封事。

全（俗本作「李」，誤）白幼則以詩爲君所知，及此投弔，荒墳將毁，追想音容，悲不能止。邑有賢宰顧公游秦，志好爲詩，亦常慕效李君氣調，因嗟盛才冥寞〔一〕，遂表墓式墳〔二〕，乃題貞石〔三〕，冀傳于往來也。

〔一〕顔延年詩：衣冠終冥漠，陵邑轉葱菁。劉良注：冥漠，虚無也。

〔二〕《後漢書·明帝紀》：遣使者以中牢祠蕭何、霍光。帝謁園陵，過式其墓。章懷太子注：式，敬也。《禮記》曰：行過墓必式。

〔三〕王屮《頭陀寺碑文》：勝幡西振，貞石南刊。劉良注：貞，堅也。

貞元六年四月七日記〔一〕，沙門履文書。墳去墓記一百二十步。

〔一〕貞元，德宗年號。貞元六年，去寳應元年太白没時二十九年。

唐左拾遺翰林學士李公新墓碑并序

宣歙池等州觀察使范傳正

騏驥筋力成，意在萬里外，歷塊一蹶〔一〕，斃於空谷〔二〕，惟餘駿骨〔三〕，價重千金。大鵬羽翼張，勢欲摩穹昊，天風不來，海波不起，塌翅別島〔四〕，空留大名。人亦有之，故左拾遺翰林學士李公之謂矣。

〔一〕王褒《聖主得賢臣頌》：過都越國，蹶如歷塊。顔師古注：如經歷一塊，言其疾速之甚也。

〔二〕《詩·小雅》：皎皎白駒，在彼空谷。毛傳：空，大也。

〔三〕駿骨，見十一卷注。

〔四〕《楚辭》：爲鳳凰作鶉籠兮，雖翕翅其不容。搨翅，猶翕翅之謂。又陳琳《檄文》：垂頭搨翼，莫所憑恃。或用其字，誤搨作塌，亦未可定。

公名白，字太白，其先隴西成紀人。絶嗣之家，難求譜牒。公之孫女搜于箱篋中，得公之亡子伯禽手疏十數行，紙壞字缺，不能詳備，約而計之，凉武昭王九代孫也。隋末多難，一房被竄于碎葉〔一〕，流離散落，隱易姓名，故自國朝已來，漏于屬籍。神龍初，潛還廣漢，因僑爲郡人〔二〕。父客，以逋其邑，遂以客爲名，高卧雲林，不求禄仕。

〔一〕《唐書·地理志》：焉耆都督府，貞觀十八年滅焉耆置。有碎葉城，調露元年都護王方翼所築，四面十二門，爲屈曲隱出伏没之狀。隸安西都護府。其叙自安西入西域道里，安西西出約千餘里至碎葉川口，八十里至裴羅將軍城，又西四十里至碎葉城，城北有碎葉水。

〔二〕《韻會》：僑，寓也。《增韻》：旅寓而居也。

公之生也，先府君指天枝以復姓〔一〕，先夫人夢長庚而告祥〔二〕，名之與字，咸所取象〔三〕。受五行之剛氣〔四〕，叔夜心高〔五〕；挺三蜀之雄才〔六〕，相如文逸。瓌（音規）奇宏廓，拔俗無類〔七〕。少以俠自任，而門多長者車。常欲一鳴驚人，一飛沖天〔八〕，彼漸陸遷喬〔九〕，皆不能也。由是慷慨自負，不拘常調，器度弘大，聲聞于天。

〔一〕天枝，謂帝室之支派。王僧孺《發願文》：天枝峻密，帝葉英芬。

〔二〕長庚亦謂之太白，即五星之金星也。

〔三〕五星各聚五行之精氣而成象。

〔四〕五行之中，金得其剛，故曰得五行之剛氣。

〔五〕《三國志注》：嵇康，字叔夜，少有儁才，曠邁不群，高亮任性，不修名譽，寬簡有大量。學不師授，博學多聞，長而好老、莊之業。恬静無欲，性好服食，常採御上藥。善屬文論，彈琴咏詩，自足于懷抱之中。

〔六〕三蜀，蜀郡、廣漢郡、犍爲郡也，見四卷注。

〔七〕《世説注》：《晉陽秋》曰：吕安志量開曠，有拔俗風氣。

〔八〕《史記》：陳平家乃負郭窮巷，以弊席爲門，然門外多長者車轍。齊威王之時，喜隱，淳于髡説之以隱曰：「國中有大鳥，止王之庭，三年不蜚又不鳴，王知此鳥何也？」王曰：「此鳥不飛則已，一飛沖天；不鳴則已，一鳴驚人。」

〔九〕《周易·漸卦》：九三，鴻漸于陸。《詩·小雅》：伐木丁丁，鳥鳴嚶嚶。出自幽谷，遷于喬木。

天寶初，召見于金鑾殿，玄宗明皇帝降輦步迎，如見園、綺。論當世務，草答蕃書，辯如懸河，筆不停綴〔一〕。玄宗嘉之，以寶牀方丈賜食于前，御手和羹，德音褒美，褐衣恩遇，前無比儔。遂直翰林，專掌密命，將處司言之任，多陪侍從之游。他日，泛白蓮池，公不在宴，皇歡既洽，召公作序。時公已被酒于翰苑中，仍命高將軍扶以登舟，優寵如是〔二〕。既而上疏請還舊山，玄宗甚愛其才，或慮乘醉出入省中〔三〕，不能不言温室樹〔四〕，恐掇後患，惜而遂之。

〔一〕禰衡《鸚鵡賦序》：筆不停綴，文不加點。

〔二〕《舊唐書・宦官傳》：天寶初，加高力士冠軍大將軍、右監門衛大將軍，進封渤海郡公。七載，加驃騎大將軍。范不稱力士名，而稱高將軍，非尊力士也，以見玄宗優寵太白之至耳。

〔三〕《漢書》：長公主共養省中。伏儼曰：蔡邕云本爲禁中，門閤有禁，非侍御之臣，不得妄入。孝元皇后父名禁，避之，改曰省中。顔師古曰：省，察也。言入此中，皆當察視，不可妄也。

〔四〕《漢書》：或問孔光：「温室省中樹皆何木也？」光嘿不應，更答以他語，其不泄如是。

公以爲千鈞之弩，一發不中，則當摧橦折牙〔一〕，而永息機用，安能傚碌碌者蘇而復上哉〔二〕！脱屣軒冕〔三〕，釋羈韁鎖，因肆情性，大放宇宙間。飲酒非嗜其酣樂，取其昏以自富；作詩非事于文律，取其吟以自適；好神仙非慕其輕舉，將不可求之事求之，欲耗壯心、遺餘年也。

〔一〕《太平御覽》：王琚《教射經》曰：張弩，左手承橦，右手迎上。《釋名》：弩，鉤絃者曰牙，似齒牙也。是橦者弩之匣，牙者弩之機鉤也。

〔二〕《史記·平原君傳》：公等録録，所謂因人成事者也。《索隱》曰：《説文》云：録録，隨從貌。《酷吏傳》：九卿碌碌奉其官，救過不贍。碌碌，猶録録也。《左傳》：主人懸布，堇父登之，及堞而絶之，墜，則又懸之，蘇而復上者三。《正義》曰：蘇者，死而更生之名也。堇父墜而悶絶，似若死然，得蘇悟而復緣布上。

〔三〕脱屣，見二十二卷注。

在長安時，秘書監賀知章號公爲謫仙人，吟公《烏栖曲》云：「此詩可以哭鬼神矣！」時人又以公及賀監、汝陽王、崔宗之、裴周南等八人爲酒中八仙，朝列賦謫仙歌百餘首。俄屬戎馬生郊〔一〕，遠身海上，往來于斗牛之分〔二〕，優游没身。偶乘扁舟，一日千里，或遇勝境，終年不移（繆本移下多一「時」字）。長江遠山，一泉一石，無往而不自得也。晚歲，渡牛渚磯，至姑熟，悦謝家青山〔三〕，有終焉之志。盤桓利居〔四〕，竟卒于此。其生也，聖朝之高士；其往也，當塗之旅人。代宗之初，搜羅俊逸，拜公左拾遺，制下于彤庭〔五〕，禮降于玄壤，生不及禄，没而稱官，嗚呼命與！

〔一〕《老子》：天下無道，戎馬生于郊。河上公注：戰伐不止，戎馬生于郊境之上，久不還也。

〔二〕《史記正義》：吴地，斗牛之分野，今之會稽、九江、丹陽、豫章、廬江、廣陵、六安、臨淮郡也。

〔三〕牛渚磯、姑熟、青山，俱見前注。青山有謝朓舊宅，故曰謝家青山。

〔四〕《周易·屯卦》：初九，磐桓利居貞。孔穎達《正義》：磐桓，不進之貌。處屯之初，動則難生，故磐桓也。不可進，惟宜利居處貞正。

〔五〕彤庭，見一卷注。

傳正共（繆本缺「共」字）生唐代〔一〕，甲子相懸，常于先大夫文字中見與公有潯陽夜宴詩，則知與公有通家之舊。

〔一〕《新唐書》：范傳正，字西老，鄧州順陽人。父倫，爲户部員外郎，與趙郡李華善，有當世名。傳正舉進士、宏辭，皆高第，授集賢殿校書郎，歷歙、湖、蘇三州刺史，有殊政，進拜宣歙觀察使，代還，改光禄卿。

早于人間得公遺篇逸句，吟咏在口。無何，叨蒙恩奬，廉問宣、池〔一〕。按圖得公之墳墓在當塗屬（繆本缺「屬」字）邑，因令禁樵採，備灑掃。訪公之子孫，欲（繆本作「故」）申慰薦。凡三四年，乃獲孫女二人，一爲陳雲之室，一爲（繆本作「乃」）劉勸之妻，皆編户甿也〔二〕。因召至郡庭，相見與語。衣服村落，形容朴野，而進退閑雅，應對詳諦〔三〕，且祖德如在，儒風宛然。問其所以，則曰：「父伯禽，以貞元八年不禄而卒〔四〕。有兄一人，出游一十二年，不知所在。父存無官，父殁爲民，有兄不相保，爲天下之窮人。無桑以自蠶，非不知機杼（音紵）；無田以自力，非不知稼穡。況婦人不任，布裙糲（音賴）食〔五〕，何所仰給，儷于農夫〔六〕，救死而已。久不敢聞于縣官，懼辱祖考，鄉閭逼迫，忍耻來告。」言訖淚下，余亦對之泫然。因云：「先祖志在青山，遺言宅兆〔七〕，頃屬多故，殯于龍山東麓，地近而非本意。墳高三尺，日益摧圮，力且不及，知如之何。」聞之憫然，將遂其請，因當塗令諸葛縱會（音檜）計在州，得諭其事。縱亦好事者，學爲歌詩，樂聞其語，便道還縣，躬相地形，卜新宅于青山之陽。以元和十二年正月二十三日〔八〕，遷神于此，遂公之志也。西去舊墳六里，南抵驛路三百步，北倚謝公山，即青山也，天寶十二載敕改名焉。因告二女，將改適于士族，皆曰：「夫妻之道，命也，亦分也。在孤窮既失身于下俚，仗威力乃求援于他門，生縱偷安，死何面目見大父于地下〔九〕？欲敗其類，所不忍聞。」余亦嘉之，不奪其志，復井税、免徭役而已。

〔一〕宣池二州，唐時屬江南西道。

〔二〕《史記》：而況匹夫編户之民乎？《説文》：甿，田民也，武庚切。

〔三〕諦，審也，都計切。

〔四〕《禮記》：士曰不禄，庶人曰死。孔穎達《正義》：不禄者，士禄以代耕，而今遂死，是不終其禄也。

〔五〕《韻會》：糲，米不精也。

〔六〕儷，偶也。

〔七〕《孝經》：卜其宅兆而安措之。唐明皇注：宅，墓穴也；兆，塋域也。

〔八〕《周禮·司會》：以逆群吏之治，而聽其會計。元和十二年，去寶應元年公卒時，得五十六年。

〔九〕《史記·留侯世家》：大父開地，相韓昭侯。應劭曰：大父，祖父也。

今士大夫之葬，必誌于墓，有勳庸道德之家，兼樹碑于道。余才術貧虚，不能兩致，今作新墓銘，兼刊二石〔一〕，一寘于泉扃，一表于道（一作「通」）路，亦峴首、漢川之義也，庶芳聲之不泯焉。

〔一〕《晉書》：杜預好爲後世名，常言高岸爲谷，深谷爲陵。刻石爲二碑，紀其勳績，一沉萬山之下，一立峴山之上，曰：「安知此後，不爲陵谷乎！」

文集二十卷，或得之于時之文士，或得之于宗族，編輯斷簡，以行于代。銘曰：

嵩嶽降神〔一〕，是生輔臣；蓬萊譴真，斯爲逸人。晉有七賢〔二〕，唐稱八仙，應彼星象〔三〕，唯公一焉。晦以麴糵〔四〕，暢于文篇，萬象奔走乎筆端，萬慮泯滅乎罇前。卧必酒甕，行惟酒船，吟風咏月，席地幕天〔五〕，但貴乎適其所適，不知夫所以然而然。至今尚疑其醉在千日〔六〕，寧審乎壽終百年。謝家山兮李公墓，異代詩流同此路。舊墳卑庳（音陛）風雨侵〔七〕，新宅爽塏（音凱）松柏林〔八〕。故鄉萬里且無嗣，二女從民永于此。猗歟琢石爲二碑〔九〕，一藏幽隧一臨岐〔一〇〕。岸深谷高變化時，一存一毁名不虧。

〔一〕《詩·大雅》：崧高維嶽，駿極于天。維嶽降神，生甫及申。

〔二〕晉七賢，見十二卷注。

〔三〕應星象，謂夢長庚而生也。

〔四〕《尚書·説命》：若作酒醴，爾惟麴糵。《説文》：麴，酒母也。糵，牙米也。

〔五〕劉伶《酒德頌》：幕天席地，縱意所如。

〔六〕《博物志》：昔劉玄石于中山酒家酤酒，酒家與千日酒，忘言其節度。歸至家，當醉，而家人不知，以爲死也，權葬之。酒家計千日滿，乃憶玄石前來酤酒，醉向醒耳，往視之。云：「玄石亡來三年，已葬。」於是開棺，醉始醒。俗云「玄石飲酒，一醉千日」。

〔七〕《左傳》：宫室卑庳。《廣韻》：庳，下也。

〔八〕爽塏，高地，詳二十八卷注。

〔九〕《詩·商頌》：猗與那與。毛傳曰：猗，嘆辭。《正義》曰：謂美而嘆之也。

〔一〇〕宋孝武帝詩：深松朝已霧，幽隧晏未明。《韻會》：隧，墓道也，謂掘地通道以葬。

翰林學士李公墓碑

前守秘書省校書郎裴敬

李翰林名白，字太白，以詩著名。召入翰林，世稱才名，占得翰林，他人不復爭先。其後以脅從得罪〔一〕，既免，遂放浪江南，死宣城，葬當塗青山下。李陽冰序詩集，粗具行止。敬嘗游江表〔二〕，過其墓下，愛其才，壯其氣，味其嗜酒，知其取適，作碑於墓。

〔一〕《夏書》：脅從罔治。

〔二〕江表，謂江南之地。

且曰：先生得天地秀氣耶？不然，何異於常之人耶？或曰，太白之精下降，故字太白，故賀監號爲謫仙，不其然乎？故爲詩格高旨遠，若在天上物外，神仙會集，雲行鶴駕，想見飄然之狀，視塵中屑屑米粒，蟲睫（音接，又音札）紛擾，菌（音窘）蠢羈絆蹂躪（音吝）之比〔一〕。

〔一〕張衡《南都賦》：芝房菌蠢生其隈。《三國志注》：曹植上書：固當羈絆于世繩，維繫于禄位。班固《東都賦》：蹂躪其十二三。李善注：《字林》曰：蹂，踐也，汝九切。《説文》：蹸，轢也，與躪同，力振切。

又嘗有知鑒，客并州，識郭汾陽於行伍間，爲免脱其刑責而奬重之。後汾陽以功成官爵，請贖翰林，上許之，因免誅，其報也。又常心許劍舞。裴將軍，予曾叔祖也，嘗投書曰：「如白願出將軍門下。」其文高，其氣雄，世稀其本，懼失其傳，故序傳之。太和初，文宗皇帝命翰林學士爲三絶贊，公之詩歌，與將軍劍舞〔一〕，洎張旭長史草書〔二〕，爲三絶。夫天付上才，必同靈氣，賢傑相投，龍虎兩合，可爲知者言，非常人所知也。

〔一〕《太平廣記》：開元中，將軍裴旻居母喪，詣吴道子，請於東都天宫寺畫神鬼數壁，以資冥助。道子曰：「廢畫已久，若將軍有意，爲吾纏結舞劍一曲，庶因猛勵，獲通幽冥。」旻於是脱去縗服，若常時裝飾，走馬如飛，左旋右抽，擲劍入雲，高數十丈，若電光下射，旻引手執鞘承之，劍透室而入。觀者數千百人，無不驚慄。道子於是援毫圖壁，颯然風起，爲天下之壯觀。

〔二〕張長史草書，見六卷注。

夫古以名德稱占其官謚者甚希，前以詩稱者，若謝吏部、何水部、陶彭澤、鮑參軍之類〔一〕；唐朝以詩稱，若王江寧、宋考功、韋蘇州、王右丞、杜員外之類〔二〕；以文稱者，若陳拾遺、蘇司業、元容州、蕭功曹、韓吏部之類〔三〕；以德行稱者，元魯山、陽道州；以直稱者，魏文貞、狄梁公〔四〕；以忠烈稱者，顏魯公、段太尉〔五〕；以武稱者，李衞公、英公〔六〕；以學行、文翰俱稱者，虞秘監〔七〕。唐之得人，于斯爲盛。翰林其以詩稱之一也。

〔一〕謝吏部，謂謝朓，南齊時爲尚書吏部郎。何水部，謂何遜，梁天監中起家奉朝請，爲安西安成王參軍事兼尚書水部郎。陶彭澤，謂陶潛，晉末爲彭澤令。鮑參軍，謂鮑照，宋臨海王子頊爲荆州，以照爲前軍參軍掌書記之任。

〔二〕王昌齡，字少伯，江寧人，第進士，中宏詞科，爲汜水尉，後貶龍標尉。史稱昌齡工詩，世稱王江寧，蓋以其地名稱之。宋考功，名之問，字延清，虢州弘農人，景龍中爲考功員外郎。韋應物，長安京兆人，貞元初爲蘇州刺史，世號韋蘇州。王維，字摩詰，太原祁人，官至尚書右丞。杜甫，字子美，河南鞏人，嚴武出鎮成都，奏爲節度參謀、檢校工部員外郎。

〔三〕陳子昂，字伯玉，梓州射洪人，則天朝舉進士，官右拾遺。蘇源明，京兆武功人，天寶間舉進士第，累遷國子司業，擢考功郎中、知制誥，終秘書少監。元結，字次山，河南人，天寶十二年舉進士，累官容管經略使。蕭穎士，字茂挺，蘭陵人，開元二十三年舉進士，對策第一，後爲揚州功曹參軍。韓愈，字退之，鄧州南陽人，歷官吏部侍郎。

〔四〕元德秀，字紫芝，河南人，開元二十一年登進士第，爲魯山令，士大夫高其行，謂之元魯山而不名。陽城，字亢宗，北平人，隱中條山，遠近慕其德行，多從之學。李泌薦爲著作郎，遷諫議大夫，改國子司業，出爲道州刺史。魏徵，字玄成，鉅鹿曲城人。當太宗朝，知無不言，每犯顔進諫，雖逢帝甚怒，神色不移。官至侍中、特進，謚曰文貞。狄仁傑，字懷英，并州太原人，則天朝前後匡正奏對，凡數萬言，睿宗時追封梁國公。

〔五〕顔真卿，字清臣，琅邪臨沂人，官刑部尚書，封魯郡公，出使李希烈，不屈而死。真卿立朝正色，剛而有禮，非公言直道，不萌於心，天下不以姓名稱，而獨曰魯公。段秀實，字成公，隴州汧陽人，累官司農卿。朱泚盜據宫闕，將欲僭位，秀實奪象笏擊之，中其額，泚流血而走，凶黨群至，遂遇害。詔贈太尉，謚曰忠烈。

〔六〕李靖，字藥師，京兆三原人，南平蕭銑，擒輔公祏，北破突厥頡利，西定吐谷渾，累封衛國公。李勣，字懋功，曹州狐離人，從太宗平竇建德，降王世充，破劉黑闥，斬徐圓朗，與趙郡王孝恭平輔公祏，與李靖破頡利，又破薛延陀，磧北悉定，累封英國公。唐初名將，推英、衞二公。

〔七〕虞世南，字伯施，越州餘姚人，累官秘書監。太宗嘗稱世南有五絶，一曰德行，二曰忠直，三曰博學，四曰文辭，五曰書翰。

予嘗過當塗，訪翰林舊宅〔一〕。又於浮屠寺化城之僧〔二〕，得翰林自寫《訪賀監不遇》詩云：「東山無賀老，卻棹酒船回。」味之不足，重之爲寶，用獻知者。又於歷陽郡得翰林《與劉尊師書》一紙〔三〕，思高筆逸。又嘗游上元蔣山寺〔四〕，見翰林贊誌公云：「水中之月，了不可取，刀齊尺量，扇迷陳語。」文簡事備，誠爲作者，附於此云。

〔一〕《江南通志》：李白宅在太平府當塗縣青山之麓。白至姑熟，依當塗令族人李陽冰，見山水幽邃，營宅以居。

〔二〕古化城寺在太平府城内向化橋西，禮賢坊巷内。

〔三〕《與劉尊師書》，今不存。

〔四〕道林寺在江寧府之獨龍阜，梁改開善寺，宋改太平興國寺，後改蔣山。按此文稱蔣山寺，謂蔣山中所建之寺也。

會昌三年二月中〔一〕，敬自淠（音譬，又音備）水草堂南游江左〔二〕，過公墓下。四過青山，兩發塗口，徘徊不忍去。與前濮州鄄（音眷）城縣尉李劭（音邵）〔三〕，同以公服拜其墓，問其墓左人畢元宥，實備灑掃，留綿帛，具酒饌祭公。知公無孫，有孫女二人，一娶劉勸，一娶陳雲，皆農夫也，且曰二孫女不拜墓已五六年矣。因告邑宰李君都傑，請免畢元宥力役，俾專灑掃事。

〔一〕會昌，武宗年號。會昌三年，去寶應元年太白没時，蓋八十二年矣。

〔二〕《江南通志》：淠水亦曰沘水，一名白沙河，源出六安州霍山之北，下流經壽州，入於淮。江左，大江以南之地，詳十二卷注。

〔三〕《唐書・地理志》，河南道濮州有鄄城縣。

嘻！享名甚高，後事何薄。謝公舊井〔一〕，新墓角落。青山白雲，共爲蕭索。巨竹拱木〔二〕，如公卓犖。天長地久，其名不朽。此爲祭文，寫授元宥。

〔一〕《一統志》：謝公井在青山路側，齊宣城太守謝朓所鑿。

〔二〕《左傳》：爾墓之木拱矣。杜預注：合手曰拱。

又爲碑曰：「貴盡皆然，名存則難，故予重名不重官。」作李翰林碑，十五字而已。

舊唐書文苑列傳

劉 昫

李白，字太白，山東人〔一〕。少有逸才，志氣宏放，飄然有超世之心。父爲任城尉，因家焉。

〔一〕李陽冰、魏顥、劉全白、范傳正諸人之作，皆以太白爲蜀人。即以太白之詩考之，亦以巴蜀爲故鄉，東魯乃寄寓，昭然分别。而劉氏獨以爲山東人。按杜子美詩：「近來海内爲長句，汝與山東李白好。」元微之《杜工部墓係銘》：「是時山東人李白亦以奇文取稱。」疑太白寓家山東日久，故以山東稱之，舊史遂承其誤歟？若言父爲任城尉，因家焉，則更與范傳正《新墓碑》所云「父客高卧雲林，不求禄仕」者全不同，未知又何所本。

少與魯中諸生孔巢父、韓準、裴政、張叔明、陶沔等隱於徂徠山，酣歌縱酒，時號竹溪六逸。天寶初，客游會稽，與道士吴筠隱於剡中。筠徵赴闕，薦之於朝，與筠俱待詔翰林。白既嗜酒，日與飲徒醉於酒肆。玄宗度曲，欲造樂府新詞，亟召白，白已卧於酒肆矣。召入，以水灑面，即令秉筆，頃之成十餘章，帝頗嘉之。嘗沉醉殿上，引足令高力士脱靴，由是斥去。乃浪跡江湖，終日沉飲。時侍御史崔宗之謫官金陵，與白詩酒唱和。嘗月夜乘舟，自采石達金陵，白衣宫錦袍，於舟中顧瞻笑傲，旁若無人。初，賀知章見白，賞之曰：「此天上謫仙人也。」禄山之亂，玄宗幸蜀，在塗以永王璘爲江淮兵馬都督、揚州節度大使，白在宣州謁見〔一〕，遂辟從事。永王謀亂，兵敗，白坐長流夜郎。後遇赦得還，竟以飲酒過度，死於宣城。有文集二十卷，行於時。

〔一〕太白避地廬山，爲永王所迫致，是於《憶舊》、《書懷》詩及《爲宋中丞自薦表》甚明，舊史謂白在宣州謁見者誤也。

新唐書文藝列傳

宋　祁

李白，字太白，興聖皇帝九世孫〔一〕。其先，隋末以罪徙西域，神龍初遁還，客巴西〔二〕。

〔一〕興聖皇帝，謂李暠，唐高祖之七世祖，詳見前注。

〔二〕巴西，蜀中郡名，即綿州也。

白之生，母夢長庚星，因以命之。十歲通詩書，既長，隱岷山。州舉有道，不應。蘇頲爲益州長史，見白異之，曰：「是子天材英特，少益以學，可比相如。」然喜縱横術，擊劍，爲任俠，輕財重施。更客任城，與孔巢父、韓準、裴政、張叔明、陶沔居徂徠山，日沉飲，號竹溪六逸。天寶初，南入會稽，與吴筠善，筠被召，故白亦至長安。往見賀知章，知章見其文，嘆曰：「子謫仙人也。」言於玄宗，召見金鑾殿，論當世事，奏頌一篇。帝賜食，親爲調羹，有詔供奉翰林。白猶與飲徒醉於市。帝坐沉香亭子，意有所感，欲得白爲樂章，召入，而白已醉，左右以水頮面，稍解，援筆成文，婉麗精切，無留思。帝愛其才，數宴飲。白常侍帝，醉，使高力士脱靴。力士素貴，恥之，摘其詩以激楊貴妃。帝欲官白，妃輒沮止。白自知不爲親近所容，益驁放不自修，與知章、李適之、汝陽王璡、崔宗之、蘇晉、張旭、焦遂爲酒中八仙人，懇求還山。帝賜金放還。白浮游四方，嘗乘舟與崔宗之自采石至金陵，著宫錦袍，坐舟中，旁若無人。安禄山反，轉側宿松、匡廬間，永王璘辟爲府僚佐（句）。璘起兵，逃還彭澤。璘敗，當誅。初，白游并州，見郭子儀奇之；子儀嘗犯法，白爲救免〔一〕。至是，子儀請解官以贖，有詔長流夜郎。

〔一〕此則本裴敬《墓碑》及樂史《集序》。本文謂「免其刑責而奬重之」，刑責不過謂犯笞杖小罪，非謂其犯誅戮大刑。新史叙筆稍晦，後人乃謂子儀犯法將刑，以太白言於主帥，得免誅戮，殆後子儀力戰而啟中興，皆屬太白之力。不特小説傳奇喧騰異説，而文人才士間亦入之詩筆，誤矣。

會赦，還尋陽，坐事下獄。時宋若思將吴兵三千赴河南，道尋陽，釋囚〔一〕，辟爲參謀，未幾辭職。

〔一〕琦按：太白有《中丞宋公以吴兵三千赴河南，軍次尋陽，脱予之囚，參謀幕府，因贈之》詩，不言其囚繫所坐何事。又其《爲宋中丞自薦表》云：「永王東巡脅行，中道奔走，卻至彭澤。具已陳首。前後經宣慰大使崔涣及臣推覆清雪，尋經奏聞。」則知尋陽之囚正坐永王事。新史以爲赦還之後，在尋陽坐事下獄，而宋若思釋之者，以一事分爲二事，非也。曾南豐《後序》中已辨其誤。

李陽冰爲當塗令，白依之。代宗立，以左拾遺召，而白已卒，年六十餘。白晚好黄老，度牛渚磯，至姑熟，悦謝家青山，欲終焉。及卒，葬東麓。元和末，宣歙觀察使范傳正祭其塚，禁樵採，訪後裔，惟二孫女嫁爲民妻，進止仍有風範，因泣曰：「先祖志在青山，頃葬東麓，非本意。」傳正爲改葬，立二碑焉。告二女，將改妻士族，辭以孤窮失身，命也，不願更嫁。傳正嘉嘆，復其夫徭役。文宗時，詔以白歌詩、裴旻劍、張旭草書爲三絶。

李太白文集後序

唐李陽冰序李白《草堂集》十卷，云「當時著述，十喪其九」。咸平中，樂史別得白歌詩十卷，合爲《李翰林集》二十卷，凡七百七十六篇。史又纂雜著爲《別集》十卷。治平元年，得王文獻公溥家藏白詩集上中二帙，凡廣一百四篇，惜遺其下帙。熙寧元年，得唐魏萬所纂白詩集二卷，凡廣四十四篇。因裒唐類詩諸編，洎刻石所傳，別集所載者，又得七十七篇，無慮千篇，沿舊目而釐正其彙次，使各相從，以別集附於後，凡賦、表、書、序、碑、頌、記、銘、讚文六十五篇，合爲三十卷。同舍吕縉叔出《漢東紫陽先生碑》，而殘缺間莫能辨，不復收云。夏五月晦，常山宋敏求題。

論太白詩集之繁富，必歸功於宋，然其紊雜亦實出於宋。蓋李陽冰所序《草堂集》十卷，出自太白手授，乃其真確而無疑者也。次則魏萬所纂太白詩集二卷，當亦不甚謬誤。樂史所得之十卷，真贋便不可辨。若其他以訛傳訛，尤難考訂。使宋當日先後集次之時，以陽冰所序者爲正，樂史所得者爲續，雜採於諸家之二百五十五篇附於後，而明題其右，自某篇以下四十四首得自魏萬所纂，自某篇以下一百四首得之王文獻家所藏，自某篇以下若干首得之唐類詩，自某篇以下得之某地石刻，自某篇以下若干首得之别集，使後之覽者信其所可信，而疑其所可疑，不致有魚目混珠、碔砆亂玉之恨，豈不甚善。乃見不及此，而分析諸詩，以類相從，遂爾真僞雜陳，渭涇不辨，功雖勤也，過亦在焉，不重可惜乎！

《李白集》三十卷，舊歌詩七百七十六篇，今千有一篇，雜著六十五篇者，知制誥常山宋敏求字次道之所廣也。次道既以類廣白詩，自爲序，而未考次其作之先後。余得其書，乃考其先後而次第之。蓋白蜀郡人，初隱岷山，出居襄、漢之間，南游江、淮，至楚，觀雲夢。雲夢許氏者，高宗時宰相圉師之家也，以女妻白，因留雲夢者三年。去之齊、魯，居徂徠山竹溪。入吴，至長安。明皇聞其名，召見，以爲翰林供奉。頃之，不合去，北抵趙、魏、燕、晉，西涉岐、邠，歷商於，至洛陽，游梁最久。復之齊、魯，南游淮、泗，再入吴，轉徙金陵，上秋浦、尋陽。天寶十四載，安禄山反。明年，明皇在蜀，永王璘節度東南。白時卧廬山，璘迫致之。璘軍敗丹陽，白奔亡至宿松，坐繫尋陽獄。宣撫大使崔涣與御史中丞宋若思驗治白，以爲罪薄宜貰，而若思軍赴河南，遂釋白囚，使謀其軍事，上書肅宗，薦白才可用，不報。是時白年五十有七矣。乾元元年，終以汙璘事長流夜郎，遂汎洞庭，上峽江，至巫山，以赦得釋，憩岳陽、江夏。久之，復如尋陽，過金陵，徘徊於歷陽、宣城二郡。其族人陽冰爲當塗令，白過之，以病卒，年六十有四，是時寶應元年也。其始終所更涉如此，此白之詩書所自叙可考者也。范傳正爲白墓誌，稱白偶乘扁舟，一日千里，或遇勝景，終年不移，則見於白之自序者，蓋亦其略也。舊史稱白山東人，爲翰林待詔，又稱永王璘節度揚州，白在宣城謁見，遂辟爲從事；而新書又稱白流夜郎，還尋陽，坐事下獄，宋若思釋之者，皆不合於白之自叙，蓋史誤也。白之詩連類引義，雖中於法度者寡，然其辭閎肆儁偉，殆騷人所不及，近世所未有也。舊史稱白有逸才，志氣宏放，飄然有超世之心。余以爲實録，而新書不著其語，故録之，使覽者得詳焉。南豐曾鞏序。

南豐據太白之詩書所自叙者，以駁正新舊二史之誤，是矣。其謂留雲夢者三年，去之齊、魯，尚未是。按《上裴長史書》「憩跡於此，至移三霜」，蓋謂上書之時，羈留雲夢，已及三年，非謂三年之後遂去雲夢而他適也。太白有《送姪耑游廬山序》，曰「南游雲夢，覽七澤之壯觀。酒隱安陸，蹉跎十年」云云，南豐偶失之考證耳。然南豐云雜著六十五篇，今本有六十六篇，豈此一篇係後人增益，而南豐所見尚無之耶？又謂太白之卒年六十有四，按李華《墓誌》，乃六十二也。以《代宋中丞自薦表》校之，尋陽清雪之日年五十有七，合其即世之歲，當以六十有二爲是。

臨川晏公知止字處善，守蘇之明年，政成暇日，出李翰林詩以授於漸曰：「白之詩歷世浸久，所傳之集率多訛缺。予得此本，最爲完善，將欲鏤板，以廣其傳。」漸切謂李詩爲人所尚，以宋公編類之勤，而曾公考次之詳，世雖甚好，不可得而悉見。今晏公又能鏤板以傳，使李詩復顯於世，實三公相與成始而成終也。元豐三年夏四月，信安毛漸校正謹題。

刻本有删去此篇者，以其無關於太白之事蹟耳。然宋公編類之藁，鏤木傳世，實始於是，今所傳諸刻，無不濫觴焉。不敢泯其所自，故仍舊本存之。

李太白全集卷之三十二

附録二

錢塘王琦琢崖編輯
趙樹元石堂較

詩文二十一首

贈李白

杜甫

秋來相顧尚飄蓬，未就丹砂愧葛洪。痛飲狂歌空度日，飛揚跋扈爲誰雄？

贈李白

杜甫

二年客東都，所歷厭機巧。野人對羶腥，疏食常不飽。豈無青精飯，使我顔色好；苦乏買藥資，山林跡如掃。李侯金閨彦，脱身事幽討。亦有梁、宋游，方期拾瑶草。

與李十二白同尋范十隱居

杜　甫

李侯有佳句，往往似陰鏗。余亦東蒙客，憐君如弟兄。醉眠秋共被，攜手日同行。更想幽期處，還尋北郭生。入門高興發，侍立小童清。落景聞寒杵，屯雲對古城。向來吟《橘頌》，誰欲討蓴羹。不願論簪笏，悠悠滄海情。

《文獻通考》：杜子美云：「李侯有佳句，往往似陰鏗。」今考之，未見鏗之所以似太白者，太白固未易似也。子美云爾，殆必有説。《漁隱叢話》：《學林新編》曰：或云杜甫、李白同時，以詩名相軋，不能不無毁譽。甫贈白詩云：「李侯有佳句，往往似陰鏗。」此句乃所以鄙白也。某按：子美《夔州詠懷寄鄭監李賓客》詩曰：「鄭、李光時論，文章並我先。陰、何尚清省，沈、宋欻連翩。」蓋謂陰鏗、何遜、沈佺期、宋之問也。四人皆能詩文，爲時所稱者，而子美又以陰鏗居四人之首，則知贈太白之詩非鄙之也，乃深美之也。《陳書·阮卓傳》曰：「武威陰鏗，字子堅。五歲能誦詩，日賦千言。及長，博涉史傳，尤善五言詩，爲當時所重。有集三卷，行于世。」以此觀之，則子美贈太白詩「往往似陰鏗」者，乃美太白善爲五言詩似陰鏗也。《西溪叢話》：杜甫《憶李白》詩云：「俊逸鮑參軍。」亦有譏焉。鮑照《白紵辭》一篇，白用之。杜又云：「李侯有佳句，往往似陰鏗。」如「柳色黄金嫩，梨花白雪香」，乃陰鏗詩也。《揮麈餘話》：「柳色黄金嫩，梨花白雪香」，陰鏗詩也，李太白取用之。杜子美贈太白詩云：「李侯有佳句，往往似陰鏗。」後人以爲以此譏之。然子美詩有「蛟龍得雲雨，鵰鶚在秋天」一聯，已見《晉書》記載矣。顧修遠《杜詩注解》：畢致中曰：王荆公言子美贈太白詩云「清新庾開府，俊逸鮑參軍」，但比之庾、鮑而已；又曰，「李侯有佳句，往往似陰鏗」，則又在庾、鮑下矣。荆公此説，不惟不知太白、庾、鮑、陰鏗，亦不知少陵甚矣。少陵《解悶》絶句曰：「陶冶性靈存底物，新詩改罷自長吟。熟知二謝將能事，頗學陰、何苦用心。」少陵嘗苦學陰鏗而不至，太白則往往似之，此少陵所以見太白而心醉也。太白能兼昔人獨專之妙，故其詩無敵于天下，少陵欲與細論文，正以此。

送孔巢父謝病歸游江東兼呈李白

杜　甫

巢父掉頭不肯住，東將入海隨烟霧。詩卷長留天地間，釣竿欲拂珊瑚樹。深山大澤龍蛇遠，春寒野陰風景暮。蓬萊織女迴雲車，指點虚無引歸路。自是君身有仙骨，世人那得知其故。惜君只欲苦死留，富貴何如草頭露！蔡侯靜者意有餘，清夜置酒臨前除。罷琴惆悵月照席，幾歲寄我空中書？ 南尋禹穴見李白，道甫問信今何如（一作「若逢李白騎鯨魚，道甫問信今何如」）。

飲中八仙歌

杜　甫

知章騎馬似乘船，眼花落井水底眠。 汝陽三斗始朝天，道逢麴車口流涎，恨不移封向酒泉。 左相日興費萬錢，飲如長鯨吸百川，銜杯樂聖稱避賢。 宗之瀟灑美少年，舉觴白眼望青天，皎如玉樹臨風前。 蘇晉長齋繡佛前，醉中往往愛逃禪。 李白一斗詩百篇，長安市上酒家眠，天子呼來不上船，自稱臣是酒中仙。 張旭三杯草聖傳，脱帽露頂王公前，揮毫落紙如雲烟。 焦遂五斗方卓然，高談雄辯驚四筵。

冬日有懷李白

杜　甫

寂寞書齋裏，終朝獨爾思。 更尋嘉樹傳，不忘《角弓》詩。 短褐風霜入，還丹日月遲。 未因乘興去，空有鹿門期。

春日憶李白

杜　甫

白也詩無敵，飄然思不群。清新庾開府，俊逸鮑參軍。渭北春天樹，江東日暮雲。何時一樽酒，重與細論文。

《柳亭詩話》：少陵懷供奉詩：「白也詩無敵，飄然思不群。」徐子能《詩説》曰：「李白天材，甫雖稱其敏捷，而于法律上有所未安，其視白，如老先生見少年門生，恐其不肯進，故贊他極有分寸」云云。按太白生于武后聖曆二年己亥，子美生于睿宗先天元年壬子，相望已十四年，則太白實前輩也。杜詩于人或稱官閥，或稱爵里，或曰丈人，或曰先生，而于太白輒呼其名者，意是忘年之交，不妨爾汝也。若謂少年門生視白，則大不然。《漁隱叢話》：《雪浪齋日記》云：或云太白詩其源流出于鮑明遠，如樂府多用《白苧》，故子美云「俊逸鮑參軍」，蓋有譏也。琦按：杜用古人詩句，亦時有之，如「白雲巖際宿」一聯，藍本何遜，乃欲以此譏李，恐無此自是非人之少陵。朱鶴齡《杜詩注》曰：公與太白之詩，皆學六朝前詩，以李侯佳句比之陰鏗，此又比之庾、鮑，蓋舉生平所最慕者以相方也。王荆公謂少陵于太白僅比于庾、鮑、陰鏗，則又下矣，或遂以「細論文」譏其才疏，此真瞽説。公詩云「頗學陰、何苦用心」，又云「庾信文章老更成」，又云「流傳江、鮑體，相顧免無兒」。公之推服諸家甚至，則其推服太白爲何如哉！荆公所云，必是俗子僞託耳。《容齋隨筆》：《維摩詰經》言文殊從佛所將詣維摩丈室問疾，菩薩隨之者以萬億計，曰「二士共談，必説妙法」。予觀杜少陵寄李太白詩云「何時一樽酒，重與細論文」，使二公真踐此言，時得灑掃撰杖履于其側，所謂不二法門，不傳之妙，啟聰發蒙，出膚寸之澤以潤千里者，可勝道哉！

夢李白二首

杜　甫

死別已吞聲，生別常惻惻。江南瘴癘地，逐客無消息。故人入我夢，明我常相憶。恐非平生魂，路遠不可測。魂來楓林青，魂返關塞黑。君今在羅網，何以有羽翼？落月滿屋梁，猶疑照顔色。水深波浪闊，無使蛟龍得。

《西清詩話》：李太白歷見司馬子微、謝自然、賀知章，或以爲可與神游八極之表，或以爲謫仙人，其風神超邁，英爽可知，後世詞人狀者多矣。亦間于丹青見之，俱不若少陵之「落月滿屋梁，猶疑照顔色」。熟味之，百世之下，想見風采，此與李太白傳神詩也。

其二

浮雲終日行，游子久不至。三夜頻夢君，情親見君意。告歸常局促，苦道來不易。江湖多風波，舟楫恐失墜。出門搔白首，若負平生志。冠蓋滿京華，斯人獨憔悴。孰云網恢恢，將老身反累。千秋萬歲名，寂寞身後事。

吳山民曰：子美《天末懷李白》詩，其尾聯云：「應共寃魂語，投詩弔汨羅。」今上篇云：「水深波浪闊，無使蛟龍得。」此又云：「江湖多風波，舟楫恐失墜。」疑是時必有妄傳太白死者，故子美云云。後世遂有沉江騎鯨之説，蓋因公詩附會耳。太白卒于當塗李陽冰家，葬于謝家青山，二史可考，安有沉江事乎？

天末懷李白

杜　甫

涼風起天末，君子意如何？鴻雁幾時到，江湖秋水多。文章憎命達，魑魅喜人過。應共寃魂語，投詩弔汨羅。

寄李十二白二十韻

杜　甫

昔年有狂客，號爾謫仙人。筆落驚風雨，詩成泣鬼神。聲名從此大，汩没一朝伸。文采承殊渥，流傳必絶倫。龍舟移棹晚，獸錦奪袍新。白日來深殿，青雲滿後塵。乞歸優詔許，遇我宿心親。未負幽棲志，兼全寵辱身。劇談憐野逸，嗜酒見天真。醉舞梁園夜，行歌泗水春。才高心不展，道屈善無鄰。處士禰衡俊，諸生原憲貧。稻粱求未足，薏苡謗何頻。五嶺炎蒸地，三危放逐臣。幾年遭鵩鳥，獨泣向麒麟。蘇武先還漢，黄公豈事秦。楚筵辭醴日，梁獄上書辰。已用當時法，誰將此義陳。老吟秋月下，病起暮江濱。莫怪恩波隔，乘槎與問津。

《本事詩》：李白出入宫中，恩禮殊厚，竟以疏縱乞歸。上亦以非廊廟器，優詔罷遣之。後以不羈，流落江外；又以永王招禮累，謫于夜郎，及放還，卒于宣城。杜所贈二十韻，備叙其事，讀其文盡得其故跡。杜逢禄山之難，流離隴、蜀，畢陳于詩，推見至隱，殆無遺事，故當時號爲詩史。《金壘子》：杜少陵平生何獨于太白數數然耶？至讀《寄白二十韻》，有云：「才高心不展，道屈善無鄰。處士禰衡俊，諸生原憲貧。稻粱求未足，薏苡謗何頻。五嶺炎蒸地，三危放逐臣。幾年遭鵩鳥，獨泣向麒麟。蘇武先還漢，黄公豈事秦。楚筵辭醴日，梁獄上書辰。已用當時法，誰將此意陳。」予三復而深悲之。數語爲太白洒謗，事具而情皦，太白無濡跡于永王璘事省然矣。白亦嘗有《書懷贈江夏韋太守》詩云：「僕卧香爐頂，飡霞飲瑶泉。門開九江轉，枕下五湖連。半夜水軍來，潯陽滿旌旃。空名適自誤，迫脅上樓船。徒賜五百金，棄之若浮烟。辭官不受賞，翻謫夜郎天。夜郎萬里道，西上令人老。掃蕩六合清，仍爲負霜草。日月無遍照，何由訴蒼昊。」甚詳，然不若杜詩之可據。蓋親父不得爲其子媒，其父譽之，不若他人譽之之爲信也。王嗣奭曰：此詩分明爲李白作傳，其生平履歷備矣。白才高而狂，人或疑其乏保身之哲，公故爲之剖白。如「未負幽棲志，兼全寵辱身」，及「楚筵辭醴，梁獄上書」數句，皆刻意辯明，與贈王維詩「一病緣明主，三年獨此心」相同，總不欲使才人含冤千載耳。盧世㴶謂是天壤間維持公道、保護元氣文字。仇蒼柱曰：按太白本傳：「白喜縱横術，擊劍，爲任俠。」杜公向贈詩云：「飛揚跋扈爲誰雄。」蓋恐其負材任氣，至于僨事也。後來永王璘起兵，迫致不能自脱。觀其作《東巡歌》云：「永王正月東出師，天子遥分龍虎旗。」又云：「二帝巡游俱未迴，五陵松柏使人哀。」又云：「南風一掃胡塵静，西入長安到日邊。」是以勤王望永王，意中實未嘗忘朝廷也。及璘敗，而白遂繫獄，殆所遭時勢之不幸耳。少陵惓惓係念，亦曲諒其苦心而深爲之悲耳。

不見近無李白消息　杜甫

不見李生久，佯狂真可哀。世人皆欲殺，吾意獨憐才。敏捷詩千首，飄零酒一杯。匡山讀書處，頭白好歸來。

《滄浪詩話》：少陵與太白獨厚，于諸公詩中凡言太白可十四處，至謂「世人皆欲殺，吾意獨憐才」，「醉眠秋共被，攜手日同行」，「三夜頻夢君，情親見君意」，其情好可想。《遯齋閑覽》謂二人名既相逼，不能無忌，是以庸俗之見而度賢哲之心也，予故不得不辨。

蘇端薛復筵簡薛華醉歌以下三篇皆斷章　杜甫

坐中薛華能醉歌，歌辭自作風格老。近來海内爲長句，汝與山東李白好。何、劉、沈、謝力未工，才兼鮑照愁絶倒。

計東曰：長句謂七言歌行，太白所擅場者。太白長句其源出于鮑照，故言何、劉、沈、謝但能五言，于七言則力有未工，必若鮑照七言樂府如《行路難》之類，方爲妙絶耳。公嘗以「俊逸鮑參軍」稱太白詩，正稱其長也。

昔游

杜　甫

昔者與高、李（適、白），晚登單父臺。寒蕪際碣石，萬里風雲來。桑柘葉如雨，飛藿去徘徊。清霜大澤凍，禽獸有餘哀。

遣懷

杜　甫

憶與高、李輩（適、白），論交入酒壚。兩公壯藻思，得我色敷腴。氣酣登吹臺，懷古視平蕪。芒碭雲一去，雁鶩空相呼。

《容齋四筆》：李太白、杜子美在布衣時同游梁、宋，爲詩酒會心之友。以杜集考之，其稱太白及贈懷之篇甚多，如「李侯金閨彦，脱身事幽討」，「南尋禹穴見李白，道甫問訊今何如」，「李白一斗詩百篇，自稱臣是酒中仙」，「近來海内爲長句，汝與山東李白好」，「昔者與高、李，晚登單父臺」，「李侯有佳句，往往似陰鏗」，「憶與高、李輩，論交入酒壚」，「白也詩無敵，飄然思不群」，「昔年有狂客，號爾謫仙人」，「落月滿屋梁，猶疑照顏色」，「三夜頻夢君，情親見君意」，「秋來相顧尚飄蓬，未就丹砂愧葛洪」，「寂寞書齋裏，終朝獨爾思」，「涼風起天末，君子意何如」，「不見李生久，佯狂真可哀」，凡十四五篇。至于太白與子美詩，略不見一句。或謂《堯祠亭別杜補闕》者是也，乃殊不然。杜但爲右拾遺，不曾任補闕。兼自諫省出爲華州司功，迤邐避難入蜀，未嘗復至東州，所謂「飯顆山頭」之嘲，亦好事者所撰耳。《漁隱叢話》：《藝苑雌黄》云：《洪駒父詩話》言子美集中贈太白詩最多，而李白初無一篇與杜者。按段成式《酉陽雜俎》云：李集有《堯祠贈杜補闕》者，即老杜也。其詩云：「我覺秋興逸，誰云秋氣悲。山將落日去，水與晴空宜。雲歸碧海少，雁度青天遲。相失各萬里，茫然空爾思。」又不獨「飯顆山」之句也。予嘗考之，太白集中《有沙丘城下寄杜甫》云：「我來竟何事？高卧沙丘城。城邊有古樹，日夕連秋聲。魯酒不可醉，齊歌空復情。思君若汶水，浩蕩寄南征。」又有《魯郡東石門送杜二甫》云：「醉别復幾日，登臨遍池臺。何時石門路，重有金樽開。秋波落泗水，海色明徂徠。飛蓬各自遠，且盡手中杯。」洪駒父略不見此何也。

初至巴陵與李十二白裴九同泛洞庭湖三首

賈　至

江上相逢皆舊游，湘山永望不堪愁。明月秋風洞庭水，孤鴻落葉一扁舟。

其二

楓岸紛紛落葉多，洞庭秋水晚來波。乘興輕舟無近遠，白雲明月弔湘娥。

其三

江畔楓葉初帶霜，渚邊菊花亦已黄。輕舟落日興不盡，三湘五湖意何長。

洞庭送李十二赴零陵

賈至

今日相逢落葉前，洞庭秋水遠連天。共説金華舊游處，迴看北斗欲潸然。

雜言寄李白

任華

古來文章有奔逸氣，聳高格，清人心神，驚人魂魄，我聞當今有李白。《大鵬賦》，《鴻猷》

文，嗤長卿，笑子雲。班、張所作瑣細不入耳，未知卿、雲得在嗤笑限否？登廬山，觀瀑布，「海風吹不斷，江月照還空」，余愛此兩句。登天台，望渤海，「雲垂大鵬飛，山壓巨鰲背」，斯言亦好在。至于他作，多不拘常律，振擺超騰，既俊且逸。或醉中操紙，或興來走筆。手下忽然片雲飛，眼前劃見孤峰出。而我有時白日忽欲睡，睡覺忽然起攘臂。任生知有君，君還知有任生未？中間聞道在長安，及余戾止，君已江東訪元丹，邂逅不得見君面。每常把酒，向東望良久。見説往年在翰林，胸中矛戟何森森。新詩傳在宫人口，佳句不離明主心。身騎天馬多意氣，目送飛鴻對豪貴。承恩召入凡幾回，待詔歸來仍半醉。權臣妒盛名，群犬多吠聲。有敕放君卻歸隱淪處，高歌大笑出關去。且向東山爲外臣，諸侯交迓馳朱輪。白璧一雙買交者，黄金百鎰相知人。平生傲岸，其志不可測。數十年爲客，未嘗一日低顔色。八詠樓中坦腹眠，五侯門下無心憶。繁花越臺上，細柳吴宫側。緑水青山知有君，白雲明月偏相識。養高兼養閑，可望不可攀。莊周萬物外，范蠡五湖間。又聞訪道滄海上，丁令、王喬時往還。蓬萊經是曾到來，方丈豈惟方一丈。伊余每欲乘興遠相尋，江湖擁隔勞寸心。今朝忽遇東飛翼，寄此一章表胸臆。倘能報我一片言，但訪任華有人識。

送李白之曹南序

獨孤及

曩子之入秦也，上方覽《子虚》之賦，喜相如同時，由是朝詣公車，夕揮宸翰。一旦襆被金馬，蓬累而行，出入燕、宋，與白雲爲伍。然則適來，時行也，適去，時止也。彼碌碌者徒見三河之游倦，百鎰之金盡，乃議子于得失虧成之間，曾不知才全者無虧成，志全者無得失，進與退于道德乎何有？是日也，出車桐門，將駕于曹，仙藥滿囊，道書盈篋，異乎莊舄之辭越，仲尼之去魯矣。送子何所？平臺之隅。短歌薄酒，擊筑相和。大丈夫各乘風波，未始有極，哀樂且不足累上士之心，況小别乎！請偕賦詩，以見交態。

李太白全集卷之三十三

錢塘王琦琢崖編輯
王縉端臣王思謙藴山較

附録三

詩文五十九首

調張籍　韓　愈

李、杜文章在，光焰萬丈長。不知群兒愚，那用故謗傷。蚍蜉撼大樹，可笑不自量。伊我生其後，舉頸遥相望。夜夢多見之，晝思反微茫。徒觀斧鑿痕，不矚治水航。想當施手時，巨刃磨天揚。垠崖劃崩豁，乾坤擺雷硠。惟此兩夫子，家居率荒涼。帝欲長吟哦，故遣起且僵。剪翎送籠中，使看百鳥翔。平生千萬篇，金薤垂琳琅。仙宫敕六丁，雷電下取將。流落人間者，泰山一毫芒。我願生兩翅，捕逐出八荒。精誠忽交通，百怪入我腸。刺手拔鯨牙，舉瓢酌天漿。騰身跨汗漫，不著織女襄。顧語地上友，經營無太忙。乞君飛霞佩，與我高頡頏。

《漁隱叢話》：《隱居詩話》云：元稹作李杜優劣論，先杜而後李，韓愈不以爲然，作詩曰：「李、杜文章在，光焰萬丈長。不知群兒愚，那用相謗傷。蚍蜉撼大樹，可笑不自量。」爲微之發也。

讀李杜詩集因題卷後

白居易

翰林江左日，員外劍南時。不得高官職，仍逢苦亂離。暮年逋客恨，浮世謫仙悲。吟詠留千古，聲名動四夷。文場供秀句，樂府待新詞。天意君須會，人間要好詩。

江行無題

錢　起

高浪如銀屋，江風一發時。筆端降太白，才大語終奇。

漫成

李商隱

李杜操持事略齊，三才萬象共端倪。集仙殿與金鑾殿，可是蒼蠅惑曙雞？

讀李白集

鄭谷

何事文星與酒星，一時鍾在李先生。高吟大醉三千首，留著人間伴月明。

弔李翰林

曹松

李白雖然成異物，逸名猶與萬方傳。昔朝曾侍玄宗側，大夜應歸賀老邊。山木易高迷故壠，國風長在見遺編。投金渚畔春楊柳，自此何人繫酒船。

李翰林《七愛詩》七首之一

皮日休

負逸氣者必有真放，以李翰林爲真放焉。

吾愛李太白，身是酒星魄。口吐天上文，跡作人間客。磥砢千丈林，澄徹萬尋碧。醉中草樂府，十幅筆一息。召見承明廬，天子親賜食。醉曾吐御牀，傲幾觸天澤。權臣妒逸才，心如斗筲窄。失恩出内署，海岳甘自適。刺謁戴接䍦，赴宴著縠屐。諸侯百步迎，明君九天憶。竟遭腐脇疾，醉魄歸八極。大鵬不可籠，大椿不可植；蓬壺不可見，姑射不可識。五岳爲辭鋒，四海作胸臆。惜哉千萬年，此俊不可得。

古意

釋貫休

常思李太白，仙筆驅造化。玄宗致之七寶牀，虎殿龍樓無不可。一朝力士脱靴後，玉上青蠅生一箇。紫皇案前五色麟，忽然掣斷黄金鏁。五湖大浪如銀山，滿船載酒撾鼓過。賀老成異物，顛狂誰敢和？寧知江邊墳，不是猶醉卧！

讀李白集

釋齊己

竭雲濤，刳巨鼇，搜括造化空牢牢。冥心入海海神怖，驪龍不敢爲珠主。人間物象不供取，飽飲游神向玄圃。鏘金鏗玉千餘篇，膾吞炙嚼人口傳。須知一一丈夫氣，不是綺羅兒女言。

李翰林

徐夤

謫下三清列八仙，獲調羹鼎侍龍顏。吟開鎖闥窺天近，醉卧金鑾待詔閑。舊隱不歸劉備國，旅魂常寄謝公山。遺編往簡應飛去，散入祥雲瑞日間。

經李翰林廬山屏風疊所居

許彬

放逐非多罪，江湖偶不迴。深居應有爲，濟代豈無才！疊巘晴舒障，寒川暗動雷。誰能續高興，醉死一千杯。

太白戲聖俞 一作《讀李集效其體》

歐陽修

開元無事二十年，五兵不用太白閑。太白之精下人間，李白高歌《蜀道難》。蜀道之難難于上青天，李白落筆生雲烟。千奇萬險不可攀，卻視蜀道猶平川。宫娃扶來白已醉，醉裏詩成醒不記。忽然乘興登名山，龍咆虎嘯松風寒。山頭婆娑弄明月，九域塵土悲人寰。吹笙飲酒紫陽家，紫陽真人駕雲車。空山流水空落花，飄然已去流青霞。下視區區郊與島，螢飛露濕吟秋草。

李太白雜言

徐積

噫嘻欷奇哉！自開闢以來不知幾千萬餘年，至于開元間，忽生李詩仙。是時五星中，一星不在天。不知何物爲形容，何物爲心胸，何物爲五臟，何物爲喉嚨？開口動舌生雲風，當時大醉騎游龍。開口向天吐玉虹，玉虹不死蟠胸中，然後吐出光焰萬丈凌虚空。蓋自有詩人以來，我未嘗見大澤深山、雪霜冰霰、晨霞夕霏、千變萬化，雷轟電掣、花葩玉潔、青天白雲、秋江曉月，有如此之人，如此之詩！屈生何悴，宋玉何悲，賈生何戚，相如何疲！人生何用自縲絏，當須犖犖不可羈。乃知公是真英物，萬疊秋山清聳骨。當時杜甫亦能詩，恰如老驥追霜鶻。戴烏紗，著宫錦，不是高歌即酣飲。飲時獨對月明中，醉來還抱清風寢。嗟君逸氣何飄飄，枉教謫下青雲霄。大抵人生有用有不用，豈可戚戚反效兒女曹！採蟠桃於海上，尋紫芝於山腰；吞漢武之金莖沆瀣，吹弄玉之秦樓鳳簫。

讀李白集戲用奴字韻

李　綱

謫仙英豪蓋一世，醉使力士如使奴。當時左右悉佞諛，驚怪恇怯應逃逋。我生端在千載後，祭公只用一束芻。遺編凜凜有生氣，玩味無斁誰如吾？

讀四家詩選四首之一

李　綱

謫仙乃天人，薄游人間世。詞章號俊逸，邁往有英氣。明皇重其名，召見如綺季。萬乘尚僚友，公卿何芥蒂。脱靴使將軍，故耳非爲醉。乞身歸舊隱，來去同一戲。沉吟《紫芝歌》，緬邈青霞志。笑著宫錦袍，江山聊傲睨。肯從永王璘？此事不須洗。垂天賦大鵬，端爲真隱子。神游八極表，捉月初不死。

題漢陽郎官湖　夏倪

太白當年夜郎謫，一樽聊與故人留。南湖乞得郎官號，自此名傳五百秋。

讀李杜詩　陸游

濯錦滄浪客，青蓮澹蕩人。才名塞天地，身世老風塵。士固難推挽，人誰不賤貧。明窗數編在，長與物華新。

讀李翰林詩

陳藻

杜陵尊酒罕相逢，舉世誰堪入此公？莫怪篇篇吟婦女，别無人物與形容。

經采石渡留一絶句

吴璞

抗議金鑾反見仇，一抔蟬蜕楚江頭。當時醉弄波間月，今作寒光萬里流。

白下亭

任斯庵

金鑾殿上脱靴去，白下亭東索酒嘗。一自青山冥漠後，何人來道柳花香？

見《景定建康志》。

雜書

方　回

人言太白豪，其詩麗以富。樂府信皆爾，一掃梁、陳腐。餘篇細讀之，要自有樸處。最于贈答篇，肺腑露情愫。何至昌谷生，一一雕麗句；亦焉用玉溪，纂組失天趣。沈、宋非不工，子昂獨高步。畫肉不畫骨，乃以帝閑故。

過池陽有懷唐李翰林

薩天錫

我思李太白，有如雲中龍。垂光紫皇案，御筆生青紅。群臣不敢視，射目目盡盲。脱靴手污巇，蹴踏將軍雄。沉香走白兔，玉環失顔容。春風不成雨，殿閣懸妖虹。長嘯拂紫髯，手撚青芙蓉。挂席千萬里，遨游江之東。濯足五湖水，挂巾九華峰。放舟玉鏡潭，弄月秋浦中。羈懷正浩蕩，行樂未及終。白石爛齒齒，貂裘淚濛濛。神光走霹靂，水底鞭雷公。采石波浪惡，青山雲霧重。我有一斗酒，和淚洒天風。

采石懷太白

薩天錫

夢斷金雞萬里天，醉揮禿筆掃鸞箋。錦袍日進酒一斗，采石江空月滿船。金馬重門深似海，青山荒塚夜如年。衹應風骨蛾眉妒，不作天仙作水仙。

李謫仙

舒遜

召對金鑾殿，榮膺白玉堂。氣吞高力士，眼識郭汾陽。醉骨生疑蜕，詩名死更香。何由見顔色，月落照空梁。

夜聞謝太史讀李杜詩

高啟

前歌《蜀道難》，後歌《偪仄行》。商聲激烈出破屋，林烏夜起鄰人驚。我愁寂寞正欲眠，聽此起坐心茫然。高歌隔舍與相和，雙淚迸落青燈前。李供奉，杜拾遺，當時流落俱堪悲。

嚴公欲殺力士怒，白骨江海常憂飢。二公高才且如此，君今謂我將何如？

弔李白

方孝孺

君不見唐朝李白特達士，其人雖亡神不死。聲名流落天地間，千載高風有誰似？我今誦詩篇，亂髮飄蕭寒。若非胸中湖海闊，定有九曲蛟龍蟠。卻憶金鑾殿上見天子，玉山已頹扶不起，脱靴力士祇羞顔，捧硯楊妃勞玉指。當時豪俠應一人，豈愛富貴留其身。歸來長安弄明月，從此不復朝金闕。酒家有酒頻典衣，日日醉倒身忘歸。詩成不管鬼神泣，筆下自有烟雲飛。丈夫襟懷真磊落，將口談天日月薄。泰山高兮高可夷，滄海深兮深可涸，惟有李白天才奪造化，世人孰得窺其作！我言李白古無雙，至今采石生輝光。嗟哉石崇空豪富，終當埋没聲不揚。黄金白璧不足貴，但願男兒有筆如長杠！

過采石弔李謫仙

丘濬

蛾眉亭下弔詩魂，千古才名世共聞。江上洪濤生德色，磯頭草木帶餘醺。光爭日月常如在，思入風雲迥不群。岸芷汀蘭無限意，臨風三復楚《騷》文。

丁卯歲過采石弔李白

丘　濬

采石江頭，黄土一抔，其東有蛾眉之亭，其西有謫仙之樓。謫仙仙去不復返，惟有江水日夜流。人生一世幾何久，不如眼前一杯酒。飢來文字不堪餐，死後虚名竟何有？請君看此李謫仙，掀揭宇宙聲轟然。長安市上眠不足，長來采石江頭眠。百世光陰一大夢，衾天枕地無人共。寧知浩浩長江流，不是糟丘春酒甕。此翁自是太白精，星月自合相隨行。當時落水非失脚，直駕長鯨歸紫清。至人雖死神不滅，終古長庚伴月明。

李太白

李東陽

醉别蓬萊定幾年，被人呼是謫神仙。人間未有飛騰地，老去騎鯨卻上天。

過采石懷李白

宗　臣

閶闔天門夜不關，酒星何事謫人間？爲君五斗金莖露，醉殺江南千萬山。

其二

憶君乘月下金陵，何處吴山不夜登。一曲瀟湘秋萬里，至今疑在白雲層。

其三

楚水秋風薜荔高，千帆明月大江濤。蛾眉亭下芙蓉色，猶似當年宫錦袍。

其四

夜夜銀河倒不流，長虹西挂綵雲愁。醉來江底抱明月〔一〕，驚落天心萬片秋。

〔一〕「抱」字本音之外，又有庖、浮、裒三平聲，皆作引取義釋。

其五

到處孤槎秋萬重，滄江終夜卧魚龍。天風驅盡瀟湘色，祗爲仙人破醉容。

其六

秋山萬仞落秋潭，無限青楓好駐驂。君跨長鯨去不返，獨留明月照江南。

其七

采石磯頭望白雲，青楓滿地落紛紛。夜深吹笛江亭上，明月窺人恐是君。

其八

楚江南折是天門，江上蛟龍日夜喧。爲爾片帆開暮雨，至今秋色鎖雲根。

其九

短笻踏破楚山青，日日蒼梧醉洞庭。何事淹留姑熟水，千秋風雨怨湘靈。

其十

西望匡廬接九華，當年醉色傲烟霞。可憐一片寒江月，猶爲千峰護落花。

采石磯弔李太白

王叔承

插江采石三千尺，何處蒼苔酣李白。乘風夜上金陵船，宫錦袍明浪花赤。天子將袍覆酒仙，沉香亭下百花前。幸臣脱靴紫貂恥，貴妃捧硯青娥憐。詞成投筆六宫羡，教坊回首新聲傳。一斗百篇猶未半，零落《風》、《騷》走江漢。夜郎逐客潯陽囚，一片青山魂爛熳。山頭問月呼蒼旻，笑傲萬古空無人。古人既往君亦去，杯中舊月年年新。古今一明月，大化同精靈。人間傳羽蜕，天上懸才名。椒漿酹君還自傾，釣磯采采如飛鯨。安知太白不在此，江東忽見長庚星。

采石磯弔李太白

梁辰魚

停橈磯下奠椒觴，草木猶聞翰墨香。飛燕已辭青瑣闥，長鯨自上白雲鄉。他年有夢游天姥，此夕無魂到夜郎。西望長安漫惆悵，金鑾春殿久荒涼。

過南陵太白酒坊

許夢熊

謫仙過日酒初熟，此日猶傳新酒坊。風度不隨茅屋改，山川時作錦衣香。千秋客到千留珮，一歲花開一舉觴。莫向斜陽嗟往事，人生不朽是文章。

五君詠 五首之一

尤侗

酒星不在天，謫向人間住。玉環斂繡巾，笑領春風句。采石漾蘭舟，足踏鼉龍去。卻入廣寒宮，醉倒珊瑚樹。

七思 七首之一

尤侗

我思李供奉，醉草金花箋。玉笛媚新聲，天香照嬋娟。一朝夜郎去，錦繡埋蠻烟。惟餘一杯酒，搔首問青天。

讀李青蓮集

鄭日奎

青蓮詩負一代豪，横掃六宇無前茅。英雄心魄神仙骨，溟渤爲闊天爲高。興酣染翰恣狂逸，獨任天機摧格律。筆鋒縹緲生雲烟，墨騎縱横飛霹靂。有如懷素作草書，崩騰歷亂龍蛇攄。更如公孫舞劍器，渾脱瀏漓雷電避。冥心一往搜微茫，乾端坤倪失伏藏。佛子嵌空鬼母泣，千秋詞客孰雁行？我讀君詩起我意，飄然如有凌雲思。便欲麾手謝塵緣，相從飲酒學仙去。

讀李太白詩

魏裔介

三謝與鮑、庾，江左稱獨步。太白更絶塵，汗血如飛兔。擲筆振金石，有文懸瀑布。萬象羅胸中，百代生指顧。是氣曰浩然，不祇爲章句。沉香亭畔詞，諷諫有微趣。奴視高將軍，才人豈能慕。羽翮落九天，挂席逐烟霧。留滯東魯雲，蹭蹬采石路。我思汾陽王，再衍晉陽祚。云誰識此人，青蓮慧眼故。無知功未酬，夜郎竟遠戍。璘也實惷愚，偶而被籠敍。龍章與鳳姿，豈若爭食鶩。古今稱謫仙，斯言良不誤。黄金如可成，須並子美鑄。

論詩絶句

王士禛

青蓮才筆九州横，六代淫哇總廢聲。白紵青山魂魄在，一生低首謝宣城。

李太白碑陰記

蘇　軾

李太白，狂士也，又嘗失節于永王璘，此豈濟世之人哉？而畢文簡公以王佐期之，不亦過乎？曰：士固有大言而無實，虚名不適于用者，然不可以此料天下士。士以氣爲主。方高力士用事，公卿大夫爭事之，而太白使脱靴殿上，固已氣蓋天下矣。使之得志，必不肯附權倖以取容，其肯從君于昏乎？夏侯湛贊東方生云：「開濟明豁，包含弘大。陵轢卿相，嘲哂豪傑。籠罩靡前，跆籍貴勢。出不休顯，賤不憂戚。戲萬乘若僚友，視儔列如草芥。雄節邁倫，高氣蓋世。可謂拔乎其萃，游方之外者也。」吾于太白亦云。太白之從永王璘，當由迫脅，不然，璘之狂肆寢陋，雖庸人知其必敗也。太白識郭子儀之爲人傑，而不能知璘之無成，此理之必不然者也。吾不可以不辨。端明殿學士兼翰林侍讀學士眉山蘇軾撰。

代人祭李白文

曾　鞏

子之文章，傑立人上。地闢天開，雲蒸雨降。播産萬物，瑋麗瑰奇。大巧自然，人力何施。又如長河，浩浩奔放，萬里一瀉，末勢猶壯。大騁厥辭，至于如此。意氣飄然，發揚儁偉。飛黄駃騠，軼群絶類。擺棄羈𩍐，脱遺轍軌。捷出横步，志狹四裔。側睨駑駘，與無物比。始來玉堂，旋去江湖。麒麟鳳凰，世豈能拘。古今僻儒，鉤章摘字，下里之學，辭卑義鄙。士有一曲，拘牽泥滯，亦或狡巧，爭馳勢利。子之可異，豈獨兹文。輕世肆志，有激斯人。姑熟之野，予來長民，舉觴墓下，感嘆餘芬。

李太白贊

馬光祖

天地英靈之氣，曠千載而幾人。恍天仙之下墮，驂雲霧而絶風塵。以匹夫而動九重，乃供奉乎翰林。將國論其與聞之，奚兒女子之云云。蓋其抱負霸王之略，或庶幾乎少伸。手攜郭令公，足蹋賀季真。至于奉珪印以贖之，有以信志業之等倫。豈爲其道骨之可蜕，詩思之不群耶？鬱鬱此山，悠悠大川，公不來游，今五百年。

李太白贊

方孝孺

唐治既極，氣鬱弗舒，乃生人豪，泄天之奇。矯矯李公，雄蓋一世。麟游龍驤，不可控制。粃糠萬物，甕盎乾坤。狂呼怒叱，日月爲奔。或入金門，或登玉堂，東游滄海，西歷夜郎。心觸化機，噴珠湧璣。翰墨所在，百靈護持。此氣之充，無上無下。安能瞑目，闆于黄土。手搏長鯨，鞭之如羊。至于扶桑，飛騰帝鄉。惟昔戰國，其豪莊周；公生雖後，其文可侔。彼何小儒，氣餒如鬼，仰瞻英風，猶虎與鼠。斯文之雄，實以氣充。後有作者，尚視于公。

李白贊

楊　榮

匡廬之山，神秀所鍾。瀑布千尺，宛然飛虹。偉哉謫仙，銀河在目。咳吐天風，燦然珠玉。

補注李太白集序例

蕭士贇

唐詩大家，數李、杜爲稱首。古今注杜詩者號千家，注李詩者曾不一二見，非詩家一欠事與？僕自弱冠，知誦太白詩。時習舉子業，雖好之，未暇究也。厥後乃得專意于此，間趨庭以求聞所未聞，或從師以蘄解所未解。冥思遐想，章究其意之所寓；旁搜遠引，句考其字之所原。若夫義之顯者，概不贅演。或疑其贋作，則移置卷末，以俟巨眼者自擇焉。此其例也。一日，得巴陵李粹甫家藏左綿所刊春陵楊君齊賢子見注本，讀之，惜其博而不能約，至取唐廣德以後事及宋儒記録詩詞爲祖，甚而併杜注内僞作蘇東坡箋事已經益守郭知達刪去者，亦引用焉。因取其本類此者爲之節文，擇其善者存之，注所未盡者以予所知附其後，混爲一注。全集有賦八篇，子見本無注，此則併注之。標其目，曰《分類補注李太白集》。吁！晦庵朱子曰：「太白詩從容于法度之中，蓋聖于詩者。」則其意之所寓，字之所源，又豈予寡陋之見所能知，乃欲以意逆志于數百載之上，多見其不知量矣。注成，不忍棄置，又從而刻之棗者，所望于四方之賢師友是正之，發明之，增而益之，俾箋注者由是而十百千焉，與杜注等，顧不美歟！其毋笑以注蟲魚，幸甚。至元辛卯中秋日，章貢金精山北冰厓後人粹齋蕭士贇粹可。

李詩選題辭

楊　慎

南豐曾子固曰：「李白，字太白，蜀郡人。游江、淮，娶雲夢許氏。去之齊、魯，入吴。至長安，明皇召爲翰林供奉，不合去。北抵趙、魏、燕、晉，西涉岐、邠，歷商於，至洛陽，游梁最久。復之齊、魯，南游淮、泗，再入吴，轉金陵，上秋浦、潯陽，卧廬山。永王璘以僞命逼致之，璘敗，白奔宿松，坐繫潯陽獄。宣撫崔涣與御史宋若思驗治，謂其罪薄，薦其才，不報。先是，白嘗識郭子儀于未遇時，子儀請解官贖白罪，乃長流夜郎。遂泛洞庭，上峽江，至巫山。以赦得釋，復如潯陽。族人陽冰爲當塗令，白過之，以病卒，年六十四。」《成都古今記》云李白生于彰明之青蓮鄉，而劉全白《李翰林墓碣記》以爲廣漢人，蓋唐代彰明屬廣漢，故獨舉郡稱云。載考公之自序，《上裴長史書》曰：「白少長江漢，見鄉人相如大誇雲夢之事，云楚有七澤，遂來觀焉。又與逸人東巖子隱于岷山之陽，巢居數年，不跡城市。廣漢太守聞而異之，因舉二人有道，並不起。」今按東巖子，梓州鹽亭人趙蕤，字雲卿。岷山之陽，則指匡山，杜子美贈詩所謂「匡山讀書處」。其説見晏公《類要》，鄭谷詩所謂「雪下文君沽酒店，雲藏李白讀書山」者也。廣漢太守，則蘇頲也〔一〕。頲薦疏曰：「趙蕤術數，李白文章。」即其事也。公後在淮南寄趙徵君詩曰：「國門遥天外，鄉路遠山隔。朝憶相如臺，夜夢子雲宅。」可證矣。五代劉昫修《唐書》以白爲山東人，自元稹序杜詩而誤。詩云：「汝與山東李白好。」樂史云：「李白慕謝安風流，自號東山李白。」杜子美所云，乃是東山〔二〕，後人倒讀爲山東，元稹之序亦由于倒讀杜詩也。不然，則太白之詩云「學劍來山東」，又云「我家寄東魯」，豈自誣乎？宋有晁公武者，孟浪人也，信《舊唐書》及元稹之誤，乃曰太白自序及詩皆不足信。噫！世安有己之族姓己自迷之，而傍取他證乎？《新唐書》知其誤，乃更之爲唐宗室，蓋以隴西郡望爲標也。善乎劉子玄之言曰：「作史者爲人立傳，皆取舊號施之于今，爲王氏傳必曰琅琊臨沂人，爲李氏傳必曰隴西成紀人，欲求實録，不亦難乎？且人無定所，因地而生。生于荆者言皆成楚，生于晉者齒便成黄，豈有世歷百年，人更七葉，而猶以本國爲是，此鄉爲非？則是孔子里于昌平，陰氏家于新野，而系纂微子，源承管仲，乃爲齊、宋之人，非曰鄒、魯之士乎？」宋景文修《唐書》，其弊正坐此。夫族姓郡國，關係亦大矣，誦其詩不知其人可乎？予故詳著而明辨之，以訂史氏之誤，姓譜之缺焉。若夫公之詩歌，泣鬼神而冠古今矣，豈容喙哉！吾友禺山張子愈光，自童習至白紛，與走共爲詩者，嘗謂予曰：「李、杜齊名，杜公全集外節抄選本凡數十家，而李何獨無之?」乃取公集中膾炙人口者一百六十餘首,刻之明詩亭中,屬愼題辭其端云。

〔一〕按:太白《上裴長史書》所謂「禮部尚書蘇公出爲益州長史」者,乃蘇頲也。其廣漢太守不載姓名,尋文索義,自是兩人。升庵以廣陵太守即是蘇頲,非是。

〔二〕《升庵外集》一則亦引樂史《李太白詩序》云:「太白游山水,每以聲妓自隨,慕謝安之風,自號東山李白。」杜詩云「汝與東山李白好」是也。今之淺妄改倒其字,云云。琦按:今本樂史序中無此數語,而魏顥序有「間攜昭陽、金陵之妓,迹類謝康樂,世號李東山」之辭。升庵蓋誤憶耳。

合刻李杜詩集序

王穉登

李、杜詩無合刻,刻之自許子元祐始。既成,問序于王子。王子曰:「是烏可序乎?非獨不可,蓋有所不能,且不敢也。夫此光燄萬丈者,誰何傖父,偃然任爲嚆矢哉?」曰:「奈何刻者一李而九杜耶?學之者亦若是,請問祖將誰左?」王子曰:余曷敢言詩,聞諸言詩者,有云供奉之詩仙,拾遺之詩聖,聖可學,仙不可學,亦猶禪人所謂頓漸,李頓而杜乃漸也。杜之懷李曰「詩無敵」,李之寄杜曰「作詩苦」,二先生酬贈亦各語其極耳。今試語杜之極,如「彤庭所分帛,本自寒女出,鞭撻其夫家,聚斂貢城闕」,「或紅如丹砂,或黑如點漆，雨露之所濡，甘苦齊結實」，「中丞髑髏血模糊，手提擲還崔大夫」，非夫所謂驚人泣鬼者哉？斯蓋匠心獨苦，而非不似從人間來也。至若語李之極，則如「羅幃舒卷，似有人開，明月直入，無心可猜」，「莫捲龍鬚席，從他生網絲，且留琥珀枕，或有夢來時」，「東風爾來爲阿誰，蝴蝶忽然滿芳草」，「江上相逢借問君，語笑未了風吹斷」，若其言猶含霞吸月，火食腹腸疇能貯此，仙與聖、頓與漸之分，何俟更僕數耶？然乃分路揚鑣，或同一軌，二先生詩不同，而語其極則一耳。今之學杜者，不驚人泣鬼，而木僵膚立，學李者，不含霞吸月，而空疏無當，是安得爲李、杜？爲李、杜罪人矣！許子工于詩，能去彼取此，曷患不李、杜哉！是刻既出，二先生之集將同運並行，且俾學者各法其極，不空疏無當與木僵膚立乎？剞劂之功，實弘多矣。余之序，姑述昔人之論，明刻者之旨，以復許子之問。若曰評騭二先生詩，是蛙坐井而談蒼旻廣狹，鼠飲河而測洪流淺深也，則吾豈敢。

李翰林分體全集序

王穉登

古今論詩者，自三百、十九而後必遵李、杜。李才情俊，杜才情鬱；李情曠達，杜情孤憤；李若飛將軍用兵，不按古法，士卒逐水草自便；杜則肅部伍，嚴刁斗，西宮衛尉之師也。供奉讀書匡山，鳥雀就掌取食，散金十萬如飛塵，沉湎至尊之前，嘯傲御座之側，目中不知有開元天子，何況太真妃、高力士哉！當其稍能自屈，可立躋華要，乃掉臂不顧，飄然去之，坎壈以終其身。迨長流夜郎，與魑魅爲伍，而其詩無一羈旅牢愁之語，讀之如餐霞吸露，欲蜕骨沖舉，非天際真人胸臆，疇能及此？其放浪于麯生柔曼，醉月迷花，特託而逃焉耳。予友劉少彝取李、杜集合刻之。前此非無合刻者，然蒼素溷淆，玄黄雜遝，箋注訓詁，人自爲政，蒙茸猥瑣，猶疥厲、蟣虱，使二先生之作不免珠殘玉碎，未嘗不扼腕□體，掩卷太息。少彝皆削去之，正其舛訛，定其真贋，芟薙其重複龐雜，品列昭分，諸體各以類從，名曰分體。以李序見屬，展讀之際，使耳目滌清，神情開朗，誠哉千古大快也。予生平敬慕青蓮，願爲執鞭而不可得。竊謂李能兼杜，杜不能兼李，李蓋天授，杜由人力，軌轍合迹，鞅轡異趨，如禪宗有頓有漸，難與耳食之士言也。少彝工于詩，清俊似太白，沉鬱似子美，故于二集恒津津焉。此刻成而紙價當十倍矣。予怪夫宗李者畫虎難成，妄加訾議，指永王璘之事爲從逆。嗟乎！禄山簒亂，翠華西幸，靈武之位未正，社稷危于累棋。璘以同姓諸王，建義旗，倡忠烈，恢復神器，不使未央井中璽落群凶手。白亦王孫帝胄，慨然從之，識郭令公于行間，卒復唐祚。甫雖間關行在，流離秦、隴，非不謂忠，然視白之功，眇矣。夫璘非逆，而從璘者乃爲逆乎？王維亦嘗陷賊，以「凝碧管絃」詩獲免。青蓮故不幸而羅銷骨之口，豈不寃哉！予序其集，而并論其人若此，少彝以爲然與否耶？

合刻李杜分體全集序

劉世教

自三百篇後，學士大夫稱詩之盛，前無踰漢，而後宜莫唐。若開元、天寶間隴西、襄陽二先生出，遂窮詩律之能事，觀于是止矣。是二先生者，其雄材命世同，其横絶來祀同，坎壈弗得志又無弗同。顧千載而下，使人披其編，想見其爲人，若隴西不勝樂，而襄陽不勝憂者，何也？隴西趨《風》，《風》故蕩詄出于情之極，而以辭群者也；襄陽趨《雅》，《雅》故沉鬱入于情之極，而以辭怨者也。趨若異而軌無勿同，故無有能軒輊之者。蓋自唐以後，諸尚論之士，人持其指而莫之一，迨近世瑯琊長公而二先生之論始定。顧隴西好稱古調，其于近體若雅意所不屑；而襄陽沾沾此技，篇什最稱繁富，意又若不屑古調者。然隴西之于古，離之不啻遠；而襄陽象貌色澤，猶若未盡澌滅也者，是又二先生同異之微指，可解而不可解者也。於戲！當漢盛時，《子虛》之賦奏至，使人主冀幸同時而慮不可得；而是二先生者，佹遇而佹失之，終其身抑塞而弗獲少信，彼中郎、太中、文園、都尉諸人，即遇合雖殊，要之無一廢棄者，胡二先生之湮没甚也。蓋觀漢諸君子之無失職，而知其時人無弗盡之材，觀二先生之失志，而知其時材多未盡之用，此固當世得失之林，而二代治亂之朕也，其故蓋難言之矣。不佞少習其言，薄有當陽之癖，而不無憎其編次之淆雜。時從藏書家詢求善本，弗可得。每讀昔人所箋詁，往往未終簡而輒棄去。竊不自量，間嘗區分其體裁，擬盡蒐諸家訓故之籍，筆削爲一家言。方屈首俗業，困京兆者十年，已困公車者又十年，鉛槧屢更，殺青未竟。客歲南邁，從子鑾進而請曰：「先生必將箋而後行乎？夫解者之不必箋，而箋者之不必解也。」于是相與謀之梓人，而二豎肆眚，乃與友人姚君孟承往復參訂，始克卒業。諸所釐正，頗極苦心，語具凡例中。再逾年，始獲竣事，輒論著其事，質諸同好。夫自二先生分轡而馳，而士各以其質之所近尸且祝焉，有能袷享一堂之上者，吾未見其人也。今而後庶幾有並擷其精，而上探盛漢，以直遡《風》、《雅》之緒者，必自兹籍始矣。萬曆元默困敦夏六月朔，平原劉世教序。

又

劉　鑒

予伯父少彝先生刻《李杜分體全集》，役將竣，客有以私問者曰：「青蓮、少陵兩公並爲詩壇不祧之主，固也。然而飯顆之逢，陰鏗之擬，爾時兩公相輕已甚。自唐迄今，賢豪揚扢，左右互祖，幾成聚訟。意者都官南面，各全其尊，而埒享一堂，吾未見靈之妥也。夫詩之合離，主興象不主體裁；篇之瑜纇，徵識力亦徵齒候。昔人編年，不爲無據，矧二公集中一題而古今其體，詎容擘裂。今妄顧原本，惟體之從，分則分矣，奈剥膚何？」予曰：唯唯、否否，客曙其一，未曙其二。夫壎篪異竅而叶奏，圭璧殊制而儷珍，物固有之，人亦宜然。李、杜齊名，光燄千古，後之君子，誰能軒輊？即或偏嗜者畸贊，顓詣者謬詘，抑何關兩公之殿最耶？至如杜之推李，傾倒鄭重，屢見篇什；李之心服，寧自口出。偶摭一語，謂其相輕，二公有知，政堪頤解。夫詩有古近律絶，體莫備于唐代，而妙莫兼于兩公。第世行本少有善者，編年雜陳，作者之心目交眯；分類紕龐，作者之形神不湊。衷而裁之，無如分體。雖然，更有説焉。太史公曰：「《詩三百篇》，大抵聖賢發憤之所爲作也。」予伯父固云：「李源《風》，杜源《雅》。」相提而論，乃知兩公之詩，體從《風》、《雅》出，而情從憤入矣。李何憒憒？宫鄰之階厲。杜何憒憒？皇輿之洊傾。然青蓮《梁父》、《行路》諸吟，《巧言》、《巷伯》之倫也；少陵《驪山》、《洞房》等咏，《匪風》、《下泉》之思也。其存君興國，發于性情心術之隱者。夫既合，不翅合，而或《風》或《雅》，互爲經緯，非古近殊體，幾于分無可分。伯父殫二十餘年丹鉛之功于二集，而以纂次當窮愁之著書，史遷所稱發憤，述之于作，將無同乎哉？而子猶規規然猜其後，吾亦謂子望洋向若，不免見笑于大方之家。客啞然謝去。書成，爰誌其語于末簡。

又

李維楨

鹽官劉氏，世紹雕龍之慶，而孝廉少彝，著名文苑最早。其于供奉、工部二家，討論窮精，蓋垂二十年，二家分體全集始成。其集以古近諸體分，而先後仍本編年，古賦及雜文如之。其體則古近律絶，各以類從，而删長短句之目。其以他人集誤入者，黜之；其確爲二家所作而偶遺者，收之。其本古體而誤入律，及二家自注誤入目中，若字句之訛、音釋之謬者，更之；其諸家注與評不盡佳，可筆則筆之，可削則削之。校讐譔譯，幾無纖微憾，而要領莫重于分體矣。蓋論二家者，楊誠齋以李爲神，如列子御風無待者也；以杜爲聖，如靈均乘桂舟、駕玉車，有待而未嘗有待者也。允矣，而體未分也。王弇州以李五七言絶爲神，七言歌行爲聖，五言次之；杜五言律、七言歌行爲神，七言律爲聖；而總論二家五言古選，各有所宗、所主、所貴。體分矣，而體所從來，未晰也。少彝以李好稱古，于近體若不屑，而于古離之不啻遠；杜若不屑古，而氣象色澤若未盡離。李趨《風》，故跌蕩；杜趨《雅》，故沉鬱。即弇州亦言讀李使人飄揚欲仙，讀杜使人情事欲絶，第就歌行一端論，而少彝則以全集舉矣。夫詩至唐而體備，體至李、杜而衆長備，而李、杜所以得之成體者，則本三百篇。《學記》曰：「三王之祭川也，先河而後海，或原也，或委也，此之謂務本。」後人知有李、杜，不知有三百篇，是以學李學杜，往往失之。少彝爲之分體，直指其本于《風》、《雅》，學人得所從來，可以爲李，可以爲杜，可以兼爲李、杜；可以爲《風》，可以爲《雅》，可以兼爲《風》、《雅》；可以自爲聖，可以自爲神，不至爲李、杜作使。寧惟有功二家，其于詩道，豈曰小補之哉！是説也，少彝亦本之李、杜。李之言曰：興寄深遠，五言不如四言。若七言靡矣，況束于聲調俳優哉！杜《戲爲六絶句》，其末章意以遞相祖述，未及前賢，惟裁僞體，親《風》、《雅》，則轉益多師，而得汝師。夫李、杜學詩，必本三百篇，人安能舍三百篇學李、杜？少彝見及此，宜其詩騷騷李、杜齊名也。同參訂者，姚君孟承，從子伯臨，皆名下士。

李太白全集卷之三十四

附録四

錢塘王琦琢崖編輯
王㸌葆光王復曾宗武較

叢説二百二十則

國朝能爲歌詩者不少，獨李太白爲稱首。蓋氣骨高舉，不失《頌》詠、《風》刺之道。吴融《禪月集序》。

歌詩之風，蕩來久矣。大抵喪於南朝，壞於陳叔寶。然今之業是者，苟不能求古於建安，即江左矣；苟不能求麗於江左，即南朝矣。或過爲豔傷麗病者，即南朝之罪人也。吾唐來有業是者，言出天地外，思出鬼神表，讀之則神馳八極，測之則心懷四溟，磊磊落落，真非世間語者，有李太白。皮日休《劉棗强碑文》。

張碧，貞元中人，自序其詩云：碧嘗讀《李長吉集》，謂春拆紅翠，闢開蟄户，其奇峭者不可攻也。及覽李太白辭，天與俱高，青且無際，鵾觸巨海，瀾濤怒翻，則觀長吉之篇，若陟嵩之巔視諸阜者耶！《唐詩紀事》。

宋景文諸公在館，嘗評唐人詩，云：「太白仙才，長吉鬼才。」《文獻通考》。

人言「太白仙才，長吉鬼才」。不然，太白天仙之詞，長吉鬼仙之詞耳。《滄浪詩話》。

世傳杜甫詩，天才也；李白詩，仙才也；長吉詩，鬼才也。《迂齋詩話》。

唐人以李白爲天才絶，白樂天人才絶，李賀鬼才絶。《海録碎事》。

詩，總不離乎才也。有天才，有地才，有人才。吾於天才得李太白，於地才得杜子美，於人才得王摩詰。太白以氣韻勝，子美以格律勝，摩詰以理趣勝。太白千秋逸調，子美一代規模，摩詰精大雄氏之學，句句皆合聖教。徐而菴《説唐詩》。

嘗戲論唐人詩：王維佛語，孟浩然菩薩語，李白飛仙語，杜甫聖語，李賀才鬼語。《居易録》。

荆公云：詩人各有所得，「清水出芙蓉，天然去雕飾」，此李白所得也。「或看翡翠蘭苕上，未掣鯨鯢碧海中」，此老杜所得也。「横空盤硬語，妥帖力排奡」，此韓愈所得也。《漁隱叢話》。

李文叔云：予嘗與宋遐叔言：「孟子之言道，如項羽用兵，直行曲施，逆見錯出，皆當大敗，而舉世莫能當者，何其横也！左丘明之於辭令，亦甚横。自漢後千年，唯韓退之之於文，李太白之於詩，亦皆横者。」《墨莊漫録》。

李唐群英，唯韓文公之文，李太白之詩，務去陳言，多出新意。至於盧仝、貫休輩效其顰，張籍、皇甫湜輩學其步，則怪且醜、僵且仆矣。《珊瑚鉤詩話》。

《雪浪齋日記》：爲詩欲氣格豪逸，當看退之、太白。《詩人玉屑》。

莊周、李白，神于文者也，非工于文者所及也。文非至工，則不可爲神，然神非工之所可至也。《楊升庵外集》。

文至莊，詩至太白，草書至懷素，皆兵法所謂奇也。正有法可循，奇則非神解不能及。顧璘《息園存稿》。

觀太白詩者，要識真太白處。太白天才豪逸，語多卒然而成者，學者於每篇中，要識其安身立命處可也。太白發句，謂之開門見山。《滄浪詩話》。

《臞翁詩評》：李太白如劉安，雞犬遺響白雲，覈其歸存，恍無定處。《詩人玉屑》。

李太白詩語帶烟霞，肺腑纏錦繡。釋德洪《跋蘇養直詩》。

李太白周覽四海名山大川，一泉之旁，一山之阻，神林鬼冢，魑魅之穴，猿狖所家，魚龍所宫，往往游焉。故其爲詩，疏宕有奇氣。孫覿《送删定姪歸南安序》。

太白歌詩，度越六代，與漢、魏樂府爭衡。《黄山谷文集》。

明皇世章句之風，大得建安體，論者推李翰林、杜工部爲尤。皮日休《郢州孟亭記》。

《詩眼》云：建安詩辯而不華，質而不俚，風調高雅，格力遒壯，其言直致而少對偶，指事情而綺麗，得《風》、《雅》、《騷》人之氣骨，最爲近古者也。唐諸詩人，高者學陶、謝，下者學徐、庾，惟老杜、李太白、韓退之早年皆學建安，晚乃各自變成一家耳。如老杜「崆峒小麥熟」，「人生不相見」，皆全體作建安語，今所存集，第一、第二卷中頗多。韓退之「孤臣昔放逐」，「暮行河堤上」，亦皆此體，但頗自加新奇。李太白亦多建安句法而罕全篇，多雜以鮑明遠體。《漁隱叢話》。

李太白始終學《選》詩，所以好。杜子美詩好者，亦多是傚《選》詩，後漸放手，夔州諸詩則不然也。《朱子語類》。

李、杜、韓、柳，初亦皆學《選》詩者。然杜、韓變多，而李、柳變少。變不可學，而不變可學。朱考亭《跋病翁先生詩》。

鮑明遠才健，其詩乃《選》之變體，李太白專學之。《朱子語類》。

《雪浪齋日記》云：或云太白詩，其源流出于鮑明遠，如樂府多用《白紵》。故子美云「俊逸鮑參軍」，蓋有譏也。《漁隱叢話》。

李、杜二子，往往推重鮑、謝，用其全句甚多。李夢陽《章園餞會詩引》。

郭璞構思險怪，而造語精圓。李、杜精奇處皆取此。謝靈運以險爲主，以自然爲宗。李、杜深處多取此。六朝文氣衰緩，惟劉越石、鮑明遠有西漢氣骨，李、杜筋骨取此。陳繹曾《詩譜》。

李太白詩，逸態凌雲，映照千載。然時作齊、梁間人體段，略不近渾厚。《西清詩話》。

李太白詩，非無法度，乃從容于法度之中，蓋聖於詩者也。古風兩卷，多效陳子昂，亦有全用其句處。太白去子昂不遠，其尊慕之如此。然多爲人所亂，有一篇分爲三篇者，有二篇合爲一篇者。《朱子語類》。

唐之有天下，陳子昂、蘇源明、元結、李白、杜甫、李觀，皆各以其所能鳴。韓退之《送孟東野序》。

陳子昂懸文宗之正鵠，李太白曜《風》、《雅》之絶麟。楊升庵《四川總志序》。

陳子昂爲海内文宗，李太白爲古今詩聖。楊升庵《周受庵詩選序》。

王荆公嘗謂「太白才高而識卑」，山谷又云「好作奇語，自是文章之病。建安以來好作奇語，故其氣象衰薾」。愚謂二公所言太白病處，正在裏許。《古賦辨體》。

太白詩飄逸絶塵，而傷於易，學之者又不至，玉川子是也，猶有可觀者。有狂人李赤，乃敢自比謫仙，比律不應從重。又有崔顥者，曾未豁達，李老作《黄鶴樓詩》頗似上士游山水，而世俗云「李白蓋與徐凝一場決殺」，醉中聯爲一笑。《蘇東坡集》。

周伯弼云：言詩而本於唐，非因於唐也。自河梁而後，詩之變至於唐而止也。謫仙號爲雄俊，而法度最爲森嚴，況餘者乎！趙宧光《彈雅》。

潘禎應昌嘗言：其父受于鄉先輩曰：「詩有五聲，全備者少，惟得宮聲者爲最優，蓋可以兼衆聲也。李太白、杜子美之詩爲宮，韓退之之詩爲角，以此例之，雖百家可知也。」《懷麓堂詩話》。

詩人多蹇，如陳子昂、杜甫名授一拾遺，而迍剥至死；李白、孟浩然輩不及一命，窮悴終身。白樂天《與元微之書》。

人徒知李、杜爲詩人而已矣，而不知其行之高、識之卓也。杜甫能知君，故陷賊能自拔，而從明、肅於搶攘之中也。李白能知人，故陷賊而有救，以能知郭汾陽於卒伍之中也。《草木子》。

李白、杜甫、陶淵明皆有志於吾道。《陸象山語録》。

《新唐書·杜甫傳贊》曰：昌黎韓愈於文章慎許可，至歌詩，獨推曰「李、杜文章在，光焰萬丈長」，誠可信云。予讀韓詩，其稱李、杜者數端。《石鼓歌》曰：「少陵無人謫仙死，才薄將奈石鼓何！」《酬盧雲夫》曰：「高揖群公謝名譽，遠追甫、白感至誠。」《薦士》曰：「國朝盛文章，子昂始高蹈。勃興得李、杜，萬類困凌暴。」《醉留東野》曰：「昔年因讀李白、杜甫詩，長恨二人不相從。」《感春》曰：「近憐李、杜無檢束，爛熳長醉多文辭。」并《唐書》所引，蓋六用之。《容齋四筆》。

予嘗論書，以爲鍾、王之跡，蕭散簡遠，妙在筆墨之外。至顔、柳，始集古今筆法而盡發之，極書之變，天下翕然以爲宗師，而鍾、王之法益微。至于詩亦然，蘇、李之天成，曹、劉之自得，陶、謝之超然，蓋亦至矣。而李太白、杜子美以英瑋絶世之姿，凌跨百代，古今詩人盡廢。然魏、晉以來，高風絶塵亦少衰矣。蘇東坡《書黄子思詩集後》。

作詩先看李、杜，如士人治本經，本既立，方可看蘇、黄以次諸家。《朱子語類》。

詩之極至有一，曰入神，詩而入神，至矣盡矣，蔑以加矣，惟李、杜得之，他人得之蓋寡也。《滄浪詩話》。

李、杜數公，如金翅劈海，香象渡河，下視郊、島輩，直蟲吟草間耳。《滄浪詩話》。

李太白、杜子美詩，皆掣鯨手也。余觀太白《古風》、子美《偶題》二篇，然後知二子之源流遠矣。李云「《大雅》久不作，吾衰竟誰陳。《王風》委蔓草，戰國多荆榛」，則知李之所得在《雅》。杜云「文章千古事，得失寸心知。《騷》人嗟不見，漢道盛於斯」，則知杜之所得在《騷》。《韻語陽秋》。

作詩者，陶冶萬物，體會光景，必貴乎自得。蓋格有高下，才有分限，不可强力至也。譬之秦武陽，氣蓋全燕，見秦王則戰掉失色。淮南王安雖爲神仙，謁帝猶輕其舉止，此豈由素習哉？予以爲少陵、太白當險阻艱難，流離困躓，意欲卑而語未嘗不高。至于羅隱、貫休得意於偏霸，誇彫逞奇，語欲高而意未嘗不卑。乃知天稟自然，有不能易也。《詩人玉屑》。

唐自李、杜之出，焜燿一世，後之言詩者，皆莫能及。吕居仁《江西宗派圖序》。

詩之所以爲詩，所以歌詠性情者，祇見三百篇耳。秦、漢之際，騷賦始盛，大抵怨讟煩寃從諛侈靡之文，性情之作衰矣。至蘇、李贈答，下逮建安，後世之詩始立根柢，簡靜高古，不事夫辭，猶有三代之遺風。至潘、陸、顔、謝，則始事夫辭，以及齊、梁，辭遂盛矣。至李、杜兼魏、晉以追《風》、《雅》，尚辭以詠性情，則後世詩之至也，然而高古不逮夫蘇、李之初矣。郝經《與撖彦舉論詩書》。

唐人諸體之作，與代終始，而李、杜爲正宗。虞伯生《傅于礪詩序》。

詩之尊李、杜，文之尚韓、歐，此猶山之有泰、華，水之有江、河，無不仰止而取益焉。吴偉業《與宋尚木論詩書》。

天寶末，詩人杜甫與李白齊名，而白自負文格放達，譏甫齷齪，而有飯顆山之嘲誚。元和中，詞人元稹論李、杜之優劣，曰：「予讀詩至杜子美，而知小大之有所總萃焉。始堯、舜之時，君臣以賡歌相和，是後詩人繼作，歷夏、殷、周千餘年。仲尼緝拾選揀，取其干預教化之尤者三百，餘無所聞。《騷》人作而怨憤之態繁，然猶去《風》、《雅》日近，尚相比擬。秦、漢以還，採詩之官既廢，天下妖謡民謳、歌頌諷賦、曲度嬉戲之辭，亦隨時間作。至漢武賦《柏梁》而七言之體興，蘇子卿、李少卿之徒，尤工爲五言，雖句讀文律各異，《雅》鄭之音亦雜，而辭意簡遠，指事言情，自非有爲而爲，則文不妄作。建安之後，天下之士遭罹兵戰，曹氏父子鞍馬間爲文，往往横槊賦詩，故其遒壯抑揚、寃哀悲離之作，尤極於古。晉世風概稍存，宋、齊之間教失根本，士以簡謾歙習舒徐相尚，文章以風容色澤、放曠精清爲高，蓋吟寫性靈、留連光景之文也，意義格力無取焉。陵遲至於梁、陳，淫豔刻飾、佻巧小碎之詞劇，又宋、齊之所不取也。唐興，官學大振，歷世之文，能者互出，而又沈、宋之流，研練精切，穩順聲勢，謂之爲律詩。由是之後，文體之變極焉。然而莫不好古者遺近，務華者去實，效齊、梁則不逮於魏、晉，工樂府則力屈於五言，律切則骨格不存，閒暇則纖濃莫備。至於子美，蓋所謂上薄《風》、《騷》，下該沈、宋，言奪蘇、李，氣吞曹、劉，掩顔、謝之孤高，雜徐、庾之流麗，盡得古今之體勢，而兼人之所獨專矣。使仲尼考鍛其旨要，尚不知貴其多乎哉！苟以爲能所不能，無可無不可，則詩人以來，未有如子美者。是時山東人李白，亦以奇文取稱，時人謂之李、杜。余觀其壯浪縱恣，擺去拘束，摸寫物象，及樂府歌詩，誠亦差肩於子美矣。至若鋪陳終始，排比聲韻，大或千言，次猶數百，詞氣豪邁而風調清深，屬對律切而脱棄凡近，則李尚不能歷其藩翰，況堂奥乎？」自後屬文者，以稹論爲是。《舊唐書·杜甫傳》。

元微之作李杜優劣論，謂：「太白不能窺杜甫之藩籬，況堂奥乎？」唐人未嘗有此論，而稹始爲之，至退之曰：「李、杜文章在，光焰萬丈長。不知群兒愚，那用故謗傷。」則不復爲優劣矣。洪慶善作《韓文辯證》，著魏道輔之言，謂退之此詩爲微之作也。微之雖不當自作優劣，然指稹爲愚兒，豈退之之意乎？《竹坡詩話》。

予評李白詩，如黄帝張樂於洞庭之野，無首無尾，不主故常，非墨工槧人所可議擬。吾友黄介讀李杜優劣論曰：「論文正不當如此。」予以爲知言。《黄山谷文集》。

李、杜二公，正不當優劣。太白有一二妙處，子美不能道；子美有一二妙處，太白不能作。子美不能爲太白之飄逸，太白不能爲子美之沉鬱。太白《夢游天姥吟》、《遠别離》等，子美不能道；子美《北征》、《兵車行》、《垂老别》等，太白不能作。論詩以李、杜爲準，挾天子以令諸侯也。少陵詩法如孫、吴，太白詩法如李廣。《滄浪詩話》。

杜甫、太白以詩齊名，韓退之云「李、杜文章在，光燄萬丈長」，似未易以優劣也。然杜詩思苦而語奇，李詩思疾而語豪。《杜集》中言李白詩處甚多，如「李白一斗詩百篇」，「清新庾開府，俊逸鮑參軍」，「何時一樽酒，重與細論文」之句，似譏其太俊快。李白論杜甫，則曰：「飯顆山頭逢杜甫，頭戴笠子日卓午。爲問因何太瘦生，只爲從來作詩苦。」似譏其太愁肝腎也。杜牧云：「杜詩韓筆愁來讀，似倩麻姑癢處搔。天外鳳凰誰得髓，何人解合續鸞膠。」則杜甫詩，唐朝已來一人而已，豈白所能望耶？《韻語陽秋》。

李太白一斗百篇，援筆立成。杜子美改罷長吟，一字不苟。二公蓋亦互相譏嘲，太白贈子美云：「借問因何太瘦生，只爲從前作詩苦。」「苦」之一辭，譏其困雕鐫也。子美寄太白云：「何時一樽酒，重與細論文。」「細」之一字，譏其欠縝密也。《鶴林玉露》。

詩之豪者，世稱李白。李之作，才矣，奇矣，人不逮矣，索其《風》、《雅》、比、興，十無一焉。杜詩最多，可傳者千餘首。至於貫穿古今，覼縷格律，盡工盡善，又過于李焉。然撮其《新安》、《石壕》、《潼關吏》、《蘆子關》、《花門》之章，「朱門酒肉臭，路有凍死骨」之句，亦不過十三四。白樂天《與元微之書》。

李、杜號詩人之雄，而白之詩多在於風月草木之間、神仙虛無之說，亦何補於教化哉！惟杜陵野老，負王佐之才，有意當世，而骯髒不偶，胸中所蘊，一切寫之於詩。趙次公《杜工部草堂記》。

李太白當王室多難、海宇横潰之日，作爲歌詩，不過豪俠使氣、狂醉於花月之間耳。社稷蒼生，曾不繫其心膂。其視杜少陵之憂國憂民，豈可同年語哉！唐人每以李、杜並稱，韓退之識見高邁，亦惟曰「李、杜文章在，光燄萬丈長」，無所優劣也。至宋朝諸公，始知推尊少陵。東坡云：「古今詩人多矣，而惟稱杜子美爲首，豈非以其饑寒流落，而一飯未嘗忘君也歟？」又曰：「《北征》詩識君臣大體，忠義之氣，與秋色爭高，可貴也。」朱文公曰：「李白見永王璘反，便從臾之，詩人没頭腦至於如此。杜子美以稷、契自許，未知做得與否？然子美卻高，其救房琯亦正。」《鶴林玉露》。

李謫仙，詩中龍也，矯矯焉不受約束。杜則麟游靈囿，鳳鳴朝陽，自是人間瑞物，施諸工用，則力牛服箱，德驥駕輅，李亦不能爲也。《藝圃折中》。

李、杜詩雖齊名，而器識迥不同。子美之言曰：「廟堂知至理，風俗盡還淳。」「舜舉十六相，身尊道何高！秦時任商鞅，法令如牛毛。」「用爲羲和天道平，用爲水土地爲厚。」其志意可知。若太白所謂「爲君談笑靖胡沙」，又如「調笑可以安儲皇」，此皆何等語也！《水東日記》。

清新、俊逸，子美嘗稱太白，自謂不如也耶？太白得古詩之奇放，專效之者，久則索然。老杜以平實叙悲苦而備衆體，是以平實無奇，而得自在者也。方以智《通雅》。

太白天才放逸，故其詩自爲一體。子美學優才贍，故其詩兼備衆體，而植綱常繫風化爲多，三百篇以後之詩，子美其集大成也。傅若金《清江集》。

李白詩類其爲人，駿發豪放，華而不實，好事喜名，而不知義理之所在也。語用兵則先登陷陣不以爲難，語游俠則白晝殺人不以爲非，此豈其誠能也哉？白始以詩酒奉事明皇，遇讒而去，所至不改其舊。永王將竊據江淮，白起而從之不疑，遂以放死，今觀其詩固然。唐詩人李、杜稱首，今其詩皆在。杜甫有好義之心，白所不及也。漢高祖歸豐、沛，作歌曰：「大風起兮雲飛揚，威加海内兮歸故鄉，安得猛士兮守四方！」高祖豈以文字高世者哉！帝王之度，固然發於中而不自知也。白詩反之曰「但歌大風雲飛揚，安用猛士守四方」，其不達理如此。老杜贈白詩，有「細論文」之句，謂此類也哉！《蘇欒城集》。

唐以詩取士，三百年中能詩者，不啻千餘家，專其美者，獨李、杜二人而已。李頗不及，止又一杜。《草木子》。

李、杜光燄千古，人人知之，《滄浪》並極推尊，而不能致辨。元微之獨重子美，宋人以爲談柄，近時楊用修爲李左袒，輕俊之士，往往耳傳，要其所得，俱影響之間。五言《選》體及七言歌行，太白以氣爲主，以自然爲宗，以俊逸高暢爲貴；子美以意爲主，以獨造爲宗，以奇拔沉雄爲貴。其歌行之妙，詠之使人飄飄欲仙者，太白也；使人慷慨激烈、歔欷欲絶者，子美也。《選》體，太白多露語、率語，子美多穉語、累語，置之陶、謝間，便覺傖父面目，乃欲使之奪曹氏父子位耶！五言律、七言歌行，子美神矣，七言律聖矣；五七言絶，太白神矣，七言歌行聖矣，五言次之。太白之七言律，子美之七言絶，皆變體，間爲之可耳，不足多法也。十首以前，少陵較難入；百首以後，青蓮較易厭。揚之則高華，抑之則沉實，有色有聲，有氣有骨，有味有態，濃淡、深淺、奇正、開闔，各極其則，吾不能不服膺少陵也。青蓮擬古樂府，而以己意己才發之，尚沿六朝舊習，不如少陵以時事創新題也。少陵自是卓識，惜不盡得本來面目耳。太白不成語者少，老杜不成語者多，如「無食無兒一婦人」，「舉家聞若欬」，及「麻鞋見天子，垢膩腳不韤」之類。凡看二公詩，不必病其累句，亦不必曲爲之護，正使瑕瑜不掩，亦是大家。太白五言，沿洄漢、魏、晉，樂府出入齊、梁，近體周旋開、寶，獨絶句超然自得，冠絶古今。子美五言《北征》、《述懷》、《新婚》、《垂老》等作，雖格本前人，而調由己創，五七言律，廣大悉備，上自垂拱，下逮元和，宋人之蒼，元人之綺，靡不兼總。故古體則脱棄陳規，近體則兼該衆善，此杜所獨長也。太白筆力變化，極於歌行；少陵筆力變化，極於近體。李變化在調與辭，杜變化在意與格。然歌行無常矱，易於錯綜；近體有定規，難於伸縮。辭調超逸，驟如駭耳，索之易窮；意格精深，始若無奇，繹之難盡。此其微不同者也。以古詩爲律詩，其調自高，太白、浩然所長，儲侍御亦多此體。以律詩爲古詩，其格易卑，雖子美不免。《藝苑卮言》。

才超一代者，李也；體兼一代者，杜也。李如星懸日揭，照耀太虛；杜若地負海涵，包羅萬彙。李唯超出一代，故高華莫並，色相難求；杜唯兼綜一代，故利鈍雜陳，巨細咸蓄。李才高氣逸而調雄，杜體大思精而格渾。超出唐人而不離唐人者，李也；不盡唐調而兼得唐調者，杜也。備諸體於建安者，陳王也；集大成於開元者，工部也。青蓮才之逸並駕陳王，氣之雄齊驅工部，可謂撮勝二家。第古風既乏温醇，律體微乖整栗，故令評者不無軒輊。少陵不效四言，不倣《離騷》，不用樂府舊題，自是此老胸中壁立處；然《風》、《騷》、樂府遺意，往往得之。太白以《百憂》等篇擬《風》、《雅》，《鳴皋》等作擬《離騷》，俱相去懸遠，樂府奇偉，高出六朝，古拙不如兩漢，較輸杜一籌也。胡應麟《詩藪》。

四明沈明臣嘉則嘗言：「今人多稱李、杜，率無定品。余謂李如春草秋波，無不可愛，然注目易盡耳。至如老杜如堪輿中然，太山喬岳，長河巨海，纖草穠花，怪松古柏，惠風微波，嚴霜烈日，何所不有。吾嘗李則雁行，當杜則北面。」聞者驚愕。

王安石所選杜、韓、歐、李詩，其置李於末，而歐反在其上，或亦謂有抑揚云。《文獻通考》。

舒王以李太白、杜子美、韓退之、歐陽永叔編爲四家詩，而以歐公居太白之上，世莫曉其意。舒王嘗曰：「太白詞語迅快，無疏脱處，然其識污下，詩詞十句九句言婦人、酒耳。」《冷齋夜話》。

荆公論李、杜、韓、歐四家詩，而以歐公居太白之上，曰：「李白詩詞迅快，無疏脱處，然其識污下，十句九句言婦人、酒耳。」予謂詩者，妙思逸想所寓而已，太白之神氣當游戲萬物之表，其於詩寓意焉耳，豈以婦人與酒敗其志乎？不然，則淵明篇篇有酒，謝安石每游山必攜妓，亦可謂之其識不高耶？歐陽公文字寓興高遠，多喜爲風月閑適之語，蓋效太白爲之。故東坡作《歐公集序》亦云「詩賦似李白」，此未可以優劣論也。《捫虱新話》。

世言荆公四家詩後李白，以其十首九首説酒及婦人，恐非荆公之言。白詩樂府外，及婦人者亦少，言酒固多，比之陶淵明輩，亦未爲過。此乃讀白詩未熟者妄立此論耳。四家詩，未必有次序，使誠不喜白，當自有故。蓋白識度甚淺，觀其詩中如「中宵出飲三百杯，明朝歸揖二千石」，「揄揚九重萬乘主，謔浪赤墀青瑣賢」，「王公大人借顔色，金章紫綬來相趨」，「一别蹉跎朝市間，青雲之交不可攀」，「歸來入咸陽，談笑皆王公」，「高冠佩雄劍，長揖韓荆州」之類，淺陋有索客之風，集中此等語至多，世但以其辭豪俊動人，故不深考耳。又如以布衣得一翰林供奉，此何足道，遂云「當時笑我微賤者，卻來請謁爲交歡」，宜其終身坎壈也。《老學菴筆記》。

《鍾山語録》云：荆公次第四家詩，以李白最下，俗人多疑之。公曰：「白詩近俗，人易悦故也。白識見污下，十首九説婦人與酒，然其材豪俊，亦可取也。」王定國《聞見録》云：黄魯直嘗問王荆公：「世謂四選詩，丞相以韓、歐高於李太白耶？」荆公曰：「不然，陳和叔嘗問四家之詩，乘間簽示和叔，時書史適先持杜詩來，而和叔遂以其所送先後編集，初無高下也。李、杜自昔齊名者也，何可下之！」魯直歸，問和叔，和叔與荆公之説同，今乃以太白下韓、歐而不可破也。《遯齋閑覽》云：或問王荆公云：「編四家詩，以杜甫爲第一，太白爲第四，豈白之才格詞致不逮甫耶？」公曰：「白之歌詩豪放飄逸，人固莫及，然其格止於此而已，不知變也。至於甫則悲歡窮泰，發斂抑揚，疾徐縱横，無施不可，故其詩有平淡簡易者，有綺麗精確者，有嚴重威武若三軍之帥者，有奮迅馳驟若泛駕之馬者，有淡泊閑靜若山谷隱士者，有風流蘊籍若貴介公子者，蓋其緒密而思深，觀者苟不能臻其閫奧，未易識其妙處，夫豈淺近者所能窺哉！此甫所以光掩前人，而後來無繼也。元稹以爲兼人所獨專，斯言信矣。」或者又曰：「評詩謂甫期白太過，反爲白所誚。」公曰：「不然，子美贈白詩，則曰『清新庾開府，俊逸鮑參軍』，但比之庾信、鮑照而已，又曰『李侯有佳句，往往似陰鏗』，鏗之詩又在庾、鮑下矣。『飯顆』之嘲，雖一時戲劇之談，然二人名既相逼，亦不能無相忌也。」《漁隱叢話》。

介甫選四家之詩，第其質文以爲先後之序。余謂子美詩，閎深典麗，集諸家之大成；永叔詩温潤藻豔，有廊廟富貴之器；退之詩雄厚雅健，毅然不可屈；太白詩豪邁清逸，飄然有凌雲之志：皆詩傑也。其先後固自有次第，誦其詩者，可以想見其爲人，乃知心聲之發，言志詠情，得於自然，不可以勉强到也。李綱《讀四家詩選序》。

子美之詩，非無文也，而質勝文；永叔之詩，非無質也，而文勝質。退之之詩，質而無文；太白之詩，文而無質。介甫選四家詩而次第之，其序如此。李綱《書四家詩選後》。

王荆公以杜詩後來莫繼，信矣！若子美第一，太白第四，無乃太遠。子美「憐君如弟兄」之句，正可爲二家詩評耳。或謂杜稱李太過，反爲所誚，不然也。「斗酒百篇」，遺逸多矣。韓退之詩，已有泰山毫芒之慨，當時相贈答者，可盡見耶？太白雖天仙之才，豈無心人！黄鶴樓推崔顥，不啻己出，乃輕子美耶！或又以杜比李於庾、鮑爲輕之，又不然，庾、鮑豈可易者耶！文人齊名如李、杜之相得者，足爲古今美談，後人乃以浮薄意妄測前賢耳。方弘靜《千一録》。

五言長篇，自古樂府《焦仲卿》而下，繼者絶少，唐初亦不多見，逮李、杜二公始盛。至其鋪陳終始，排比聲韻，大或千言，次猶數百，詞意曲折，隊仗森嚴，人皆雕飾乎語言，我則直露其肺腑，人皆專犯乎忌諱，我則回護其褒貶，此少陵所長也，太白次之。《唐詩品彙》。

李青蓮是快活人，當其得意，斗酒百篇，無一語一字不是高華氣象。及流竄夜郎後，作詩甚少，當由興趣消索。杜少陵是固窮之士，平生無大得意事，中間兵戈亂離，飢寒老病，皆其實歷，而所閱苦楚，都于詩中寫出，故讀少陵詩，即當得少陵年譜看。江盈科《雪濤詩評》。

李、杜齊名，古今不敢軒輊。予謂：太白才由天縱，故能以其高敵子美之大。至論其胎骨，則「清新庾開府，俊逸鮑參軍」，杜之目李，確不可易，豈與攀屈、宋而駕曹、劉者可同日論哉？黄生白山《杜詩説》。

李白詩祖《風》、《騷》，宗漢、魏，下至鮑照、徐、庾，亦時用之。善掉弄，造出奇怪，驚動心目，忽然撇出，妙入無聲，其詩家之仙者乎！格高於杜，變化不及。陳繹曾《詩譜》。

杜子美上薄《風》、《雅》，下該沈、宋，才奪蘇、李，氣吞曹、劉，掩顔、謝之孤高，雜徐、庾之流麗，真所謂集大成者，而諸作皆廢矣。並時而作，有李太白宗《風》、《騷》及建安七子，其格極高，其變化若神龍之不可羈。宋濂《答章秀才論詩書》。

或謂杜萬景皆實，李萬景皆虚，乃右實而左虚，遂謂李、杜優劣在虚實之間。顧詩有虚，有實，有虚虚，有實實，有虚而實，有實而虚，並行錯出，何可端倪。且杜若《秋興》諸篇，託意深遠，《畫馬行》諸作，神清横逸，直將播弄三才，鼓鑄群品，安在其萬景皆實？李如《古風》數十首，感時託物，慷慨沉着，安在其萬景皆虚？《屠緯真文集》。

太白詩宗《風》、《騷》，薄聲律，開口成文，揮翰霧散，似天仙之詞；而樂府詩，連類引義，尤多諷興，爲近古所未有。迄今稱詩者，推白與少陵爲兩大家，曰李、杜，莫能軒輊云。《李詩通》。

《鍾山語録》云：杜甫固奇，就其分擇之，好句亦自有數。李白雖無深意，大體俊逸，無疏謬處。《漁隱叢話》。

歐公不甚喜杜詩，謂韓吏部絶倫。吏部於唐世文章，未嘗屈下，獨稱道李、杜不已。歐貴韓而不悦子美，所不可曉。然於李白甚賞愛，將由李白超趠飛揚爲感動也。《中山詩話》。

唐世詩稱李、杜，文章稱韓、柳。今杜詩語及太白處，無論數十篇；而太白未嘗有與杜子美詩，只有「飯顆」一篇，意頗輕甚。論者謂以此可知子美傾倒太白至難。晏元獻公嘗言：「韓退之扶導聖教，剗除異端，是其所長。若其祖述墳、典，憲章《騷》、《雅》，上傳三古，下籠百氏，横行闊視於綴述之場，子厚一人而已。然學者至今但雷同稱述，其實李、杜、韓、柳，豈無優劣？達者觀之，自可默喻。」《捫虱新話》。

論詩文雅正，則少陵、昌黎。若倚馬千言，放辭追古，則杜、韓恐不及太白、子厚也。《楊升庵外集》。

楊誠齋云：「李太白之詩，列子之御風也；杜少陵之詩，靈均之乘桂舟、駕玉車也。無待者，神於詩者與？有待而未嘗有待者，聖於詩者與？宋則東坡似太白，山谷似少陵。」徐仲車云：「太白之詩神鷹瞥漢，少陵之詩駿馬絶塵。」二公之評，意同而語亦相近。予謂太白詩仙翁、劍客之語，少陵詩雅士、騷人之詞。比之文，太白則《史記》，少陵則《漢書》也。《楊升庵外集》。

工部老而或失於俚，趙宋藉爲帲幪；翰林逸而或流於滑，朔元拾爲香草。歌行，李飄逸而失之輕率，杜沉雄而失之粗硬，選家辨其兩短，斯爲失之。《詩辨坻》。

以天分勝者近李，以學力勝者近杜，學者各自審焉可也。陶開虞《説杜》。

李白樂府三卷，於三綱五常之道，數致意焉！慮君臣之義不篤也，則有《君道曲》之篇，所謂「軒后爪牙常先、太山稽，如心之使臂，小白鴻翼於夷吾，劉、葛魚水本無二」。慮父子之義不篤也，則有《東海勇婦》之篇，所謂「淳于免詔獄，漢主爲緹縈。津妾一棹歌，脱父於嚴刑。十子若不肖，不如一女英」。慮兄弟之義不篤也，則有《上留田》之篇，所謂「田氏倉卒骨肉分，青天白日摧紫荊。交柯之木本同形，東枝顦顇西枝榮。無心之物尚如此，參商胡乃尋天兵」。虛朋友之義不篤也，則有《箜篌謡》之篇，所謂「貴賤結交心不移，惟有嚴陵及光武。輕言託朋友，對面九疑峰。管、鮑久已死，何人繼其踪」。虛夫婦之情不篤也，則有《雙燕離》之篇，所謂「雙燕復雙燕，雙飛令人羨。玉樓珠閣不獨棲，金窗繡户長相見」。《韻語陽秋》。

近讀古樂府，始知後作者皆有所本。至李謫仙絶出衆作，真詩豪也，然古詞務協律，而猶未工。陳仲孚嘗問詩工所從始，予謂謝玄暉。杜子美云「謝朓每篇堪諷詠」，蓋嘗得法於此耳。李云「解道澄江靜如練，令人却憶謝玄暉」，與子美同意。陳傅良《記陳仲孚問語》。

予嘗評諸家之作，李太白最高而微短於韻。周紫芝《古今諸家樂府序》。

古樂府：「暫出白門前，楊柳可藏烏。歡作沉水香，儂作博山爐。」李白用其意，衍爲《楊叛兒》歌曰：「君歌《楊叛兒》，妾勸新豐酒。何許最關情，烏啼白門柳。烏啼隱楊花，君醉留妾家。博山爐中沉香火，雙烟一氣凌紫霞。」古樂府：「朝見黄牛，暮見黄牛，三朝三暮，黄牛如故。」李白則云：「三朝見黄牛，三暮行太遲。三朝又三暮，不覺鬢成絲。」古樂府云：「郎今欲渡畏風波。」李白則云：「郎今欲渡緣何事？如此風波不可行。」古樂府云：「春風復多情，吹我羅裳開。」李反其意云：「春風復無情，吹我夢魂散。」古人謂李詩出自樂府、古《選》，信矣。其《楊叛兒》一篇，即「暫出白門前」之鄭箋也。因其拈用，而古樂府之意益顯，其妙益見。如李光弼將子儀軍，旗幟益精明；又如神僧拈佛祖語，信口無非妙道。豈生吞義山、拆洗杜詩者比乎？故其贈杜甫詩，有「飯顆山前」之句，蓋譏其拘束也。《楊升庵外集》。

太白古樂府，杳冥惝恍，縱横變幻，極才人之致，然自是太白樂府。《藝苑卮言》。

樂府則太白擅奇古今，少陵嗣跡《風》、《雅》。《蜀道難》、《遠别離》等篇，出鬼入神，惝恍莫測。《兵車行》、《新婚别》等作，述情陳事，懇惻如見。張、王欲以拙勝，所謂差之毫釐；温、李欲以巧勝，所謂謬以千里。《詩藪》。

樂府體不尚論宗而叙事，故每以緩失之，故杜少陵無樂府也。太白篇什雖繁，而自放者多矣。然有出乎唐人之上者，似晉雜曲而清雋過之。天寶生才，豈易言哉！吾定古唐諸樂府，考其正變，則其人與世可知矣。而獨於太白，尤低徊三復云。《李詩緯》。

太白愠於群小，乃放還山而縱酒以浪游，豈得已哉？故於樂府多清怨，蓋不敢忘君也。夫怨生於情，而情每於兒女間爲切切焉。讀者勿以辭害意可矣。《李詩緯》。

詩至開元、天寶間，神秀聲律，粲然大備。李翰林天才縱逸，軼蕩人群，上薄曹、劉，下該沈、鮑。其樂府古調能使儲光羲、王昌齡失步，高適、岑參絶倒，况其下乎！《唐詩品彙》。

唐五言古詩凡數變，約而舉之：奪魏、晉之風骨，變梁、陳之俳優，陳伯玉之力最大，曲江公繼之，太白又繼之。《感寓》、《古風》諸篇，可追嗣宗《詠懷》、景陽《雜詩》。王阮亭《五言詩選凡例》。

唐五言詩，杜甫沉鬱，多出變調。李白、韋應物超然復古，然李詩有古調，有唐調，要須分別觀之。《居易録》。

新城阮亭王先生《五言詩選》，於漢取全，於魏、晉以下，遞嚴而遞有所録，而猶不廢夫齊、梁、陳、隋之作者，於唐僅得五人，曰陳子昂、張九齡、李白、韋應物、柳宗元。蓋以齊、梁、陳、隋之詩，雖遠於古，尚不失爲古詩之餘派。唐賢風氣，自爲畛域，成其爲唐人之詩而已。而五人者，其力足以存古詩於唐詩之中，則以其類合之，明其變而不失於古云爾。姜宸英《阮亭選五言古詩序》。

七言古詩，要鋪叙，要開合，要風度，要迢遞險怪，雄峻鏗鏘，忌庸俗軟腐，須是波瀾開合，如江海之波，一波未平，一波復起。又如兵家之陣，方以爲正，又復爲奇，方以爲奇，忽復是正，奇正出入變化，不可紀極。備此法者，惟李、杜也。范德機《詩評》。

盛唐工七言古調者，多張皇氣勢，陟頓始終。綜覈乎古今，博大其文辭，則李、杜尚矣。

《唐詩品彙》。

太白天仙之詞，語多率然而成者，故樂府歌詞咸善。或謂其始以《蜀道難》一篇見賞於知音，爲明主所愛重，此豈淺材者徼幸際其時而馳騁哉！不然也。白之所藴，非止是。今觀其《遠别離》、《長相思》、《烏棲曲》、《鳴皋歌》、《梁園吟》、《天姥吟》、《廬山謡》等作，長篇短韻，驅駕氣勢，殆與南山秋氣並高可也。雖少陵猶有讓焉，餘子瑣瑣矣。《唐詩品彙》。

七言古詩，惟杜子美不失初唐氣格，而縱横有之。太白縱横，往往强弩之末，間雜長語，英雄欺人耳。李攀龍《選唐詩序》。

七言古，初唐以才藻勝，盛唐以風神勝，李、杜以氣概勝，而才藻、風神稱之，加以變化靈異，遂爲大家。七言歌行，垂拱四子，詞極藻豔，然未脱梁、陳也。張、李、沈、宋，稍汰浮華，漸趨平實，唐體肇矣，然而未暢也。高、岑、王、李，音節鮮明，情致委折，濃纖修短，得衷合度，暢矣，然而未大也。太白、少陵，大而化矣，能事畢矣。歌行至唐大暢，王、楊四子，宛轉流麗；李、杜二家，逸宕縱横。闔闢縱横，變幻超忽，疾雷震電，淒風急雨，歌也；位置森嚴，筋脈聯絡，走月流雲，輕車熟路，行也。太白多近歌，少陵多近行。李、杜歌行，擴漢、魏而大之，而古質不及；盧、駱歌行，衍齊、梁而暢之，而富麗有餘。古詩窘於格調，近體束於聲律。唯歌行大小短長、錯綜闔闢，素無定體，故極能發人才思。李、杜之才，不盡於古詩，而盡於歌行。李、杜歌行，雖沉鬱、逸宕不同，然皆才大氣雄，非子建、淵明判不相入者比。《詩藪》。

七言歌行，唐代盧、駱粗壯，沈、宋軒華，高、岑豪激而近質，李、杜迂佚而好變，元、白迤邐而詳盡，温、李朦朧而綺密。陳其格律，校其高下，各有耑詣，不容班雜。太白天縱逸才，落筆警挺，其歌行跌宕自喜，不閑整栗，唐初規制，掃地欲盡矣。《詩辨坻》。

開元、大曆諸作者，七言爲盛，王、李、高、岑四家，篇什尤多。李太白馳騁筆力，自成一家。大抵嘉州之奇峭，供奉之豪放，更爲創獲。王阮亭《七言詩歌行鈔》。

七言古詩，惟杜甫横絶古今，同時大匠，無敢抗行。李白、岑參二家，别出機杼，語羞雷同，亦稱奇特。《居易録》。

盛唐五言律句之妙，李翰林氣象雄逸。《唐詩品彙》。

太白恥爲鄭、衛之作，律詩故少，編者多以律類入古中，不知其近體猶存雅調耳，集中五言仄律亦多。《千一録》。

青蓮五言律，自流水法外，頗近正始，不似子美、達夫諸公，創體迥異昔觀。《詩辨坻》。

吾讀五言律一體，知唐人反正之功爲多云。靡麗如南五季，文敝甚矣。文質彬彬，唐人有之。向使唐人無所取裁，其不流爲宋、元末尚也幾希。然或失之矜持，蓋從齊、梁而變也。若太白五律，猶爲古詩之遺，情深而詞顯，又出乎自然，要其旨趣所歸，開鬱宣滯，特於《風》、《騷》爲近焉。《李詩緯》。

畢忠吉曰：予觀唐三百年，以二律並稱擅長者，獨子美一人，供奉長於五而短於七。《辟疆園杜詩注解序》。

李白《古風》六十首，富於子昂之《感遇》，儉於嗣宗之《咏懷》。其詩宗《風》、《騷》，薄聲律，故終身作七言近體，僅八首而已。陸生《口譜》。

按陽冰《詩序》謂太白著述，十喪其九。當時翰林應制之作，集賢倡和之章，所作七言近體，今皆不見，大抵亡失者多耳。陸氏謂其終身所作，僅只集中所存之八首，誤矣。

李、杜爲有唐宗匠，而子美不長於文，太白不長於七律，故集中厥體遂少。柴虎臣《家誡》。

五言排律，開元後作者爲盛。聲律之備，獨王右丞、李翰林爲多，而孟襄陽、高渤海輩，實相與並鳴。《唐詩品彙》。

讀盛唐排律，太白輕爽雄麗，如明堂黼黻，冠蓋輝煌，武庫甲兵，旌旗飛動。少陵變幻閎深，如涉崑崙，泛溟渤，千峰羅列，萬彙汪洋。《詩藪》。

排律，宋、沈二氏藻贍精工，太白、右丞明秀高爽。《詩藪》。

唐人樂府，多唱詩人絶句，王少伯、李太白爲多。《楊升庵外集》。

絶句之源，出於樂府，貴有風人之致。其聲可歌，其趣在有意無意之間，使人莫可捉著。盛唐惟青蓮、龍標二家。李維楨。

五七言絶句，李青蓮、王龍標最稱擅場，爲有唐絶唱。少陵雖工力悉敵，風韻殊不逮也。《藝苑卮言》。

天生太白、少伯，以主絶句之席，勿論有唐三百年，兩人爲政，亘古今來，無復有驂乘者矣。子美恰與兩公同時，又與太白同游，乃恣其崛强之性，頽然自放，獨成一家，可謂巧於用拙，長於用短，精於用粗，婉於用戇者也。盧世㴶《紫房餘論》。

予嘗品唐人之詩，樂府本效古體而意反近，絶句本自近體而意實遠。欲求《風》、《雅》之仿佛者，莫如絶句，唐人之所偏長獨至，而後人力追莫嗣者也。擅長則王江寧，驂乘則李彰明，偏美則劉中山，遺響則杜樊川。少陵雖號大家，不能兼善，一則拘於對偶，二則汩於典故。拘則未成之律詩而非絶體，汩則儒生之書袋而乏性情。故觀其全集，自「錦城絲管」之外，咸無譏焉。近世有愛而忘其醜者，專取而效之，惑矣。楊升庵《唐絶增奇序》。

盛唐長五言絶而不長七言絶者，孟浩然也。長七言絶而不長五言絶者，高達夫也。五七言各極其工者，太白。五七言俱無所解者，少陵也。少陵、太白，七言律絶獨出詞場，然少陵律多險拗，太白絶間率露，大家故宜有此。杜之律、李之絶，皆天授神詣。然杜以律爲絶，如「窗含西嶺千秋雪，門泊東吴萬里船」等句，本七律壯語，而以爲絶句，則斷錦裂繒類也。李以絶爲律，如「十月吴山曉，梅花落敬亭」等句，本五言絶句，而以爲律詩，則駢拇枝指類也。古人作詩，各成己調，未嘗互相師襲。以太白之才，就聲律即不能爲杜，何至遽減嘉州？以少陵之才，攻絶句即不能爲李，詎謂不若摩詰？彼自有不可磨滅者，無事更屑屑也。《詩藪》。

詩以神行，使人得其意於言之外，若遠若近，若無若有，若雲之於天，月之於水，心得而會之，口不得而言之，斯詩之神者也。而五七言絶，尤貴以此道行之。昔之擅其妙者，在唐有太白一人，蓋非摩詰、龍標之所及。吾嘗以太白爲五七言絶之聖，所謂鼓之舞之以盡神，谿神入化，爲盛德之至者也。屈紹隆《粤游雜咏序》。

小樂府之遺，唐人裁爲絶句，體之流變，蓋微有辨焉。惟李白所製，猶得其遺，篇什雖簡，而如入思婦、勞人之心，何婉曲可諷耶？濟南李氏曰：「李白五七言絶句，實唐三百年一人。蓋以不用意得之，即太白亦不自知其所至，而工者顧失焉。」至哉言乎！自唐以來，能爲詩者多矣，其詞與理未始不璀璨焉，然而觀止矣。予讀李白詩，想見其心，如入天際，渺乎莫從其所之。太史公曰：「《詩》有之：高山仰止，景行行止。雖不能至，然心鄉往之。」予於李詩亦云。《李詩緯》。

丁龍友曰：李白樂府，本晉三調雜曲；其絶句從六朝清商小樂府來。至其氣概揮斥，迴飈掣電，且令人縹緲天際，此殆天授，非人力也。《李詩緯》。

五言絶句，開元後，李白、王維尤勝諸人。《唐詩品彙》。

五言絶句起自古樂府，至唐而盛，李白、崔國輔號爲擅場。宋牧仲《漫堂説詩》。

五言絶句，惟太白擅場。杜子美詩曰：「李侯有佳句，往往似陰鏗。」陰工此體，子美之稱太白者在是。徐而菴《説唐詩》。

五言絶句，李太白氣體高妙。王阮亭《唐人萬首絶句選凡例》。

七言絶句，太白高於諸人，王少伯次之。《唐詩品彙》。

七言絶句，王少伯與太白爭勝毫釐，俱是神品。《藝苑卮言》。

七言絶，太白、江寧各有至處。大概李寫景入神，王言情造極。王宫辭樂府，李不能爲；李覽勝紀行，王不能作。《詩藪》。

龍標、隴西，真七絶當家，足稱聯璧。焦弱侯《詩評》。

三唐七絶，並堪不朽，太白、龍標絶倫逸群。《漫堂説詩》。

七言絶，起忌矜勢，太白多直抒旨趣，兩言後只用溢思作波掉，唱嘆有餘響。拙手往往安排起法，欲留佳思在後作好，首既嚼蠟，後十四字中，地窄而舞拙，意滿而詞滯。《詩辨坻》。

李太白詩，不專是豪放，亦有雍容和緩的，如首篇「《大雅》久不作」，多少和緩。《朱子語類》。

《古風》第四十四首，不言棄絶，但言「恩畢」，斯得怨而不怒之意。欲言難言，而又不能無言，「將何爲」三字，無限深情。嚴滄浪評。

朱文公《題廣成子像》云：陳光澤見示此像，偶記李太白詩云：「世道日交喪，澆風變淳源。不求桂樹枝，反棲惡木根。所以桃李樹，吐花竟不言。大運有興没，群動爭飛奔。歸來廣成子，去入無窮門。」因寫以示之。今人捨命作詩，開口便説李、杜。以此觀之，何曾夢見他脚板耶？《鶴林玉露》。

李太白《遠别離》、《蜀道難》，與子美《寓居同谷七歌》，《風》、《騷》之極致，不在屈原之下。李廌《師友記聞》。

《遠别離》篇最有楚人風，所貴乎楚言者，斷如復斷，亂如復亂，而詞義反復屈折，行乎其間，實未嘗斷而亂也，使人一唱三嘆而有遺音。至於收淚謳吟，又足以興夫三綱五典之重者，豈虛也哉！ 兹太白所以爲不可及也。范德機評。

文章如精金美玉，經百鍊、歷萬選而後見。今觀昔人所選，雖互有得失，至其盡善盡美，則所謂鳳凰、芝草，人人皆以爲瑞。閲數千百年、經千萬人而莫有異議焉，如李太白《遠别離》、《蜀道難》，杜子美《秋興》、《諸將》、《咏懷古跡》、《新婚别》、《兵車行》，終日誦之不厭也。《懷麓堂詩話》。

古律詩各有音節，然皆限於字數，求之不難。惟樂府長短句，初無定數，最難調疊，然亦有自然之聲。古所謂聲依永者，謂有長短之節，非徒永也。故隨其長短，皆可以播之律吕，而其太長太短之無節者，則不足以爲樂。若往復諷咏，久而自有所得，得之於心而發之乎聲，則雖千變萬化，如珠之走盤，自不越乎法度之外矣。如李太白《遠别離》、杜子美《桃竹杖》，皆極其操縱，曷嘗按古人聲調，而和順委曲乃如此。固初學所未到，然學而未至於是，亦未可與言詩也。《懷麓堂詩話》。

太白《公無渡河》，乃從堯、禹治水説起，迂癡有致，然筆墨率肆，無足取焉。《蜀道難》等篇亦然，開後人惡道。《詩辨坻》。

李白性嗜酒，志不拘檢，常林棲十數載。故其爲文章，率皆縱逸，至如《蜀道難》等篇，可謂奇之又奇，自《騷》人以還，鮮有此體調也。《河岳英靈集》。

李太白作《蜀道難》，乃爲房、杜危之也，其略曰：「劍閣崢嶸而崔嵬，一夫當關，萬夫莫開。

所守或非人，化爲狼與豺。朝避猛虎，夕避長蛇，磨牙吮血，殺人如麻。錦城雖云樂，不如早還家。蜀道之難難於上青天，側身西望長咨嗟。」李翰林作此歌，朝右聞之，疑嚴武有劉焉之志。《雲溪友議》。

李白嘗爲《蜀道難》歌曰：「蜀道難，難於上青天。」以刺嚴武也。《太平廣記》。

《蜀道難》，或曰作於天寶初，或曰作於天寶末，二説皆出於後世。以意逆之，曰「此爲房、杜危之也」。陸暢去白未遠，作《蜀道易》以美韋皋，傳之當時。而《蜀道難》之詞曰：「錦城雖云樂，不如早還家。」其意必有所屬，房、杜之説蓋近之矣。《南部新書》。

《嚴武傳》：武爲劍南節度使，房琯以故相爲部内刺史，武慢倨不爲禮。最厚杜甫，然欲殺甫數矣。李白爲《蜀道難》者，乃爲房、杜危之也。《韋皋傳》：天寶時，李白爲《蜀道難》以斥嚴武，陸暢更爲《蜀道易》以美韋皋。《摭言》云：太白自蜀至京，以所業贄謁賀知章。知章覽《蜀道難》一篇，揚眉謂之曰：「公非人世人，豈非太白星精耶？」然則《蜀道難》之作久矣，非爲房、杜也。《唐詩紀事》。

《嚴武傳》：李白作《蜀道難》者，乃爲房、杜危之也。此宋人穿鑿之論，其説又見《韋皋傳》。蓋因陸暢之《蜀道易》而造爲之耳。李白《蜀道難》之作，當在開元、天寶間，時人共言錦城之樂，而不知畏塗之險，異地之虞。即事成篇，别無寓意。及玄宗西幸，升爲南京，則又爲詩曰：「誰道君王行路難？六龍西幸萬人歡。地轉錦江成渭水，山迴玉壘作長安。」一人之作，前後不同如此，亦時爲之矣。《日知録》。

「蜀道之難難於上青天」，篇中凡三見，與《莊子·逍遥篇》同。吾嘗謂作古詩長篇，須讀《莊子》、《史記》。子美歌行，純學《史記》；太白歌行，純學《莊子》。徐而庵《説唐詩》。

李太白《古風》兩卷，近七十篇，身欲爲神仙者殆十三四，或欲把芙蓉而躡太清，或欲挾兩龍而凌倒影，或欲留玉舄而上蓬山，或欲折若木而游八極，或欲結交王子晉，或欲高揖衛叔卿，或欲借白鹿於赤松，或欲飡金光於安期，豈非因賀季真有謫仙之目，而因爲是以信其説耶？抑身不用，鬱鬱不得志，而思高舉遠引耶？嘗觀其所作《梁父吟》，首言釣叟遇文王，又言酒徒遇高祖，卒自嘆己之不遇，有云「我欲攀龍見明主，雷公砰訇震天鼓。帝旁投壺多玉女，三時大笑開電光，倏爍晦冥起風雨。閶闔九門不可通，以額扣關閽者怒」。人間門户，尚不可入，則太清倒景，豈易凌躡乎！太白忤楊妃而去國，所謂「玉女起風雨」者，乃怨懟妃子之詞也。《韻語陽秋》。

「黄雲城邊烏欲棲」，「邊」一作「南」，聲調便惡，此用字陰陽之殊。趙宧光《彈雅》。

漢、魏詩多不可點，所以爲好者，其氣象自不同耳。李詩好處亦難點，點之則全篇有所不可擇焉。若《烏棲曲》與《烏夜啼》，可謂精金粹玉矣。范德機評。

國初人有作九言者，謂「昨夜西風擺落千林梢，渡頭小艇捲入寒塘坳」，以爲可備一體。不知九言起於高貴鄉公，鮑明遠、沈休文亦有此體。唐人則李太白《蜀道難》「然後天梯石棧相鉤連，上有六龍迴日之高標，下有衝波逆折之回川」，《杜集》中「炯如一段清冰出萬壑，置在迎風露寒之玉壺」，又「何時眼前突兀見此屋，吾廬獨破受凍死亦足」，此九言之最妙者。詩有十字成句者，太白「黄帝鑄鼎於荆山鍊丹砂，丹砂成騎龍飛上太清家」。又有十一字成句者，杜詩「王郎酒酣拔劍斫地歌莫哀，我能拔爾抑塞磊落之奇才」，李詩「紫皇乃賜白兔所搗之藥方」，韋應物詩「一百二十鳳凰羅列含明珠」；若坡公「山中故人應有招我歸來篇」，似可讀作兩句矣。《懷麓堂詩話》。

揚子雲《長楊賦》：西壓月䆗（古「窟」字），東震日域。服虔注以爲日月所生，恐非。李太白詩「天馬來出月支窟」，月窟，即指月支之國。日域，指日逐單于也。蓋借日月字以形容威伏四夷之遠耳，太白妙得其解矣。《楊升庵外集》。

王彦輔曰：古之善賦詩者工於用人語，渾然若出於己意，予於李、杜見之。顔延年《赭白馬賦》曰：「旦刷幽、燕，晝秣荆、楚。」子美《驄馬行》云「晝洗須騰涇、渭深，夕移可刷幽、并夜」，太白《天馬歌》云「雞鳴刷燕晡秣越」，蓋皆用顔賦也。韓退之曰「李、杜文章在，光焰萬丈長」，信哉！《楊升庵外集》。

客言：「李、杜詩中，説馬如《相馬經》，有能過之者乎？」僕曰：「《毛詩》過之。」曰：「六經固不可擬，然亦未嘗仔細説馬態相行步也。」僕曰：「願熟讀之。『兩驂如舞』，此駔語所謂花踏羊蹄行也。『兩驂如手』，此駔語所謂熟使喚也。思之，便覺『走過掣電傾城知』與『神行電邁躡恍惚』，爲難騎耳。」《許彦周詩話》。

東坡寫李白《行路難》，闕其中間八句，道子胥、屈原、陸機、李斯事，此老不應有所遺忘，意其删去，必當有説。《朱子語類》。

《蔡寛夫詩話》云：唐末五代，俗流以詩自名者，多好妄立格法，取前人詩句爲例，議論鋒出，甚有獅子跳躑、毒龍顧尾等勢，覽之每使人拊掌不已。大抵皆宗賈島輩，謂之「賈島格」。而於李、杜詩，不少假借。李白「女媧戲黄土，摶作愚下人。散在六合間，濛濛若埃塵」。目曰「調笑格」，以爲調笑之資。子美「冉冉谷中寺，娟娟林外峰。闌干更上處，結締坐來重」。目爲「病格」，以爲言語突兀，聲勢蹇澀。此豈韓退之所謂「蚍蜉撼大木，可笑不自量」者耶？《漁隱叢話》。

李太白《北風行》云「燕山雪花大如席」，《秋浦歌》云「白髮三千丈」，其句可謂豪矣，奈無此理何！《漁隱叢話》。

李太白《俠客行》云：「事了拂衣去，深藏身與名。」元微之《俠客行》云：「俠客不怕死，怕死事不成，事成不肯藏姓名。」或云二詩同詠俠客，而意不同如此。予謂不然。太白詠俠不肯受報，如朱家終身不見季布是也。微之咏俠欲有聞於後世，如聶政姊之死，恐終滅吾賢弟之名是也。《邵氏聞見後録》。

《吕氏童蒙訓》云：「曉月出天山，蒼茫雲海間。長風幾萬里，吹度玉門關」，及「沙墩至梁苑，二十五長亭。大舶夾雙櫓，中流鵝鸛鳴」之類，皆氣蓋一世，學者能熟味之，自然不褊淺矣。《漁隱叢話》。

李太白詩過人，其生平所享，如浮花浪蕊。其詩云：「羅帷舒卷，似有人開。明月直入，無心可猜。」不可及也。《蘇欒城集》。

詩言窮則盡，意褻則醜，韻軟則庳。杜少陵《麗人行》，李太白《楊叛兒》，一以雅道行之，故君子言有則也。陸時雍評。

李太白《荆州歌》有漢謡之風。唐人詩可入漢、魏樂府者惟太白此首，及張文昌《白鼉謡》、李長吉《鄴城謡》三首而止，杜子美卻無一篇可入此格。《楊升庵外集》。

太白《白頭吟》二首，頗有優劣，其一蓋初本也。天仙之才，不廢討潤，何必不加點？今人落筆便刊布，縱云揮珠，無怪多纇耳。《千一録》。

「閨裏佳人年十餘」，頗有四傑風格，差逸宕耳。要之此等是太白佳作。《詩辨坻》。

《太白集》中，《少年行》只有數句類太白，其他皆淺近浮俗，決非太白所作，必誤入也。《滄浪詩話》。

六一居士曰：「落日欲没峴山西，倒著接䍦花下迷。襄陽小兒齊拍手，大家爭唱《白銅鞮》。」此常語也。至於「清風明月不用一錢買，玉山自倒非人推」，然後見太白之横發，所以驚動千古者，固不在此乎？《漁隱叢話》。

杜子美《飲中八仙歌》「知章騎馬似乘船」，又「天子呼來不上船」，用兩「船」字韻。「汝陽三斗始朝天」，又「舉觴白眼望青天」，用二「天」字韻。「蘇晉長齋繡佛前」，又「皎如玉樹臨風前」，又「脱帽露頂王公前」，用三「前」字韻。「眼花落井水底眠」，又「長安市上酒家眠」，用兩「眠」字韻。《牽牛織女詩》「蛛絲小人態，曲綴瓜果中」，又「防身動如律，竭力機杼中」，用兩「中」字韻。李太白《襄陽歌》「鸕鷀杓，鸚鵡杯，百年三萬六千日，一日須傾三百杯」，用兩「杯」字韻。《廬山謡》「影落明湖青黛光，金闕前開二峰長」，又「翠影紅霞映朝日，鳥飛不到吴江長」，用兩「長」字韻。韓退之《李花詩》「冰盤夏薦碧實脆，斥去不御慚其花」，又「誰堆平地萬堆雪，剪刻作此連天花」，用兩「花」字韻。《雙鳥詩》「兩鳥各閉口，萬象銜口頭」，又「百舌舊饒聲，從此嘗低頭」，用兩「頭」字韻。《示爽詩》「冬夜豈不長，達旦燈燭然」，又「此來南北近，閭里故依然」，用兩「然」字韻。《猛虎行》「猛虎死不辭，但慚前所爲」，又「親故且不保，人誰信汝爲」，用兩「爲」字韻。子美、太白、退之於詩無遺恨矣，當自有體耶？《邵氏聞見後録》。

絶句字少意多，四句而反覆議論，如李白《横江詞》，氣格合歌行之盛，使人嘆咏；其《贈汪倫》，非必其詩之佳，要見古人風致如此。范德機評。

太白《横江辭》六首，章雖分局，意如貫珠。俗本以第一首編入長短句，後五首編入七言絶句，首尾衡決，殊失作者之意。如杜詩《秋興》八首，亦分作二處。予特正之，凡古人詩歌，不可分類以此。《楊升庵外集》。

東坡《送人守嘉州》古詩，其中云：「『峨眉山月半輪秋，影入平羌江水流』，謫仙此語誰解道？請君見月時登樓。」上兩句全是李謫仙詩，故繼之以「謫仙此語誰解道？請君見月時登樓」之句。此格本出於李謫仙，其詩云：「解道『澄江靜如練』，令人還憶謝玄暉。」蓋「澄江淨如練」，即玄暉全句也。後人襲用此格，愈變愈工。《漁隱叢話》。

《金沙集》有「公取古詩」一條，謂始於太白，未必也。任華贈白詩，已用「海風吹不斷」及「雲垂大鵬飛」等句，則知彼時作此格者蓋多矣。《彈雅》。

玄宗棄國出奔，太白乃盛稱蜀中之美。西巡果盛事乎？《猗嗟》譏莊而贊其藝，「副笄」刺宣而美其容，太白雖爲亡國諱，而亡國之恥，正在言表。唐汝詢《唐詩解》。

沈雲卿詩「船如天上坐，人似鏡中行」，原於王逸少語，所謂「山陰路上行，如在鏡中游」之句，然李太白《入清溪山》詩云「人行明鏡中，鳥度屏風裏」，雖有所襲而語益工。胡元任評。

竹未嘗香也，而杜子美詩云：「雨洗娟娟靜，風吹細細香。」雪未嘗香也，而李太白詩云「瑶臺雪花數千點，片片吹落春風香」。《韻語陽秋》。

詩用「淚」字，若沾衣、沾裳之類，不爲剽竊，然亦有出奇者。潘岳「涕淚應情隕」，杜子美「近淚無乾土」，李太白「淚盡日南珠」，劉禹錫「巴人淚應猿聲落」，賈島「淚落故山遠」，孟雲卿「至哀反無淚」。謝榛《四溟山人集》。

李太白以布衣入翰林，既而不得官，唐史言高力士以脱韡爲恥，摘其詩以激楊貴妃，爲妃所沮止。今集中有《雪讒》詩一章，大率言婦人淫亂敗國，其略云：「彼婦人之猖狂，不如鵲之彊彊。彼婦人之淫昏，不如鶉之奔奔。坦蕩君子，無容簧言。」又云：「妲己滅紂，褒女惑周。漢祖吕氏，食其在旁。秦皇太后，毒亦淫荒。螮蝀作昏，遂掩太陽。萬乘尚爾，匹夫何傷？詞殫意窮，心切理直。如或妄談，昊天是殛。」予味此詩，豈貴妃與禄山淫亂，而太白曾發其奸乎？不然則「飛燕在朝陽」之句，何足深怨也。《容齋隨筆》。

宋之問「不愁明月盡，自有夜珠來」，李白「只愁歌舞散，化作彩雲飛」，語意皆殊，調亦不類，高下則差足雁行。宋又有「夜絃響松月，朝楫弄苔泉」，李有「蘿月挂朝鏡，松風鳴夜絃」，詞意皆同，李直出數丈。《彈雅》。

李白跌宕不羈，鍾情於花酒風月則有矣，而肯自縛於枯禪，則知淡泊之味，賢於膾炙遠矣。白始學於白眉空，得「大地了徹鏡，迴旋寄輪風」之旨。中謁太山君，得「冥機發天光，獨照謝世氛」之旨。晚見道崖，則此心豁然，更無凝滯矣。所謂「啟開八窗牖，託宿掣雷霆」，又有談玄之作云「茫茫大夢中，惟我獨先覺。騰轉風火來，假合作容貌。問語前後際，始知金仙妙」，則所得於佛氏者益邃。《韻語陽秋》。

李、杜長篇，全集中不多見，《北征》一首，沉著森嚴，龍門叙事之筆也。《憶舊書懷》一首，飄揚恣肆，《南華》寓言之遺也。光燄萬丈，於此乎見之。《柳亭詩話》。

李白詩「清水出芙蕖，天然去彫飾」，論詩者謂只一「出」字，便是去彫飾也。《餘冬序録》。

子美詩，以後二句續前二句處甚多。如《寄張山人詩》云：「曹植休前輩，張芝更後身。數篇吟可老，一字買堪貧。」《喜杜觀到詩》云：「待爾嗔烏鵲，抛書示鶺鴒。枝間喜不去，原上急曾經。」《晴詩》云：「啼烏爭引子，鳴鶴不歸林。下食遭泥去，高飛恨久陰。」《卧病詩》云：「滑憶彫胡飯，香聞錦帶羹。溜匙兼暖腹，誰欲致杯罌。」如此之類多矣。此格起於謝靈運，《廬陵王之墓下詩》云：「延州協心許，楚老惜蘭芳。解劍竟何及，撫墳徒自傷。」李太白亦時有此格,「毛遂不墮井,曾參寧殺人?虚言誤公子,投杼惑慈親」是也。《韻語陽秋》。

梁虞騫詩「落暉散長足,細雨織斜文」,太白亦用其字曰「日足森海嶠」,然其驚人泣鬼,所謂自鑄偉辭,前無古人者乎!《楊升庵外集》。

太白「楊花落盡」與樂天「殘燈無燄」,體同題類,而風趣高卑,自覺天壤。《詩辨坻》。

曹植《怨詩》「願作東北風,吹我入君懷」,《懷徐幹詩》「將心寄明月,流影入君懷」。太白詩「我寄愁心與明月,隨風直到夜郎西」,兼裁其意,撰成奇語。梅禹金。

《詩眼》云:山谷言:學者若不見古人用意處,但得其皮毛,所以去之愈遠。若「風吹柳花滿店香」,若人能復爲此句,亦未是太白。至於「吴姬壓酒勸客嘗」,「壓」字他人亦難及。「金陵子弟來相送,欲行不行各盡觴」,益不同。「請君試問東流水,别意與之誰短長」,此乃真太白妙處,當潛心焉。故學者先以識爲主,禪家所謂正法眼,直須具此眼目,方可入道。《漁隱叢話》。

《金陵酒肆留别》,山谷云:「此乃真太白妙處。」而須溪云:「終是太白語别。」予許須溪知言云。《詩辨坻》。

李太白詩「風吹柳花滿店香」,温庭筠《咏柳詩》「香隨靜婉歌塵起,影伴嬌嬈舞袖垂」,傳奇詩「莫唱踏陽春，令人離腸結。郎行久不歸，柳自飄香雪」。其實柳花亦有微香，詩人之言非誣也。柳花之香，非太白不能道。竹之香，非子美不能道。《楊升庵外集》。

太白詩「吴姬壓酒唤客嘗」，説者以爲工在「壓」字，不知吴人方言，至酒家有「旋壓酒子相待」之語。《雲麓漫鈔》。

李白「人分千里外，興在一杯中」，高適「功名萬里外，心事一杯中」，如武夫之對韻士。而胡元瑞云：「二詩甚類。」予謂字面則同，句意懸絶。《彈雅》。

杜之《北征》、《述懷》，皆長篇叙事，然高者尚有漢人遺意，平者遂爲元、白濫觴。李《送魏萬》等篇，自是齊、梁，但才力加雄、辭藻加富耳。《詩藪》。

太白詩「浮雲游子意，落日故人情」，對景懷人，意味深永。少陵詩「寒空巫峽曙，落日渭陽情」，亦是寫景贈别，而語意淺短。杜詩佳處固多，此等句法卻不如李。仇蒼柱《杜詩詳注》。

太白讀書匡山，十年不下山，潯陽獄中猶讀《留侯傳》，以彼仙才，苦心如此。今忽忽白日，而嘐嘐古人，是自絆而希千里也。《千一録》。

詩貴意，意貴遠不貴近，貴淡不貴濃，濃而近者易識，淡而遠者難知。如杜子美「鈎簾宿鷺起，丸藥流鶯轉」，李太白「桃花流水窅然去，别有天地非人間」，王摩詰「反景入深林，復照青苔上」，皆淡而愈濃，近而愈遠，可爲知者道，難與俗人言也。《懷麓堂詩話》。

曹子建詩「疊海出明珠」，與太白「如天落雲錦」，句法同。太白五言，如「菖蒲花紫茸」及「登華不注峰」，與此句皆奇崛異常。《楊升庵外集》。

世多言李太白以醉入水捉月溺死，此談者好奇之過。太白對月，能作「今人不見古時月，今月曾經照古人」之句，意氣本自超出宇宙，「對影三人」，雖醉豈復狂惑至此。《玉澗雜書》。

李太白云「剗卻君山好，平鋪湘水流」，杜子美云「斫卻月中桂，清光應更多」，二公所以爲詩人冠冕者，胸衿闊大故也。此皆自然流出，不假安排。《鶴林玉露》。

「洞庭西望楚江分，水盡南天不見雲。日落長沙秋色遠，不知何處弔湘君？」此詩之妙不待贊，前句云「不見」，後句云「不知」，讀之不覺其複，此二不字決不可易。大抵盛唐大家正宗，作詩取其流暢，不似後人之拘拘耳。楊升庵《絶句衍義》。

宋之問所得駱氏靈隱警句「樓觀滄海日，門對浙江潮」，李太白《天台曉望》詩「門標赤城霞，樓棲滄島月」，最相似。文翔鳳《雲夢藥溪談》。

吟咏瀑水衆矣，大抵比況耳，未有得於所見，鑿空下語爲興詩者。太白獨曰：「海風吹不斷，江月照還空。」氣象雄傑，古今絶唱。王阮《義豐集》。

李白《鸚鵡洲》詩，調既迅急，而多複字，兼離唐韻，當是五言古詩耳。《詩辨坻》。

七言絶句，初唐風調未諧。開元、天寶諸名家，無美不備。李白、王昌齡尤爲擅場。昔李滄溟推「秦時明月漢時關」一首壓卷，余以爲未允，必求壓卷，則王維之「渭城朝雨」，李白之「朝辭白帝」，王昌齡之「奉帚平明」，王之涣之「黄河遠上」，其庶幾乎？而終唐之世，絶句亦無出四章之右者矣。王阮亭《唐人萬首絶句選凡例》。

盛弘之《荆州記》狀巫峽江水之迅云：「朝發白帝，暮到江陵，其間千二百里，雖乘奔御風，不以疾也。」杜子美詩「朝發白帝暮江陵，頃來目擊信有徵」，李太白詩「朝辭白帝彩雲間，千里江陵一日還。兩岸猿聲啼不盡，扁舟已過萬重山」。雖同用盛弘之語，而優劣自別。今人謂李、杜不可以優劣論，此語亦太憒憒。《楊升庵外集》。

盛弘之《荆州記》云：「白帝至江陵一千二百里，春水盛時，行舟朝發夕至，雲飛鳥逝，不是過也。」太白述之爲韻語，驚風雨而泣鬼神矣。楊升庵《絶句衍義》。

《越中覽古》詩，前三句賦昔日豪華之盛，末一句詠今日凉凄之景。大抵唐人弔古之作，多以今昔盛衰搆意，而從横變化，存乎體裁。此與韓退之《游曲江寄白舍人》詩，漠漠輕陰晚自開，青天白日映樓臺。曲江水滿千花樹，有底忙時不肯來。元微之《劉阮天台》詩，芙蓉脂肉緑雲鬟，圖畫樓臺金碧山。千樹桃花萬年藥，不知何事憶人間？皆以落句轉合，有抑揚，有開合，此格唐詩中亦不多得。敖子發。

太白詩：「牛渚西江夜，青天無片雲。登舟望秋月，空憶謝將軍。余亦能高詠，斯人不可聞。明朝挂帆席，楓樹落紛紛。」襄陽詩：「挂席幾千里，名山都未逢。泊舟尋陽郭，始見香爐峰。嘗讀遠公傳，永懷塵外蹤。東林不可見，日暮空聞鐘。」詩至此，色相俱空，如羚羊挂角，無跡可求，畫家所謂逸品是也。王阮亭《分甘餘話》。

《寧國府志》載胡安定先生《石壁》詩一首，其序曰：「余嘗覽李翰林題《涇川汪倫別業》二章，其詞俊逸，欲屬和之。今十月，自新安歷旌德，而仙尉曾公望同游石壁，蓋勝境也。奇峰對聳，清溪中流，路出半峰，佳秀可愛。傳聞新建汪公，所居不遠，掩映溪岫，率類於此。且欲尋訪，迫暮不獲。因思旌川即涇川接境也，而幽勝過之；汪公亦倫之別派也，而儒雅勝之。豈可使諷詠不及於古乎？輒成一首，題於汪公屋壁，雖不及藻飾佳境，比肩英流，庶俾謫仙之詩，不獨專美。」其詩曰「李白好溪山，浩蕩涇川游。題詩汪氏壁，聲動桃花洲。英辭逸無繼，爾來三百秋」云云。按太白本集，詩題祇云《過汪氏別業》，而此序乃云《題涇川汪倫別業》，先生非妄言者，又去唐時未遠，當必有據。

詩五平五仄句，或謂自宋始有之，非也。顔延年詩「獨靜闕偶語，陰蟲先秋聞」，李太白詩「處世若大夢，胡爲勞其生」，孟東野詩「夜鏡不照物，朝光何時升」。《餘冬序録》。

《法藏碎金》云：太白《夜懷》有句云「宴坐寂不動，大千入毫髮」，潘佑《獨坐》有句云「凝神入混茫，萬象成虚宇」。予愛二子吐辭精敏之力，入道深密之狀，合而書之，聊爲己用。《漁隱叢話》。

今人作詩，多忌重疊，右丞《早朝》，妙絶古今，猶未免五用衣冠之論。太白《訪戴天山道士不遇》詩，水聲、飛泉、樹、松、桃、竹，語皆犯重。吁！古人言外求佳，今人於句中求隙，去之遠矣。《唐詩解》。

太白詩「斗酒渭城邊，爐頭耐醉眠」，乃岑參之詩，誤入。《塞上曲》「騮馬新跨白玉鞍」，乃王昌齡之詩，亦誤入。昌齡本有二篇，前篇乃「秦時明月漢時關」也。《滄浪詩話》。

「蜀國曾聞子規鳥，宣城還見杜鵑花。一叫一迴腸一斷，三春三月憶三巴。」此太白寓宣州懷西蜀故鄉之作也。太白爲蜀人，見於劉全白誌銘，曾南豐《集序》、楊遂《故宅記》及自叙書，不一而足，此詩又一證也。近日吾鄉一士夫，爲山東人，作詩序云「太白非蜀人，乃山東人也」。予以前所引證詰之，答曰：「且諂山東人，祈綽楔資，何暇核實。」《楊升庵外集》。

《哭宣城善釀紀叟》，予家古本作「夜臺無李白」，此句絶妙，不但齊一生死，又且雄視幽明矣。昧者改爲「夜臺無曉日」，夜臺自無曉日，又與下句「何人」字不相干。甚矣，士俗不可醫也。《楊升庵外集》。

小曲有「咸陽沽酒寶釵空」之句，云是李白所製，然《李白集》中有《清平樂》詞四首，獨欠是詩，而《花間集》所載「咸陽沽酒寶釵空」，乃云是張泌所爲，莫知孰是？《夢溪筆談》。

李太白全集卷之三十五

錢塘王琦琢崖編輯
王熥葆光王復曾宗武較

附録五

年譜

李太白年譜

據太白詩文自述，系出隴西漢將軍李廣後，見《贈張相鎬》詩。於涼武昭王爲九世孫。當隋之末，其先世以事徙西域，隱易姓名，故唐興以來，漏於屬籍。至武后時，子孫始還内地，于蜀之綿州家焉。因逋其邑，遂以客爲名，即太白父也。李陽冰《草堂集序》曰：李白，隴西成紀人。涼武昭王暠九世孫。蟬聯珪組，世爲顯著。中葉非罪，謫居條支，易姓與名，累世不大曜。神龍之初，逃歸于蜀，復指李樹而生伯陽。范傳正《翰林學士李公新墓碑》曰：其先隴西成紀人。公之孫女於箱篋中，得公之子伯禽手疏十數行，紙壞字缺，不能詳備，約而計之，凉武昭王九代孫也。隋末多難，一房被竄於碎葉，流離散落，隱易姓名，故自國朝以來，漏於屬籍。神龍初，潛還廣漢，因僑爲郡人。父客以逋其邑，遂以客爲名，高卧雲林，不求禄仕。按：陽冰《序》，乃太白在時所作，所述家世，必出於太白自言。傳正《碑》，據太白之子所手疏，二文序述，無有異詞，此其可信而無疑者也。《新唐書·李白本傳》曰：李白，興聖皇帝九世孫。其先隋末以罪徙西域，神龍初遁還，客巴西。蓋本二文以爲依據也。太白之爲蜀人，固彰彰矣。魏顥《李翰林集序》亦曰：白本隴西，乃放形，因家于綿。劉全白《翰林學士李君碣記》云：君廣漢人。其説皆同。是知世謂太白爲隴西成紀人者，本其先世族望而言也。或謂蜀人，或謂綿州，或曰巴西，或曰廣漢，皆指其生長之地，或據當時之名，或援前古之名，而互言之也。至若杜子美、元微之稱爲山東李白，則又因其流寓之地而言之也。《舊唐書》竟以白爲山東人，且云父爲任城尉，因家焉。與諸説獨異。《南部新書》云：李白，山東人，父爲任城尉，因家焉。少與魯人隱徂徠山，號竹溪六逸，俗稱蜀人，非也。今任城令廳，有白之詞尚存。蓋仍舊史之誤而云耳，不可信也。

〔傳疑〕《輿地廣記》曰：綿州彰明縣有唐李白碑，白之先世嘗流雋州，其後内移，白生于此縣。《杜詩補遺》曰：范傳正《李白新墓碑》云：白本宗室子，厥先避仇，客居蜀之彰明，太白生焉。彰明，綿州之屬邑，有大、小康山，白讀書于大康山，有讀書堂尚存。其宅在清廉鄉。洪邁《容齋續筆》曰：杜子美贈李太白詩：「康山讀書處，頭白好歸來。」説者以爲即廬山也。吴曾《能改齋漫録》内《辨誤》一卷，正辨是事。引杜田《杜詩補遺》云：范傳正《李白新墓碑》云：白本宗室子，厥先避仇，客居蜀之彰明，太白生焉。彰明，綿州之屬邑，有大、小康山，白讀書于大康山，有讀書堂尚存。其宅在清廉鄉。後廢爲僧房，稱隴西院，蓋以太白得名。院有太白像。吴君以是證杜句，知康山在蜀，非廬山也。予按：當塗所刊《太白集》，其首載《新墓碑》，宣、歙、池等州觀察使范傳正撰，凡千五百餘字，初無補遺所紀七十餘言。豈非好事者僞爲此書，如《開元遺事》之類，以附會杜老之詩耶？歐陽忞《輿地廣記》云：彰明有李白碑，白生於此縣。蓋亦傳説之誤，當以范碑爲證。《方輿勝覽》：李陽冰《草堂集序》：李白，興聖皇帝之九世孫。其先以罪謫居條支，神龍之始，逃歸于蜀之昌明。今本李陽冰《草堂集序》無「昌明」字。按：彰明縣自先天以前，止曰隆昌，後避玄宗諱，始曰昌明。五代時改曰彰明。《楊升庵文集》引《成都古今記》云：李白生於彰明之青蓮鄉。

唐長安元年，辛丑。即武后之大足元年也，十月始改長安。 一歲

太白生。《舊譜》起於聖曆二年己亥，云白生于是年。按曾鞏《序》，享年六十四。李陽冰《序》載白卒於寶應元年十一月，自寶應元年逆數六十四年，乃聖曆二年也。薛氏據之，故曰白生於是年。然李華作《太白墓誌》曰年六十二，則應生於長安元年。以《代宋中丞自薦表》核之，表作於至德二載丁酉，時年五十有七，合之長安元年爲是。若生聖曆二年，則當云五十有九矣。自當以表爲正，故訂以長安元年爲太白始生之歲。又按李陽冰《序》云：神龍之始，逃歸於蜀。復指李樹而生伯陽。范傳正

《墓碑》云：神龍初，潛還廣漢。今以李《誌》、曾《序》參互考之，神龍改元，太白已數歲，豈神龍之年號乃神功之訛，抑太白之生，在未家廣漢之前歟？驚姜之夕，長庚入夢，故名白，以太白字之。若青蓮居士、酒仙翁，又其所自號者。青蓮居士，見《答湖州迦葉司馬》詩及《答僧中孚贈仙人掌茶詩序》。青蓮花出西竺，梵語謂之優鉢羅花，清淨香潔，不染纖塵。太白自號，疑取此義。《眉公秘笈》謂其生於彰明之青蓮鄉，故號青蓮。按：青蓮鄉在綿州舊彰明縣内，《彰明逸事》原作清廉鄉，疑後人因太白生於此，故易其字作青蓮耳。謂太白因此而取號，恐未是。酒仙翁，見《送權十一序》。

長安二年，壬寅。二歲

長安三年，癸卯。三歲

長安四年，甲辰。四歲

神龍元年，乙巳。是年中宗復位。

神龍二年，丙午。六歲

太白年五歲，能誦六甲。

景龍元年，丁未。即神龍三年。九月，改元景龍。七歲

景龍二年，戊申。八歲

景龍三年，己酉。九歲

景雲元年，庚戌。即景龍四年。六月，改元唐隆。睿宗即位，七月，改元景雲。

太白年十歲，通《詩》、《書》，觀百家。

景雲二年，辛亥。十一歲

先天元年，壬子。是年正月，改元太極。五月，改元延和。八月，玄宗即位，始改先天。十二歲

開元元年，癸丑。即先天二年。十二月，始改開元。十三歲

〔附考〕《舊譜》：開元元年十月甲辰，帝獵渭川，有《大獵賦》。按：《賦序》但云以孟冬十月大獵於秦，而不書年分。考《通鑑》，先天元年十月癸卯，上幸新豐，獵於驪山之下。開元元年十月甲辰，獵於渭川。八年十月壬午，畋於下邽。十月而獵於秦地，凡三見。《舊譜》竟屬之癸丑歲者，大約以太白生於聖曆二年，至是合十有五歲，因「十五觀奇書，作賦凌相如」一詩，而附會其說。若以太白生自長安元年數之，至是始十有三歲耳，恐未是。

開元二年，甲寅。十四歲

開元三年，乙卯。

太白年十五。《上韓荆州書》云：十五好劍術，遍干諸侯。《贈張相鎬》詩云：十五觀奇書，作賦淩相如。按太白《明堂賦序》，歷遡天皇、天后、中宗，而不及睿宗，則是賦之作，不特在未改乾元殿之先，并在睿宗未崩之先矣。考睿宗之崩在開元四年六月，制改明堂爲乾元殿在開元五年

七月，賦之作應在三四年間，豈所謂「十五觀奇書，作賦凌相如」者，即是《明堂》一賦歟？

開元四年，丙辰。十六歲

開元五年，丁巳。十七歲

開元六年，戊午。十八歲

開元七年，己未。十九歲

開元八年，庚申。

太白年二十。性倜儻，喜縱横術，擊劍，爲任俠，嘗手刃數人。輕財重施，不事産業。是年，禮部尚書蘇頲出爲益州長史。《舊唐書·蘇頲傳》：開元八年，頲除禮部尚書，罷政事，俄知益州大都督府長史事。太白於路中投刺，頲待以布衣之禮，因謂群寮曰：「此子天才英麗，下筆不休，雖風力未成，且見專車之骨。若廣之以學，可以相如比肩。」逸人東嚴子者，隱於岷山之陽，東嚴子，姓名不可考。楊升庵以爲即徵君趙蕤，梓州鹽亭人，字雲卿者是。又曰：岷山之陽，即指匡山。杜子美贈詩所謂「匡山讀書處」。其説見《晏公類要》。鄭谷詩所謂「雪下文君沽酒店，雲藏李白讀書山」者也。俱恐未是。太白從之游，巢居數年，不跡城市。養奇禽千計，呼皆就掌取食，了無驚猜。郡守聞而異之，詣廬親覩，因舉二人以有道科，並不起。上二事，見太白所上《上安州裴長史書》中，自叙歷歷，然無歲月可考，而蘇頲之爲益州長史，實惟開元八年，故連其少年諸事并叙於此。又書中先言隱居岷山，後言投刺蘇公，玩其文義，作兩段叙述，非接次而言者。州舉有道，應是見蘇公以後事。《新唐書》本傳曰：白既長隱岷山，州舉有道，不應。蘇頲爲益州長史，見白異之，曰：「是子天才英特，少益以學，可比相如。」蓋依書辭順序之耳，恐未是。又楊升庵以廣漢太守爲蘇頲，且引頲薦疏所謂「趙蕤術數，李白文章」爲證。今按：蘇頲爲益州長史，未嘗爲廣漢太守，據書中所説，明是兩人，楊説殊謬。

〔傳疑〕《唐詩紀事》引東蜀楊天惠《彰明逸事》云：元符二年春正月，天惠補令於此，從學士大夫求問逸事。聞唐李白，本邑人。微時，募縣小吏，入令卧内，嘗驅牛經堂下，令妻怒，將加詰責，太白亟以詩謝云：「素面倚欄鉤，嬌聲出外頭，若非是織女，何必問牽牛？」令驚異不問。稍親，招引侍硯席。令一日賦山火詩云：「野火燒山後，人歸火不歸。」思軋不屬，太白從旁綴其下句云：「燄隨紅日遠，烟逐暮雲飛。」令慚止。頃之，從令觀漲，有女子溺死江上，令復苦吟云：「二八誰家女，飄來倚岸蘆。鳥窺眉上翠，魚弄口旁珠。」太白輒應聲繼之云：「緑髮隨波散，紅顔逐浪無。何因逢伍相，應是怨秋胡。」令滋不悦。太白恐，棄去。隱居戴天大匡山，往來旁郡，依潼江趙徵君蕤。蕤亦節士，任俠有氣，善爲縱横學，著書號《長短經》。太白從學歲餘，去，游成都，賦《春感》詩云：「茫茫南與北，道直事難諧。榆莢錢生樹，楊花玉糝街。塵縈游子面，蝶弄美人釵。卻憶青山上，雲門掩竹齋。」益州刺史蘇頲，見而奇之。時太白齒方少，英氣溢發，諸爲詩文甚多，微類宮中行樂詞體。今邑人所藏百篇，大抵皆格律也。雖頗體弱，然短羽褷褷，已有鳳雛態。淳化中，縣令楊遂爲之引，謂爲少作是也。遂，江南人，自名能詩，累謫爲令云。琦按：此編今已不傳。晁公武《讀書志》曰：蜀本《太白集》附入左綿邑人所裒白隱處少年所作詩六十篇，尤爲淺俗。今蜀本李集亦不可見，疑《文苑英華》所載五律數首或即是與？始太白與杜甫相遇梁、宋間，結交歡甚，久乃去，客居魯徂徠山。甫從嚴武成都，太白益流落不能歸，故甫詩云：「匡山讀書處，頭白好歸來。」然學者多疑太白爲山東人，又以匡山爲匡廬，皆非也。今大匡山猶有讀書臺，而清廉鄉故居遺地尚在，廢爲寺，名隴西院，有唐梓州刺史碑，失其名。《太平寰宇記》：綿州彰明縣有李白碑，在寧梵寺門下，梓州刺史于邵文。《元豐九域志》：綿州有李太白碑，唐梓州刺史于邵文。及綿州刺史高祝記。太白有子曰伯禽，女曰平陽，皆生太白去蜀後。有妹月圓，前嫁邑子，留不去，以故葬邑下。墓今在隴西院旁百步外，或傳院乃其所捨云。

開元九年，辛酉。二十一歲

開元十年，壬戌。二十二歲

開元十一年，癸亥。二十三歲

開元十二年，甲子。二十四歲

有《蟾蜍薄太清》詩《新唐書》：開元十二年七月，廢皇后王氏爲庶人。舊注謂《蟾蜍薄太清》一篇，爲廢后而作，玩詩意，當是。

開元十三年，乙丑。二十五歲

太白出游襄、漢，南泛洞庭，東至金陵、揚州，更客汝、海，還憩雲夢。故相許圉師家以孫女妻之，遂留安陸者十年。以上游歷之處，略見上安州李長史、裴長史二書中，其歲月皆無可考。而娶于許氏，約計當在是年之後，故并叙于此。

《訪戴天山道士不遇》詩、《登峨嵋山》詩、《登錦城散花樓》詩，在蜀所作者，皆是年以前詩。

開元十四年，丙寅。二十六歲

開元十五年，丁卯。二十七歲

開元十六年，戊辰。二十八歲

開元十七年，己巳。二十九歲

開元十八年，庚午。

太白年三十。《上韓荊州書》云：三十成文章，歷抵卿相。《上安州裴長史書》云：五歲誦六甲，十歲觀百家。常横經枕籍，制作不倦，迄于今三十春矣。以爲士生則桑弧蓬矢，射乎四方，故知大丈夫必有四方之志，乃杖劍去國，辭親遠游，南窮蒼梧，東涉溟海，見鄉人相如大誇雲夢之事，云楚有七澤，遂來觀焉。而許相公家見招，妻以孫女，憩跡于此，至移三霜焉。按太白《送從姪耑游廬山序》云：余少時，大人令誦《子虛賦》，私心慕之。及長，南游雲夢，覽七澤之壯觀。酒隱安陸，蹉跎十年。是太白寓居安陸蓋十年也。合之此書觀之，約其旅游安陸，娶于許氏，當在開元十三年之後，太白於時，年二十六、七矣。踰三年，年始三十，有《上裴長史書》有「憩跡於此，至移三霜」之語，則開元十八年也。又踰四年，年三十五，則開元二十三年，計此十年間，正是其酒隱安陸之十年。自是而出游太原，轉之齊、魯矣。其蒼梧、洞庭、溟海、維揚、金陵、鄂城之游，皆在二十六、七以前，此皆參互可考者。曾子固《序》曰：白出居襄、漢之間，南游江、淮，至楚，觀雲夢。雲夢許氏者，高宗宰相圉師之家也。以女妻白，因留雲夢者三年。三年字，尚欠精審。曩昔東游維揚，不踰一年，散金三十餘萬，有落魄公子，悉皆濟之。又昔與蜀中友人吴指南同游於楚，指南死於洞庭之上，白伏屍慟哭，若喪天倫。行路聞者，悉皆傷心。猛虎前臨，堅守不動。遂權殯於湖側，便之金陵。數年來觀，筋肉尚在，雪泣持刃，躬申洗削，裹骨徒步，寢興攜持，丐貸營葬於鄂城之東。又曰：前此郡督馬公，朝野豪彦，一見盡禮，許爲奇才。因謂長史李京之曰：「諸人之文，猶山無烟霞，春無草樹。李白之文，清雄奔放，名章俊語，絡繹間起，光明洞徹，句句動人。」故交元丹，親接斯議。有《安陸白兆山桃花巖寄劉侍御綰》詩，詩有「雲卧三十年，好閑復愛仙」之句，雖未必即是三十歲所作，亦其上下數年間詩也。《舊譜》列是詩於戊午年下，蓋既以聖曆二年爲太白始生之歲，又誤以三十爲二十耳，考其時，太白尚未出蜀。又《舊譜》以《門有車馬客行》及《答湖州迦葉司馬》詩皆列於三十歲之下。按：《門有車馬客》詩曰：「嘆我萬里游，飄飖三十春。」此嘆其客游之久，非紀其始壯之年，觀下文「北風揚胡沙，埋翳周與秦」之句，應是禄山殘破兩京之後所作。《答湖州迦葉司馬》詩云：「青蓮居士謫仙人，酒肆藏名三十春。」恐是長安遇賀監以後之作，故有「謫仙人」之稱。其曰「三十春」者，是言放浪酒中約三十年，非謂是時年甫及三十也。兹皆不采。《安州應城玉女湯》詩、《安州般若寺水閣納涼喜遇薛員外乂》詩、《代壽山答孟少府移文書》、《秋夜於安府送孟贊府還都序》、《上安州李長史書》、《上安州裴長史書》，皆在安陸十年中之作。

開元十九年，辛未。三十一歲

開元二十年，壬申。三十二歲

有《送梁公昌從信安王北征》詩。是年正月，以禮部尚書信安郡王禕爲河東河北道行軍副元帥，將兵擊奚、契丹。三月，信安郡王禕與幽州長史趙含章大破奚、契丹于幽州之北。

開元二十一年，癸酉。三十三歲

開元二十二年，甲戌。三十四歲

按太白《與韓荆州書》有「三十成文章」語，此書當是庚午以後甲戌以前四年中之作。《唐書·韓朝宗傳》：朝宗累遷荆州長史。開元二十二年初，置十道採訪使，朝宗以襄州刺史兼山南東道，其爲荆州長史在是年以前。其《憶襄陽舊游贈濟陰馬少府》詩曰：「昔爲大堤客，曾上山公樓。高冠佩雄劍，長揖韓荆州。」魏顥作公集序云：「長揖韓荆州，荆州延飲，白誤拜，韓讓之，白曰：『酒以成禮。』荆州大悦。」皆是時事。

開元二十三年，乙亥。三十五歲

太白游太原，有《秋日於太原南栅餞陽曲王贊公賈少公石艾尹少公應舉赴上都序》。是年太白游太原，因南栅餞飲一序知之。《舊唐書》：開元二十三年春正月乙亥，親耕籍田，加至九推而止，卿以下終其畝。大赦天下。在京文武官及朝集採訪使，三品以上加一爵，四品以下加一階，外官賜勳一轉。其才有霸王之略，學究天人之際及堪將、帥、牧、宰者，令五品以上清官及刺史各舉一人。致仕官量與改職，依前致仕。賜酺三日。此文所云：「今春皇帝有事千畝，湛恩八埏，大搜群材，以緝邦政。王公以令宰見舉，賈公以王霸昇聞。」正其事也。又開元十九年春正月丙子，帝親耕于興慶宫龍池，此乃帝欲知稼穡之事，故習爲之。雖曰親耕，與籍田大禮不同，無恩典逮下，與此文所言不合，故訂其的爲是年之作。識郭子儀於行伍中，言於主帥，脱其刑責。與譙郡元參軍攜妓游晉祠，浮舟弄水。見《憶舊游寄譙郡元參軍》詩。皆是時事。已而去之齊、魯，寓家任城，與孔巢父、韓準、裴政、張叔明、陶沔會徂徠山，酣飲縱酒，號「竹溪六逸」。游齊、魯歲月不可詳考，并附於此。

有《五月東魯行答汶上翁》詩曰：「顧余不及仕，學劍來山東。舉鞭訪前途，獲笑汶上翁。」是初游魯地之作。又有《送韓準裴政孔巢父還山》詩，是酣飲竹溪時之作。

〔附考〕是年，司馬子微化形於天台。劉大彬《茅山志》：司馬子微于開元乙亥歲六月十八日，蜕形於天台。按太白《大鵬賦序》云：「余昔於江陵見天台司馬子微，謂余有仙風道骨，可與神游八極之表，因著《大鵬遇希有鳥賦》以自廣。」此賦未詳作於何年。《舊譜》列於開元十年之下，未知何據。

開元二十四年，丙子。三十六歲

開元二十五年，丁丑。三十七歲

開元二十六年，戊寅。三十八歲

〔附考〕是年潤州刺史齊澣開伊婁河於揚州南瓜洲浦。太白有《題瓜州新河餞族叔舍人賁》詩曰：「齊公鑿新河，萬古流不絶。豐功利生人，天地同朽滅。」正指其事，乃是年以後之作。

開元二十七年，己卯。三十九歲

開元二十八年，庚辰。

太白年四十。

〔附考〕是年孟浩然卒。王士源《孟浩然集序》曰：開元二十八年，王昌齡游襄陽，時浩然疾疹發背且愈，相得甚歡，浪情宴謔，食鮮疾動，終於冶城南園，年五十有二。太白有《贈孟浩然》詩、《黄鶴樓送孟浩然之廣陵》詩、《春日歸山寄孟浩然》詩，皆是年以前之作。

開元二十九年，辛巳。四十一歲

天寶元年，壬午。四十二歲

時太白游會稽，與道士吴筠共居剡中。會筠以召赴闕，薦之於朝，玄宗乃下詔徵之。太白至京師，與太子賓客賀知章遇於紫極宫，一見賞之，曰：「此天上謫仙人也。」因解金龜換酒爲樂。言於玄宗，召見金鑾殿，論當世務，草答蕃書，辯若懸河，筆不停綴。又上《宣唐鴻猷》一篇，帝嘉之，以七寶牀賜食，御手調羹以飯之，謂曰：「卿是布衣，名爲朕知，非素蓄道義，何以得此！」命供奉翰林，專掌密命。《本事詩》曰：李太白初自蜀至京師，按太白出蜀之後，歷游吴、楚、齊、魯，多涉年所，而後入京，謂自蜀至京師，誤也。舍於逆旅，賀監知章聞其名，首訪之。既奇其姿，復請所爲文，出《蜀道難》以示之，讀未竟，稱嘆者數四，號爲謫仙。解金龜換酒，與傾盡醉，期不間日，由是稱譽光赫。賀又見其《烏棲曲》，或言是《烏夜啼》。嘆賞苦吟，曰：「此詩可以泣鬼神矣！」《摭言》曰：李太白謁賀知章，知章曰：「公非人世之人，可不是太白星精耶？」魏顥《序》曰：白久居峨眉，與丹丘因持盈法師達，白亦因之入翰林。按李陽冰及樂史《序》，皆言天寶中召入翰林。劉全白《碣記》、范傳正《新墓碑》云天寶初。太白代宋中丞作自薦表，亦曰：「天寶初，五府交辟，不求聞達，亦由子真谷口，名動京師。上皇聞而悦之，召入禁掖。既潤色於鴻業，亦間草於王言，雍容揄揚，特見褒賞。」考其時，當在天寶元、二年間。蓋太白爲知章所薦，而知章之辭職在天寶二年之十二月，其祖餞出京，在三年之正月，則太白之因其薦而入朝及爲飲中八仙之游，在二年十二月以前，不居然可知乎？又按太白之召見，《舊唐書》以爲吴筠薦之，《新唐書》以爲賀知章言之，《新書》蓋本之樂史《别集序》。考太白有《别内赴徵》三首，則其西入京師，乃應詔而至，非浪游也。疑當時吴筠薦之於先，賀知章復言之於後。在玄宗於筠之薦，視太白不過與預薦諸人一例等視而已，及得知章之稱譽，而後以奇才相待，異禮有加。世但知有賀之薦，而不知有吴之薦，殆未稽之于舊史耳。至魏顥《序》謂「丹丘因持盈法師達，白亦因之入翰林」，持盈法師謂玉真公主也。太白有《玉真公主别館苦雨》詩，想其才名炫燿竦動一時，公主亦欲識其人，而揚聲于人主之前，亦理之所有者乎！

有《游泰山》詩，古本題下有注云：「天寶元年四月，從故御道上泰山。」則其時在魯而不在會稽，并未嘗入京可知也。但未知游泰山之後方入會稽，抑入會稽在游泰山之先，皆不可考。第一首云：「四月上泰山，石平御道開。」第五首云：「山花異人間，五月雪中白。」正其時，在四月、五月之交矣。《别内赴徵》詩。

〔附考〕按開元二十九年正月，始立崇玄學，置生徒，令習《老子》、《莊子》、《列子》、《文子》，每年准明經例考試。天寶元年二月，號莊子爲南華真人，文子爲通玄真人，列子爲冲虚真人，庚桑子爲洞虚真人。太白有《送于十八應四子舉落第還嵩山》詩，中有「炎炎四真人」句，應爲是時以後之作。

〔附考〕是年改鄆州平陸縣爲中都縣，析涇縣、南陵、秋浦三縣，置青陽縣。白有《别中都明府兄》詩、《酬中都小吏攜斗酒雙魚於逆旅見贈》詩、《改九子山爲九華山與高霽韋權輿聯句》詩，又有《望九華山贈青陽韋仲堪》詩，皆是時以後所作。

〔附考〕是年胡紫陽卒。據紫陽碑文，紫陽之卒在天寶元年，其葬以十月望後。白有《題紫陽先生壁》詩、《冬夜於隨州紫陽先生飡霞樓送烟子元演隱仙城山序》，皆是年以前之作。其《漢東紫陽先生碑銘》，是年以後所作。

天寶二年，癸未。四十三歲

公在長安與賀知章、汝陽王璡、崔宗之、裴周南爲酒中八仙之游。李陽冰《集序》云：害能成謗，帝用疏之。公乃浪跡縱酒，以自昏穢。與賀知章、崔宗之等，自爲八仙之游，謂公謫仙人，朝列賦謫仙之歌凡數百首，多言公之不得意。據此，則八仙之游乃被讒以後事。賀監以天寶三載正月歸越，時公作詩送之，則其酣飲同游，正在元、二年間，豈供奉無多日，即遭讒毁，賀監未去之前已不能安其身歟？八仙之名，李《序》舉其二，曰賀知章、崔宗之，與太白而三。范《碑》舉其四，曰賀知章、汝陽王、崔宗之、裴周南，與太白而五。《新唐書》本傳云：白與知章、李適之、汝陽王璡、崔宗之、蘇晉、張旭、焦遂，爲酒中八仙人。蓋據杜子美《飲中八仙歌》而記之耳。錢牧齋譏其既云天寶初供奉，又云與蘇晉同游爲自相矛盾。蓋蘇晉以開元二十二年先卒，見《舊唐書》，而謂於天寶初與李白同游，恐其誤也。然子美與太白同時，遍舉其人，自必不妄，或者天寶初蘇晉尚存，《舊書》二十二年之下卒字之上尚有缺文，遂致兹誤，亦未可知。其裴周南一人，不入杜詩所詠之數，意者如今時文酒之會，行之日久，一人或亡，則以一人補之，以致姓名流傳，參差不一，其以此歟？

天寶三載，甲申。五月改「年」爲「載」。四十四歲

太白在翰林，代草王言。然性嗜酒，多沉飲，有時召令撰述，方在醉中，不可待，左右以水沃面，稍解，即令秉筆，頃之而成。帝甚才之，數侍宴飲。因沉醉引足令高力士脱靴，力士恥之，因摘其詩句以激太真妃。帝三欲官白，妃輒沮之。又爲張垍讒譖，公自知不

爲親近所容，懇求還山，帝乃賜金放歸。《本事詩》云：李白才逸氣高，與陳拾遺齊名，玄宗聞之，召入翰林，以其才藻絶人，器識兼茂，便以上位處之，故未命以官。嘗因宫人行樂，謂高力士曰：「對此良辰美景，豈可獨以聲伎爲娱，儻時得逸才詞人吟出之，可以誇耀於後。」遂命召白。時寧王邀白飲酒，已醉，既至，拜舞頹然，上知其薄聲律，謂非所長，命爲《宫中行樂》五言律詩十首。白頓首曰：「寧王賜臣酒，今已醉，儻陛下賜臣無畏，始可盡臣薄技。」上曰：「可。」即遣二内臣掖扶之，命研墨濡筆以授之，又令二人張朱絲欄于其前。白取筆抒思，略不停綴，十篇立就，更無加點。筆跡遒利，鳳跌龍拏，律度對屬，無不精絶。出入宫中，恩禮殊厚，竟以疏縱乞歸，上亦以非廊廟器，優詔罷遣之。《松窗録》云：開元中，禁中初重木芍藥，即今牡丹也。得四本，紅、紫、淺紅、通白者，上移植於興慶池東，沉香亭前。會花方繁開，上乘照夜白，太真妃以步輦從。詔特選梨園弟子中尤者，得樂十六部。李龜年以歌擅一時之名，手捧檀板，押衆樂前，將歌之。上曰：「賞名花，對妃子，焉用舊樂詞爲！」遂命龜年持金花箋宣賜翰林供奉李白立進《清平調》辭三章。白欣然承旨，猶苦宿酲未解，因援筆賦之，其辭曰：「雲想衣裳花想容，春風拂檻露華濃。若非群玉山頭見，會向瑶臺月下逢。」「一枝紅艷露凝香，雲雨巫山枉斷腸。借問漢宫誰得似，可憐飛燕倚新妝。」「名花傾國兩相歡，長得君王帶笑看。解釋春風無限恨，沉香亭北倚欄杆。」龜年遽以辭進，上命梨園弟子約略調撫絲竹，遂促龜年以歌。太真妃持玻璃七寶盞，酌西涼州蒲桃酒，笑領歌，意甚厚。上因調玉笛以倚曲，每曲遍將换，則遲其聲以媚之。太真妃飲罷，斂繡巾重拜上。龜年常語於五王，獨憶以歌得自勝者無出於此，抑亦一時之極致耳。上自是顧李翰林尤異於他學士。會高力士終以脱靴爲深恥，異日，太真妃重吟前詞，力士戲曰：「比以妃子怨李白深入骨髓，何反拳拳如是？」太真妃驚曰：「何翰林學士能辱人如斯！」力士曰：「以飛燕指妃子，是賤之甚矣！」太真妃深然之。上嘗三欲命李白官，卒爲宮中所捍而止。《松窗録》，唐韋叡撰，今亡。此則自《太平廣記》中録出。樂史《别集序》中所載，蓋本之此書。《摭言》云：開元當是天寶之誤。中，李翰林白應詔草《白蓮花開序》及宮辭十首，時方大醉，中貴人以冷水沃之，稍醒，白於御前索筆一揮，文不加點。今本《摭言》缺此一則，《太平廣記》中引之。按所謂草《白蓮花開序》，疑即范《墓碑》所云《泛白蓮池序》也。所謂宮詞十首，疑即《本事詩》所云《宮中行樂詞》五言律十首也。蓋皆得之傳聞，故其説不無少異。今《宮詞》僅存八首，《白蓮序》已亡。鍾泰華《文苑四史》云：《唐書》曰：玄宗召李白草《白蓮辭》，使太真捧硯，力士脱靴。今《唐書》無此文，恐出自稗官小説，鍾蓋誤引耳。魏顥《集序》云：上皇豫游，召白，白時爲貴門邀飲，比至，半醉，令製《出師詔》，不草而成，許中書舍人。諸書皆言太白以醉中應詔而作詩文，《宮中行樂詞》多言中春之景，沉香亭賦《清平調》值牡丹繁開，則春暮矣，《泛白蓮池》又夏中事，《出師詔》不詳何時，大抵各舉其所聞之一事而言，致有不同，非傳聞之錯互也。杜子美詩云：「李白一斗詩百篇，長安市上酒家眠。天子呼來不上船，自稱臣是酒中仙。」想其扶醉而見天子，固不止偶然一次矣。《唐國史補》云：「李白在翰林多沉飲，玄宗令撰樂詞，醉不可待，以水沃之，白稍能動，索筆一揮十數章，文不加點。後對御令高力士脱靴，上令小閹排出之。」《舊唐書》：白嘗沉醉殿上，引足令高力士脱靴，由是斥去。《酉陽雜俎》云：李白名播海内，玄宗於便殿召見，神氣高朗，軒軒若霞舉。上不覺忘萬乘之尊，因命納履，白遂展足與高力士曰：「去靴。」力士失勢，遽爲脱之。及出，上指白謂力士曰：「此人固窮相。」李陽冰《集序》云：醜正同列，害能成謗，格言不入，帝用疏之。公乃浪跡縱酒，以自昏穢。咏歌之際，屢稱東山。天子知其不可留，乃賜金歸之。按：李陽冰、魏顥皆嘗與太白游處，二序所紀出處，較之他文定爲真確可信。陽冰所謂「醜正同列，害能成謗」，顥《序》所謂「以張垍讒逐」，劉全白《翰林學士李君碣記》亦曰「爲同列者所謗，詔令歸山」。三書大約相同，而新舊史皆不載，知其疏略矣。《野客叢書》曰：李白事，所説不一。魏顥作《文集序》曰：上皇豫游，召白，白時爲貴朋邀飲，比至，半醉，令製《出師詔》，不草而就，許中書舍人。以張垍讒逐，游海岱間，年五十餘，尚無禄位。樂史作《别集序》則又云：上與太真在沉香亭賞木芍藥，令李龜年持金花箋宣賜李白立進《清平調》，白宿酲未解，援筆賦之。會高力士挾脱靴之恨，譖白于妃，由是上三欲官白，輒爲妃沮。劉全白作《碣記》曰：天寶初，玄宗辟翰林待詔，因爲《和蕃書》并上《宣唐鴻猷》一篇，上重之，欲以綸誥之任委之，爲同列者所謗，詔令歸山，遂浪跡天下。范傳正《新墓碑》曰：天寶初，召見於金鑾殿，論當世務，草《答蕃書》，玄宗嘉之，遂直翰林，專掌密命，將處司言之任。他日，泛白蓮池，公不在宴，皇歡既洽，召公作序。時公被酒于翰苑中，命高將軍扶以登舟，優寵如是。既而上疏，請還舊山，玄宗甚愛其才，或慮乘醉出入省中，不能不言温室樹，恐掇後患，惜而遂之。其説紛紜，不同如此。惟樂史所説，頗與傳文合。傳曰：白供奉翰林，猶與飲徒醉於市，帝坐沉香亭，意有所感，欲得白爲樂章。召入，而白已醉，左右以水頮面，稍解，援筆成文，婉麗精切，無留思。帝愛其才，數宴飲，白常侍帝，醉，使高力士脱靴。力士數貴，恥之，摘其詩以激楊貴妃。帝欲官白，妃輒沮之。白自知不爲親近所容，懇求歸山，帝賜金放還。所載如此。僕謂李白不容於朝，固由高力士之譖，然其爲人疏曠不密，觀傳正所謂「乘醉出入省中，不能不言温室樹」，又觀李陽冰《草堂集序》謂「出入翰林中，問以國政，潛草詔誥，人無知者。醜正同列，害能成謗」，疑其醉中曾泄漏禁中事機，或者云云，明皇因是疏之。

計太白在長安不過三年，所賦諸詩，其《玉真公主別館苦雨贈衛尉張卿》詩、《灞陵行送別》詩、《送程劉二侍御獨孤判官赴安西幕府》詩、《望終南山寄紫閣隱者》詩、《下終南山過斛斯山人宿置酒》詩、《春歸終南山松龍舊隱》詩、《登太白峰》詩、《杜陵絶句》、《夕霽杜陵登樓寄韋繇》詩、《怨歌行》，注云：長安見内人出嫁，友人令予代爲之。皆在長安中之作，先後不可考。其《侍從宜春苑奉詔賦龍池柳色初青聽新鶯百囀歌》、《宫中行樂》詞、《清平調》詞、《送賀監歸四明應制》詩、《送賀賓客歸越》詩、《舊唐書》：天寶二年十二月乙酉，太子賓客賀知章請度爲道士還鄉。三載正月庚子，遣左右相以下祖别賀知章於長樂坡上，賦詩贈之。太白二詩，一乃應制，一私自送行而作者也。其《對酒憶賀監》二首，又《重憶》一首，皆知章没後之作。《朝下過盧郎中叙舊游》詩、《金門答蘇秀才》詩、《侍從游宿温泉宫》詩、《駕去温泉宫後贈楊山人》詩、《温泉侍從歸逢故人》詩、《同王昌齡送族弟襄歸桂陽》詩，詩曰：「秦地見碧草，楚謡對金樽。把酒爾何思，鷓鴣啼南園。予欲羅浮隱，猶懷明主恩。躊躕紫宫戀，孤負滄洲言。」知此詩在翰林時之作。其《聞王昌齡左遷龍標遥有此寄》詩，則在是時以後至德以前。皆供奉翰林時所作。

《翰林讀書言懷呈集賢院内諸學士》詩、《送裴十八圖南歸嵩山》詩，詩曰：「何處可爲别，長安青綺門。臨當上馬時，我獨與君言。風吹芳蘭折，日没烏雀喧。舉手指飛鴻，此情難具論。同歸無早晚，潁水有清源。」應是被讒而去志已決之語。乃遭讒之後所作。

《還山留别金門知己》詩、《初出金門尋王侍御不遇咏壁上鸚鵡》詩，將去長安時所作。

《玉壺吟》、鳳凰初下紫泥詔，謁帝稱觴登御筵。揄揚九重萬乘主，謔浪赤墀青瑣賢。朝天數换飛龍馬，敕賜珊瑚白玉鞭。《走筆贈獨孤駙馬》詩、是時僕在金門裏，待詔公車謁天子。長揖蒙垂國士恩，壯心剖出酬知己。一別蹉跎朝市間，青雲之交不可攀。《贈從弟南平太守之遥》詩、天門九重謁聖人，龍顔一解四海春。彤庭左右呼萬歲，拜賀明主收沉淪。翰林秉筆迴英盼，麟閣崢嶸誰可見。承恩初入銀臺門，著書獨在金鑾殿。龍駒雕鐙白玉鞍，象牀綺食黄金盤。當時笑我微賤者，卻來請謁爲交歡。一朝謝病游江海，疇昔相知幾人在。前門長揖後門關，今日結交明日改。《憶舊游寄譙郡元參軍》詩、此時行樂難再遇，西游因獻《長楊賦》。北闕青雲不可期，東山白首還歸去。《寄王屋山人孟大融》詩、我昔東海上，勞山餐紫霞。中年謁漢主，不愜還歸家。《留別廣陵諸公》詩、中迴日月顧，揮翰凌雲烟。騎虎不敢下，攀龍忽墜天。《感時留別從兄徐王延年從弟延陵》詩、小子謝麟閣，雁行忝肩隨。《別韋少府》詩、西出蒼龍門，南登白鹿原。欲尋商山皓，猶戀漢皇恩。《魯中送二從弟赴舉之西京》詩、魯客向西笑，君門若夢中。霜凋逐臣髮，日憶明光宫。《送楊燕之東魯》詩、我固侯門士，謬登聖主筵。一辭金華殿，蹭蹬長江邊。《送岑徵君歸鳴皋山》詩、余亦謝明主，今稱偃蹇臣。《酬張卿夜宿南陵見贈》詩、我昔辭林丘，雲龍忽相見。客星動太微，朝去洛陽殿。《答高山人兼呈權顧二侯》詩、輕塵集嵩岳，虚點盛明意。謬揮紫泥詔，獻納青雲際。讒惑英主心，恩疏佞臣計。徬徨庭闕下，嘆息光陰逝。未作仲宣詩，先流賈生涕。挂帆秋江上，不爲雲羅制。《答杜秀才五松山見贈》詩、昔獻《長楊賦》，天開雲雨歡。當時待詔承明裏，皆道揚雄才可觀。敕賜飛龍二天馬，黄金絡頭白玉鞍。浮雲蔽日不復返，總爲秋風摧紫蘭。角巾東出商山道，採秀行歌咏芝草。《秋夜獨坐懷故山》詩，天書訪江海，雲卧起咸京。入侍瑶池宴，出陪玉輦行。誇胡新賦作，諫獵短書成。拙薄遂疏絶，歸閑事耦耕。皆去朝以後之作。

於是就從祖陳留採訪大使彦允，請北海高天師授道籙於齊州紫極宫。自是浮游四方，北抵趙、魏、燕、晉，西涉邠、岐，歷商於，至洛陽，南游淮、泗，再入會稽，而家寓魯中，故時往來齊、魯間，前後十年中，惟游梁、宋最久。此自天寶三載以後至十三載以前十年中，游歷久暫，約略可考者也，并録於此。太白《贈蔡舍人》詩曰：「一朝去京國，十載客梁園。」以此知其游梁最久。其《梁園吟》曰：「我浮黄河去京闕，挂席欲進波連山。天長水闊厭遠涉，訪古始及平臺間。」是去長安之後，即爲梁、宋之游也。魏顥《酬白》詩曰：「去秋忽乘興，命駕來東土。謫仙游梁園，愛子在鄒魯。兩處不一見，拂衣向江東。」考是詩爲天寶十四年所作，而言去秋，則十三載之秋也。自天寶三載至十三載中間十年，客游梁、宋之間，而家在東魯，往來其地，有時北抵趙、魏、燕、晉，西涉邠、岐，歷商於，到洛陽，皆未嘗久羈。而一過再過，盤桓税駕，多歷歲時，則惟梁地爲然。故其自言寓游之地，不舉其他，而數稱梁園，良有以也。

有《奉餞高尊師如貴道士傳道籙畢歸北海》詩、《留别西河劉少府》詩、太白在開元時，嘗游晉矣，於《太原南栅餞飲》一序見之。天寶改元以後，復游晉地，於《留别西河劉少府》一詩見之，所謂「秋髮已種種，所爲竟無成」。知非壯年時語。又有「謂我是方朔，人間落歲星。白衣千萬乘，何事去天庭」。是不得於朝而去後之作也。《單父東樓秋夜送族弟沉之秦》詩、有「長安宫闕九天上，此地曾經爲近臣。」又曰「屈平顦顇滯江潭，亭伯流離竄遼海」。知是去朝後復歸東魯之作。《送族弟單父主簿凝攝宋城主簿至郭南月橋卻回棲霞山留飲贈》詩、《送族弟凝至晏堌》詩、《送族弟凝之滁求婚崔氏》詩，數詩之作，大抵皆在此十年中。

〔附考〕《新唐書·杜甫傳》曰：「甫少與李白齊名，時號李、杜。嘗從白及高適過汴州，酒酣，登吹臺，慷慨懷古，人莫測也。」子美《遺懷》詩云：「昔與高、李輩，論交入酒壚。兩公壯藻思，得我色敷腴。氣酣登吹臺，懷古視平蕪。」又《昔游》詩云：「昔者與高、李，晚登單父臺。寒蕪際碣石，萬里風雲來。」白有《魯郡東石門送杜二甫》詩、《沙丘城下寄杜甫》詩，皆在是時。按杜子美《寄太白二十韻》詩云：「乞歸優詔許，遇我宿心親。」是其結交歡好之日，在太白賜金放歸之後，子美未獻《三大禮賦》以前，乃天寶三載至十載間事。其與高達夫詩酒倡和，爲單父吹臺之游，正其時也。

〔附考〕是年三月，改天下諸郡玄元廟爲紫極宫。白有《尋陽紫極宫感秋》詩，是時以後之作。

是年改邠州爲新平郡，白有《豳歌行上新平長史粲》詩、《登新平樓》詩、《贈新平少年》

詩，皆是時以後之作。

天寶四載，乙酉。四十五歲

天寶五載，丙戌。四十六歲

〔附考〕是年五月以劍南節度使章仇兼瓊爲户部尚書，十月改臨淄郡爲濟南郡，白有《答杜秀才五松山見贈》詩、聞君往年游錦城，章仇尚書倒屣迎。飛箋絡繹奏明主，天書降問迴恩榮。《陪從祖濟南太守泛鵲山湖》詩，皆是時以後所作。

天寶六載，丁亥。四十七歲

〔附考〕是年正月，杖殺北海太守李邕、淄川太守裴敦復，白有《上李邕》詩，係少年時作。有《題江夏修靜寺》詩，蓋傷邕也。係是時以後之作。

天寶七載，戊子。四十八歲

天寶八載，己丑。四十九歲

有《虞城令李公去思碑頌》、《舊譜》列是作於天寶四載下。按其文曰：「天寶四載，拜虞城令。」此紀其受職之年，非紀其去官之日。其下又云：「陽無驕僭，四載有年。」則李公在虞四年而後去，《去思碑頌》應作于是年矣。其《對雪獻從兄虞城宰》詩，亦是此四年中所作。《崇明寺佛頂尊勝陀羅尼幢頌》。文中言「律師道宗，以天寶八載五月一日示滅」云云，詳其上下文義，頌之作也，亦當在是年間。

〔附考〕是年六月，隴右節度使哥舒翰攻吐蕃石堡城，拔之。白有《答王十二寒夜獨酌有懷》詩云：「君不能學哥舒，横行青海夜帶刀，西屠石堡取紫袍。」又云：「君不見李北海，英風豪氣今何在？君不見裴尚書，土墳三尺蒿棘居。」知爲是時以後之作。

天寶九載，庚寅。

太白年五十。

天寶十載，辛卯。五十一歲

有《羽檄如流星》詩，是年四月，劍南節度使鮮于仲通伐雲南，戰於西洱河，敗績，士卒死者六萬人，楊國忠大募兩京及河南兵以伐雲南。詩曰「借問此何爲，答言楚徵兵。渡瀘及五月，將赴雲南征」云云，知此詩爲是時之作。《比干碑》。文曰「天寶十載，余尉于衛，拜首祠堂」云云，是代衛縣尉李翰作者，然此文似非白筆。

天寶十一載，壬辰。五十二歲

〔附考〕是年四月，御史大夫王鉷賜死。禮部員外郎崔國輔以鉷近親，貶竟陵郡司馬。白有《送崔度還吴度故人禮部員外國輔之子》云云，乃是年以後之作。

天寶十二載，癸巳。五十三歲

有《書情贈蔡舍人》詩，詩曰：「遭逢聖明主，敢進興亡言。白璧竟何辜，青蠅遂成冤。一朝去京國，十載客梁園。」是作詩時，太白已去朝十年矣，故定爲是時之作。下二首同。《贈崔司户文昆季》詩，詩云：惟昔不自媒，擔簦西入秦。攀龍九天上，忝列歲星臣。布衣侍彤墀，密勿草絲綸。才微惠渥重，讒巧生緇磷。一去已十年，今來復盈旬。《留别曹南群官之江南》詩，詩曰：時來不關人，談笑游軒皇。獻納少成事，歸休辭建章。十年罷西笑，攬鏡如秋霜。《自梁園至敬亭山見會公談陵陽山水兼期同游》詩。按獨孤及《送李白之曹南序》曰：「出車桐門，將駕於曹。送子何所？平臺之隅。」合上一詩觀之，則公之行踪，由梁園而曹南，由曹南旋反，遂往宣城，然後游歷江南各處。爾後往來宣城不止一次，而其始游，則自兹時始矣。

天寶十三載，甲午。五十四歲

太白游廣陵，與魏萬相遇，遂同舟入秦淮，上金陵，與萬相别，復往來宣城諸處。按魏顥《集序》曰：「解攜明年，四海大盜。」據此推之，則相遇之時乃天寶十三載也。又序曰：「命駕江東訪白，游天台還廣陵見之。」太白《送萬詩序》曰：「於廣陵相見。」萬《酬太白》詩曰：「雪上天台山，春逢翰林伯。惕然意不盡，更逐西南去。同舟入秦淮，建業龍蟠處。」故知其相遇於廣陵，又同舟自秦淮而上金陵也。太白詩曰：「五月造我語，知非佁儗人。」是其相處之久，自春徂夏凡數月，皆可考而知也。魏顥《序》云：顥始名萬，命駕江東訪白，游天台，還廣陵，見之。眸子炯然，哆如餓虎，或時束帶，風流醞籍。顥平生自負，人或爲狂，白相見泯合，有贈之作，謂余：「爾必著大名於天下，無忘老夫與明月奴。」因盡出其文，命顥爲集。

有《送王屋山人魏萬》詩、《贈宣城宇文太守兼呈崔侍御》詩、《宣城九日聞崔四侍御與宇文太守游敬亭余時登響山不同此賞醉後寄崔侍御》詩、玩詩意，宇文乃天寶中爲宣城太守，而非至德以後始官其地者也。據《趙公西候新亭頌》，天寶十四載，趙悦來爲宣城守，則宇文之守宣城在其前，可意度也。崔四侍御未詳其名。太白又有《酬崔侍御》詩云：「自是客星辭帝座，元非太白醉揚州。」此是攝監察御史崔成甫，未知與此崔四侍御即一人否？《舊唐書》曰：侍御史崔宗之謫官金陵，與白詩酒唱和。嘗月夜乘舟自采石達金陵，白衣宫錦袍，於舟中顧瞻笑傲，旁若無人。按崔宗之乃崔日用之子，《唐書》但言其襲封齊國公，而不紀其官爵。崔祐甫作《日用集序》云：嗣子宗之，開元中爲起居郎，再爲尚書禮部員外郎，遷本司郎中，終於右司郎中。其爲侍御史及謫官金陵，莫之載也。《新唐書》削去「侍御史及謫官」等字，而但云「白浮游四方，嘗乘舟與崔宗之自采石至金陵，著宫錦袍坐舟中，旁若無人」，似亦知舊史之誤故耳。考《太白集》中有《與崔宗之》詩三首，皆云「郎中」，又叙其同游南陽之白水，過菊潭上遺孔子琴等事，而游金陵采石事不一及焉。恐《舊唐書》所載者，是侍御史崔成甫，而誤以爲宗之耳。《春日陪楊江寧及諸公宴北湖感古》詩、《宿白鷺洲寄楊江寧》詩、《金陵阻風雪書懷寄楊江寧》詩、《江寧楊利物畫贊》、太白贈魏萬詩曰：「吾友楊子雲，絃歌播清芬。雖爲江寧宰，好與山公群。乘興但一行，且知我愛君。」蓋謂江寧宰楊利物也。集中與楊江寧諸詩，皆在是時前後之作。《書懷贈南陵常贊府》詩、《與南陵常贊府游五松山》詩、《於五松山贈南陵常贊府》詩，按：是年六月，劍南留後李宓率兵伐雲南蠻，至西洱河，舉軍陷没。又關中自去秋水旱相繼，人多乏食，詔出太倉米一百萬石，賤糶以濟貧民。太白詩所謂「雲南五月中，頻喪渡瀘師。毒草殺漢馬，張兵奪秦旗。至今西洱河，流血擁僵屍」。「咸陽天下樞，累歲人不足。雖有數盤玉，不如一斗粟」。正言是年事。下二詩亦其時先後之作。《金陵送權十一序》。《序》言：「四明逸老賀知章，呼余爲謫仙人。」又言：「我君六葉繼聖，熙乎玄風；三清垂拱，穆然紫極。」是固天寶中，既見賀監之後而幽、燕未亂以前之作也。考其送別之地在金陵，當爲是年先後間之作無疑。

天寶十四載，乙未。五十五歲

太白在宣城。

有《贈宣城趙太守悅》詩、《爲趙宣城與楊右相書》、《趙公西候新亭頌》、文曰：「惟十有四年，皇帝以歲之驕陽，秋五不稔，乃慎擇明牧，恤南方凋枯。四月孟夏，自淮陰遷我天水趙公作藩於宛陵。」又具載一時僚佐，長史齊光乂、司馬武幼成、録事參軍吴鎮、宣城令崔欽之名於下，知太白與諸公游處，皆在是時。《夏日陪司馬武公與群賢宴姑熟亭序》、《宣城吴録事畫贊》。

肅宗至德元載，丙申。即天寶十五載也。七月，肅宗即位於靈武，始改元至德。五十六歲

太白自宣城之溧陽，又之剡中，遂入廬山。永王璘爲江陵府都督，充山南東路及嶺南、黔中、江南西路四道節度使，重其才名，辟爲府僚佐。及璘擅引舟師東下，脅以偕行。《舊唐書》：「玄宗幸蜀在途，以永王璘爲江淮兵馬都督、揚州節度使，白在宣州謁見，遂辟從事。」與太白詩文所自序者不同。且永王官爵，與其本傳所載亦異。

有《春於姑熟送趙四流炎方序》，據文中所謂「自吴瞻秦，日見喜氣，上當攫玉弩，摧狼狐，洗清天地，雷雨必作」。則禄山既反之後，玄宗未幸蜀以前所作也。又有「少府以黄綬作尉，泥蟠當塗」之語，集中有《當塗趙少府炎粉圖山水歌》、《送當塗趙少府赴長蘆》詩、《寄當塗趙少府炎》詩，皆是時以前之作。《贈武十七諤》詩、序曰：門人武諤，深於義者也。聞中原作難，西來訪予，愛子伯禽在魯，許將冒胡兵以致之。酒酣，感激援筆而贈詩曰：「狄犬吠東洛，天津成塞垣。愛子隔東魯，空悲斷腸猿。」是此詩爲東京陷後所作。《猛虎行》、詩曰：「旌旗繽紛兩河道，戰鼓驚山欲傾倒。秦人半作燕地囚，胡馬翻銜洛陽草。一輸一失關下兵，朝降夕叛幽、薊城。巨鰲未斬海水動，魚龍奔走安得寧！」皆指是時事，詳見本詩注中。又有「昨日方爲宣城客，掣鈴交通二千石」，及「溧陽酒樓三月春，楊花茫茫愁殺人」句，是知太白游宣城之溧陽，而是詩之作在三月時。《經亂後將避地剡中留贈崔宣城》詩、太白又有《江上答崔宣城》詩曰：「太華三芙蓉，明星玉女峰。

尋仙下西岳，陶令忽相逢。」當是前此之作，疑另是一崔宣城。《爲吴王謝責赴行在遲滯表》、《通鑑》：天寶十五載二月，以吴王祗爲靈昌太守、河南都知兵馬使。三月，拜陳留太守、河南節度使。表所謂「才缺總戎，謬當强寇」是也。五月，徵吴王祗爲太僕卿，表所謂「愍臣不逮，賜臣生全」是也。其曰「伏蒙聖恩，追赴行在」，又曰「重整乾綱，再清國步」，則作表之時，當在玄宗幸蜀，太子即位於靈武之後矣。疑吴王是時迂道入吴，將由水路上泝荆、襄，轉趨商、洛，以至靈武。表中所謂「大舉天兵，掃除戎羯。所在郵驛，徵發交馳。臣逐便水行，難於陸進」是也。太白於時相遇，爲之代作此表歟？集中又有《上吴王》詩三首，《同吴王送杜秀才入京》詩，皆是時以前之作。《贈王判官時余歸隱居廬山屏風疊》詩，詩曰：「大盜割鴻溝，如風掃秋葉。吾非濟代人，且隱屏風疊。」此正兩京陷没之後，將避地廬山時之作。《與賈少公書》，書有「中原横潰」及「王命崇重，大總元戎。辟書三至，嚴期逼迫」等語，擬其作應在是時。且疑是應永王辟命時之作。《門有車馬客行》。詩有「北風揚胡沙，埋翳周與秦。大運且如此，蒼穹寧匪仁」。亦是兩京陷後之作。

至德二載，丁酉。五十七歲

二月，永王璘兵敗，太白亡走彭澤，坐繫尋陽獄。按《通鑑》及新、舊《唐書》，永王璘，玄宗第十六子也。天寶十五載六月，玄宗幸蜀，至漢中郡，下詔以璘爲山南東路、嶺南、黔中、江南西路四道節度採訪等使，江陵郡大都督。七月，璘至襄陽。九月，至江陵，召募士將，得數萬人，以薛鏐、李臺卿、韋子春、劉巨鱗、蔡駉爲謀主，補署郎官、御史。時江淮租賦鉅億萬，所在山積，恣情破用。肅宗聞之，詔璘還覲上皇於蜀，璘不從命。璘生長宫中，未更人事，自視富强。其子襄成王傷，勇而有力，握兵權，爲左右眩惑，遂謀狂悖，勸璘取金陵。以季廣琛、渾惟明、高仙奇、馮季康爲將，甲士五千人，十二月擅引舟師東下。遣渾惟明向吴郡，襲採訪使李希言。季廣琛趨廣陵，攻採訪使李成式。璘進至當塗，希言遣其將元景曜及丹徒太守閻敬之將兵拒之，成式亦遣其將李承慶來拒。璘擊斬敬之以徇，景曜、承慶並降於璘，江淮震動。時河南招討判官李銑在廣陵，有騎百八十人，進屯揚子。成式遣判官裴戎以廣陵步卒三千拒於伊婁埭，廣張旗幟，大閲士卒于江津。璘與傷登埤望之，有懼色。季廣琛知事不集，與渾惟明、馮季康謀各率衆亡走。是夜，銑陣江北，夜然束葦，人執二炬以疑之，影亂水中，覘者以倍告。璘軍亦舉火應之。璘疑王師已濟，攜兒女及麾下遁去。遲明覺其紿，復入城具舟楫，使傷驅衆趨晉陵。江北之兵齊進至新豐，璘使傷與仙奇逆擊之，銑張左右翼搏戰，射傷中肩，軍遂敗。璘奔鄱陽，將南走嶺外。江西采訪使皇甫侁遣兵追及之，戰大庾嶺。璘中矢被執，潛殺之於傳舍。傷爲亂兵所害，薛鏐等皆伏誅。永王璘弄兵之始末如此。太白入其幕中，世頗非之，然考天寶末年，宗室諸王若吴王祇、虢王巨，皆受命將兵，文人才士豈無入其幕者。太白之受辟于永王璘，何以異是。後之擅領舟師東下，命將交兵，其始豈遽料其至此乎！《新唐書》載季廣琛謂諸將之言曰：「吾與公等從王，豈欲反耶？上皇播遷，道路不通，而諸子無賢於王者。如總江淮鋭兵，長驅雍、洛，大功可成。今乃不然，使吾等名挂叛逆，如後世何！」太白初見，要亦類此。太白本傳謂：「永王璘辟白爲府僚佐，及璘起兵，白逃還彭澤。」是廣琛奔走廣陵之日，即太白逃亡彭澤之日也。乃廣琛以擁衆歸降，位至節度；太白以隻身逃遁，不免竄流，固遇之幸不幸也。夫觀其《爲宋中丞自薦表》曰：「屬逆胡暴亂，避地廬山，遇永王東巡脅行，中道奔走，卻至彭澤。」其《憶舊游書懷》詩云：「僕卧香爐頂，飡霞嗽瑶泉。半夜水軍來，尋陽滿旌旃。空名適自誤，迫脅上樓船。徒賜五百金，棄之若浮烟。辭官不受賞，翻謫夜郎天。」其自序固甚明也。蘇東坡謂太白之從永王璘，當由迫脅。以璘之狂肆寢陋，雖庸人知其必敗。太白能識郭子儀之爲人傑，而不能知璘之無成，此理之必不然者。蔡寬夫謂太白豈從人爲亂者。蓋其學本出縱横，以氣俠自任，當中原擾攘之時，欲藉之以立功名耳。大抵才高意廣如孔北海之徒，固未必有成功，而知人料事尤其所難。議者或責以璘之猖獗而欲仰以立事，不能如孔巢父、蕭穎士察于未萌，斯可矣，若其志亦可哀矣。宣慰大使崔涣及御史中丞宋若思爲之推覆清雪，若思率兵赴河南，釋其囚，使參謀軍事，并上書薦白才可用，不報。《新唐書》本傳：長流夜郎，會赦，還尋陽，坐事下獄。時宋若思將吴兵三千赴河南，道尋陽，釋囚，辟爲參謀。曾南豐《集序》云：永王璘節度東南，白時卧廬山，璘迫致之。璘軍敗丹陽，白奔亡至宿松，坐繫尋陽獄。宣撫大使崔涣與御史中丞宋若思，驗治明白，以爲罪薄宜貰，而若思軍赴河南，遂釋白囚，使謀其軍事。上書肅宗，薦白才可用，不報。乾元元年，終以汚璘事長流夜郎。《新書》稱白流夜郎，還尋陽，坐事下獄，宋若思釋之者，不合於白之自序，蓋史誤也。琦按：太白所作《爲宋中丞自薦表》云：「前後經宣慰大使崔涣及臣推覆清雪，尋經奏聞。」是尋陽下獄而宋若思釋之，正坐永王璘事也。

《新唐書》以一事分爲二事，殊謬。

有《永王東巡歌》、按《舊唐書》：至德元載十二月甲辰，江陵大都督府永王璘擅領舟師下廣陵。《新唐書·玄宗本紀》亦以璘反爲十二月甲辰事。《肅宗本紀》又以璘反爲十月事，陷鄱陽郡爲二載正月事，與此詩所謂「永王正月東出師」者殊異，恐「正」字有誤。《在水軍宴贈幕府諸侍御》詩、《在水軍宴韋司馬樓船觀妓》詩、《奔亡道中》詩、《南奔書懷》詩、《送張秀才謁高中丞》詩、序曰：余時繫尋陽獄中。《尋陽非所寄内》詩、《萬憤詞投魏郎中》、《上崔相百憂章》、《獄中上崔相涣》詩、《雜言用投丹陽知己兼奉宣慰判官》詩、按：涣以至德元載十一月爲江南宣慰大使，次年八月罷爲左散騎常侍、餘杭太守，數詩皆其未罷使以前之作。《中丞宋公以吴兵三千赴河南軍次尋陽脱余之囚參謀幕府因贈之》詩、《陪宋中丞武昌夜飲懷古》詩、《爲宋中丞祭九江文》、《爲宋中丞請都金陵表》、《爲宋中丞自薦表》、《武昌懷古》有「天河落曉霜」句，乃暮秋時作。是年九月癸卯，廣平王復西京，十月壬子，廣平王復東京，《請都金陵表》當是未聞西京剋復捷音以前之作。《贈張相鎬》詩、《通鑑》：至德二載八月，以張鎬爲河南節度、採訪等使，都督淮南諸軍事。二詩之作，在是月之後，詩曰：「卧病古松滋，蒼山空四鄰」，則其時以病暫寓宿松，又不在宋中丞幕矣。集中又有《贈閭丘宿松》、《贈閭丘處士》二詩，疑皆是時所作。《上皇西巡南京歌》。上皇以十二月丙午歸長安，戊午改蜀郡爲南京。詩有「上皇歸馬若雲屯」，及「南京還有散花樓」之句，蓋是上皇既歸之後所作。

〔附考〕是年正月乙卯，安禄山爲其子慶緒所殺。《酉陽雜俎》云：禄山反，太白製《胡無人》，言「太白入月敵可摧」，及禄山死，太白入月。按新、舊《唐書》俱無太白入月事，其説恐誤。《舊唐書》：至德二年九月，改宣州綏安縣爲廣德縣，以縣界廣德故城爲名。白有送《韓侍御之廣德》詩，爲是年以後之作。太白有《至陵陽山登天柱石酬韓侍御見招隱黄山》詩云：「天子昔避狄，與君亦乘驄。擁兵五陵下，長策遏胡戎。時泰解繡衣，脱身若飛蓬。」亦是此時所作。是年以潤州之江寧縣置昇州，至上元二年乃廢。白有《贈昇州王使君忠臣》詩，是四年中之作。是年十二月，改西京爲中京，白有《峨眉山月歌送蜀僧晏入中京》詩，乃自後五年中之作。《舊譜》列於開元六年，誤。

乾元元年，戊戌。即至德三年也。二月改乾元，復以載爲年。五十八歲

終以永王事長流夜郎，遂泛洞庭，上三峽至巫山。

樂史《别集序》云：白有知鑒，客并州，識汾陽王郭子儀於行伍中，爲脱其刑責而奬重之。及翰林坐永王之事，汾陽功成，請以官爵贖翰林，上許之，因而免誅。《新唐書》本傳：璘敗，當誅，初白游并州，見郭子儀奇之。子儀嘗犯法，白爲救免。至是子儀請解官以贖，有詔長流夜郎。

有《流夜郎於烏江留别宗十六璟》詩、《流夜郎贈辛判官》詩、《贈劉都使》詩，有「而我謝明主，銜哀投夜郎」句。《贈易秀才》詩，有「竄逐我因誰」句。《贈别鄭判官》詩，有「竄逐勿復哀，慚君問寒灰」句。《憶秋浦桃花舊游時竄夜郎》詩、《流夜郎永華寺寄尋陽群官》詩、《流夜郎至西塞驛寄裴隱》詩、《流夜郎至江夏陪長史叔及薛明府宴興德寺南閣》詩、《張相公出鎮荆州尋除太子詹事予時流夜郎行至江夏與張公相去千里公因太府丞王昔使車寄羅衣二事及五月五日贈予詩予答以此》詩，按：張鎬爲太子賓客，新、舊《唐書》皆不載年月，獨孤及所作《洪州刺史張公鎬遺愛碑》曰：「拜公荆州大都督府長史。明年元良肇建，上曰：『疇若余樂正父師之職，汝作賓客，卒調護太子，嘉言惟允。』於是授太子賓客。」則似在乾元二年中也。考《舊唐書》云：乾元元年五月戊子，以河南節度使、中書侍郎平章事張鎬爲荆州大都督府長史、本州防禦使。庚寅，立成王俶爲皇太子。則二事相去不過二日，獨孤及所云「明年元良肇建」者，誤也。若云張公之爲太子賓客在明年則可，然與此題所云「尋除」者又不合。其云「詹事」，或傳聞之誤，或先除詹事，後除賓客，亦未可知。《鸚鵡洲》詩、詩有「遷客此時徒極目」句，是流夜郎至江夏時之作。《泛沔州城南郎官湖》詩、序云：乾元歲秋八月，白遷於夜郎，遇故人尚書郎張謂出使夏口，沔州牧杜公、漢陽宰王公觴於江城之南湖，樂天下之再平也。《寄王漢陽》詩、《醉題王漢陽廳》詩云：「南湖秋月白，王宰夜相邀。錦帳郎官醉，羅衣舞女嬌。」蓋泛郎官湖以後之作。《醉題王漢陽廳》詩、詩有「我似鷓鴣鳥，南遷懶北飛」句，謂遷夜郎也。三詩實一時之作。《放後遇恩不霑》詩、《流夜郎聞酺不與》詩、《題葵葉》詩、《上三峽》詩。

〔附考〕是年六月，京兆尹嚴武貶巴州刺史，時郗昂亦自拾遺貶清化尉，二人意氣友善，時賦詩高會。見《羊士諤詩集》。公有《送郗昂謫巴州》詩，亦是此時所作。

乾元二年，己亥。五十九歲

未至夜郎，遇赦得釋。按《唐書·本紀》，乾元元年二月丁未，以改元大赦。四月乙卯，以有事南郊大赦。十月甲辰，以册立太子大赦。二年三月丁亥，以旱降死罪，流以下原之。公之遇赦當在此數月中。還憩江夏、岳陽，復如尋陽。

有《南流夜郎寄内》詩，詩有「北雁春歸看欲盡，南來不得豫章書」句，蓋是三月中作。《留別賈舍人至》、詩有「君爲長沙客，我獨之夜郎」句，是未遇赦以前之作。《流夜郎半道承恩放還兼欣尅復之美書懷示息秀才》詩、《經亂離後天恩流夜郎憶舊游書懷贈江夏韋太守良宰》詩、詩有「傳聞赦書至，卻放夜郎回」句。《天長節鄂州刺史韋公德政碑》、鄂州刺史韋公，即江夏韋太守良宰也。詩與文俱一時之作。《江夏使君叔席上贈史郎中》詩、詩有「昔放三湘去，今還萬死餘」句。《與史郎中飲聽黃鶴樓上吹笛》詩、《江夏贈韋南陵冰》詩、《贈從弟南平太守之遥》詩、《贈韋南陵》詩有「天地再新法令寬，夜郎遷客帶霜寒」句，是遇赦以後之作。

又曰「賴遇南平豁方寸，況兼夫子持清論」，則知與《贈從弟南平太守之遥》詩皆一時所作。《寄韋南陵冰余江上乘興訪之遇尋顔尚書笑有此贈》詩，考肅宗時，尚書而顔姓者，惟魯公一人，則所尋之顔尚書，必魯公也。按《唐書》，乾元元年，颜真卿由工部尚書出爲饒州刺史，二年六月由饒州刺史爲昇州刺史，充浙江西道節度使，此詩應在是時前後之作。《自漢陽病酒歸寄王明府》詩，有「去歲左遷夜郎道，今年敕放巫山陽」句。《早春寄王漢陽》詩、《望漢陽柳色寄王宰》詩、《陪族叔侍郎曄及中書賈舍人至游洞庭》詩，李曄之貶在乾元二年四月，則公與曄游飲應在是年之秋。而與賈至作詩贈答，亦在此時矣。《陪侍郎叔游洞庭醉後》詩、《巴陵贈賈舍人》詩、《與賈舍人於龍興寺剪落梧桐枝望𤄃湖》詩、《江夏送倩公歸漢東》詩，詩序有「聖朝已舍季布，當徵賈生」語，是遇赦以後之作。《九日登巴陵置酒望洞庭水軍》，注云：「時賊逼華容縣。」《通鑑》：乾元二年八月，康楚元、張嘉延據襄州作亂，楚元自稱南楚霸王。九月，張嘉延襲破荆州，有衆萬餘人，商州刺史韋倫起兵討之，十一月進軍擊之，生擒楚元。其衆潰散，荆、襄皆平。此詩與下二首皆是年之作。《司馬將軍歌》，有「狂風吹古月，竊弄章華臺」句，當是荆州陷後之作。《荆州賊平臨洞庭言懷作》。

《唐詩紀事》曰：韋渠牟，韋述之從子也，少警悟，工爲詩，李白異之，授以古樂府。權載之叙其文曰：「初，君年十一，嘗賦《銅雀臺》絶句，右拾遺李白見而大駭，因授以古樂府之學。」按《舊唐書・韋渠牟傳》，渠牟以貞元十七年卒，時年五十三，逆數其十一歲見太白時，在乾元二年中。

上元元年，庚子。即乾元三年也。閏四月改元上元。

太白年六十。

有《江上贈竇長史》詩，有「萬里南遷夜郎國，三年歸及長風沙」句，應在是時作。《運速天地閉》一首。詩有「胡風結飛霜，六龍頹西荒」句，謂禄山背畔、玄宗西狩也。有「鴛鴦非越鳥，何爲眷南翔」句，謂南遷夜郎也。有「太白出東方，彗星揚精光」句，按《唐書》，乾元三年四月丁巳，有彗星見於東方，凡五旬餘，閏四月辛酉朔，有彗星出於西方，至五月乃滅，正是時事。此詩爲是年之作。

上元二年，辛丑。是年九月制，去上元年號，但稱元年，以建子月爲歲首。六十一歲

太白游金陵，又往來宣城、歷陽二郡間。

有《餞李副使藏用移軍廣陵序》、《通鑑》：上元二年七月，以試少府監李藏用爲浙西節度副使。十月，江淮都統崔圓署李藏用爲楚州刺史，領二城而居盱眙。文有「社稷雖定於劉章，封侯未施於李廣」，「移軍廣陵，恭揖後命」等語，知是十月以前之作。《聞李太尉大舉秦兵百萬出征東南懦夫請纓冀申一割之用半道病還留别金陵崔侍御》詩、《通鑑》：「上元二年五月，

以李光弼爲河南副元帥、太尉兼侍中，都統河南、淮南東西、山南東、荆南、江南西、浙江東西八道行營節度，出鎮臨淮。」是其事也。詩中有「舊國見秋月，長江流寒聲」之句，乃是是年秋中之作。《宣城送劉副使入秦》詩。《舊唐書》：上元二年正月辛卯，温州刺史季廣琛爲宣州刺史充浙江西道節度使。詩中所謂「秉鉞有季公，凜然負英姿」，正指季廣琛也。所謂「統兵捍吴越，豺虎不敢窺」，指劉展餘黨張景超、孫待封占據蘇湖，將犯杭州之事。所謂「大勳竟莫叙，已過秋風吹」，是送餞之時，約在冬時矣。

寶應元年，壬寅。是年四月甲子改元寶應，復以正月爲歲首。己巳，代宗即位。六十二歲

時李陽冰爲當塗令，太白往依之，十一月以疾卒，年六十二。曾南豐《序》作「六十四」。以其序之本文考之，既以乾元之前一年參謀宋若思軍事時謂白年五十有七，合之寶應元年病卒之歲，正是六十二耳。其曰「四」者，恐是書寫之訛。

范傳正《新墓碑》曰：晚歲渡牛渚磯，至姑熟，悦謝家青山，有終焉之志。盤桓利居，竟卒於此。

李華墓誌云：年六十二不偶，賦《臨終歌》而卒。集中作《臨路歌》。劉全白《碣記》云：偶游至此，遂以疾終。代宗即位，廣拔淹滯，時君亦拜拾遺。聞命之後，君亦逝矣。

〔傳疑〕《摭言》曰：李白着宫錦袍，游采石江中，傲然自得，旁若無人，因醉入水中捉月而

死。《容齋隨筆》曰：世俗多言李太白在當塗采石，因醉泛舟於江，見月影俯而取之，遂溺死，故其地有捉月臺。予按李陽冰作《太白草堂集序》云：陽冰試絃歌於當塗，公疾亟，草藁萬卷，手集未修，枕上授簡，俾予爲序。又李華作《太白墓志》亦云：賦《臨終歌》而卒。乃知俗傳良不足信，蓋與杜子美因食白酒牛炙而死者同也。《二老堂雜誌》曰：世傳太白因醉溺江，故有捉月臺。梅聖俞詩云：「采石月下逢謫仙，夜披錦袍坐釣船。醉中愛月江底懸，以手弄月身翻然。不應暴落飢蛟涎，便當騎鯨上青天。」蓋信此而爲之説也。《舊唐書》本傳云：白以飲酒過度，死於宣城。《新唐書》云：李陽冰爲當塗令，白依之而卒。陽冰之序《白集》亦謂白「疾亟，枕上授簡，俾予爲集序」，初無捉月之説。豈古不弔溺，故史氏爲白諱耶？抑小説多妄，而詩人好奇，姑假以發新意耶？《方輿勝覽》曰：李白初葬采石，後遷青山，去舊墳九里。按李陽冰《草堂集序》、劉全白作《墓碣》，皆謂以疾終。《侯鯖録》載「太白過采石，酒狂捉月」，恐好事者爲之。《千一録》：杜子美之没，旅殯岳陽，四十餘年，乃克襄事於首陽，元微之之誌詳矣。李太白卒於當塗，以集託族叔邑令陽冰，陽冰之序明矣。而稗家之説，乃云皆以溺死，二公生同聲，而没亦同毁，豈相嫉者流言而志奇者不察耶？

有《獻從叔當塗宰陽冰》詩，詩云：「小子别金陵，來自白下亭。」知太白自金陵往當塗也。又云：「彈劍歌苦寒，嚴風起前楹。月銜天門曉，霜落牛渚清。」則其時爲秋冬之交也。是非辛丑即壬寅二年中之作。《當塗李宰君畫贊》。贊有「縉雲飛聲，當塗政成」之句，則所贊者爲陽冰無疑。集中又有《陪族叔當塗宰游化城寺升公清風亭》詩，又有《化城寺大鐘銘》。詩稱「升公湖山秀，粲然有辯才。濟人不利己，立俗無嫌猜」云云，銘序稱「寺主朝昇，英骨秀氣，虛懷忘情，潔己利物」云云，是朝昇、升公本一人，而詩與銘之作，大約相去不遠也。銘序稱「當塗邑宰李公，以西逾流沙，立功絶域。帝疇乎厥庸，始學古從政。歷宰潔白，聲聞於天。天寶之初，鳴琴此邦」。其時代履歷，與陽冰不類，則所謂族叔當塗宰者，乃另是一人，在天寶中來爲邑令者，非上元後作當塗宰之李陽冰也。

《翰林李太白年譜》一帙，宋薛仲邕所編集也。薛，關中人，宋紹興間爲右奉議郎。薛以呂大防爲《杜詩年譜》，韓、柳二公亦有年譜，而太白之集無之，因采唐史及李陽冰、曾鞏諸序，參校詩文而爲此。惜其疏略，又不無牴牾，余嘗參伍諸詩而補訂其先後。太白生於蜀中，出蜀之後，不復旋返，凡蜀地諸作皆少作也。中年游京師，出京之後不復再入，凡秦地諸作，皆天寶初年中作也。未至京師之前，寓家東魯，而往來於燕、晉、梁、宋、吴、越諸州郡，洎去京師之後，至天寶之末，猶寓家東魯，復往來燕、晉、梁、宋、吴、越諸州郡，故凡燕、晉、梁、宋、吴、越之詩，有作自開元中者，有作自天寶中者。至德以後，不復再至中原，所經歷者，岳陽、江夏、金陵、宣城諸處而已，雖開元中亦嘗游歷其地，然其詩要作於至德後爲多。以此應證舊譜，分别疑似，或删或補，雖不能廣引旁羅，年經月緯，悉以詩筆分隸其間，然依此考之，若者作於開元時，若者作於天寶中，若者作於至德以後，洎寶應初年，亦約略可定矣。太白事跡，多無實在年月可考，因朝廷一二巨事及同時諸人列傳、詩文中相關合者參互考訂，稍可分屬。故雖以詩文分繫某年之下，多云其時者，謂在是年先後之間，其尤難分屬者，則云是時以前，是時以後。惟是居今考古，與太白相去千有餘歲，典籍之散亡，金石之磨滅，遺文舊跡，日就湮銷而不可復見，較之薛氏之世，益又倍焉。薛不能廣輯於前，而思欲拾遺補闕於後，自知其拙矣。況集中亥魯豕魚之字，錯謬實多；或雜以他人之作，未能别其真贋；證之史書，年月尚多參錯不一。其雜家記録，聞見異辭，寧遂足爲文獻之徵乎！今採其一説而依以爲據，雖云增益較昔爲多，安知其舛謬較昔不又多耶？至於傳聞之異辭者，謂太白生於昌明之清廉鄉，讀書於大匡山，而其死也由捉月於采石之數事，昔人多以爲不足信。然在唐時已傳説如此，而圖經、地誌且引爲故實，名公才士亦往往見於詩文，故附録之而并載昔人之辯論於其下。若其出自唐以後之書，本之委巷流傳，而依附撰擬，尤不可憑，概不採輯。非不知多文以爲富也，闕其疑正以見所存者之可信焉耳。

李太白全集卷之三十六

附録六

錢塘王琦琢崖編輯
趙樹元石堂較

外記一百九十四則

李太白少時，夢所用之筆頭上生花。後天才贍逸，名聞天下。《天寶遺事》。

李白有天才俊逸之譽，每與人談論，皆成句讀，如春葩麗藻，粲於齒牙之下。時人號曰李白粲花之論。《天寶遺事》。

李白嗜酒，不拘小節。然沉酣中所撰文章，未嘗錯誤；而與不醉之人相對議事，皆不出太白所見。時人號爲「醉聖」。《天寶遺事》。

李白於便殿對明皇撰詔誥，時十月大寒，筆凍莫能書字。帝敕宮嬪數十人侍白左右，各執牙筆呵之，遂取而書其詔。其受聖眷如此。《天寶遺事》。

明皇召諸學士宴於便殿，因酒酣，顧謂李白曰：「我朝與天后之朝何如？」白曰：「天后朝政出多門，國由奸幸，任人之道，如小兒市瓜，不擇香味，惟揀肥大者。我朝任人如淘沙取金，剖石采玉，皆得其精粹。」明皇笑曰：「學士過有所飾。」《天寶遺事》。

寧王宫有樂妓寵姊，美姿色，善謳唱，每宴外客，其諸妓女盡在目前，惟寵姊客莫能見。飲故半酣，詞客李太白恃醉戲曰：「白久聞王有寵姊善歌，今酒殽醉飽，群公宴倦，王何怯此女示於衆？」王笑謂左右曰：「設七寶花障，召寵姊於障後歌之。」白起謝曰：「雖不許見面，聞其聲亦幸矣！」《天寶遺事》。

李白登華山落雁峰曰：「此山最高，呼吸之氣，想通天帝座矣！恨不攜謝脁驚人詩來，搔首問青天耳。」《搔首集》。《雲仙雜記》。

李白游慈恩寺，寺僧用水松牌，刷以吴膠粉，捧乞新詩。白爲題訖。僧獻玄沙鉢、緑英梅、檀香筆、蘭縑袴、紫瓊霜。《海墨徽言》。《雲仙雜記》。

李白開元中謁宰相，封一板上，題云「海上釣鰲客李白」。相問曰：「先生臨滄海釣巨鰲，以何物爲鈎線？」白曰：「以風浪逸其情，乾坤縱其志；以虹蜺爲絲，明月爲鈎。」相曰：「何物爲餌？」曰：「以天下無義丈夫爲餌。」時相悚然。《侯鯖録》。

唐劍具稍短，常施於脇下者，名腰品。隴西人韋景珍，有四方志，呼盧酣酒，衣玉篆袍，佩玉𩍐兒腰品，修飾若神人。李太白常識之，見《感寓》詩云：「玉劍誰家子，西秦豪俠兒。」謂景珍也。《清異録》。

舊聞李太白好飲玉浮梁，不知其果何物。余得吴婢，使釀酒，因促其功，答曰：「尚未熟，但浮梁耳。」試取一盞至，則浮蛆酒脂也。乃悟太白所飲蓋此耳。《清異録》。

薛稷，天后朝位至少保，文章學術名冠當時。學書師褚河南，畫蹤閻令。秘書省有畫鶴，時號一絶。曾旅游新安郡，遇李白，因留連，書永安寺額，兼畫西方像一壁，筆力瀟洒，風姿逸發，曹、張之亞也。二跡之美，李翰林題贊見在。《太平廣記》。

按：薛稷本傳，稷坐竇懷貞事賜死，開元元年七月中事也。是時太白年甫十五，未出蜀中，安得與稷相遇於新安郡，蓋傳聞之譌也。

李太白有薛稷之畫贊。《宣和畫譜》。

按：薛稷畫贊，本集不載，蓋已佚之矣。

許雲封，樂工知笛者。貞元初，韋應物自蘭臺郎出爲和州牧，輕舟東下，夜泊靈壁驛。時雲天初瑩，秋露凝冷，舟中吟諷，將以屬詞，忽聞雲封笛聲，嗟嘆良久。韋公洞曉音律，謂其笛聲酷似天寶中梨園法曲李謩所吹者。遂召雲封問之，乃是李外孫也。雲封曰：「某任城舊士，多年不歸，天寶改元初，生一月時，東封迴駕，次至任城〔一〕。外祖聞某初生，相見甚喜，乃抱詣李白學士，乞撰令名。李公方坐旗亭高聲命酒。當壚賀蘭氏，年且九十餘，邀李置飲於樓上。外祖送酒，李公握管醉書某胸前曰：『樹下彼何人，不語真吾好，語若及日中，烟霏謝成寶。』外祖辭曰：『本於學士乞名，今不解所書之語。』李公曰：『此即名在其間也。「樹下人」是木子。木子，李字也。「不語」是莫言。莫言，謩也。「好」是女子。女子，外孫也。「語及日中」是言午。言午，許也。「烟霏謝成寶」是雲出封中，乃是雲封也。即李謩外孫許雲封也。』後遂名之。」楊巨源《李謩吹笛記》及《甘澤謡》。

〔一〕按：玄宗東封泰山乃開元十三年事，去天寶改元時凡十八年，小説家言，固多舛誤。

李白前後三擬《文選》，不如意，悉焚之，惟留《恨》、《別賦》。《酉陽雜俎》。

李白才逸氣高，與陳拾遺齊名，先後合德，其論詩云：「梁、陳以來，豔薄斯極，沈休文又尚以聲律，將復古道，非我而誰與！」故陳、李二集，律詩殊少。嘗言興寄深微，五言不如四言，七言又其靡也，況使束於聲調俳優哉！故戲杜曰：「飯顆山頭逢杜甫，頭戴笠子日卓午。借問别來太瘦生，總爲從前作詩苦。」蓋譏其拘束也。《本事詩》。

李白有馬，名黄芝。《採蘭雜志》。《瑯嬛記》。

每宴飲，無不先及；每慶具，無不先霑。中廐之馬，代其勞；内廚之膳，給其食。《李白傳》。《合璧事類》。

《李白外傳》云：白作樂章，賜錦袍。蔡夢弼《杜詩注》。

李白游華陰，縣令開門方決事，白乘醉跨驢過門。宰怒，引至庭下：「汝何人？輒敢無禮！」白乞供狀，曰：「無姓名。曾用龍巾拭吐，御手調羹，力士脱靴，貴妃捧硯，天子殿前尚容走馬，華陰縣裏不得騎驢！」《合璧事類》。

毛文岐《李太白騎驢處》詩：華陰道上華山側，想見當年李太白。縣令不許騎驢過，自稱天子殿中客。一斗百篇逸興豪，到處山水皆故宅。胸懷放曠天地小，應是玉皇香案謫。予亦廿載喜遨游，勞勞萬里愧行役。

吴筠東游會稽，嘗於天台、剡中往來，與詩人李白、孔巢父詩篇酬和，逍遥泉石，人多從之《舊唐書》。吴筠所善孔巢父、李白，歌詩略相甲乙云。《新唐書》。

唐司馬承禎與陳子昂、盧藏用、宋之問、王適、畢構、李白、孟浩然、王維、賀知章，爲仙宗十友。《海録碎事》。

李太白《僧伽歌》曰：「此僧本住南天竺，爲法頭陀來此國。」又云：「嗟予落泊江、淮久，罕遇真僧説空有。」時僧伽已顯於淮、泗之上矣。豪傑中識郭子儀，隱逸中識司馬子微，浮屠中識僧伽，則太白亦異人也哉！《邵氏聞見後録》。

杜甫與李白、高適、衛賓相友善，時賓年最少，號小友。《唐史拾遺》。

許宣平，新安歙人也。睿宗景雲中，隱於城陽山南塢，結庵以居。不知其服餌，但見不食，顏若四十許人。輕健，行疾奔馬。時或負薪以賣，薪擔常挂一花瓢及曲竹杖。每醉，行騰騰以歸，吟曰：「負薪朝出賣，沽酒日西歸。借問家何處？穿雲入翠微。」邇來三十餘年，或濟人危急，或救人疾苦。城市之人多訪之不見，但覽庵壁題詩曰：「隱居三十載，築室南山巔，靜夜翫明月，閑朝飲碧泉。樵人歌隴上，谷鳥戲巖前，樂矣不知老，都忘甲子年。」好事者多誦其詩，有抵長安者，於驛路洛陽、同、華間傳舍，是處題之。天寶中李白自翰林出，東游經傳舍，覽詩吟之，嘆曰：「此仙人詩也。」詰之于人，得宣平之實。白於是游新安，涉溪登山，累訪之不得，乃題詩於庵壁曰：「我吟傳舍詩，來訪仙人居。烟嶺迷高跡，雲林隔太虛。窺庭但蕭索，倚杖空躊躕。應化遼天鶴，歸當千歲餘。」宣平歸庵，見壁詩，又吟曰：「一池荷葉衣無盡，兩畝黄精食有餘。又被人來尋討著，移庵不免更深居。」其庵後爲野火燒之，莫知宣平蹤跡。《續仙傳》。

李白來訪許宣平，於紫陽山下過渡，得破船，有老翁在，問宣平家，老翁指船篙賦詩曰：「面前一竿竹，便是許公家。」即宣平也，二仙相遇甚奇。《方虚谷詩集》。

州南數里，有岸特高，號浣紗阜。隔溪對龍井山，望城陽不遠，相傳李太白訪許宣平，徘徊岸上甚久。羅願《新安郡志》。

浣沙阜，在徽州府南二里，相傳李白來訪許宣平，阜上待渡。《江南通志》。

《南康軍圖經》云：李白性喜名山，飄然有物外志，以廬阜水石佳處，遂往游焉。至五老峰，愛其險峭奇勝，曰：「天下之壯觀也！卜築於此，吾將老焉！」今峰下有書堂舊基，白後北歸，猶不忍去，乃指廬山曰：「與君再會，不敢寒盟，丹崖緑壑，神其鑒之。」黄鶴《杜詩注》。

唐人言李白不能屈身，以腰間有傲骨。《鼠璞》。

李太白作《玉關定》、《望遠》、《黄鶴樓》、《玉堂清》、《對月吟》。楊正表《琴譜》。

琦按：譜中《對月吟》凡十二段，并有詞，詞不類太白。其第八段隱括「漢下白登道」一詩在内，第十一段有「彷彿浮槎，遨游赤壁」之句，乃後人所擬也，故不録。

唐文宗曾以時諺謂杜甫、李白輩爲四絶，問丁居晦。《册府元龜》。

李白嘗作《長相思》樂府一章，末曰：「不信妾腸斷，歸來看取明鏡前。」其婦從旁觀之曰：「君不聞武后詩乎？『不信比來常下淚，開箱驗取石榴裙。』」太白爽然自失，此即所謂相門女也。具此才情，故當與尋真、騰空爲侶，第不知嬌女平陽，能繼林下風否？《柳亭詩話》。

右記逸事三十三則

龍安府平武縣有蠻婆渡，在江油青蓮垻。相傳李白母浣紗於此，有魚躍入籃内，烹食之，覺有孕，是生白。《廣輿記》：白生蜀之青蓮鄉。舊志以爲彰明人，蓋平武實割江、彰、劍、梓之地以爲邑，今蠻婆渡、青蓮鄉俱隸平武，則白生之地在今平武無疑矣。《四川總志》。

李白故宅，在綿州彰明縣南二十里，古碑刻猶有存者。《四川總志》。

清廉壩，一名青蓮鄉，太白故宅在焉，去江油縣三十里，壩有太白墨池。朱樟《白舫集》。

楊遂《李太白故宅記》：先生諱白字太白，事蹟已具范傳正《姑孰碑》及李陽冰《文集序》矣。夫蛟龍能神於雲雨，不能爲人用；鳳凰能瑞於王者，不能爲人畜。先生以天成之材，能神於爲文；異人之表，能瑞於當世。始投袂而來，竟解組而去，所謂不能爲人用與人畜也。爍哉庚星！儲精參絡。屬開元天子御宇日久，天下無事，聿修文教，卷四溟而袂寰宇，頓八紘而羅英傑。先生拖屐劍閣，西入長安，天子聞其名，忻若有得。召見之日，前席禮之，延於金鑾，待如僚友。自是疇咨若采，潛俾草奏，造膝説詞，人莫知者。恩隆寵洽，王公向風，不浹日而聲烜於華夏，亦先生之遇代之盛也。夫有高世之德，則訕謗者伺其隙；有超人之行，則嫉妒者窺其釁。故士無賢與不肖，女無美與醜，睹先生以興嘆也。值非常之時，遭非常之主，宜必立非常之事，建非常之功。以開元之盛，非謂無時矣。以玄宗之明，非謂無主矣。然而青蠅之營營，棘藩斯止；貝錦之萋菲，豺虎可投。賈誼既疏，崔駰亦棄。豈非得時不難得君難，得君不難立事難，立事不難建功難，故功難成而易敗，事難就而易毁者歟！先生所以卷舒無悔吝，趨舍有進退。遂乃北游燕、趙，東訪梁、宋，南憩郢、楚，周流數十載，思與喬、松游，而餌金丹爲事耳。由是縱情肆志，劉伯倫之遨世也；賦詩寓懷，阮嗣宗之窮途也；學仙養生，嵇叔夜之邁俗也。觀其才思駿發，浩蕩無涯，組繡史籍，粉繪經典，若鼓號鐘而鬼神雜沓，闢武庫而劍戟森羅。而又縹緲悠揚，迥出風塵之外，不作人間之語，故當時號爲謫仙人焉。如《蜀道難》可以戒爲政之人矣，《梁甫吟》可以勵有志之臣矣，《猛虎行》可以勗立節之士矣，《上雲曲》可以化愚夫之懵矣，《懷古》可以革澆風之俗矣。其餘所作，雖以感物、因事而發，終以輔世、匡君爲意。自西竄夜郎，南流江左，坎壈頓躓，飄泊羈屑，悲夫！僕嘗論蜀中自古多出名人才士，其尤者，漢則司馬長卿、王子淵、揚子雲，唐則陳子昂曁先生耳。長卿遇武皇之重，終卧病而閑；子淵獲宣帝之好，亦無用於世；子雲會王莽之亂，復貧困而卒；子昂憤文章之壞，一變有道，又以貶爲退；先生振風雅之綱，再革今弊，竟以放而去。噫！天厚其才，而薄其命乎！不然，以褒貶聖賢，毁譽今古，主陰者罰之乎！又不然，以才學富多，器識儁茂，司命者黜之乎？是烏可知也。然此數子，千百年後莫不聳慕，宗爲楷則，亦可謂拔乎其萃者矣！先生舊宅在清廉鄉，後往戴天山讀書，今舊宅已爲浮屠者居之。僕少覽先生之文，每爲太息。辛卯謫涖斯邑，因暇披莽，挈侣來尋。

嗟乎！城郭皆是，丘陵如故，其人已往，其迹空在。遼海玄鶴，尚千年而卻歸，蒼梧白雲，竟一去而不返。爲銘勒石，寘之金田，其辭曰：岷山之精，上爲金星。母乃協夢，先生以生。厥名與字，則而象之。出風塵表，標天人資。詞源學派，若洩尾閭。自古王佐，欲致唐、虞。謂予弗起，蒼生其如。遂來京師，荃芬蘭藹。天子詔我，金鑾賜對。禮爲前席，千載一會。王公卿士，莫不傾蓋。英聲雷飛，輷於區外。有始有卒，其惟聖人。孰謂誰來，我思奉身。稽顙丹陛，願乞骸骨。天子從之，出蒼龍闕。鶴返青漢，雲歸碧天。緬追安期，邈尋偓佺。夕餌瓊蕊，晨漱玉泉。放情肆志，養吾浩然。詩吟千首，酒飲百船。西浮南泛，夫何繫焉。龍飲山前，涪江之涘。先生一去，宅留故里。數變喬木，幾千人世。草蔓荒蹊，棘羅廢址。鄉人故老，猶話厥美。吁哉先生，不爲不遇。命也如何，拂衣自去。蓬萊金闕，崑崙珠樹。定往游否，孰知其故。悠悠我思，傷心日暮。

遵義府有太白宅，在夜郎里。有題碑記。《四川總志》。

磨針溪，在眉州象耳山下。世傳李太白讀書山中，未成棄去。過小溪，逢老媪，方磨鐵杵，問之，曰：「欲作針。」太白感其意，還卒業。媪自言姓武，今溪旁有武氏巖。《方輿勝覽》。

讀書臺，在四川眉州象耳山，唐李白嘗讀書於此。上有石刻白詞。宋杜光庭詩：「山中猶有讀書臺，風掃晴嵐畫嶂開。華月冰壺依舊在，青蓮居士幾時來？」《一統志》。

太白臺，在龍州江油縣。太白與江油尉往來，故有臺在尉廳，蒲翰爲之記。《方輿勝覽》。

太白讀書臺，在龍安府平武縣牛心山，宋州守史祁手書石刻，並太白《贈江油尉》詩。一在大匡山。《四川總志》。

太白臺，在四川龍州牛心山上。太白嘗讀書於此，遺址尚存。《一統志》。

龍安府江油縣大明寺，在治西南，有李白讀書臺。《四川總志》。

龍安府平武縣有明月沉潭，在明月渡，舊傳每夜有月影。李白有詩，歲久漫滅，今石壁上存宋宇文通詩刻。《四川通志》。

龍安府平武縣有匡山，碑鐫李白《出山》詩，或云在江油縣。《四川通志》。

龍安府江油縣有大匡山，在縣治西三十里，山勢高聳，狀如匡字，唐李白讀書處。《全蜀總志》。

大匡山，在保寧府江油縣西三十里，唐李白嘗讀書於此。《一統志》。

大匡山，在成都府彰明縣北三十里，一名康山。唐杜甫寄李白詩：「匡山讀書處，頭白好歸來。」亦名戴天山。《一統志》。

彰明縣北五十里有李白讀書臺。《四川通志》。

點燈山，在龍安府江油縣南二十里，一名小匡山，夜有光如燈，故名。上有李白讀書臺及白祠。《四川通志》。

杜詩云：「匡山讀書處，頭白早歸來。」李太白，青州人，多游匡廬，故謂之匡山。《綿州圖經》云：戴天山在縣北五十里，有大明寺。開元中，李白讀書於此寺。又名大康山，即杜甫所謂「康山讀書處」也。恐《圖經》之妄。《西溪叢語》。

載籍之間，所言地理訛舛甚多，不可勝述。李白讀書於匡山，正綿州大匡山、小匡山之處，而《寰海記》舊注乃指江州匡廬山爲白讀書之所。《野客叢書》。

琦按：太白卧廬山爲永王璘迫致幕府，坐是得罪。杜少陵「匡山讀書處，頭白早歸來」之句，當以匡廬之解爲正。至於太白讀書之處，不但地志所云，歷歷可據，即鄭谷《蜀中》詩，亦有「雪下文君沽酒店，雲藏李白讀書山」之句，在唐時已相傳若此矣。因杜注之援引未確，乃并太白讀書之地而亦疑其出於附會，抑又偏矣。

濯筆溪，在潼川州西一里。古傳李白訪趙蕤，習書於此。《四川通志》。

李白，彰明人，周游四方，逕宕渠過南陽，有詩。《四川通志》。

白雲寺，在夔州奉節縣治北。李白寓夔州，有《白雲寺》詩，刻懸崖間。《四川總志》。

太白巖，在夔州府萬縣西山，上有「絶塵龕」三字在石壁，有唐人詩刻，相傳太白讀書於此。《潛確居類書》。

曹學佺《萬縣西太白祠堂記》：縣西有太白巖，在西山，即絶塵龕也。王象之《輿地碑目》

云：「絶塵龕」三字，在西山上石壁，字畫瘦勁，類晉、宋間物，唐人題咏甚多。相傳李太白讀書於此，有「大醉西巖一局棋」之語。太白，蜀人也。其詩之見於蜀者，若成都散花樓、漢嘉峨眉山、《白帝城》、《蜀道難》等篇，在集中可考。而《紀事》稱其爲彰明小吏時，令屬辭不偶，輒爲接之，令遜其佳，以此見妒，則東蜀楊天惠所載也。予得諸碑刻，有題江油主簿廳，爲米芾書，及象耳山留題云：「夜來醉卧月下，花影零亂，滿人衣袖，恍如濯魄於冰壺也。」此真天仙語，本集皆不載。而涪陵有渡曰李渡，以太白曾渡此，即婦人稚子能知之矣。獨萬縣西山者不甚著聞，至爲天仙橋以别之，而過者未嘗問也。予詩落句云：「一自金陵問消息，無人指向萬州看。」蓋甚致慨然。黄魯直《勒風院記》謂「西山之勝，東望巫峽，西盡郁鄢，不敢與之爭抗」。魯直在蜀久，斯言不誣。予謂太白讀書此巖中，宜有太白祠，而萬令方君，好古樂善，予門人典客陸昇彤等，唯唯叶力，遂書原委於道士常明，且係以詞曰：「太白先生，金行之精。隴西帝裔，産於昌明。起家小吏，不習逢迎。牽牛堂下，諧謔隨聲。逢彼之怒，離鄉遂輕。扁舟下峽，出白帝城。顧瞻西山，岝嵁崢嶸。挺然拔出，巧類削成。青開練石，翠點秋屏。絶塵龕上，夫非世情。栖泊厥跡，讀書著名。何時非醉，而忍獨醒。何事非局，遑問變更。事在有無，語類不經。人心愛之，夸詡爲真。樹若曾倚，其色敷榮。泉若曾酌，其聲清泠。何以祠之，厂㕒上平。裁虹爲棟，架壑作楹。峽江蒼蒼，白雲自横。飛鳥時過，嚶彼其鳴。薄言訪之，而懷友生。悵然不見，涕淚沾巾。聿觀兹役，堂構以新。懷賢述古，二美則并。江山勝豁，文明道亨。千秋之後，令名不湮！」

錦江山，在四川嘉定州北四十里。太白亭，在錦江山之巔，唐李白嘗於此賦詩，宋黄庭堅因以名亭。《一統志》。

太白亭，在嘉定州北十里錦岡山上，下即平羌峽。相傳太白曾游此，黄庭堅建亭於山之絶頂，遂以太白名之。亭今廢，尚有石斗、石鯨在荒址中。《四川志》。

竹溪六逸堂，在徂徠山西北巉石峰下。唐天寶間，孔巢父、李白、韓準、裴政、張叔明、陶沔隱居於此。有金翰林承旨党懷英撰碑石刻。《一統志》。

方豪《竹溪記》：李白與孔巢父、韓準、裴政、張叔明、陶沔居徂徠山，日沉飲，號竹溪六逸，而竹溪之名滿天下。自予有知，即慕其地，意必清流之上，修竹萬竿，蕭森潔爽，若神仙之居，使人即之而忘去，去之思復即也。近予以審録之行，登太山，望徂徠。詢所謂竹溪者，不過荒烟野草之區，溪既非舊，竹亦何嘗一幹之存哉！然而言竹溪者不絶焉，無乃六逸之力耶？夫六逸者，固一時之英也，而唯太白爲最顯。其他若孔巢父，人亦稍知其姓名而已，餘則併姓名而昧之。嗚呼！白於竹溪，可謂有獨力者矣！

李白自幼好酒，於兖州習業，平居多飲。又於任城縣搆酒樓，日與同志荒宴，客至少有醒時。邑人皆以白重名，望其里而加敬焉。《太平廣記》。

李白酒樓，在濟寧州南城上。唐李白客任城時，縣令賀知章觴之於此，今樓與當時碑刻俱存。元著作郎陳儼《重修李白酒樓記》，其末有歌曰：「公昔去兮乘龍，窅雲氣兮蓬萊宫。衿青霞兮佩明月，横四海兮焉窮。濟水兮無波，泰山繚兮鬱嵯峨。思故國兮神游，悅臨風兮浩歌。醉而生兮醉而死，曩孰非兮今孰是。千鍾百榼兮彼且奚適，操一瓢兮吉其止。攬香風兮折瓊芳，援北斗兮斟桂漿。浩溟溟兮徙倚以望，歸來歸來兮舉我觴！」《一統志》。

按：太白《任城縣廳壁記》所云邑宰賀公，其名不可考，後人遽以賀知章當之，誤也。據新、舊二書，知章初未嘗爲任城令。噫！因一人之誤，致後人詩文遂因之而皆誤，職蒐討者，可不慎歟！

濟寧州太白樓，下俯漕河，憑高眺遠，據一州之勝。碑板林立，惟唐人李光記大篆最古，碑製六面如幢。其左爲二賢祠，祀太白、賀監。其東有太白浣筆泉。王阮亭《秦蜀驛程後記》。

沈光《李白酒樓記》：有唐咸通辛巳歲正月壬午，吴興沈光過任城，題李白酒樓。夫觸强者靦緬而不發，乘險者帖薾而不進，潰毒者隱忍而不能就其針砭，搏猛者持疑而不能盡其膽勇。而復視其强者弱之，險者夷之，毒者甘之，猛者柔之，信乎酒之作於人也如是。

翰林李公太白，聰明才韻，至今爲天下倡首，業術匡救，天必付之矣。致其君如古帝王，進其臣如古藥石，揮直刃以血其邪者，推義轂以輦其正者，豈憑酒而作也？憑酒而作者，强非真勇。太白既以峭訐矯時之狀，不得大用，流斥齊、魯。眼明耳聰，恐貽顛踣，故狎弄杯觴，沉溺麴蘖，耳一淫雅，目混黑白。或酒醒神健，視聽鋭發，振筆著紙，乃以聰明移於月露風雲，使之涓潔飛動；移於草木禽魚，使之妍茂軒騰；移於邊情閨思，使之壯氣激人，離情溢目；移於幽巖邃谷，使之遼歷物外，爽人精魄；移於車馬弓矢，悲憤酣歌，使之馳騁决發，如睨幽、并。而失意放懷，盡見窮通焉！嗚呼！太白觸文之强，乘文之險，潰文之毒，搏文之猛，而作狎弄杯觴，沉溺麴蘖，是真塞其聰，翳其明，醒則移于賦詠，宜乎醉而生，醉而死。予徐思之，使太白疏其聰，決其明，移於行事，强犯時忌，其不得醉而生死也。當時骨鯁忠赤，遞有其人，收其逸才，萃於太白。至於齊、魯，結搆凌雲者無限，獨斯樓也，廣不踰數席，瓦缺椽蠹，雖樵兒牧豎，過亦指之曰：「李白嘗醉於此矣！」

劉楚登《太白酒樓記》：太白酒樓在故濟州、今濟寧府南城門上，壯麗雄偉，四望夷曠。有汶、泗二水經其前，開河、安山、山湖諸水匯其西，鳧、繹、龜、蒙、徂徠、岱宗諸山，復左顧聯絡於東北。皆紆青浮白，以舒斂出没於雲烟縹緲之際，而齊、魯方千里之勝，可指顧而見矣。樓之規制，不知重修何時，其與昔之高卑、大小，殆不可辨。意其上下千數百年間，其修葺而因仍者，殆皆類此耳。右階西南上有古石柱，高可丈四五，觚植而湧蓋其上，周圍刻小篆記文者，唐沈光之所作也。其左階東南隅有二賢祠記石刻一通，蓋昔之州人，嘗祀太白與知章賀公於其上者也。祠有二賢何？舊傳開元中以知章爲任城宰而來，其來而止也，嘗飲於此，此樓之所以名也。惟李白負奇氣、好仙游，其足跡幾半天下，凡江、漢、荆、湘、吴、楚、巴、蜀，與夫秦、晉、齊、魯山水名勝之區，亦何所不登眺，何日不酣暢！而以酒樓名天下，有二焉。其在洛陽天津橋南，董糟丘所造者，其事尤奇偉卓絶，今其存亡興廢，類不可知。獨兹樓以沈光記文，遂留傳至今，豈偶然哉！

趙弼《太白酒樓賦》：濟城之巔，有樓歸焉，檐阿翼以四出，觚棱揭其高騫。謝溷濁於埃壒，焕金碧於雲煙。可以騁遐矚，寫幽悁，蓋太白昔所登臨而盤桓者也。粤惟濟郡，唐爲任城，雜舟車於水陸，紛人物之俊英，俗尚詩書而民勤稼穡，夫豈他邦可與抗衡！於是四明狂客，適宰兹邑，温恭克脩，儼碩有立，訟庭闃其虚閒，聊游衍乎原隰。爾其長庚真人，興聖孫子，薄游東魯，寄家於此，邂逅之間，亶其樂只。想夫二賢之登斯樓也，形忘兮有終，心超兮無始。藩五嶽兮張屏，隱三山兮列几。斞天漢兮爲漿，舉斗筐兮作匕。左浮丘、伯喬以振衣，右安期、羡門而正履。豪吟吐萬丈之虹，醉吻涸三江之水；嘯歌玩空界之日月，震盪駐人寰之風雨。眼空四海，氣蓋千古，風流豪邁，直使人精神飛越，欲凌風而遐舉。爰有豪梁趙子，博賽好脩，倦游湖海，養痾林丘。乘休暇，偕朋儔，攜濁醪，昇芳羞，而相與登兹樓。仰天宇兮嵺廓，俯山川兮樛流。草木黄落兮氣蕭瑟，禽獸號鳴兮悲窮秋。憑闌兮四望，豁我兮遠眸。東則嵬、嶧突起，嶔崟摧嵟，削芙蓉於半空，挹蒼翠於百里，悵禹桐之安在，慨秦碑之就毁。西則平湖浸空，灝溔皎潔，霜露降而潦水澂，蒲荷瘁而蒹葭折，惟獻艇與鷗群，互出没而明滅。南則野蕪蒼蒼，河流湯湯，濤靐波雪，噴注吕梁，微神禹之疏鑿，民何由而奠康。北則平原淤漫，一望無極，泰山巖巖，遠露秋色，顧汶、泗之縈迴，知發源乎其側。周覽既畢，逡巡就席，浩歌起舞，痛飲盡石。客有徘徊歔欷，淚下霑襟而告趙子曰：「太白不云乎？『既無長繩繫白日，又無大藥駐朱顔』。昔人安在，登高望遠，但見山青青而水潺潺，而況吾儕小人，皇皇朝夕，汩汩塵埃，死與草木同腐，不亦可哀也哉！」趙子逌爾而笑，舉酒觴客而謂之曰：「吾亦聞諸太白云：『天地者，萬物之逆旅；光陰者，百代之過客。』故由今而眡昔，則既往之日焉窮；由今而眡後，則方來之日未啻。徒以區區百年之身，欲與之計銖兩而較尋尺，良非惑與？吾聞之也，君子見其大而略其細，薄於人而厚於躬，惟脩身以俟命，舍聖哲吾誰從。故遇則伊尹、周公，道行於當時；不遇則仲尼、孟軻，言垂於無窮。彼死生得喪，如蟁蝱之過乎前，曾何足以蔕芥乎胸中。且夫夏蟲不可與語冰，井蛙不可與言大。非達人之大觀，其孰能邈圜方而無外也！」客於是䡾然而嘻，灑然而饋，洗觴酌酒，爲太白之酹。已而長烟羃於林薄，明月出於東山。衆客皆醉，盡興而思還矣。履霜磴之溜滑，挾天風之高寒，各扶攜而雲散，及清夜之未闌。念兹會兮不偶，獨喟然而永歎也！

趙孟頫《太白酒樓》詩：城迥當平野，樓高屬暮陰。謫仙何俊逸，此地昔登臨。慷慨空懷古，徘徊獨賞心。嶧山明眼望，百里見遥岑。

陳中孚《題太白酒樓》：昔聞李太白，山東飲酒有酒樓。我今登樓來，北風吹髪寒颼颼。太白天酒仙，人間不可留。金光绛氣九萬里，翩然而上騎赤虬。左蹴大江濤，右翻黄河流，手攀北斗招摇柄，瓊田倒瀉銀灣秋。銀灣吸乾日月液，蟾驚兔泣黄姑愁。太白方悠然，掀髯送汀鷗。炯如曉霞一點映秋水，紅痕微湧玉色浮。太虚變化如蜉蝣，仙今何在不可求！惟有胸中燦爛五色錦，化爲元氣包神州。我欲起從仙之游，安得羽翮飛上崑崙丘！

宋褧《太白酒樓》詩：我昔在髫年，知有謫仙人。少壯讀所作，天才氣凌雲。潯陽紫極宫，往歲聞佳句。采石青山頭，前月拜荒墓。夜宿簷下雲，秋弄江上月。何如任城樓，狂飲興豪發。況有任城宰，具酒復知音。酒酣溢八極，世事徒駸駸。内子香閨夢，伯禽嬌且啼。人間火宅謾煎逼，正是玉山傾倒時。散披紫綺裘，倒著白接䍦。銀臺金馬直一吐，方瀛絳闕行將去。仙之酒杯失，遺基樓觀雄。垣表暗題詠，石榴海柏森西東。謫仙人，今何在？汶水、梟山暗蒼靄，手揮玉鞭騎玉鯨，應在浮雲九州外。仙人魂魄茫氛氳，望之不見矧可親。明朝我亦玉京去，願謁蓬山賀季真。

周權《謫仙樓》詩：大羅仙人李太白，秋水疏蓮浮玉色。笑傲玉堂金馬中，詩酒猖狂天子客。飄飄豪氣秋風起，登樓曾醉山東市，放浪形骸宮錦袍，榮華富貴東流水。酒酣揮灑翻河筆，險語能令鬼神泣。至今光燄照塵寰，一字堪償雙白璧。我來懷古空悽愴，風月千年尚無恙。何時相見崑崙丘，汗漫從游九天上。

趙文輝《登太白酒樓》詩：火冷昆明棟宇新，笑談應覺半天聞。坐邀采石江頭月，卧看徂徠頂上雲。寓意自知非嗜酒，傷心誰與共論文！騎鯨一去無消息，雲海茫茫濬夕曛。

劉基《李白酒樓》詩：小徑紆行客，危樓舍酒星。河分洸水碧，天倚嶧山青。昭代空文藻，斯人憶斷萍。登臨無賀老，誰與共忘形？

王世貞《太白酒樓》詩：昔聞李供奉，長嘯獨登樓。此地一垂顧，高名百代流。白雲海色曙，明月天門秋。欲覓重來者，潺湲濟水流。

陸深《登太白樓》詩：夜郎一去幾千秋，尚有任城太白樓。身後功名空自好，眼前汶、泗只交流。當年狂客心偏戀，近代風人誰與儔。拍碎闌干呼不起，月明風細憶神游。

屠應峻《太白樓》詩：當時不見謫仙人，城上高樓空復春。勢極中原臨岱岳，境非吾土異三秦。遥鄰避世東方朔，生有相知賀季真。斗酒狂歌自今古，志存删述與誰論！

莫如忠《太白樓》詩：縹緲層樓霄漢隈，南城山色鏡中開。不知仙馭游何處，長擬星辰謫上台。林杪鶴巢珠樹遍，日邊鯨負海濤來。秦碑魯殿俱銷歇，未覺浮名勝酒杯。

鄺堯齡《太白樓》詩：謫仙人去已千秋，河水依然盡日流。滿地濕雲生紫閣，半天晴雨落滄洲。名從白雪空詞苑，興到青山買酒樓。遥憶賀公能醉客，齊名二老至今留。

汪琬《李太白酒樓歌》：任城酒樓高插天，樓東桃樹非昔年。騎鯨仙人不知處，狂客還歸四明路。誰能醉卧胡姬壚，惟見春風拂花絮。我作東門游，攜尊樓上頭。可憐魯酒薄，無復蘭陵鬱。借問當時造酒者，何如紀叟、董糟丘！堯祠遺蹟空荒荆，遠望徂徠何限情。放歌一曲下樓去，汶水東流日夕聲。

汪琬《濟寧太白樓》詩：先生本非狂，古之天人也。至今矚遺像，丰采猶瀟灑。憶當供奉時，才譽傾朝野。高標南山松，駿氣西極馬。勳名不能羈，況乃富貴假。一醉詩百篇，吐納皆大雅。呟然鍾吕鳴，餘子悉喑啞。游戲酒人中，夫豈沉湎者。遺址任城隅，千年搆廣廈。隱隱面層巒，鱗鱗俛萬瓦。尊醽時見酹，碑文每爭打。其碑記爲吾家文節公所作。神爽游八極，乘雲儻來下。

王士禛《雨中登太白樓》詩：開元陳跡去悠悠，猶有城南舊酒樓。吴語曾呼狂太白，洛陽何必董糟丘。鼉、梟縹緲當窗出，汶、泗蒼茫繞檻流。眼底無人具賓主，任城烟雨可憐秋。

浣筆泉，在兖州府濟寧州東門外，舊傳李太白浣筆處，嘉靖間主事白沛築亭其上。《潛確居類書》。

浣筆泉，在濟寧州城東關外，去會通河不數武，出土中，一方池，一圓池，相傳爲李太白浣筆處。《行水金鑑》。

太白山，在汶上縣東五十里，李白游魯嘗登其上。《山東通志》。

濟南西北匡山，濟河路出其下，世傳李白嘗讀書于此。元好問《濟南行記》。

按《山東通志》，濟南府無匡山而有筐山，山在府城西十里，其形如筐，故名。疑元氏記中所云之匡山，即此山也。謂李白嘗讀書于此，殆彼土之人將依附杜詩「匡山讀書處，頭白好歸來」之句，以證太白爲山東人耳。

浮休既投跡少陵，一日有以水磨求售者，相其地乃古之宜春苑也，今謂之韋曲。自漢、唐以來，諸韋居之，與後周逍遥公曬書臺，唐杜岐公、韓退之舊業，鄭都官之園池鄰里，籬落垠塄皆在。又云李太白常居此也。仰終南之雲物，俯滴水之清湍。喬木隱天，修竹蔽日。真天下之奇觀，關中之絶景也。張舜民《水磨賦序》。

唐吴融《題兖州泗河中石牀》詩：一片苔牀水漱痕，何人清賞動乾坤。謫仙醉後雲爲態，野客吟時月作魂。光景不回波自遠，風流難問石無心。邇來多少登臨客，千載誰將勝事論。注云：李白、杜甫，皆此飲咏。

李白書堂，在五老峰下。唐李白嘗至此，愛其險峭，嘆曰天下之壯觀，因卜築讀書於此。《一統志》。

李太白書堂，在南康府青玉峽西一里。太白過此，愛其峭峻，嘆爲天下壯觀，因築堂讀書於此。杜子美贈白詩曰：「匡廬讀書處，頭白好歸來。」遂因以傳焉。《江西通志》。

簡寂觀後有樵徑，涉石澗，攀崇岡，屈折而上五六里許，則日照庵。四圍山色，空翠欲滴，香爐、犀牛、漢陽三峰，縹緲插雲，即太白讀書處也。吴道賢《匡廬紀游》。

太白書堂，在華頂峰，李白嘗游天台，後人因爲建堂。《天台山志》。

諸葛羲《太白書堂》詩：太白已千載，書堂今在兹。丹青銷畫壁，苔蘚没殘碑。山暝涼生早，天長鳥去遲。屋梁新月色，彷佛見鬚眉。

值雪山，在安慶府望江縣西十八里，上有平岡，相傳唐李白游此山值雪，故名。《一統志》。

太白書堂，在安慶府望江縣，唐李白避禄山之亂，於此讀書，遺址尚存。《江南通志》。

獨阜山，在安慶府太湖縣北五十里，上有石刻隴西字，世傳李白嘗避地於此。《江南通志》。

對酌亭，在安慶府宿松縣南臺，李白舉杯邀月處。《江南通志》。

讀書臺，在安慶府宿松縣南三里，唐李白避禄山亂，至宿松，依邑宰閭丘築臺讀書。《江南通志》。

李太白書堂，在化城寺龍女泉之側。天寶間，李白訪道江、漢，遥望九子山，顧而樂之，易號九華。會故人韋仲堪爲邑令，遂僑居焉。建讀書堂於其地，宋南渡後蕪没不存。《九華山志》

九華山龍女泉，其旁乃李太白書堂，今爲張氏墳地，或謂書堂在半霄亭旁者，非。周必大《泛舟游山録》。

醉石在香泉溪滸，昔李青蓮游此，繞石醉呼，故名。《黄山志》。

有醉石，酩酊層巖上，行者懼其迎風墮也。相傳李謫仙曾踏歌其旁。汪灝《游黄山記》。

婺源縣西七十里，有湖山，山外有太白渡，相傳唐李白過此，故名。《弘治徽州府志》。

施愚山《歙城西太平十寺》詩曰：數峰存十字，紺宇入蒼烟。得徑穿雲窟，從僧問雪泉。江橋秋樹外，山郭夕嵐邊。大好留詩處，何人繼謫仙。注云：李太白經此留詩。又有《集河西太平寺》詩曰：僧廬路入披雲嶺，仙客詩留碎月篇。注云：唐許宣平隱居披雲嶺，李白有「灘前流碎月」之句。《學餘詩集》。

李白書堂，在五松山。李白來游，樂其山水之勝，建堂讀書於此。《一統志》。

林楩《太白五松書院》詩：翰林最愛五松山，嘗説千年未擬還。而我抗塵良自愧，來游只得片時閑。

李白巖，在梧州藤縣東六十里赤水峽，深闊丈餘，頂有竅，通日光，相傳唐李白謫夜郎時過此。《一統志》。

太白巖，在柳州懷遠縣下石門，李白謫夜郎，築石嘯咏於此。《廣西通志》。

問月亭，在湖廣施州衛城北，有臺孤高獨出碧波峰之中，建亭其上。相傳李白謫夜郎，嘗于此賞月。《一統志》。

湖廣武昌府治南三十里，有李白讀書堂。《一統志》。

大安山，在湖廣德安府城西六十里，唐相許圉師家此山下。李白忤高力士放還，許相家以孫女娶之。黄晦叔《桃花巖》詩云：「大安婦翁舍，時來枕流眠。」正謂此。事見《方輿勝覽》及《一統志》。

考太白娶于許氏，在未入長安之前，謂忤力士以後事，大繆。

太白湖，在漢陽九真山南，一名白湖，周二百餘里，半屬沔陽州，舊傳李太白游泛于此。《潛確居類書》。

梁山，在靖州會同縣東四十里。昔李白游其巔，手引一泉，清涼甘美，久旱不竭，俗名涼山。《湖廣通志》。

《輿地紀勝》：白社山在靖州會同縣，李白流夜郎時，于此結社。《潛確居類書》。

李白宅，在當塗縣青山麓。白至姑孰，依當塗令族人陽冰，見兹山幽邃，營宅以居。裴敬《碑》云「余過當塗，訪李翰林舊宅」，即此。《江南通志》。

采石山，在太平府城北二十五里牛渚北，昔人于此取石，因名。臨江有磯曰采石磯。唐李白嘗乘月，與崔宗之自采石至金陵，著宮錦袍坐舟中，即此。《一統志》。

牟存叟端明名子才。守當塗日，郡圃有脱靴亭，以謫仙采石得名。存叟繪以爲圖，系以讚曰：錦袍兮烏幘，神清兮氣逸。凌轢兮萬象，麾斥兮八極。我思古人，伊李太白。孰爲使之朝禁林而暮采石也，其天寶之嬖幸與？疏擿詞章，浸潤宮掖，吾觀脱靴之圖，未嘗不嫉小人之情狀，而傷君子之疏直。公之高躅兮，霍神龍之不可以羈紲。矧富貴如敝屣兮，其得失又何所欣戚也！《齊東野語》。

或以讚詞爲元人貫酸齋之作，自「天寶之嬖幸」以下，摘去五十餘字，未知孰是。

捉月亭，在采石山，世傳李白過采石，酒狂水中捉月，後人因以名亭。《一統志》。

暮雲亭，在采石鎮唐賢坊神霄宮内，舊名捉月亭，元時圮，後重建，乃藏李白宫錦處。《太平府志》。

王綬《暮雲亭記》：余治郡之二年，防禦使王侯明護軍犀渚，江波不動，烽燧不驚，鎮以無事。顧瞻唐李翰林墓下祠宇卑陋，勿稱揭虔。三年春，撤而新之，築亭其旁，高明顯敞，足爲游觀吟眺之勝。聞與見者，咸咨嗟嘆異，謂侯能爲人所未暇爲之事，是可喜也。余曰：太白聲名，在天地間，猶青天白日，鳳凰芝草，孰不知爲美瑞，何待騷人墨客始知敬耶！又世之論太白者，徒知錦繡心口，明月肺腸，才思清新，歌詞婉麗，獨步當時，然此餘事耳。方高力士驟貴，公卿大夫爭相取容，惴惴然恐失其意，而太白使脱靴殿上，奴視弗顧，可謂氣蓋天下矣！士以氣爲主，脂韋婉孰，脅肩諂笑，同流合污者，氣之不足也。富貴不能淫，威武不能屈，稱大丈夫者，氣之所充也。使太白得時行志，寄命託孤，臨大節而不可奪，非斯人吾誰與！昔畢文簡公以王佐期之，豈過論哉！晚歲，脱屣軒冕，縱情詩酒，樂天知命，遺形釋智，澹乎若深淵之靚，泛乎若不繫之舟，飄然超世之志，曾不以生死動其心，未可以清狂少之也。余遂書其事，俾刻諸石，且摭杜少陵《春日憶白》之句，名其亭曰「暮雲」。宋紹定六年。

李白墓，在太平府城東青山之北，白嘗依族人當塗令李陽冰，悦謝家青山，欲終焉。及卒，葬采石之龍山，後改葬青山。宋郡守趙松年爲建祠，給田付僧看護。《一統志》。

姑熟青山李白墓生蘆，其形如筆，號筆蘆。績溪舒頔道原有詩云：「筆蘆蕭蕭青山巔。」《池北偶談》。

筆蘆、星竹，生青山李白墓上。陶安《李翰林墓》詩云：「自別金鑾抵夜郎，江南有夢到朝堂。酒酣采石風生袂，崖老青山月滿梁。龍管鳳笙遺韻事，筆蘆星竹借文章。雲飛荒野苔碑斷，時有詩人醉一觴。」注云：「墓上産蘆如筆，有竹散點如星。」《太平府志》。

李白墳，在太平州采石鎮民家菜圃中，游人亦多留詩，然州之南有青山，乃有正墳。或曰：太白平生愛謝家青山，葬其處，采石特空墳耳。世傳太白過采石，酒狂捉月，竊意當時藁葬於此，至范侍郎爲遷窆青山焉。《侯鯖録》。

采石江之南岸田畈間有墓，世傳爲李白葬所，累甓圍之，其墳略可高三尺許。前有小祠堂，甚草草，中繪白像，布袍裹軟腳幞頭，不知其傳真否也。白嘗供奉翰林，終不得官，則所衣白袍是矣。范傳正作白《碑》曰，白之孫女言曰：「嘗殯龍山之東麓，墳高三尺。」傳正時爲宣歙觀察使，諭當塗令諸葛縱改葬于青山，則在舊瘞之東六里矣，其時元和十二年也。然則龍山、青山兩地，皆著白墳，亦有實矣。至謂白以捉月自投於江，則傳者誤也。

曾鞏曰：范傳正志白墓，稱白偶乘扁舟，一日千里。白之歌詩亦自云如此。或者因其豪逸，又嘗草瘞江邊，乃飾爲此説耳。正史及范《碑》皆無捉月事，則可證矣。《演繁露》。

采石江頭，李太白墓在焉，往來詩人題詠殆遍。有客書一絶云：「采石江邊一抔土，李白詩名耀千古。來的去的寫兩行，魯班門前掉大斧。」亦確論也。《蓬軒别記》。

白居易《李白墓》詩：采石江邊李白墳，繞田無限草連雲。可憐荒隴窮泉骨，曾有驚天動地文。但是詩人多薄命，就中淪落不過君。

項斯《經李白墓》詩：夜郎歸未老，醉死此江邊。葬闕官家禮，詩殘樂府篇。游魂應到蜀，小碣豈旌賢。身没猶何罪，遺墳野火燃。

許渾《途經李白翰林墓》詩：氣逸何人識，才高舉世疑。禰生狂善賦，陶令醉能詩。碧水鱸魚興，青山鵩鳥悲。不堪遺塚在，荆棘楚江湄。

杜荀鶴《經謝公青山弔李翰林》詩：何謂先生死，先生道日新。青山明月夜，千古一詩人。天地空銷骨，聲名不傍身。誰移耒陽塚，來此作吟鄰。

姚合《送潘秀才歸宣州》詩：李白墳三尺，嵯峨萬古名。因君還故里，爲我弔先生。晴日移虹影，空山出鶴聲。老郎閑未得，無計此中行。

殷文圭《經李翰林墓》詩：詩中日月酒中仙，平地雄飛上九天。身謫蓬萊金籍外，寶裝方丈玉堂前。虎靴醉索將軍脱，鴻筆悲無令子傳。十字遺碑三尺墓，只應吟客弔秋烟。

曾鞏《謁李白墓》詩：世間遺草三千首，林下荒墳二百年。信矣輝光爭日月，依然精爽動山川。曾無近屬持門户，空有鄉人拂几筵。顧我自慚才力薄，欲將何物弔前賢？晁補之《采石李白墓》詩：客星一點太微旁，談笑青蠅玉失光。載酒五湖狂到死，只今天地不能藏。

陸游《弔李翰林墓》詩：飲似長鯨快吸川，思如渴驥勇奔泉。客從縣令初何有，醉忤將軍亦偶然。駿馬名姬如昨日，斷碑喬木不知年。浮生今古同歸此，回首桓公亦故阡。桓温塚，亦在當塗。

尤袤《李白墓》：嗚呼謫仙，一世之英。乘雲御風，捉月騎鯨。來游人間，蜕骨遺形。其卓然不朽，與江山相爲終始者，則有萬古之名。吾意其崢嶸犖落，决不與化俱盡；或吐爲長虹，而聚爲華星。青山之下，埋玉荒塋。祠貌巍然，斷碑誰銘！

高翥《經李謫仙墓》詩：蕭蕭高塚倚雲根，父老相傳太白墳。白骨定隨風月冷，青山常共姓名存。平生出處猶如見，一死浮沉那可論。客子開元書記後，故來澆酒些清魂。

宋無《李翰林墓》詩：嗜酒傲明時，何因賀監知。承恩金馬詔，失意玉環詞。名與三閭並，身將四皓期。匡山有書讀，應亦嘆歸遲。一騎紫鯨去，空掩謝山塋。落月今誰弔，長庚夜自明。乾坤沉秀氣，江水帶哀聲。天上多官府，文章不可輕。

白斑《李翰林墓》詩：出城得佳山，兩峰特奇詭。一如植躬圭，一峰拱而侍。我見猶愛之，而況謫仙子？孤墳在其下，政爾直一死。謫仙真天人，出處見諸史。豈敢傲吾君，辛苦植唐祀。嗟予侃侃者，塵土正如此。停車不忍發，載拜顙有泚。仰止青山高，清風與終始。孰謂千載人，不在天地裏。

施閏章《經李太白墓》詩：共説騎鯨捉月游，孤墳細草野風秋。夜郎幽憤無多淚，萬古長江楚水流。

右記遺跡七十則

退之嘗言李太白得仙去。元和初，有人自北海來，見太白與一道士，在高山上笑語久之。頃，道士於碧霧中，跨赤虬而去，太白聳身健步追及，共乘之而東走。此亦可駭也。《龍城録》。

白龜年，樂天之後。一日至嵩山，遥望東岩古木，簾幕窣地，往觀之。一人至前曰：「李翰林相招。」龜年乃趨入，其人褒衣博帶，風姿秀發，曰：「吾李白也，向水解，今爲仙矣。上帝令吾掌箋奏，於此已將百年。汝祖樂天亦已爲仙，現在五臺掌功德所。」因出《素書》一卷遺龜年，曰：「讀之可辨九天禽語、九地獸言。」後白海瓊亦云：「李白今爲東華上清監清逸真人。」《廣列仙傳》。

頃在秘閣抄書，得《續樹萱録》一卷，其中載隱君子元撰夜見吴王夫差，與唐諸詩人吟詠事。李翰林詩曰：「芙蓉露濃紅壓枝，幽禽感秋花畔啼。玉人一去未回馬，梁間燕子三見歸。」張司業曰：「緑頭鴨兒咂萍藻，採蓮女郎笑花老。」杜舍人曰：「鼓鼙夜戰北窗風，霜葉沿階貼亂紅。」三人皆全篇。杜工部曰：「紫領寬袍漉酒巾，江頭蕭散作閑人。」白少傅曰：「不因霜葉辭林去，的當山翁未覺秋。」李賀曰：「魚鱗砌空排嫩碧，露桂稍寒挂團璧。」三人皆未終篇。細味其體格語句，往往逼真。後閲秦少游集，有《秋興》九首，皆擬唐人，前所載咸在焉。闢子東爲秦集《序》云「擬古數篇，曲盡唐人之體」，正謂是也。《容齋隨筆》。

何子楚云：《續樹萱録》乃王性之所撰，而託名他人。今其書才有三事，其一曰賈博喻，一曰全若虚，一曰元撰。詳命名之義，蓋取諸子虚、亡是公云。

東坡先生在嶺南，言元祐中有見李白酒肆中，誦其近詩云「朝披夢澤雲，笠釣青茫茫」，此非世人語也。少游嘗手録其全篇。少游敘云：「觀頃在京師，有道人相訪，風骨甚異，語論不凡，自云嘗與物外諸公往還，口誦二篇，云東華上清監清逸真人李白作也。」詩云：「人生燭上花，光滅巧妍盡。春風繞樹頭，日與化工進。只知雨露貪，不念零落近。昔我飛骨時，慘見當塗墳。青松靄朝霞，縹緲山下村。既死明月魄，無復玻璃魂。明月、玻璃，太白二子名。念此一脱洒，長嘯登崑崙。醉着鸞鳳衣，星斗俯可捫。」又云：「朝披夢澤雲，笠釣青茫茫。尋流得雙鯉，中有三元章。篆字若丹蛇，逸勢如飛翔。歸來問天姥，妙義不可量。金刀割青紫，靈文爛煌煌。咽服十二環，想見仙人房。暮跨紫鱗去，海氣侵肌涼。龍子善變化，化作梅花妝。遺我纍纍珠，靡非明月光。勸我穿絳縷，繫作裙間璫。揖予以疾去，談笑聞餘香。」《侯鯖録》。

《東坡志林》：都下見有人攜一紙文書，字則顔魯公也，墨跡如未乾，紙亦新健。其首兩句云「朝披夢澤雲，笠釣青茫茫」，此語非太白不能道也。《仇池筆記》：予頃在都下，有傳太白詩者，其略曰「朝披夢澤雲，笠釣青茫茫」，此非世人語也。蓋有見太白在酒肆中而得此詩者，神仙之道，真不可以意度。胡應麟《筆叢》：太白逸詩「人生燭上花」、「朝披夢澤雲」二章，見宋人詩話云，元祐八年，東坡帥定武，李方叔送別於惠濟，出示南岳典寶東華李真人像，又出此二詩曰：「此李真人作，近有人于江上遇得之，云即太白也。」其詞瑰瑋跌宕，即非真太白語，亦非李赤、張碧所能辦。《紫桃軒又綴》：東坡自云于京師遇一道人，風骨秀異，語論不凡，口誦此二章，云東華上清監清逸真人李太白作也。詩句妙麗，誠然太白口吻。顧予竊疑坡公好奇，或擬作以詒人，觀其所補龍山九日語，宛是晉人語脉，豈難一青蓮哉！《漁隱叢話》：太白詩「暮跨紫鱗去，海氣侵肌涼」，亦奇語也。

東坡集中載李白謫仙詩一首，其詞曰：「我居清空裏，君隱黄埃中。聲形不相弔，心事難形容。欲乘明月光，訪君開素懷。天杯飲清露，展翼登蓬萊。佳人持玉尺，度君多少才。玉尺不可盡，君才無時休。對面一笑語，共躡金鰲頭。絳宫樓闕百千仞，霞衣誰與雲烟浮！《東觀餘論》曰：「我居青空表，君處紅埃中。仙人持玉尺，度君多少才。玉尺不可盡，君才無時休。」此上清寶典李太白詩也。

按此詩首二句，亦似觀化之後所言，非生前所作而遺逸者也。疑其出自乩仙之筆，否則好事者爲之歟？

處士張孜寫李白真虔禱，忽夢白自天降，與語詩，因爲歌以紀之，其略曰：「上天知我憶其人，使向人間夢中見。」《全唐詩》。世傳張孜《夢李白歌》有「華山秀作英雄骨，黄河瀉出縱横材」。又云：「夢破青霄春，烟霞無去塵。若誇郭璞五色筆，江淹卻是尋常人。」《唐詩紀事》。

紹聖二年四月甲申，山谷以史事謫黔南，道間作《竹枝辭》二篇，題歌羅驛曰：「撑崖拄谷蝮蛇愁，入箐攀天猿掉頭，鬼門關外莫言遠，五十三驛是皇州。浮雲一百八盤縈，落日四十九渡明，鬼門關外莫言遠，四海一家皆弟兄。」又自書其後曰：古樂府有「巴東三峽巫峽長，猿鳴三聲淚沾裳」。但以抑怨之音，和爲數疊，惜其聲今不傳。余自荆州上峽入黔中，備嘗山川險阻，因作二疊，傳與巴娘，令以竹枝歌之。前一疊可和云：「鬼門關外莫言遠，五十三驛是皇州。」後一疊可和云：「鬼門關外莫言遠，四海一家皆弟兄。」或各用四句入《陽關小秦王》，亦可歌也。是夜宿于驛，夢李白相見於山間曰：「予往謫夜郎，於此聞杜鵑，作《竹枝詞》三疊，世傳之否？」予細憶集中無有，三誦而使之傳焉。其辭曰：「一聲望帝花片飛，萬里明妃雪打圍。馬上胡兒那解聽，琵琶應道不如歸。竹竿坡面蛇倒退，摩圍山腰胡孫愁。杜鵑無血可續淚，何日金雞赦九州？命輕人鮓甕頭船，日瘦鬼門關外天。北人墮淚南人笑，青壁無梯聞杜鵑。」今《豫章集》所刊，蓋自謂夢中語也。音響節奏似矣，而不能掩其真，亦寓言之流歟！《程史》。

先伯父熙寧九年四月二十七日夜，夢至一處，牓曰清香館，東偏有別院，東壁有詩牌云：「題冀公功德院，山東李白。」其詩曰：「秋風吹桂子，只在此山中。待得春風起，還應生桂叢。桂叢日以滿，清香何時斷。只爲愛清香，故號『清香館』。」伯父自作《記夢》一篇，書之甚詳。《許彦周詩話》。

徐積《夢李白》詩：烏紗巾，紫綺裘，夢中太白從吾游，陶陶爛醉江山秋。半夜起來覓不見，頭背長安淚如霰。

陳廷敬《夢太白》詩：太白天上人，入世思沉冥。昔過酒樓下，扁舟繫客情。昨夜忽夢公，千載猶崢嶸。花月十年醉，聲名一日榮。此義我贈君，出處亦甚明。年至不歸去，惜哉身後名！風雅亦細故，所患在有生。無生斯無死，天人渾一成。餘語不可悉，孤蓬急晨征。明當過酒樓，靈爽使人驚。自注：「十年花月西園醉，一日聲名北斗高。」予庚子歲夢中所得句。

貞元五年，李白子伯禽，充嘉興監徐浦下場糶鹽官。場界有蔡侍郎廟，伯禽因謁廟，顧見廟中神女數人中有美麗者，因戲言曰：「娶婦得如此足矣！」遂瀝酒祝語之。後數日，正晝視事，忽聞門外有車騎聲。伯禽驚起，良久，具服迎於門，折旋而入。人吏驚愕，莫知其由。乃命酒殽，久之祗叙而去，後乃語蔡侍郎來，明日又來，旁人並不知，見伯禽迎於門庭，言叙云：「幸蒙見録，得事高門。」再拜而坐竟夕，飲食而去，伯禽乃告其家曰：「吾已許蔡侍郎論親。」治家事，别親黨，數日而卒。出《通幽録》。《太平廣記》。

《紫桃軒又綴》：《通幽録》載，貞元中，李白子伯禽爲乍浦下場鹽官，戲侮神祠玉女，發狂而卒。魏顥《李翰林集叙》，載白初娶許，生子曰明月奴。又合於魯一婦人，生子曰玻璃。所謂伯禽者，其即明月奴耶？太白一生作詩，喜言酒與婦人，又喜言神仙，最不耐塵俗事。其子縱誕，乃至垂情木偶，自取夭折，豈其氣類鍾育，固有自也？琦按：范傳正《新墓碑》，據其二女所云，伯禽以貞元八年不禄而卒，與《通幽録》所傳貞元五年者不合。又云「父存無官」，則又與所傳「充嘉興監徐浦下場糶鹽官」者不合。蓋一時訛傳，而小説家以爲異而記之，其真僞固不得而定也。胡應麟《筆叢》似欲爲太白諱者，乃云有兩李伯禽，一太白子，一嘉興監，與神昏。析而二之，亦恐未是。滄州李巡官之子，夜讀書，有皂衣肥短人被酒而入。子懼走，其人曰：「李白尚與我友。」乃延坐。皂衣以席帽盛酒共飲，其父以磚擲之。皂衣走，帽乃酒榼蓋也。明日糞壤中得榼。故老云：此李翰林宅也。《唐餘録》。

右記異聞十二則

李白，字太白，生於巴西。彌月之初，母夢長庚，故因以取名。丱歲知通書，及長好擊劍，落落不羈束，喜與酒徒縱飲，世有六逸、八仙之目。賀知章一見，號謫仙人，薦之明皇，以布衣召見金鑾殿，爲降輦步迎，如見園、綺。論當世務，草《答蕃書》，筆不停綴。帝嘉之，以寶牀賜食于前。手爲和羹，令待詔金馬門，當時榮之。未幾，不爲親近所喜，有詔放還。徘徊江左，依李陽冰，愛謝家青山，有終焉之志。澄江月滿，拏舟夜渡，著宫錦袍，吟嘯其間，端是風塵表物也。唐人作詩，未有如杜甫，時白亦得差肩于甫。至其名章俊語，鬱鬱芊芊之氣，見於毫端者，固已逼人，是豈可與泥筆墨蹊徑者爭工拙哉！嘗作行書，有「乘興踏月，西入酒家，不覺人物兩忘，身在世外」一帖，字畫尤飄逸，乃知白不特以詩名也。今御府所藏五，行書《太華峰》、《乘興帖》，草書《歲時文》、《詠酒詩》、《醉中帖》。《宣和書譜》。

中興館閣儲藏名賢墨蹟一百二十六軸，有李白《廿日醉題》詩一，《送賀八歸越》詩一。陳騤《中興館閣録》。

賈似道留心書畫，家藏名蹟多至千卷，其宣和、紹興秘府故物，往往乞請得之，有李白《乘興帖》。《清河書畫舫》。

予評李白詩，如黄帝張樂於洞庭之野，無首無尾，不主故常，非墨工槧人所可擬議。及觀其藁書，大類其詩，彌使人遠想慨然。白在開元、至德間，不以能書傳，今其行草，殊不減古人，蓋所謂不煩繩削而自合者與？黄山谷《題李白詩草後》。

潤州蘇氏家，有李太白《天馬歌》真跡。《墨莊漫録》。

李翰林醉墨，是葛八叔忱贋作，以嘗其婦翁，諸蘇果不能别，蓋叔忱翰墨，亦自度越諸賢，可寶藏也。黄山谷《跋翟公巽所藏石刻》。

李太白醉草，葛叔忱戲欺其婦公者，山谷嘗言之矣。「雖自九天分派，不與萬李同林。步處雷驚電繞，空餘翰墨窺尋。」此趙德麟跋蘧所藏李太白醉草後，其實自謂也。何薳《春渚紀聞》。

世傳李太白草書數軸，乃葛叔忱僞書。叔忱豪放不群，或嘆太白無字畫可傳，叔忱偶在僧舍，縱筆作字一軸，題之曰「李太白書」。且與其僧約，異日無語人，蓋欲其僧信於人也。

其所謂得之丹徒僧舍者，乃書之丹徒僧舍也。今世所傳《法書要録》、《法書苑》、《墨藪》等書，著古今能書人姓名盡矣，皆無太白書之品第也。太白自負王霸之略，飲酒鼓琴，論兵擊劍，鍊丹燒金，乘雲仙去。其志之所存者，靡不振發之，而草書奇崛如此，寧謙退自晦，無一言及之乎？叔忱翰墨自絶人，故可以戲一世之士也。晁以道爲予言如此。《邵氏聞見後録》。

藁書世傳李太白遺文，或謂謝氏子弟誑武功蘇才元所書，更不復詳考所出，而推舉過重，便謂不減魯公。然此書雖少繩墨，不可考以法度，要是軒前輕後，度越凌突，令人想見酒酣賦詩時也。王僧虔論書，或以其人可想，或以其法可存，世人悉「悉」，小篆「愛」字。李太白名，至僞書一卷，亦聲價增重，豈以人可想故耶！《廣川書跋》。

李白在開元間，不以能書名，今其行草，不減古人，《本事詩》言，太白筆迹遒利，鳳跌龍拏。今世傳有二帖。《龍江夢餘録》載其二帖是也。《楊升庵外集》。

蜀之石泉，禹生之地，謂之禹穴。其石杳深，人跡不到，頃巡撫儀封劉遠夫修《蜀志》，搜訪古碑刻有「禹穴」二字，乃李白所書。《楊升庵外集》。

禹穴在四川石泉縣治之北石紐村，大禹生此。石穴杳深，人跡不到。掘地得古碑，有「禹穴」二字，乃李白所書，識者因疑會稽禹穴之誤。《潛確居類書》。

壯觀碑，在金鄉縣儒學明倫堂前，二大字乃唐李白所書，碑陰題云：「賀知章爲任城令，與太白友善，過城鎮有所觀覽，書此二字。」元至治初，新豐里人得此碑於沛中，置諸堂。元末兵起，付於草萊，明初置今所。《山東通志》。

滕陽驛廳事前古槐之下，有石碣刻「壯觀」二字，殊勁挺，蓋青蓮筆也。《六研齋筆記》。

「壯觀」，唐李太白書，刻於大同府懷仁縣磁峽東崖上，筆力遒勁，人多摹搨。《山西通志》。

宴喜臺，在徐州碭城縣東五十步，臺上有石刻三大字，相傳唐李白筆。《江南通志》。

吴天章雯説，薊州獨樂寺觀音閣凡三層，其額乃李太白書。《居易録》。

宋牧仲《薊州獨樂寺》詩曰：「署書傳太白，遺碣有蒙哥。」注云：寺有李太白書「觀音之閣」四字，及元蒙哥帝爲賽典赤所立《賢牧碑》。《西陂類稿》。

李白清風亭墨蹟，舊在化城寺，今亡。《太平府志》。

金陵僧志安，於化城寺得會昌中所傳李太白真本，知縣滕宗諒繪傳之。《太平府志》。

太白書，得無法之法。鄭杓《衍極》。

李士訓《紀異》曰：大曆初，霸上耕得石函絹素古文《孝經》，初傳李白受李陽冰，盡通其法，皆三十二章，今本亦如之。《墨池編》。

張長史旭，傳顔平原真卿、李翰林白、徐會稽浩。解縉《春雨雜述》中《序書學傳授》一條。

右記法書二十五則

中興館閣儲藏圖畫有《李白像》一，不知名氏。《宋中興館閣續録》。

秘閣畫有小本《李白寫真》，崔令欽題。周必大《二老堂雜志》。

釋貫休《觀李翰林真》二首：日角浮紫氣，凜然塵外清。雖稱李太白，知是那星精！御宴千鍾飲，《蕃書》一筆成。宜哉杜工部，不錯道騎鯨。誰氏子丹青，毫端曲有靈。屹如山忽墮，爽似酒初醒。天馬難攏勒，仙房向閉扃。若非如此輩，何以傲彤庭？

蘇軾《書丹元子所示李太白真》詩：天人幾何同一漚，謫仙非謫乃其游。麾斥八極隘九州，化爲兩鳥鳴相酬，一鳴一止三千秋。開元有道爲少留，縻之不得矧肯求。西望太白横峨岷，眼高四海空無人。大兒汾陽中令君，小兒天台坐忘身。生平不識高將軍，手污吾足乃敢嗔。作詩一笑君應聞。

《春渚紀聞》：士之所尚，忠義節氣，不以摛詞摘句爲勝。唐室宦官用事，呼吸之間，生殺隨之。李太白以天挺之才，自結明王，意有所疾，殺身不顧。王舒公言：「太白人品污下，詩中十句九句説婦人與酒。」先生作太白贊，則曰：「開元有道爲少留，縻之不得矧肯求。」又：「平生不識高將軍，手污吾足乃敢嗔。」二公立論，正以見二公胸次也。《漁隱叢話》：李、杜畫像，古今詩人題咏多矣。若杜子美，其詩高妙，固不待言，要當知其平生用心處，則半山老人之詩得之矣。若太白其高氣蓋世，千載之下猶可嘆想，則東坡居士之贊盡之矣。

饒節《李太白畫像歌》：先生之氣蓋天下，當時流輩退百舍。醉中咳唾落珠璣，身後聲名滿夷夏。青山木拱三百年，今晨乃拜先生畫。烏紗之巾白紵袍，岸巾攘臂方出遨。神游八極氣自隱，冰壺玉斗霜風高。嗚呼先生態絶倫，仙風道骨語甚真。蕭然可望不可親，懸知野鶴非雞群。天寶之初天子逸，先生辭去不肯屈。采石江頭明月出，鼓枻酣歌志願畢。只今遺像粉墨間，尚有英風爽毛骨。宣州長史粉黛工，誰令寫此人中龍。細看筆意有俯仰，妙處果在阿堵中。人云此畫人莫比，吴侯得之喜不寐。意侯所愛豈徒爾，亦惜真才死泥滓。先生朽骨如可起，誰爲獵之奉天子。作爲文章文聖世，千秋萬古誦盛美。再拜先生淚如洗，振衣濯足吾往矣。

陳師道《和饒節咏周昉畫李白真》詩：君不見浣花老翁醉騎驢，熊兒捉轡驥子扶。金華仙伯哦七字，好事不勝千金摹。青蓮居士亦其亞，斗酒百篇天所借。英姿秀骨尚可似，逸氣高懷那得畫。周郎韻勝筆有神，解衣磅礴未必真。一朝寫此英妙質，似悔只識如花人。醉色欲盡玉色起，分明尚帶金井水。烏紗白苧真天人，不須更著山巖裏。平生潦倒飽丘園，禁省不識將軍尊。袖手猶懷脱靴氣，豈是從來骨相屯。仰視雲空鴻鵠舉，眼前紛紛那得顧。是非榮辱不到處，正恐朝來有新句。勿言身後不要名，尚得吴侯費百金。江西勝士與長吟，後來不憂身陸沉。

《文獻通考》：後村劉氏曰：陳後山《題太白畫像》云：「江西勝士與我吟，後來不憂身陸沉。」勝士謂饒德操。按：德操詩去「手污吾足」之作，大爭地位，太白非德操遂陸沉耶！似非篤論。

周紫芝《李太白畫像》二首：欲與天仙論等差，短長何止但詞華。誰人解屈將軍手，爲脱烏皮六縫靴？少陵詩瘦平生苦，太白才高一醉間。捉得江心波底月，卻歸天上玉京仙。

李俊民《李太白圖》：謫在人間凡幾年，詩中豪傑酒中仙。不因采石江頭月，那得騎鯨去上天！

李端甫《李白扇頭》：巖冰澗雪謫仙才，碧海騎鯨望不回。今日霜紈見遺像，飄然疑自月中來。

王彝《題李太白像》：青天無人代天語，一星西落銀雲渚。嫦娥戲弄青瑶波，傾向人間金叵羅。龍孫醉吸海爲酒，日月雙飛織錦梭。仙鬼千年王母宴，謫來醉卧金鑾殿。玉環腮上桃花小，玉尖香膩龍涎硯，靴塵煖撲貂璫兒，踏破青天捉月飛，一聲叫斷扶桑雞。海枯化作蓬萊雪，夢裏長庚大如月。

高啟《題謫仙像》：妃子嗔來供奉歸，金陵酒涴舊宫衣。若教直上樓船去，此像人間寫亦稀。

徐賁《題謫仙像》：鼙鼓聲來已亂離，錦袍脱卻恨歸遲。秋風江上長吟裏，不唱《清平》古調詞。

僧大圭《題太白像》：歌罷秦樓月滿闌，天風兩袖錦袍寬。花前莫草《清平調》，飛燕深宫不耐寒。

王澤《李太白像》：春殿龍香試綵毫，詩成奪得錦宫袍。歸來笑擁如花妓，卧看薔薇月上高。

沈周《題李太白像》：風骨神仙品，文章浩蕩人。世間金鸑鷟，天上玉麒麟。江月狂歌夜，宫花醉眼春。獨輸蕭穎士，不見永王璘。

文徵明《題太白像》：宫袍錯落洒春風，玉雪淋漓殢酒容。殘夜屋梁棲落月，碧天秋水洗芙蓉。麒麟豈是人間物，眉宇今從畫裏逢。一語不酬千載話，匡廬山下有雲松。

宋濂《李太白像贊》：元行臺治書侍御史亦憐真班所藏《李太白像》，係秘閣傳本，吾友危君太樸嘗爲之贊。自後流落於金陵駱氏酒家。洪武己酉秋，郡士王宗溥購獲之，尋以摹本見貺，因造贊曰：長庚降精，下爲列仙。陵厲日月，呼噏風烟。錦衣玉顔，揮毫帝前。氣吞閹豎，視若烏鳶。頓挫萬象，隨機回旋。金童來迎，絡節翠旜。下土穢濁，孰堪後先。囅然一笑，騎鯨上天。

唐韓幹畫，御府所藏有《李白封官圖》。《宣和畫譜》。

《賀知章李白合像》，不知誰作。

樓鑰《題賀監李謫仙二像》詩：不有風流賀季真，更誰能識謫仙人。金龜換酒今何在，相對畫圖如有神。斗酒澆詩動百篇，鑑湖、牛渚兩俱仙。早知今日猶相對，不向嵇山回酒船。

《李白送別杜子美圖》。

華愛《題李白送別杜子美發魯郡圖》：杜陵有客才名早，卻與東山李白好。短褐飄飄泗水春，登臨落日同傾倒。浮踪轉盼各飛蓬，石門一別風烟渺。同心之誼祛形骸，相期直在雲霞表。渭北江東日渺茫，王孫不見凄芳草。由來造化蹟英賢，奈爾風流天地老。

《李白脱靴圖》。

陳旅《題李白脱靴圖》：威鳳翔寥廓，妖蟇窟廣寒。翻令趙飛燕，無處倚闌干。

《李白還山圖》。

劉秉忠《太白還山圖》：一片靈臺照世明，共傳太白是元精。心中有道時時樂，眼底無塵物物清。千首未知詩作癖，百杯尋與酒爲盟。長安多少風和月，不盡先生吟醉情。

《李白騎驢圖》。

元好問《李白騎驢圖》：八表神游下筆難，畫師胸次自酸寒。風流五鳳樓前客，枉作襄陽雪裏看。

邵寶《太白像》：仙人騎驢如騎鯨，睥睨塵海思東瀛。等閑相逢但叱咤，誰知萬古千秋情。醉來天地小於斗，鞭策雷霆鬼神走。豪奇自比齊東人，大雅猶懷魯中叟。青春想像華清宫，解識仙人圖畫中。拍浮緑酒唤不醒，葛巾颯颯生天風。

喬仲常有《李白捉月圖》。《畫繼》。

蔡珪《太白捉月圖》：寒江覓得釣魚船，月影江心月在天。世上不能容此老，畫圖常看水中仙。

程鉅夫《謫仙捉月圖》：牛渚磯前白錦袍，蛾眉亭上月初高。江波滿眼平如地，醉倒長庚一世豪。

王惲《李白捫月圖》：詩中無敵飲中豪，四海飄蕭一錦袍。千丈醉魂無處著，青山磯上月輪高。

《李白泛月圖》。

宋九嘉《題李白泛月圖》：江心月影盡一掬，船頭月影盡一吸。夜涼風露點宫袍，天地之間一李白。

《李白玩月圖》。

余闕《李白玩月圖》：春池細雨柳纖纖，手倦揮毫日上簾。想得停杯江海夜，月明照見水精盤。

《嚴氏書畫記》有戴文進《李白問月圖》。汪砢玉《珊瑚網》。

張以寧《題李白問月圖》：誰提明月天上懸，九州蕩蕩青無烟。天東天西走不駐，姮娥鬌霜垂兩肩。中有桂樹萬里長，吴剛玉斧聲闐闐。顧兔杵藥宵不眠，天翁下視爲爾憐。頗聞昔時錦袍客，乃是月中之謫仙。帝命和予《羽衣曲》，虹橋一斷心茫然。竹王祠前霧如雨，躑躅花開啼杜鵑。月在天上缺復圓，人間塵土多英賢。舉杯問月月不言，風吹海水秋無邊。滄波盡捲金尊裏，清影長隨舞袖前。相期迢迢在雲漢，嗚呼此意誰能傳。騎鯨寥廓忽千年，金薤青熒垂萬篇。浮雲起滅焉足異，終古明月懸青天。

張以寧《題李白問月圖》：青天出皓月，碧海收微烟。舉杯一問月，我本月中仙。醉狂謫人世，於今幾何年？桂樹日已老，我别何當還？兔藥日已熟，我鬢何由玄？迢迢夜郎外，垂光一何偏。問月月不語，舉杯復陶然。青天自萬古，皓月長在天。明當躡倒影，飛步崑崙巔。

《李白獨酌圖》，宣和所藏，李伯時筆。《元遺山集》。

元好問《太白獨酌圖》：謫仙去世三百年，海中鯨魚渺翩翩。豈知龍眠天馬筆，忽有玉樹秋風前。金鑾歸來身散仙，世事悠悠白髮邊。會稽賀老何處在？千里名山入酒船。清景已隨詩句盡，風流合向畫圖傳。往時長安酒家眠，焦遂不狂張不顛。想得三更風露下，醉和江月弄江烟。

王惲《太白獨酌圖》：九重春色醉仙桃，何似江山照賜袍。千丈氣豪愁不管，青山磯上月輪高。

《李白醉飲圖》。

詹同《李白醉飲圖》：百川鯨吸散清狂，豈但文章萬丈光。最是有功唐社稷，眼中先識郭汾陽。

《李白扶醉圖》。

李東陽《太白扶醉圖》：半擁宮袍拂錦韉，有誰扶醉敢朝天。玉堂記得風流事，知是吾宗老謫仙。

《李白醉歸圖》。

呂子羽《李白醉歸圖》：春風醉袖玉山頽，落魄長安酒肆迴。忙殺中官尋不得，沉香亭北牡丹開。

劉秉忠《太白醉歸圖》：五斗先生未解酲，一生愛酒不曾醒。人間詞翰傳名字，天上星辰粹性靈。雁帶煖回波泛緑，燕銜春至草抽青。紗巾醉岸南山道，幾處哦詩補畫屏。顧觀《太白醉歸圖》：歌成芍藥倒金壺，並轡宫官馬上扶。樂部餘音隨旆彩，仙班小隊下清都。長庚萬丈文章燄，後世千年粉墨圖。江左青山舊時月，一杯誰慰客墳孤。

王惲《李白醉歸圖》：雲陣横陳大渡河，一書能解六蠻和。仙韶莫詫君王寵，七寶莊嚴未是多。

陳顥《太白醉歸圖》：偶向長安醉市沽，春風十里倩人扶。金鑾殿上文章客，不減高陽舊酒徒。

《李白舟中醉卧圖》。

劉秉忠《太白舟中醉卧圖》：仙籍標名世不收，錦袍當在酒家樓。水天上下兩輪月，吴、越經過一葉舟。壺内乾坤無晝夜，江邊花鳥自春秋。浮雲能蔽長安日，萬事紛紛一醉休。

《李白酒船圖》。

趙孟頫《題太白酒船圖》二首：載酒向何處？稽山鏡水邊。若爲無賀老，興盡便回船。

瀟洒稽山道，風流賀季真。相思不相見，愁殺謫仙人。

《李白扁舟圖》。

宋無《太白扁舟圖》：錦袍烟艇夜郎西，酒思金鑾入直時。不道相思杜陵老，愁吟落月屋梁詩。

潘伯修《題李伯時畫太白泛舟小像》：李白自號謫仙人，更得龍眠爲寫真。一箇青蓮初出水，千年金粟再來身。胸中元氣詩如海，物外還丹酒借春。一笑掀髯緣底事，桃花潭上見汪倫。

《李白納涼圖》。

陳高《題太白納涼圖》：六月炎天飛火烏，土焦石爍河流枯。邇來衰病更畏熱，呼叫欲狂揮汗珠。飲冰嚼藕廢朝夕，小室如爐眠不得。閒將圖畫懸四壁，漫想深山好泉石。就中此圖尤絶奇，青林飛瀑吹涼颸。何人展席坐蒼蘚，乃是謫仙初醉時。露頂裸裎投羽扇，仰看雲生白成練。松陰如雨毛骨寒，豈識人間絆促倦。只今匡廬道阻修，雁蕩、天台近可游。便欲致身丘壑裏，挂巾石壁繼風流。

《李白泰山觀日出圖》。

段輔《題李白泰山觀日出圖》：岱宗鬱鬱天下雄，謫仙落落人中龍。兹山兹人乃相從，氣奪真宰愁豐隆。玉堂一任雲霧封，長嘯飛渡秦皇松。夜呼日出滄海東，再爲斯世開鴻濛。鈞天帝居深九重，醉舞踏碎青芙蓉，天孫玉女爲斂容。卻視五岳秋毫同，長鯨一去不復逢，乾坤萬里號秋蟲。當年咳唾留絶峰，至今樹石生春風。我欲追之杳無蹤，不意邂逅會此中，屋梁落月依然空。

成化戊戌仲秋，姚子購得趙孟頫所製《李白廬山觀瀑圖》，尺紙，而匡廬、五老，宛如目擊，妙入神品。國朝鉅公，珠玉輝映，誠古圖史中之奇品也。姚綬《穀庵集》。

王世貞爾雅樓所藏名畫，有錢舜舉《李白觀瀑圖》。《珊瑚網》。

錢選舜舉寫《李青蓮觀開先瀑布圖》，無論此君神采欲飛動，即一騎一從亦見生色，唯兩瀑不甚雄，乏直下三千尺勢，當由小窘邊幅耳。圖後綴舜舉一詩，不免蛇足。又有劉文成、宋文憲、胡文穆題詩，皆名手，而首則解大紳印記，及小楷五字極佳，當是劉、宋題後歸大紳，而文穆始題之耳。後爲上海朱太學邦憲家物。邦憲，予故人也，白皙美姿容，酒態絶出青蓮上，詩亦雁行，没可二十年矣。嗣子上林家教舉以遺予。噫！在人間世作太白觀，在上林所作邦憲觀亦可也。予何所與，爲成二歌題後，還之上林，聊寓雪鴻之跡而已。《弇州續集》。

張黄門靖之先生，性喜繪事，不輕與人點染。余曾見其《李白看廬山瀑布圖》，泉壑樹石，縱横森布，一唐帽紅衫人，仰面掀髯，豪態溢出，知其有傾河倒峽之氣鬱盤於胸也。《紫桃軒雜綴》。

張翥《題李白觀瀑泉圖》：玻璃杯中春酒緑，醉墨淋漓牡丹曲。平生合置七寶牀，白紵烏紗美如玉。阿瞞荒宴百不理，寧計宫花銜野鹿。何物老嫗生此兒，偷向金雞帳中宿。高將軍纔奴隸耳，誤使脱靴吾所辱。要留汗韈蹋鯨魚，鼠子何堪煩一蹴。尋常溝瀆不可濯，何處容伸遭汙足！翩然卻下匡廬雲，五老峰前看飛瀑。

僧大訢《題太白觀瀑布圖》：我本白雲人，見山每回首。披圖得松泉，感我塵埃久。我家只在九江口，從此扁舟到牛斗。翻愁天下銀濤堆，石轉雲崩萬雷吼。水行地底不上天，龍泓豈與滄溟連。風葉無聲飛鳥絶，月光雲影天茫然。丈人何來自空谷，謫仙招隱當不辱。林梢噴雪舞飛華，尚想隨風唾珠玉。馬首青山如唤人，歸來好及松華春。泉香入新釀，解公頭上巾。今者孰不樂，荒墳委荆榛。遂令畫師意，萬古留酸辛。酸辛復何益，東海飛紅塵。

劉基《題李太白觀瀑布圖》：憶昔李謫仙，泛舟彭湖東。遂登廬山頂，直上香爐峰。遥望瀑布水，自天垂白虹。大聲回九地，浮光散虚空。萬木震辟易，千崖殷鐘鏞。清涼入肌骨，如歸廣寒宫。賦詩留人間，至今響渢渢。丹青極摹寫，欲代元造功。逸駕不可追，舉頭睇飛鴻。倚歌無人和，引袖垂長風。

宋濂《題李太白觀瀑布圖》：長庚曄曄天之章，精英下化爲酒狂。匡廬、五老森開張，銀河萬丈挂石梁。下馬傲睨立欲僵，聳肩袖手神揚揚。憶昔開元朝上皇，宫中賜食七寶牀。淋漓醉墨蛟龍驤，人疑錦繡爲肝腸。麾斥力士如犬羊，營營青蠅集於房，金鑾不復承龍光。并州幸識郭汾陽，不幸丹陽逢永王。大風吹沙日爲黄，狻猊哀啼聞夜郎。蒼天欲使詩道昌，頓挫萬物歸奚囊。何處更覓延年方？北海天師八尺長，芙蓉作冠雲爲裳，授以蕊笈青琳瑯。蓬萊屹起滄海洋，群仙遲汝相翱翔。誰將粉墨圖縑緗？顧我一見心倀倀。詩成仰視天茫茫，夜半太白生寒芒。

方孝孺《題李太白觀瀑圖》：天寶之亂唐已亡，中興幸有汾陽王。孤軍匹馬跨河北，手扶紅日照萬方。凌烟功臣世爭羡，李侯先識英雄面。沉香亭北對蛾眉，眼中已見漁陽亂。故令邊將儲虎臣，爲君談笑清胡塵。朝廷策勳當第一，珪組不敢縻天人。西游夜郎探月窟，南浮萬里窮楚、越。雲山勝地有匡廬，銀河挂空洒飛雪。醉中信馬踏清秋，白眼望天天爲愁。金閨老奴污吾足，更欲坐濯清溪流。英風逸氣掀宇宙，千載人間寧復有。夢魂飛度南斗旁，笑酹廬山一巵酒。雲松可巢今在無，九江落照連蒼梧。欲從李侯叫虞舜，盡傾江水洗寰區。

王世貞《題錢舜舉太白觀瀑圖》：匡廬萬古瀑，太白千秋才。兩奇偶相值，後人何有哉！及展舜舉圖，恍登文殊臺。立起青蓮枯，來聽萬壑雷。始知丹青力，可以迴寒荄。

王世貞爾雅樓所藏名畫，有周官《飲中八仙圖》。《珊瑚網》。

鄭虔遺迹，傳世絶少，新都王氏藏虔《竹溪六逸卷》，紙本淺絳色，極佳。後有蘇子瞻題跋，米元暉鑒定，紹興御府等印記。《清河書畫舫》。

錢舜舉有《竹溪六逸圖》。都穆《寓意編》。

陳旅《題竹溪六逸圖》：千畝松篁野徑開，一溪流水碧于苔。山樽共醉徂徠石，何用楊妃七寶杯。

舊有《唐人出游圖》：謂宋之問、王維、李白、高適、史白、岑參六人，多畫七賢，不知第七人爲誰。或云是潘逍遥，然未見據。樓鑰《攻媿集》。

世傳《七賢過關圖》，或以爲即竹林七賢。屢有人持其畫來求題跋，漫無所據，觀其畫，衣冠騎從當是晉、魏間人物，意態若將避地者。或謂即《論語》「作者七人」像而爲畫爾。姜南賓舉人曰：是開元間冬雪後，張説、張九齡、李白、李華、王維、鄭虔、孟浩然出藍田關，游龍門寺，鄭虔圖之。虞伯生有《題孟浩然像》詩：「風雪空堂破帽温，七人圖裏一人存。」又有槎溪張輅詩：「二二李清狂狎二張，吟鞭遥指孟襄陽。鄭虔筆底春風滿，摩詰圖中詩興長。」是必有所傳云。《玉堂漫筆》。

琦按：開元時，太白未嘗至京師，至天寶改元，則張説已亡矣，安得有並轡出藍田關事！至《攻媿集》所載之七人，其生死先後更不同時，蓋出自後人以生平所慕好者，而妄指以實圖畫中人，何足據乎！

論《七賢過關圖》者多矣，會稽劉孟熙《霏雪録》所載差詳。蓋黄山谷嘗題之曰：「眉山老書生作此圖，人物各有意態。」又謂：「七子者，皆詩人，此筆乃少丘壑。意以爲趙雲子之苗裔，摹擬漸密，而放浪閒遠則不逮。」其言止此，不指爲誰某也。元曹文貞公伯啟集有詩曰：「清談飄逸事陵遲，七子高風世所師。公室傾危無底柱，服牛乘馬欲何之？」意指當代清談之流，不知何據。今《漢泉集》乃無此詩，不知有别本否也。《録》又稱虞邵庵有《題孟浩然像》詩曰：「風雪高堂破帽温，七人圖裏一人存。」又稱國初唐愚士有詩曰：「七騎從容出帝閽，蹇驢驄馬襟山𢈪。瀛洲學士參差出，十八人中一半人。」則是皆以爲唐人矣。予觀雪樓程鉅夫集有詩曰：「長庚自是謫仙人，子美逢時稷、契臣。風雪茫茫五君子，醉吟猶得繼清塵。」又嘗聞吾友倪文毅公岳稱其父文僖公嘗見舊圖，人各有標目，有王維、史白者，而不能悉記也。吾甥崔禮部傑世興近得錢舜卿白描卷，自題曰：「七賢相顧度關時，正是天寒雪又飛。大抵功名俱有分，跨鞍何事不知歸？」卷後，西河李進者題長句，有曰：

「開元、天寶全盛時，閭閻巷陌皆能詩。」又曰：「承平何事有行役，況復衝寒欲何適？無乃漁陽兵亂後，奔走天涯共爲客。」又曰：「宋公七言變《風》、《雅》，崔、李、王、岑各相亞。誰言行輩不同時，雪裏芭蕉古曾畫。」又海鹽李孟璿題曰：「摩詰也知偏善畫，謫仙應是最能詩。」又三山泰懋題曰：「輞川圖繪吴興畫，太白文章檇李詩。」海鹽李季衡曰：「謫仙、之問詩無敵，輞川繪事尤難匹。高、岑、崔、史總奇才，豈少佳章紀行役。」大抵以爲唐人也。今此圖摹寫遍天下，而牛、驢、羸、馬、氈裘、大帽、關山、風雪之狀，皆略相似，蓋必有所本者，而鑒賞考索之家，竟不能得其本末，何哉？崔塄間以質予，予亦不能悉也，姑輯舊聞以俟。李東陽《七賢過關圖跋》。

七賢過關事，不經見於書傳，而畫家乃遍傳於好事者之家。究其姓名，未的其誰何。先師李文正公嘗辨之。慎近見洪武中高得暘《題錢舜舉寒林七賢圖》古風云：「尚疑高、李六君子，當時未見潘逍遥。道同氣合志相感，雖曠百世如同僚。畫史貌出有深意，況自昔日傳今朝。屋梁落月見顔色，妙氣不待窮摹描。」又熊直題云：「七賢之名奚所徵，七賢去國身何輕。歲晚征途天雨雪，數騎聯翩行欲歇。不如灞陵橋上翁，破帽吟詩自清絶。惜哉命不偶，奔走半道周。人生遇坎軻，窮苦奚足尤！左遷與投散，逝者良悠悠。他人未足説，所惜柳與劉。天涯相聚一回首，往事于人亦何有！莫念玄都舊種桃，且往愚溪賸裁柳。

風流畫史真絶倫，毫端點染太精神。」據此，則高適、李白、孟浩然與劉禹錫、柳宗元不同時，潘逍遥宋人，又在後矣。合而圖之，繆甚，亦不足深辨也。博雅之士賞其畫則可，必湊合姓名，不亦鑿乎？《楊升庵集》。

右記圖畫三十二則

太白祠在彰明縣治南。《四川總志》。

銅陵縣有寶雲寺，李白祠堂在焉。周必大《乾道庚寅奏事録》。

李白祠舊在銅陵縣五松山，後移置縣學之側。《一統志》。

李綱《游五松山觀李太白祠堂》詩：大江東南流，鼓舵江水上。薄游五松山，獲見謫仙像。嗚呼天寶間，治亂如反掌。兵戈暗中原，豪傑多長往。謫仙當此時，逸氣溢天壤。脱身來江東，縹緲青霞賞。作詩幾千篇，醉筆籠萬象。迄今有遺祠，識者共瞻仰。嗟予豈後裔，愚拙誰復尚。珥筆玉殿螭，謫官閩嶺瘴。荷恩許生還，冒險理歸槳。於焉覿仙風，足以慰遐想。願言繼清芬，何由挹英爽。

戴昺《五松山太白祠堂》詩：艤舟來訪寶雲寺，快上山頭尋五松。捉月仙人呼不醒，一間老屋戰西風。自注：太白讀書之地，詩有「要迴長舞袖，拂盡五松山」，即此地也。

李白書院有四：一在貴池苦竹嶺；一在青陽九華山化城寺西，斷碑存焉；一在銅陵五松山；一在石埭杉山。《江南通志》。

李翰林祠，在寧國府涇縣震山，祀唐李白。《江南通志》。

李白祠，在漢陽府郎官湖北，宋咸淳間學官蕭鑒因其亭久廢，重建祠，塑太白像。《一統志》。

范椁《題郎官湖李白祠》詩：當時郎官奉使出咸京，仙人千里來相迎。畫船吹笛弄緑水，何意芳洲遺舊名。唐祠蕪没知何代，惟有東流水長在。黎侯獨起梁棟之，彷彿雲中昔軒蓋。南飛越鳥北飛鴻，今古悠悠去住同。富貴何如一杯酒，愁來無地酹西風。大别山高幾千尺，隔城正與祠相值。青猿夜抱月光啼，挂在東湖之石壁。黎侯本在斗南家，枕戈猶自憶烟霞。衹擬將身報天子，不負胸中書五車。昨者相逢玉闕下，别來幾日秋瀟灑。黄葉當頭亂打人，門前繫著青驄馬。君今歸去釣晴湖，我亦明年辭帝都。若過湖邊定相見，爲問仙人安穩無。

屈紹隆《太白祠》詩：翰林餘俎豆，宫錦至今香。光復真由汝，功名亦可王。山川增氣勢，風雅有輝光。一片郎官水，風流未忍忘。

太平府有謫仙樓，即采石山太白祠。始基於唐，明正統間巡撫周忱建清風亭於江滸祀之。皇清順治間燬，知府吴季瀛命僧募建。《江南通志》。

程大約《采石阻風謁太白祠》詩：北風遥阻渡江船，因喜從容覲謫仙。一代詩名誰與共？千秋酒態自堪憐。錦袍卻憶清波映，玉貌長瞻白日懸。欲薦渚蘋行又迫，不堪回首隔雲烟。

屈紹隆《采石題太白祠》四首：才人自古蛟龍得，太白、三閭兩水仙。辭賦已同雙日月，精靈還作一山川。江間絶壁丹青出，木末飛樓俎豆懸。千載人稱詩聖好，風流長在少陵前。朱紫陽嘗謂太白聖于詩，祠上有亭當翠螺山頂，予因題曰詩聖亭。英雄有命在文章，豈惜飄零蜀道長。談笑不須同太傅，功名自可比汾陽。青蓮一去無仙客，金粟重來只醉鄉。白玉盤中雙照影，輸君華髮似秋霜。牛渚西江月色新，清光常見謫仙人。詩多諷諫因天寶，道在佯狂得季真。金鉉已銷飛燕口，錦袍空映鳳凰身。垂輝不用多删述，天與英雄只老春。樂府篇篇是楚詞，湘纍之後汝爲師。烏棲豈寫亡吴怨，猿嘯唯傳幸蜀悲。湘水蒼茫投賦地，霜林寂歷禮魂時。重華一别無消息，終古魚龍恨在兹。

王士禛《太白祠》詩：白也祠堂在，前臨牛渚磯。風流映江左，山水尚清暉。小謝東田近，開元舊事非。姑溪好風月，游子亦忘歸。

端宏《謫仙樓》詩：謫仙樓閣倚江頭，一度登臨一繫舟。遺像有涯天地老，雄才無敵古今留。天門雨過雙蛾出，牛渚潮平萬馬收。倚遍闌干追往事，斷雲殘照若爲愁。

李東陽《采石登謫仙樓》詩：江天日暮雨蕭蕭，城邊野亭春寂寥。浮雲東來蔽江色，明月墮地誰當招。我懷古人坐不寐，鯨背之子神仙標。風鬢露鬣事恍惚，豈有赤腳凌青霄。舉杯問天天不語，予亦沉吟俯江渚。縱有神仙亦妒才，不然豈謫來中土。昭陽殿前牝雞午，老鳳低飛入簾户。網羅橫空鎩其羽，雝雝和鳴竟何補，燕雀之輩安足數。平生豪氣隘九區，寸地未可容公軀。有才如此不得意，自古非一誰當吁。杜陵野老憐才客，思君不負青山色。千古波濤百丈深，至今猶恐蛟龍得。英雄一去俱陳迹，楚水吴山眼中碧。鳳去龍飛不復還，仗劍悲歌竟何益。

王寵《月夜謫仙樓》詩：秋月出海珊瑚明，舉眼忽見太白精。雲光錯落照顔色，草堂拂拭蛟龍驚。修眉玉頰桃李春，虬鬚如戟真天人。屋梁落月想像真，彷彿猶得交其神。我聞王孫豪氣昔如龍，天然不與凡骨同。江湖落魄黄金盡，昂霄吐氣成飛虹。蓬萊閬苑在掌上，長覺兩腋生清風。天子不能屈，四海不足容，飄飄九華山，自有青芙蓉。獨留神采照天地，令人萬古如相逢。

鄭廉《謫仙樓上作》：昔日曾聞太白樓，偶經牛渚暫維舟。攀巖竹樹襟前動，躡磴風雲腳下浮。圖畫兩間驚絶調，龍蛇千載枕寒流。夜郎遷客留遺像，記取人豪據上游。

太平府采石鎮唐賢坊神霄宫内有太白祠，宋嘉泰年建。《江南通志》。

唐拾遺李白祠，在太平府治青山麓，每歲清明前一日祭。《太平府志》。

李太白祠堂，在青山之西北，距山尚十五里。墓在祠後，有小岡阜起伏，蓋亦青山之別支也。祠莫知其始，有唐劉全白所作墓碣，及近歲張真甫舍人所作重修祠碑。太白烏巾白衣錦袍。又有道帽氅裘侑食於側者，郭功甫也。陸放翁《入蜀記》。

按：郭功甫名祥正，當塗人，舉進士，元豐中知端州，元祐初階至朝請大夫，請老歸家青山下。其生也，母夢李白而生，少有詩名，句調俊逸，梅聖俞嘗稱之曰：「天才如此，真太白後身也。」有贈功甫詩曰：「采石月下訪謫仙，夜披錦袍坐釣船。醉中愛月江底懸，以手弄月身翻然。不應暴落飢蛟涎，便當騎鯨上青天。青山有塚人謾傳，卻來人間知幾年。在昔熟識汾陽王，納官貰死義難忘。今觀郭裔奇俊郎，眉目真似工文章。死生往復如康莊，樹穴探環如姓羊。」蓋用其事。後人以功父配享太白，以此哉？

隆慶府有李杜祠。按劍門題詩以太白、子美爲重，而世未有並祠之者。會從李參預壁得所賜阜陵御書《蜀道難》，又從李左史得趙忠定汝愚大書劍門詩，因建祠，刻二書于前，榜其堂曰「文焰」，取韓退之詩語也。《方輿勝覽》。

李杜祠，在秦州天靖山玉泉觀，祀李翰林白、杜工部甫。《陝西通志》。

楊恩《李杜祠》詩：吁嗟天水一抔土，兩賢遺跡留今古。磊落崎嶔千載人，流離奔走一生苦。淋漓醉墨帝王前，怨起《清平》第二篇。言路豈能留暗相，覆師不見濤斜川。禍福自掇寧自保，當時無乃惑草草。失腳千重雲霧深，去國一日乾坤老。蜀道崎嶇走欲僵，何日金雞下夜郎。耒陽縣外船難進，采石江頭事可傷。當時不得一日樂，後世徒瞻萬丈光。秦川城下聊迴步，手拂塵埃開像塑。安知天靖山頭今日祠，不是二賢昔日經行處。並袂聯榻儼若生，安得杯酒一相賡？瓣香拜罷高回首，滿目山川無限情。

濟寧州太白樓旁有二賢祠，祀唐李太白、賀知章。《一統志》。

二仙祠，在寧國府治後，祀謝朓、李白。《江南通志》。

五賢祠，在寧國府敬亭山，祀南齊謝朓、唐李白、韓愈、宋晏殊、范仲淹。《江南通志》。

三賢祠，在開封府城東南三里吹臺上，祀唐李白、杜甫、高適。以天寶中三人相遇於梁、宋間，共飲吹臺上，酒酣悲嘯，懷古賦詩，後人因立祠以祀之。《河南通志》。

十賢堂，在綿州學東，繪龐統、蔣琬、杜微、尹默、李白、陳該、蘇易簡、王仲華、歐陽修、黄庭堅十人之像以祀之。《一統志》。

思賢堂，在綿州治東，内繪揚雄、杜甫、李白、樊紹述、蘇易簡、歐陽修、司馬光、蘇軾、唐庚九賢之像以祀之。《一統志》。

尊賢堂，在嘉定州治，有唐李太白等八畫像。《一統志》。

名世堂，在潼川府治，畫屈原、司馬相如、王褒、揚雄、嚴君平、陳子昂、李太白、蘇子瞻八人。《方輿勝覽》。

思賢樓，在劍州東北七十五里劍門關水門上，有張載、李白、杜甫、柳宗元畫像。《一統志》。

安賢祠，在寧國府南陵縣開化寺，祀張巡、李白、杜牧、李經、何琦、吴景。《江南通志》。

右記祠廟二十二則

太白事蹟，自新、舊二史外，其雜書所載半出于好事者僞篹，乃愛古嗜奇之士多樂引之，非以其人可思慕故耶？余既采正史及諸家文集之傳信者，以補薛氏年譜之闕，其附會叵信及流傳細瑣諸事，另録爲外記一卷，并蒐輯後人詩賦碑記綴于其下。自笑不免爲蛇畫足，蓋亦愛古嗜奇之癖，有明知而故蹈者。曹石倉作《萬縣西山太白祠堂記》，有云「事在有無，語類不經。人心愛之，夸詡爲真。樹若曾倚，其色敷榮。泉若曾酌，其聲清泠」數語，余最喜其警策。夫非其人爲人所深思而極慕者，何以能至是？後之人苟得斯意，以讀斯編，一展卷而太白宛然在矣，彼事之雜于真僞有無，又遑論乎哉！

序跋

李太白集輯注序

注古人書，慮聞見不博也，尤慮其識不精。既博且精，又慮心偶不虚不公，知有疑勿闕，有誤亦曲爲解。《風》、《騷》後，詩至李、杜，齊名方駕，一如飛行絶跡，乘雲馭風之仙，一如萬象不同，化工肖物之聖，觀止矣，蔑以加矣。後學因元相誌杜墓，抑李揚杜，遂乃議論滋繁，妄分軒輊。詎知少陵生平心服，明推爲無敵不群，即後此才高力厚，起衰八代之昌黎公，固合贊以光燄萬丈，深慨流落人間者，僅分泰山豪芒，而先笑撼大樹不自量之蚍蜉乎哉！兩集本非手定，後人搜羅採摭，篇章遞增，其中時有真贋參錯，轉寫譌舛，李集更多。蓋自寶應元年往依族子陽冰，得疾以卒，遂葬當塗青山東麓。陽冰序《草堂集》十卷，即云當時著作，十喪其九，今所存者，皆得之他人。魏顥序《翰林集》二卷，亦云上元末偶得於絳，此即劉全白《碣記》所謂「集無定卷，家家有之」者也。至宋時宜黄樂史始輯《别集》，常山宋敏求廣裒遺文，始合爲三十卷，南豐曾鞏始考定先後次第，元豐中信安毛漸始校刻於蘇。紹興中閩薛仲邕始爲年譜。太白本末，惟諸序、記、誌，范、裴二碑及《舊唐》、《新唐》二書可證本詩，世遠事湮，疑謬雜出，寧得免焉。而兩集之有注也，一榮一枯，斯又不可言者。注杜自宋至今，名氏更僕難數，後出多所因，考辨易覈，去取易嚴也。然且必殫精神，需歲月，盡彙群籍，以折其衷，説始有當。若李集所有可見之注，止楊、蕭、胡氏三家。今欲廣爲訂正，與注杜較工拙，不亦難易懸隔太甚乎！余兹閲錢塘王載庵先生輯注，而深嘆其好學不倦，能數十年專心致志，爲人所不能爲也。憶余自幼好誦李、杜詩，苦於不能盡解。往在都中，友朋聚談，聞有優劣李、杜者，余曰：「杜誠不可及矣，自李而外，可與杜頡頏者誰與？必謂仙不如聖，一在學行甚正，一在流離造次不忘君國，猶有説焉。然李云『受氣有本性，不爲外物遷』，又云『我志在删述，垂輝映千春』，又云『天地皆得一，澹然四海清』，此其胸襟與自許稷、契者何以異？始見賞許公，後見奇賀監，居山東爲竹溪六逸，游長安爲醉中八仙，識汾陽於行間，折力士於殿上，輕富貴如塵土，樂山水以逍遥，嗜酒慕仙，浩然自放，即遭危困，未見其憂，豈非天際真人之邈不可攀者耶！」談者始稍稍息。今得此編，持論平正，其輯三家，去短從長，援引本本原原，斟酌至慎。固陋如余，向所不解，今漸解之，則知此編爲太白功臣也。善讀書者，當不以余言爲河漢。

乾隆己卯中秋天台齊召南撰。

作者不易，箋疏家尤難，何也？作者以才爲主，而輔之以學，興到筆隨，第抽其平日之腹笥，而縱横曼衍，以極其所至，不必沾沾獺祭也。爲之箋與疏者，必語語核其指歸，而意象乃明；必字字還其根據，而證佐乃確。才不必言，夫必有什倍於作者之卷軸而後可以從事焉。空陋者固不足以與乎此，粗疏者尤未可以輕試也。李供奉太白，才兼仙佛，致《離騷》之幽，著太史之潔，其於杜也，並驅方軌，未易軒輊也。然注杜者，自宋以後已有千家，至我朝而錢、朱、顧、仇之書出，搜括無遺藴矣。太白之集，歷五百年而始有蕭、楊二家，又歷五百年而始有鹽官胡氏孝轅。孝轅亡後，今且百餘年矣，文士林立，未有起而補其闕者。吾友王君載庵，以三家之注、之典未核也，結轖之未疏瀹也，疵繆之未剗削也，專精覃思，寤寐太白於千載之上，一一扣其出處，而究其指歸。太白之精神與前注之得失，軒然若揭日月，其諸太白之功臣與？其諸三家之爭友與？吾不敢謂載庵之學果什倍於太白；孝轅博極群書，而載庵能掇其瑕礫，即謂之什倍於孝轅可也。且吾言太白才兼仙佛，其藴蓄爲何如耶？二氏之書，與吾儒之著述相埒，上下千古，而能盡讀之者，吾於唐得一人焉，曰段柯古，吾於宋得一人焉，曰釋氏贊寧，吾於前明得一人焉，曰宋氏潛溪。以近代而論，蒙叟研精内典，而玄門之旨奥未窺；竹垞朱氏自言於竺乾之書，詩文未敢闌入，則并蒙叟之長而猶且怖若河漢，他可知矣。載庵早鰥，闃處如退院老僧、空山道士，日研尋於二氏之精英，以其餘事而爲是書，足以發太白難顯之情，而抉三家未窺之妙。書來質余，方望洋驚歎，五體投地，而敢以一言半句相益乎！然其苦心孤詣，余學雖未至，而心故識之，聊識數言，以冠其篇端，以稔夫世之讀太白之集者之不易，并稔夫注是集者之尤難也。

乾隆己卯閏月望後一日，友弟杭世駿。

同里王君載庵輯注《太白詩文集》，詳引博據，考索綜核，殆仿李善注《文選》，不厭過於繁釀，即被書簏之名，亦所不顧。噫，可爲勤矣！太白詩，西河毛太史嘗謂不耐入細，與三唐律法迥别。然其奡兀之氣，自不可泯。其持論毋乃太過與？太白之才，不可以格律繩。臞翁評如劉安雞犬，遺響白雲，覈其歸存，恍無定處。滄浪評李、杜不當論以優劣。太白有妙處，子美不能道，子美不能爲。太白之飄逸，正如金翅擘海，香象渡河，下視郊、島輩，直蛩吟草砌耳。其天才豪逸，多率然而成，學者於每篇中，要識其安身立命處，始見其妙，所謂天仙之辭，信不虚也。是以杜有千家注，李注僅止三家，正以李不易注，而欲求其瞭然千載之下，不其難哉！載庵窮半生之精力，以成此書，一注可以敵千家。李、杜光燄，並昭耀於兩間，有功後學，良非淺尠。平居闔户眎書，天情孤潔，有林處士之風，惟汲汲以著述立身後名，其意欲爭勝於寒梅瘦鶴耶？嘗謂余曰：李善注《文選》，有子邕以續其志，此書之釋事忘意，動有無窮之憾。又以余松谷三兄注右丞詩，相藉揚推，久行於世。今此書不得與松谷析疑辨謬，共助落成，益又爲之感嘆已。余樂叙其書，并識其言，而傳其人之高誼有如此。

意林趙信拜書於平安里。

唐詩人首推李、杜二公爲大家，古今注杜者百餘帙，李之注傳於世者乃少，余所見楊子見、蕭粹齋、胡孝轅三家，外此寥寥未及矣。世固軒李輊杜哉，何言詩之士嚮往於太白，不及嚮往於子美者多耶？夫二公之詩，一以天分勝，一以學力勝，同時角立，雄視於文場筆海之中，名相齊，才亦相埒，無少遜也。自優劣之論出，而左右其袒者紛如。以作文喻，謂太白如《史記》，子美如《漢書》；以用兵喻，謂太白如李廣，子美如孫、吴；以人物喻，謂太白仙而子美聖；以禪悟喻，謂太白頓而子美漸。此論之兩持其平者也。其餘甲杜乙李者，大約十居七八。可異者，評杜則多恕辭，多過情之譽，評李則多深文而索垢，是何意見之辟耶？宋人黄介讀李、杜優劣論曰：「論文正不當如此。」山谷歎以爲知言。夫山谷固服膺子美者也，豈不能品其優劣，蓋亦見其沉雄俊逸之概，本於性而成於學者，分路揚鑣，各有登峰造極之美，不可以後人膚淺之見妄爲軒輊焉耳。余於二公之詩，有兼愛，無偏好。嘗讀張邇可、顧修遠諸家杜注，以爲勝於昔人。譬之積薪，後來者居上。惜李集無有斐然繼起者。爰合三家之注訂之，芟柞繁蕪，補增闕略，析疑匡謬，頗有更定。至於郡國州縣之沿革，山川泉石之名勝，亭臺宫寺之創建，鳥獸草木之名狀，尤加詳考，不厭繁複，蓋將以爲多識之助。而觀者嫌其綺碎鱗雜，無當于詩人之本義。自念徵經引史，亦不無郢書燕説之誤，或失作者命意修辭之旨，雖摩研編削，虚耗歲時，上視張、顧諸先輩，無能爲役，安敢與之接武而抗行哉！第思粹齋之作補注，所以補子見之闕也，而未能盡補其闕。孝轅作《李詩通》，力正楊、蕭二家之譌，而亦未能盡正其譌。余承三子之後，捃摭其殘膏剩馥，廣爲綜緝，夫豈誇多炫麗哉，將以竟三子之業也。雖自愧才力未逮，而念博物洽聞之士，世固不乏，必有起而集其成者。蒐羅軼典，抉發奥思，俾夫闕者譌者，罔不甄釋，將與杜注諸家之善本並傳藝苑，而爲新學之津梁。彼楊與蕭實爲之草創于其先者也，余得肩隨胡氏之後而附於討論修飾之列，其亦可乎？

乾隆二十三年歲次戊寅正月望日，王琦載庵漫述。

跋五則

太白詩文，當天寶之末，嘗命魏萬集録，遭亂盡失去。及將終，取草稿手授其族叔陽冰俾令爲序者，乃得之時人所傳録，于生平著述，僅存十之一二而已。然其詩要皆膾炙人口，而無闌入他人所作，可知也。陽冰序中不言卷數。《舊唐書·李白列傳》云：「有文集二十卷行于時。」《新唐書·藝文志》云：「李白《草堂集》二十卷，李陽冰録。」乃樂史作序則云：「翰林歌詩，李陽冰纂爲《草堂集》十卷。」豈其時《草堂》原本已有亡其半者，抑或未亡而後人并爲十卷耶？史别收其歌詩十卷，與《草堂集》互相校勘，排爲二十卷，號曰《李翰林集》。又于三館中得其賦表書序等文，排爲十卷，號曰《李翰林别集》。凡得詩七百七十六篇，雜文若干篇。熙寧中，宋敏求廣搜逸稿，又得詩二百二十五篇，并其舊集，總爲編次，題以類别，析爲二十四卷。雜文六十五篇，析爲六卷，共三十卷。篇數雖多于舊，然不免闌入他人所作。元豐中晏知止爲蘇守，出其本刻之郡中，廣行于代。樂史本後佚不傳。陳振孫《書録解題》言其家藏《李翰林集》，不知何處本，前二十卷爲詩，後十卷爲雜著，其本最爲完善。余嘗臆擬其分卷與樂史本相符，豈即樂史本耶？陳氏又言其首載李陽冰、樂史、魏顥、曾鞏四序，李華、劉全白、范傳正、裴敬碑誌，卷末有宋祁新史本傳，而《姑熟十詠》、「笑矣」、「悲來」、「草書」三歌行亦附焉。兼綴以東坡辯語。夫宋與曾、蘇三公皆生樂氏後，據此驗之，即使其本出自樂氏，已爲後人增益，而非咸平中所定之原本矣。《楊升庵集》中亦言其家藏太白詩，有「樂史本最善」，未知即七百七十六篇之本否？今之傳世者，皆宋氏增定之本也。噫！自樂氏校勘之本出而草堂原本遂湮，自宋氏分類之本出而樂氏之本又亡。後起之士，欲求古本而觀之，有若丹書緑圖，邈然不可得見，能無爲之慨嘆哉！

李詩全集之有評，自滄浪嚴氏始也。世人多尊尚之。然求其批郤導窾，指肯綮以示人者，十不得一二。其有注，自子見楊氏始〔一〕。繼之者粹齋蕭氏，作《分類補注李太白集》，附楊注後合刊之〔二〕。蕭譏楊取唐廣德以後事及宋儒記録詩詞爲祖，併引用杜詩僞蘇注之非，因爲節文而存其善者。今所傳楊注，非全文也。然蕭注亦不能無冗泛踳駮處。明季孝轅胡氏作《李詩通》二十一卷，頗有發明及駁正舊注之紕繆，最爲精確，但惜其不廣〔三〕。選本則有愈光張氏之《李詩選》〔四〕。選而評則有泗源應氏之《李詩緯》〔五〕。余所見衹此。夫自太白至今，已及千載，後人評注，寧僅僅止此。大抵散亡磨滅而不傳者有矣，即傳而余所未見者，又不知其有焉否耶？

〔一〕子見名齊賢，永州寧遠人。古春陵城在其地，故稱春陵楊齊賢云。宋慶元五年進士，兩應制試第一，執政以賢良方正薦，授通直郎。

〔二〕粹齋名士贇，一字粹可，贛州寧都人。淳祐進士，蕭立之之仲子，潛心篤學，入元遂隱居不出。

〔三〕胡名震亨，號遯叟，浙江海鹽人。萬曆丁酉舉人，累官兵部職方員外郎。

〔四〕張名含，雲南永昌衛人。正德丁卯舉人。

〔五〕應，本朝康熙間人。

宋時李詩刊本，始自蘇守晏公，所謂蘇本也。其後又有蜀本，有當塗本。據《書録解題》謂其時蘇本已不復有，家藏蜀刻有大小二本，卷數相同，首卷專載碑序，餘二十三卷爲歌詩，六卷爲雜著，末有宋敏求、曾鞏、毛漸題序。以此考之，而知蜀本蓋傳自蘇本云。晁公武《讀書志》謂近時蜀本附入左綿邑人所裒太白少年詩六十篇，而《書録》不之及，似其本又在陳氏所藏二本之外。蕭粹齋得巴陵李粹甫家藏左綿所刊楊齊賢注本，斯又蜀刻而有注者之一種。其當塗本，周益公《二老堂詩話》謂當塗《太白集》後有續刻《司空山瀑布詩》一首。陸放翁《渭南集》中一跋，謂當塗本雖字大可喜，然極多謬誤。宋刊之見于書傳而可考者有此數種，今則漸已銷亡，不能復覩。流傳于世者，惟蕭氏注本爲多。其本拔古賦八篇列于前爲一卷，次以歌詩二十四卷，凡二十五卷而止。明嘉靖間吴中郭氏取而重刊之，以其注之泛且複也，删節約半，于《古風》五十九首，增入徐昌穀評語，又取雜文五卷，另爲編次附其後，共成三十卷〔一〕。嗣後有依郭氏增删之本而刊者，爲霏玉堂本。有依舊注原本而刊者，爲玉几山人本，爲長洲許玄祐本。有全去其注且分析其體爲五七言古律絶句者，爲劉世教本。劉書雖缺訓詁，然校訂同異，改正譌舛，殊見苦心。又余三十年前于古書肆中見有毛氏汲古閣刊本，問其值，書之主人亦數十年前所稱時文名士也，性頗怪傲，邂逅間不肯遽售。余念毛氏所梓書多本宋刻，有與俗本異者，足以資考訂，另託友人往問，則益不肯售。友人謂予，毛氏刻去今未遠，其印本行世者尚多，何難别購，而乃刺刺不休，儼若借荆州于彼哉。洎求之歷年，竟不能得。追憶前書，不知歸于誰氏架中。噫！板行之書，甫及百年，倘得之而竟失之，殆有緣在耶？會姑蘇繆氏獲崑山傳是樓所藏宋刊本，重梓行于時，其書字畫悉倣古刻，精整可玩。賈人漬染之，宛然故紙，翦去卷尾重刊諸字及弁首小序，僞作宋板以欺人，不知者多以重價購去。其本叙次先後，卷帙多寡，與蕭、郭二本稍異，而與陳氏所言蜀本相合，即非蘇本亦蜀本也。第不知較汲古閣本何如。其中亦有譌字顯然、誤筆未正者，據序尚有《考異》一卷，然未付剞劂，俟之多年，竟不出〔二〕。兹本自二十五卷以前略依蕭本，雜文四卷略依郭本，而以繆本參訂其間。郭本雜文五卷，今依繆本合序文二卷爲一卷，别採蕭本所逸而繆本有者，得詩九首〔三〕，及他書所録集外諸作，彙爲拾遺一卷，以合三十卷之數。友人詰予，嘗非宋氏本闌入他人所作，今拾遺所蒐緝，確知其僞，概收録之而不忍棄，何耶？予曰：是不相妨也。昔人編韓、柳集者，咸有外集附于後。錢牧齋作杜詩箋注，亦附録逸詩四十八篇，皆有僞作在其間。夫不慊于宋者，爲其混之而至于不可别也。若先别之而使其無可混，正足以資後學之考核，而甄别其體裁矣，夫又何尤。

〔一〕跋云：「是集三十卷，余合别集而成之者。緣舊注繁雜，倣徐迪功先生《古風》例，將不切題義者删去。且恨其文之不載，更以别集編次五卷附于詩後，俾成全書。冀四方觀者，免瀚漫分散之嘆。嘉靖癸卯春正月吴人郭雲鵬謹識。」

〔二〕序云：「《李翰林集》三十卷，常山宋次道編類，而南豐曾氏所考次者也。歲久譌缺，俗本雜出，增損互異，無所是正，余嘗病之。癸巳秋，得崑山徐氏所藏臨川晏處善本，重加校正，梓之家塾。其與俗本不同者，别爲《考異》一卷，庶使讀是編者，不失古人之舊，而余亦得以廣其傳焉。康熙五十六年五月吴門繆曰芑題于城西之雙泉草堂。」

〔三〕繆本較蕭本多十首，其《送倩公歸漢東》一絶，已載序後，不復重録，故衹九首。

南豐曾氏序，謂太白詩之存者千有一篇，雜著六十五篇。今蕭本詩祇九百八十八篇，繆本祇九百九十八篇，咸不及曾氏所云之數。賦與文六十六篇，較舊文又多其一，疑非曾氏所考次原本矣。意者曾氏并數魏萬、崔宗之、崔成甫三詩于内，故云千有一篇。其《送倩公歸漢東序》已冠于小詩之首，序中不應重見，而後人誤增入之歟？世稱太白斗酒百篇，計其詩章不下萬餘，陽冰作序，已云十喪八九。今集中所存，若《長干行》、《去婦詞》、《送别》、《軍行》等作，互見他人集中，若《懷素草書》等作，詞意淺鄙，與太白手筆判若仙凡，復雜然並列。東坡嘗言太白詩爲庸俗所亂，可爲太息，説者以咎宋次道貪多務得之所致。嗟乎！真者不能盡傳，傳者又未必皆真，更有妄庸之人，憑臆而談，舉其佳者譏譏焉妄以爲贋，顛倒錯謬，以眩後人之心目，不尤可怪哉！昔人稱太白天才英麗，其詩逸蕩俊偉，飄然有超世之心，非常人所及，讀者自可别其真僞。余以爲才不俊、識不卓、學不充，則是非淆雜，視朱若紫，混鄭爲雅者多矣，學者欲區别其真贋而無所差失，寧可輕易言之歟！世之論太白者，毁譽多過其實。譽之者以其脱子儀之刑責，俾得奮起而遂以成中興之功；辱高力士于上前，而稱其氣蓋天下；作《清平調》、《宫中行樂詞》得《國風》諷諫之體。毁之者謂十章之詩，言婦人與酒者有九，而議其人品污下；又謂其當王室多難、海宇横潰之日，作爲歌詩，不過豪俠任氣、狂醉花月之間，視杜少陵之憂國憂民，不可同年而語。試爲平情論之，識子儀爲豪傑之士，救免其刑責而力爲推獎，知人之明，誠足稱矣。若夫雲蒸霧變，戡大難而奏膚功，爲一朝名佐，太白初亦不料其至是。謂中興勳業，太白與有力焉，此豈通人之論哉？力士獲寵于君，士大夫爭趨附焉，太白醉中令其脱靴，儼以僕隸相視，此其平日必先有惡之之念存于中，故酒酣之後，忽焉觸發，而故于帝前辱之，其氣可謂豪矣。然非沉醉，亦未必若是。後人深快其事，而多爲溢美之言以稱之。然核其實，太白亦安能如論者之期許哉？若夫《清平調》、《宫中行樂詞》，皆應詔而賦者，其辭以富麗爲工，其意以頌美爲主，刺譏之語無庸涉其筆端，理也。或乃尋撦其引用之故事，鉤稽其點綴之虚詞，曰此爲隱諷，此爲譎諫，支離其語，娓娓動人。然按之正文，皆節外生枝，杳無當于詩人之本意，殆有似夫讒人險士，吹毛洗垢而求索其疵瘢以爲口實者。馴致其弊，爲梗于語言文字者不淺，不但有悖于温柔敦厚之教而已。善言詩者，駭之而勿敢道也。至謂其詩多甘酒愛色之語，遂目以人品污下，是蓋忘唐時風俗，而又未明其詩之義旨也。唐時侑觴多以女伎，故青蛾皓齒，歌扇舞衫，見之宴飲詩中，即老杜亦未能免俗，他文士又無論已，豈惟太白哉？若其《古風》、樂府，怨情感興等篇，多屬寓言，意有託寄，陽冰所謂言多諷興者也，而反以是相詆訾。然則指《楚辭》之望有娀，留二姚，捐玦採芳以遺湘君下女之辭，而謂靈均之人品污下；指《閑情賦》語之褻，又指其詩中篇篇有酒，而謂靖節之人品污下，可乎？若謂彼皆有所託，而言之爲無害，則太白又何以異于彼耶？至謂其當國家多難之日，而酣歌縱飲，無杜少陵憂國憂民之心，以此爲優劣，則又不然。詩者，性情之所寄。性情不能無偏，或偏于多樂，或偏于多憂，本自不同。況少陵奔走隴、蜀僻遠之地，頻遭喪亂，困頓流離，妻子不免飢寒；太白往來吴、楚安富之壤，所至郊迎而致禮者，非二千石則百里宰，樂飲賦詩，無間日夕，其境遇又異。兼之少陵爵禄曾列于朝，出入曾詔于國，白頭幕府，職授郎官；太白則白衣供奉，未霑一命，逍遥人外，蟬蜕塵埃。一以國事爲憂，一以自適爲樂，又事理之各殊者，奈何欲比而同之，而以是爲優劣耶！後之文士，左袒太白者不甘其説，而思有以矯之，以杜有詩史之名，則擇李集中憂時憫亂之辭，而捃摭史事以釋之，曰此亦可稱詩史；以杜有一飯未嘗忘君之譽，則索李集中思君戀主之句，而極力表揚，曰身在江湖，心存魏闕，與杜初無少異。此其意不過欲揞抑李者之口，而與之相抗。豈知論説杜詩而沾沾于是，顛倒事實，强合歲時，昔人已有厭而闢之者，何乃拾其牙後慧，而又爲李集之騈拇枝指哉！讀者當盡去一切偏曲泛駁之説，惟深溯其源流，熟參其指趣，反覆玩味于二體六義之間，而明夫敷陳情理、託物比興之各有攸當，即事感時、是非美刺之不可淆混，更考其時代之治亂，合其生平之通塞，不以無稽之毀譽入而爲主于中，庶幾于太白之歌詩有以得其情性之真，太白之人品亦可以得其是非之實夫。

乾隆己卯秋九月，王琦漫識。

李太白全集篇目索引

說明：本索引以篇名首字筆畫爲序，
篇名後數字指代“某册/某頁”。

四　畫

五　畫

六　畫

九　畫

十　畫

十一畫

十四畫

十五畫

十六畫